有爱的青春陪伴者

# 蒼祀

阮青鸽·著

图书在版编目（CIP）数据

营业而已 / 阮青鸽著. -- 南京：江苏凤凰文艺出版社，2023.6
ISBN 978-7-5594-7509-1

Ⅰ.①营… Ⅱ.①阮… Ⅲ.①长篇小说-中国-当代 Ⅳ.①I247.5

中国国家版本馆CIP数据核字(2023)第013738号

# 营业而已

阮青鸽 著

| 责任编辑 | 王昕宁 |
|---|---|
| 特约编辑 | 张 磊 |
| 出版发行 | 江苏凤凰文艺出版社 |
| | 南京市中央路165号，邮编：210009 |
| 网　　址 | http://www.jswenyi.com |
| 印　　刷 | 长沙鸿发印务实业有限公司 |
| 开　　本 | 880mm×1230mm 1/32 |
| 印　　张 | 10 |
| 字　　数 | 355千字 |
| 版　　次 | 2023年6月第1版 |
| 印　　次 | 2023年6月第1次印刷 |
| 书　　号 | ISBN 978-7-5594-7509-1 |
| 定　　价 | 42.80元 |

江苏凤凰文艺版图书凡印刷、装订错误，可向出版社调换，联系电话025-83280257

目 / 录

第一章 · 燕归来　　　001

第二章 · 一股神秘势力　　　019

第三章 · 要不营业吧　　　038

第四章 · 入戏　　　051

第五章 · 没头脑和不高兴　　　066

第六章 · 乡村爱情　　　091

第七章 · 自己发糖　　　105

第八章 · 我不会让你输　　　120

第九章 · 主动试探　　　139

第十章 · 暧昧　　　151

## 目 / 录

第十一章 · 突然好想他　171

第十二章 · 开窍　186

第十三章 · 恋爱应该怎么谈　199

第十四章 · "珍惜"是真的　214

第十五章 · 父女矛盾激化　233

第十六章 · 你是最好的爱人　248

番外一 · 不期而至　268

番外二 · 妹妹和妹夫　278

番外三 · 带宝贝回家　300

番外四 · 林家小狗　307

# 第一章
## 燕归来

初夏的中午,气温其实不算高,别墅一楼的大理石地砖让人从脚底都透着凉气,但一股难言的闷热始终萦绕在秋夕身边,让她即便面对满桌的佳肴仍旧没什么胃口。

她面无表情地坐在餐桌边,几粒米几粒米地往嘴里送,做出一副专心吃饭的模样,装作没听见身边的聒噪。

"秋夕啊,听说你去年拍的那部戏快要播了,是不是?你这部剧没什么出名的演员,投资也太小,没几天就播了怎么现在还没看见什么消息,热搜也没上过一个,这怎么能行。用不用我找家广告公司帮你宣传宣传?以前那个公司的联系方式我还没删,我跟他家合作过这么多次,都是老熟人了。"

说话的人是秋夕的后妈,李婉茹女士,一个致力于支持秋夕演艺事业的女人。她这辈子最怕的事情大概就是秋夕弃艺从商,从此叶家的产业和她的亲生女儿叶媛媛彻底无缘。

以往秋夕只要有剧播出,李婉茹保管会给她买一大堆广告,量挺大,全网都是。然而她那些广告的文案太差,到哪里都是一句"好看""真的好看""看过的都说好""好不好看了就知道"。

"好看"两个字,穷尽了汉语的所有排列组合。

长了眼睛的人都能看出来这到底怎么回事,以至于秋夕平白遭受了许多嘲讽。

秋夕屡次拒绝李婉茹的好意,她宁愿收视率"扑"得悄无声息,可惜从未有一次成功,每次都扑得声势浩大,全国人民都能看见她"脸着地"的模样。

想到这几天可能出现在全网的垃圾广告,秋夕维持不住自己专心干饭的模样,捏着筷子从牙齿缝里挤出一个笑:"李婉茹,你再这样搞下去,我这部剧肯定扑,再扑我就不当演员了。"

闻言，李婉茹不再眉飞色舞，犹犹豫豫地说："不至于吧，这不是你的梦想吗？"

秋夕微笑："梦想也是会破碎的。"

李婉茹噤声。

但一旁吃饭的叶尚军却"啪"的一声放下筷子，竖着眉毛说："什么梦想不梦想的，依我看，你下部剧还是扑了算了。好好的大小姐不当，跑去演戏，让人家评头论足。我都不好意思跟别人说我还有个女儿在演戏。"

秋夕面无表情地拿起筷子："放心，没人知道我跟你的关系，不用担心丢脸。"

叶尚军气闷一瞬，继续痛心疾首地说："以前人都是穷得吃不下饭了才去演戏，你倒好，吃饱了撑的……"

这会儿秋夕不再搭理他，夹起一根豆芽朝嘴里送，眼皮都不抬一下。

过去的那些年里，叶尚军就表演艺术的价值这个论题发表过无数次演讲，每次都口若悬河滔滔不绝，疯狂输出观念。

可惜，秋夕连他说的一个标点符号都没听进耳朵里，只等他说累了，自己鸣金收兵。

然而，今天的情形不太一样，叶尚军一通输出过后，音调一缓，换了个话题："你跟方家那个大公子现在怎么样了？你们已经见过面，微信也加了，发展势头很不错，但我怎么听他爸说你都不理他？"

秋夕还没回答，刚萎靡了没多久的李婉茹又把头凑了过来："方家大公子国外留学回来的，学问不错，人也长得端正，是个良配。你要是嫁过去，肯定可以安安稳稳地当一辈子少奶奶，享清福啊。"

秋夕不想说那位"良配"的坏话，只是简单地说："没感觉。"

叶尚军一听就生气了："难得人家不嫌弃你是个演员，愿意跟你相亲，你可得好好把握，没感觉就培养培养。"

秋夕不想理叶尚军，她抬起头，做作地观察了一圈餐桌，如梦初醒似的问李婉茹："我刚想起来，今天是周六，媛媛呢？怎么没回家吃饭？"

叶媛媛虽然已经上大学了，但学校就在本地，每周末都会回家一趟。

听她这一问，李婉茹先是小心地瞟了叶尚军一眼，然后才略带得意地说："媛媛参加了一个ERP沙盘模拟社团。ERP你知道吗？就是模拟经商，投资办厂，最后比谁最有钱。她说周末这两天社团里有个比赛，她找了一个很厉害的同学组队，跟我说要拿第一名呢。"

她正乐呵呵地说着，手机突然响了，她讶然地接通了电话："媛媛，怎么这个时候打电话过来？什么，你问你姐在不在，她在这边，怎么了？啊？你要开公放？"

李婉茹莫名其妙地把公放打开了。

只听见一个中气十足的女声大喊："姐！有大事！"

秋夕习惯了叶媛媛一惊一乍的模样，手上夹菜的动作没停："怎么了？"

叶媛媛："我这会儿在市中心吃饭，你猜我在餐厅里碰见谁了？"

"谁？"

"方家那个大公子，你都不知道，他身边坐了两三个女人，左拥右抱推杯换盏的样子，啧，不是个好东西，就这还好意思装得人模狗样出来相亲！"叶媛媛义愤填膺地说。

听到这里，秋夕不动声色地瞄了叶尚军一眼，满意地看见了一张略微不自然的面孔。

叶媛媛对自己隔空打了父亲大人的脸这件事一无所知："姐，你说我好不容易逮住他，要不要骂他一顿？"

秋夕想了想，说："骂人不太好，都是文化人，以和为贵。不如这样——"

"哪样？"

"你送他一瓶酒，就说我祝他生活愉快。"

"送什么酒？"

秋夕："剑南春。"

叶媛媛沉默片刻才感慨道："高，真高。我这就去给那个贱男送酒。"

旁听的叶尚军脸色越发绿油油，终于，他忍不住制止了叶媛媛："胡闹！你不是今天参加那什么ERP比赛，现在怎么在市中心不在学校？"

李婉茹也关切地问："对啊媛媛，你不是在比赛吗？可要好好学好好练，这个比赛对你以后经营公司有好处的。"

那头，叶媛媛神采飞扬地说："比赛结束了，吃完饭我就回家。"

李婉茹诧异："不是说两天？"

叶媛媛兴高采烈地说："我破产了，提前出局，哈哈哈！"

李婉茹目光呆滞地重复了一遍关键词："破……破产？"

虽然看不到，但叶媛媛眉飞色舞的模样仿佛浮现在所有人面前："对！"

"对个什么？吃完饭赶紧滚回家，晦气。你姐不务正业，你又是个蠢蛋，这么大的家业都不知道交给谁，我看我的公司迟早得捐出去。"叶尚军实在绷不住了，对着手机横眉竖眼地一顿吼，而后毫不留恋地挂掉了电话，闷闷不乐地甩下筷子上楼了。

叶尚军走了，秋夕也不准备多留。

她的母亲秋莹去世半年后叶尚军就续弦了，从那以后她就开始住校，在这个家里没有房间，只是偶尔才回来一趟。即便回来，她也不是为了探视这一家人，只是想给秋莹的牌位上炷香。

她收拾好包就要离开的时候，李婉茹在她身后又热切地问："夕夕，真的不用宣传一下？"

秋夕头都没回，简短而坚决地说："不。"

说完，她便径直走了出去。阳光洒在她身上，有些晒，但她却觉得舒服许多。

每次待在那栋别墅里，她总觉得自己的筋骨都是折叠的，无论是身体还是精神都异常容易疲乏。

不过幸运的是，今天的事情已经了结，距离下次回家还需要很长时间。

秋夕昂首挺胸地戴上墨镜，一撩头发，感觉自己摆脱了满身的阴寒和拘束，又找回了身为女明星的自信潇洒感。

她刚刚坐上自己的车，门关上，手机振动，屏幕亮了。

沉寂了许久的《燕归来》主创群出现两条新信息。

制片马亮：【终极版海报做好了，下周五晚首播，大家今天晚上如果有时间开一个线上会议，讨论一下播出期间的配合工作。】

制片马亮：【[图片]】

秋夕没有过多思考，顺手点开了它，图片很快占据了手机屏幕的所有角落。

海报的氛围并不写实，走的是唯美古风路线。

春末时节，繁花如锦，细雨似雾，一个头戴荆钗的女人提着一袋米站在街道上。她的衣服粗糙无比，看上去非常狼狈，神情中带着一种被生活折磨过的沧桑，但那张脸的秀美却是无法遮掩的，一眼望去楚楚动人。

她目光凝滞地看着一个举着伞的男人，眼中带着惊喜和自惭。

那个男人身姿挺拔清瘦，一身青衫，正脸并没有显露出来，只有一个下巴出现在伞面下方。下巴线条流畅，瘦削优美又不失棱角。

他的唇抿着，从唇到颈都处于一种紧绷的状态，像是久别重逢的人有无数的话要说，太多了，反而一句都说不出口，只能把那些字句在胸膛里酿成酒，一饮而尽，一醉方休。

秋夕看着海报，耳边突然浮现起拍摄那天他们的台词。

她问："你怎么来了？"

他说："我等你很久了。"

秋夕对着这张海报默默地想。

这个人,已经多久没有见到了?

回家之后,秋夕认认真真地泡澡敷面膜,给自己化了一个全妆,换上一身刚买没两天的衣服,而后便坐在电脑桌前,一边看剧本,一边等开会。

当晚八点,电视剧《燕归来》剧组诸位成员阔别一年后,终于相聚于腾讯会议。

一个个熟悉又陌生的名字连接进入会议室,彼此寒暄起来,秋夕对着屏幕挨个打招呼。

场面上的事情她再熟悉不过,连思考都不需要。

直到一个面孔毫无防备地出现在屏幕上,她的声音才猛然停下。

秋夕在娱乐圈混了这么多年,没混出什么大的名气,见过的帅哥却如恒河沙数,按理说早就该对美貌免疫了。但每次看见林涵真时,她总是像第一次见他时那样,默默地屏息一秒。

如果一个人好看到极致,你望向他的时候,第一眼是看不清的,没有任何词语能够清晰地描述出来,那是一种让人甚至想要回避一瞬的俊美。

看到第二眼时,你才能认真地打量他的五官,他的发型,他的衣着,他的一切,但那其实已经不重要了。

就算有些缺点又怎么样呢,譬如白净的脸庞上多了一颗泪痣,刚睡醒的头发有些夛毛,这对美并没有丝毫的损害,反而让它更加生动。

林涵真作为毫无背景的普通人,能在后浪推前浪的娱乐圈"糊"了这么多年还有戏演,原因就在这张脸上。

他穿着一身纯白的衬衫,坐在电脑椅上,冷白色的灯光从侧面打过来,照在他的脸上,肌肤好像莹润得能反光。他垂着眼睛,神情淡然地看着屏幕,看起来有一丝不可接近感,像是目中无人的天之骄子。

天之骄子不一定,目中无人没准是真的。

出于对林涵真的了解,秋夕飞速地调大了耳机的声音。

果然,下一秒,有人发出了一声轻微的喟叹:"果然,没有眼镜什么都看不见。"

很快,林涵真不知道从哪里掏出一副镜片极厚的眼镜戴上,恢复视线的他不再高冷,凑到镜头前面,乐呵呵地对所有人挥手:"大家好,好久不见啦。"

秋夕顿时无语。

所以说,有些时候,不可接近感只是高度近视带来的错觉罢了。

"好久不见,好久不见。"许多人也跟他挥了挥手,秋夕却没回应,她从桌边缓缓端起一杯玫瑰花茶,杯沿抵在下巴上。

她捧着茶杯,隔着玫瑰香味的水雾,隔着虚拟的世界,若有所思地看向他的脸。

他们最后一次见面是杀青那天,她看见他的最后一刻,他还穿着戏服,青衫君子满腹锦绣,眼神坚毅又清亮,看向人的时候,端方中带着一丝难掩的温柔。

那个样子的林涵真和现在屏幕那边傻乐的林涵真,让人怀疑是不是一个人。这个问题,她思考了一年,到现在没有任何答案,反而越发迷惑。

和众人打完招呼,林涵真的视线在屏幕上移动,神情很认真,秋夕不知道他在做什么。

没多久,林涵真的脸上露出一个灿烂的笑容,手掌抬了起来,热情地挥了挥,弯着眼睛说:"秋夕,好久不见。"

秋夕手里的杯子一晃,手心被烫了一下,她顿了片刻才放下茶杯回答:"……好久不见。"

"人都来了,那就开始吧。"制片人马亮咳嗽一声,对着镜头这边首先说了一句寒暄式的开场白,"大家最近都在哪里发财呢?"

本来这句话其实是没什么意义的,没想到却捅了娄子。

"什么发财,这段时间影视寒冬,太多项目被砍,不好找工作啊。我上个月刚进一个剧组,待了两天,嚯,解散了。"一个人苦哈哈地说。

以此为契机,一伙人纷纷把自己这段时日的辛酸吐了个干净,整个会议室一时挤满了影视界失意人。

眼看着情形快要失控,马亮抹了一把汗,提着声音说:"祸兮福所倚,幸好有这影视寒冬,大批剧拍不完,咱们有个填档的机会,不然《燕归来》也播不出来。"

说到这里,马亮找回了原本的发言大纲,进入鼓舞人心的环节:"我对《燕归来》是充满信心的,我们在有限的预算内把一切都做到了最好。虽然过去一年没平台要,但我们要相信自己,这部剧是沧海遗珠,一遇风云便化龙!"

说完话,他停顿了片刻,留给所有人一个鼓掌的时间。

可惜,一片寂静,没人捧场。

马亮无奈:"大伙,都高兴点吧,难得剧播了。虽然我知道大家都没抱太大期望,但是万一呢?开这个会的主要目的是跟大家商量一下,周六我想把主创凑在一起做一个直播,提高一下热度,大家时间上应该都没问题吧?"

这话一出,肉眼可见有几个人面露难色,会议室里沉默起来。

面对这阵奇怪的沉默,马亮诧异地问:"有问题吗?"

犹豫了一会儿，编剧小阮率先举起手，小声地说："我周六有个考试，能不能换个时间？"

"什么考试？"

小阮尴尬一笑："公务员考试。"

马亮愕然一瞬，但他反应得很快，体面地说："我知道了，年轻人，多条路子没问题。还有其他人那天有事吗？有没有也去考公务员的？"

刚刚沉默的人纷纷开口：

"对不住，我有朋友那天手术，我得去陪护。"

"我表叔离婚打官司，我得去壮壮场面。"

"我姨舅昨天人没了，真是太不巧了。"

……

等大家七嘴八舌地说完，让人震惊的事情发生了，一个剧组居然有半数主创周六都有事。如果排除风水有问题，从科学角度思考，大概是有鬼了。

马亮直接笑了："行了，别编了，我怕你们这些人过两天在同一个考场里面面相觑。"

他叹了口气才说："大家的难处我都知道，到了这个岁数，拍戏挣不到钱总要另寻生路。但如果《燕归来》是你们职业生涯的最后一部戏，它已经走到这一步了，咱们一起让它尽量走得远一点，看到的人多一点。可以吧？"

"不然等过些年，有人问你年轻的时候干什么了，你说你去拍电视剧了，人再问你拍什么了，好了，一句话都说不出来，那多难受。"

"不过既然这么多人周六都有事，"马亮一拍手，"暂定周日直播预热，具体的事项我会挨个发到负责人的邮箱里，终极海报和单人海报我发到群里，你们最后核对一遍有没有地方需要修，等播出前两天咱们同一时间发出去。都没有意见吧？"

"没有没有。"许多人齐声道

"好，那先散会。记得查收邮箱。"

短暂的会议就这样结束，与会人员一个个退出会议室，秋夕不过是低头看了几眼手机，再抬头的时候，居然只有她和林涵真还在会议室里待着。

发现秋夕抬了头，林涵真叫了她一声："秋夕。"

两人相处的氛围让秋夕觉得有些不适应："……怎么了？"

林涵真笑眯眯地说："我刚才有话想跟你说，但是人太多了，现在才找到时间。"

出于对林涵真个性的了解，秋夕觉得有些不妙："什么话？"

007

林涵真把头凑到镜头前,他精致的五官在怼脸镜头下也没有丝毫的丑化,反而更加好看了。

他就顶着这样一张绝俗的脸认认真真地说:"你两边眉毛高低不一样,下次小心,不然被媒体拍到照片,营销号又要挑毛病了。"

秋夕哑口无言。

她就知道。

隔了快一年再见,但林涵真还是这个熟悉的味道,一点儿也没变。

就不说遍地是人精的娱乐圈了,哪怕放在普通人里,她这辈子就没见过比林涵真还看不懂眼色的人。

林涵真作为三大艺术院校的科班生,毕业之后除了第一部作品有点水花,后来再也没有任何拿得出手的作品,一直吃不饱饿不死地在圈里混。其实他的演技很不错,沦落到这一步,绝对跟情商有关。

在粉丝心里,他是怀才不遇的宝藏,高冷帅气的仙鹤。

而在秋夕眼里,他就是一个多话的憨瓜。

他们最后一次微信聊天是在杀青两个月后,那时的秋夕一门心思想要跟他冷一冷,戏都拍完了,她不想再天天跟他胡聊瞎乐了。

于是有大概半个月时间,只要林涵真和她说话,她就按照网上的敷衍大全和他聊天,只回复"对对""好家伙""还有这事""我都没想到"类似的完全无意义话语。

就这样,林涵真居然还能高高兴兴地和她聊了半个月,什么问题都没发现。

终于有一天,他给她发了一张图片,上面写着"网络时代敷衍金句最全版",她用过的敷衍语句,图上有,没用过的,图上还有,确实挺全。

秋夕本来以为她的敷衍行为被发现了,林涵真是来兴师问罪的。

没想到,他下一秒接了个:【这个好好笑啊。】

秋夕顿时无语。

林涵真:【哈哈哈哈哈哈哈!】

过了一会儿,她才打字:【哈哈哈哈哈哈哈!】

放下手机的时候,她翻了个白眼。

憨子。

真的不能动动脑子吗?

想到过去种种,秋夕深吸一口气,"啪"的一声把笔记本电脑扣上了,把"喂喂秋夕你是不是卡了"的声音彻底切断。

开播前的准备总是很细碎,作为主演,秋夕只需要配合转发宣传物料就可以,但其他人却忙着抓紧最后时间阅片,分析哪里的剪辑配乐还有改进的空间。没到最后一刻,谁都不敢停下,好之上还有更好,艺术作品的修改是永无止境的。

在周日前的这些天,秋夕一直待在家里看手里的几个剧本。

等到周六上午,秋夕把桌上所有的剧本都看完了,她把它们摞在一起,叹了口气。都是小成本制作里傲娇"作女"的角色,她不是不能演,但如果想要突破,这样的角色绝不能再接了。

不知道《燕归来》播出之后,情况能不能有所好转,接到更好的剧本。

想到这里,秋夕站起身,伸了一个懒腰,一抬眼,忽然看见一个落了灰的文件夹。

她走过去,把它拿起来,翻开,几本被勾画揉弄得不成样子的剧本出现在她眼前。

她把它们挨个拿出来,摊在桌上,《燕归来》全剧本,《燕归来》燕珏部分,《燕归来》乔青云部分。

秋夕不自觉地把《燕归来》乔青云部分拿起来,翻开第一页,一只憨态可掬的熊仔出现在白纸上,熊仔旁边有个气泡对话框,上面写着"坚持!加油!"几个字,字体清隽刚硬又含着一点可爱。

看见这个熊仔,秋夕失笑,琢磨了一会儿这个熊仔怎么画的,而后才把这一页翻了过去。

这是她杀青后第一次重读《燕归来》的剧本。

这一次重读,她从早晨九点读到了下午五点多,一气呵成,再抬眼的时候,她才发现不知道什么时候开始,外面下起了暴雨。

她从高层朝下看,不少人狼狈地挨着楼脚行走,看来雨是突然落下来的。

她站在窗边,窗外一片朦胧,雨点打在窗边,淅淅沥沥,她耳边的声音逐渐模糊,好像有人在她身后端坐在案前,黑发鸦青,垂眼倒茶,茶水缓缓注入白瓷盏,水声反而衬得一室静寂。

她揉了揉脸,把那个幻影抛开了。

第二天刚一起床,洗漱完毕,秋夕就坐在化妆台前给自己化妆。像她这种十八线"糊糊",经纪人十天半个月才联系她一次,私人化妆师肯定是没有的,去平台那边化妆师未必愿意认真对待,不如自己动手。

秋夕对着镜子打量自己,她的皮肤很好,没有痘,没有红血丝,也没有黑眼圈,遮瑕步骤可以直接舍弃掉,她吹了一下刘海,拿着粉底刷开始了。

在收起化妆工具前,她对着镜子反复多角度核对自己的妆容,眉毛没有任何问题,好,完工。

她自己开车去了果子视频的公司大楼下,走进大门的时候,时间刚刚八点。

他们剧组上午十一点开始直播,现在对一对台本,时间绰绰有余。

引导她的工作人员暂时还没有来,她站在大厅前略微等了一分钟,这一等,等来一个不速之客。

一个不怀好意的娇媚女声在她身后响起:"哟,看谁来了,是我们人间海棠无敌美颜可爱犯规的宝藏女孩秋夕啊,怎么大清早的一个人在这儿罚站呢?"

秋夕僵住。

已经不是第一次听到这一长串了,但每一次都会尴尬到头皮发麻。

她调整呼吸,转身,对着谭妙云打了个招呼。

谭妙云比她早出道几年,算是她的前辈,她们两人拍的戏完全是不同的类型,竞争关系并不强,能结仇完全是李婉茹的锅。

李婉茹和相熟的营销公司曾经因为杀价合作破裂过一次,那一次,李婉茹不得不转投其他公司。新公司可能没接过李婉茹这么大的单,诚惶诚恐,营销得非常卖力,全网全时段不停歇。

注意,真的是全网,老年人交流如何养鱼的网站都能蹦出秋夕的高清正面大头照。

而且这次的营销帖子种类繁多,既有简单粗暴的美图轰炸贴,给人大图对脸的视觉冲击,也有阴阳怪气的艳压拉踩贴,把语言的艺术贯彻到底。她甚至还"嗖"的一下上了热搜第一,评论里铺天盖地的控评。

这家公司的业务实力属实强到超出秋夕的接受范围,她忍无可忍地打电话让李婉茹赶紧撤单。

但李婉茹有自己的理解。

她告诉秋夕,若要成大事,必须能忍常人之不能忍,尴尬一点算什么,她就是不撤。

秋夕终于不干了,跟李婉茹大吵一架,李婉茹屈服了,但有些误会已经发生。

当初被通稿艳压拉踩的就是谭妙云,从此,秋夕在谭妙云眼里就是一颗演技烂、没作品、只会营销、不尊重前辈、破坏娱乐圈生态环境的老鼠屎,但凡遇见了,总要讥讽秋夕两句。

谭妙云两手抱在胸前,挑眉:"怎么不说话呢?没睡醒?"

秋夕微笑着说:"谭姐早上好,一段日子不见您更美了,头发颜色真好看,耳钉也很别致呢。"

伸手不打笑脸人,谭妙云不怎么高兴地看她:"口蜜腹剑。"

秋夕维持着自己的半永久微笑:"哪儿啊。谭姐今天真的很美,我没说瞎话,句句出自肺腑。"

谭妙云"哼"了一声:"说吧,来这里干什么,又有烂剧要播了?"

秋夕春风化雨地说:"是的呢,谭姐,不过这个剧应该不烂。下周五晚上八点在果子视频正式播出,谭姐有兴趣的话,可以莅临指导一下。"

谭妙云美目一斜,撇着嘴说:"我才不看呢。你接的剧,看一眼都有损我的艺术鉴赏力。告诉你,当演员心思要放在正道上,锤炼演技,搞那些歪门邪道的小花招,没用。"

她朝着秋夕摆了摆手指,而后提着小包扬长而去。

秋夕目送她远去的身姿,实在没忍住笑了一声。

这时,候在一边的直播助理终于凑到秋夕面前,见到秋夕的微笑,无数娱乐圈阴谋阳谋你死我活的故事顿时都浮现在脑海里。

为了近距离追求八卦才走进娱乐圈的助理小妹表面惶恐内心满足,一大清早就碰见两位女星正面冲突,她已经开始思考下班之后该怎么去论坛爆料了。

想是想,工作还是要好好干的,助理小妹掩盖住内心的激动,对秋夕说:"秋姐,抱歉我来晚了。"

秋夕:"没事,其他人都到了吗?"

"到了挺多人,都在后台坐着,我现在就带您去找他们。"

两人边走边说,踏进了电梯。

还没走进后台休息室,秋夕就听见了热闹非凡的讨论声:

"什么,昨天的资料分析超级简单?完蛋了,我全都蒙的。"

"你没做错吧?数量分析怎么可能没有一道选C,我全选的C!"

…………

# 我们剧组看起来要完蛋了。#

# 还好她脸上的笑容做的是半永久。#

秋夕体体面面地和助理小妹弯唇:"见笑了。"

助理小妹尴尬一笑:"没有没有,理解理解。"

秋夕走进后台休息室,笑着跟所有人打招呼,从头走到尾,最后停在一个沙发前。

一个人闭着眼睛靠在沙发背上,呼吸均匀地睡着了,脸颊微红,长长的睫毛覆在脸上,投下一层虚影,明明是二十八岁的男人,睡着的时候却带着一种幼态。

是林涵真。

旁边的编剧小阮停下讨论考题,对秋夕解释说:"他昨天淋雨了,一来就说自己有点发烧,吃了药瞌睡大,如果睡着了让我们等人齐了叫醒他。"

"要叫醒他吗？大家快到齐了。"小阮问。

秋夕却摇了摇头："不用了，先让他睡吧，真正开始对台本了我再叫他。"

小阮点头，继续和其他人讨论昨天的考场崩溃瞬间。

秋夕坐在了林涵真附近的椅子上，拿起手机想要刷微博，微博确实打开了，热搜也点进去了，她的手指也在屏幕上来回滑动，但看见了什么，她什么也不知道。

注意力不自觉地就放在了身后的那个人身上。

秋夕虚假地刷了一会儿热搜，没忍住，回头看了一眼。

林涵真还在睡，神情恬静。

她盯着他，心里想，活脱脱一只小猪。

就在这时，林涵真的手指动了动，下一秒，他睁开了眼睛，猝不及防地和秋夕对视了。

秋夕膝盖上的手机差点儿摔到地上。

林涵真倒是什么异样都没察觉，视线蒙眬了一会儿才对准焦，捂着脑门表情难受地说："抱歉，刚刚睡着了，没注意到你来了。"

秋夕迟疑地说："没事，不过你这样，今天的发布会能支持住吗？"

林涵真："没问题，这不算什么。对了。"

秋夕："嗯？"

林涵真揉了揉额头，看来还是有点不舒服，他忍着难受说："那天你怎么突然从会议室掉线了，我还有话没问你。"

秋夕一时语塞，支支吾吾地说："网还是不稳定。"

去年她拒绝林涵真一起玩游戏时用的借口就是网不好，网当然是好的，只是林涵真太菜了。

林涵真颇感意外："你还没修好？"

秋夕无法解释，转移话题："在修了在修了，这不是重点。你有什么话没说快点说。"

林涵真被糊弄过去了，看向秋夕，神情认真地问："后来董承望有找过你麻烦吗？"

董承望？

秋夕眨了眨眼。

这个名字她需要刻意回忆一下才能想起来，好像是拍摄《燕归来》时纠缠了她一段时间的富二代，自以为有点钱想包养她。秋夕拒绝了他仍不乐意，死缠烂打了很久，后期还有恼羞成怒欲行不轨的迹象，多亏林涵真帮她解围过几次。

不过某一天，他就突然消失了，不再来打扰她。秋夕不知道他是找到新的人生目标了还是被李婉茹敲打过了。

她没想到林涵真要说的是这件事。

秋夕："后来就没见过他了。你怎么突然问起这个？"

林涵真："没什么，只是问一下。当时我跟你说他再纠缠你就告诉我，你没有联系我，大概没什么事，现在只是再跟你确定一下。"

秋夕捏着手里的手机，沉默了一会儿才说："我没事，这一年过得挺好的。"

林涵真顶着烧得微红的脸颊笑起来："那就好。"

礼尚往来，秋夕准备问林涵真这一年过得怎么样。她出于某种原因，这一年一直回避了关于林涵真的任何消息，所以对他的状态完全不了解。

她还没问出口，突然听见那边的主持人喊了一声："人都到齐了，咱们开始对台本吧。"

秋夕闻声望去，工作人员已经开始朝每个人手里分发流程表。

主持人："我把你们各自的登场顺序和需要回答的问题都写在流程表上了，大家看一看，有需要修改的地方在纸上写出来，我们现在修改，没问题填个无就好了。"

工作人员的动作很快，这会儿已经发到了秋夕和林涵真的手里。

正事来了，她就顾不上闲聊了，仔仔细细地看流程表。

像这种新剧宣传直播，其实流程基本已经固定了，一般都是制片导演编剧先上去介绍剧集的整体概况，谈谈自己为什么选择了这个剧本，谈完之后他们下台，放一个宣传片，主演上去介绍自己的角色，接受采访。

因为今天是现场直播，不能剪辑，采访问题就要提前沟通一下，把不合适的问题筛选出去，以免出现播放事故。

秋夕从上看到下，所有问题都很常规，她刚准备在纸上写个"无"字，突然发现自己没带笔。

她偏头，看向从背包里拿出一支中性笔的林涵真："你写完了笔借我用一下。"

林涵真头也不抬："没问题。"

他也只写了一个"无"字，动作很快地完成任务，随手把手里的笔递给了秋夕。

秋夕接过笔，一拿——

没拿动。

她诧异地看向林涵真，意外地发现紧握着笔尖的林涵真正在"瞳孔地震"，好像突然想起了什么不该被发现的事情。

秋夕疑惑地说："你怎么不松手？"

她边问，边看向他手里那支笔。

很快，她的瞳孔也"地震"了。

中性笔是老老实实的中性笔，只是印了一行字：××教育，为您的公考之旅保驾护航！

这……

秋夕强行找补："这笔是你从别人那里拿的吧？"

林涵真缓缓地松了手，尴尬地拨弄了一下头发："对，昨天考场门口领的，这笔挺好用，我就留下了。"

秋夕的声音不太平稳："原来是这样啊。"

他是真的烧傻了吧。

林涵真突然意识到自己错失了什么机会，但已经来不及了，他只能说："……是这样的。"

人生大无语事件发生了。

他们俩相对无言片刻。

秋夕心想，不用问他这一年过得怎么样了，答案都在这支笔上。

她环顾整个剧组，突然觉得自己有些格格不入。

这正常吗？

这是真正的娱乐圈吗？

秋夕陷入了这辈子最迷惑的时刻。

幸好这个时候主持人开始催促大家交流程表。秋夕草草地用这支来历诡谲的中性笔写了个"无"，而后飞快地把笔塞回了林涵真的手里。

下一秒，林涵真变魔术一样飞快地把它塞回背包。

两个人面对面坐着，伪装无事发生，竭尽全力地说废话，力图把刚才的一切遮掩过去。

但聊了一会儿之后，秋夕有个问题压不住了，她碰了碰林涵真的手臂："你这一年有接到戏吗？"

林涵真对她坦然地说："没有。"

秋夕很意外，林涵真就算没有主演，这一年居然连个配角都没混上？

她问："那你这一年在家里在忙什么？"

林涵真认认真真掰着手指给她细数这一年的成就："种了三十二盆花，学会五十七道菜，通关了十个单机RPG（角色扮演游戏），上个月开始学戳羊毛毡。对了，那天开会我背后墙上挂着的十字绣你看见没？"

他看向秋夕的眼睛微微发亮。

秋夕皱着眉回忆，从记忆的犄角旮旯找到了一点印象："你说的是那幅'坚持就是胜利'?"

林涵真的大拇指朝向自己,语气中有一些得意:"我绣的。"

秋夕顿住。

影视寒冬害人不浅。

想了很久,秋夕才吞吞吐吐地问:"如果这部剧火不了,你是不是真的打算放弃,以后当公务员?"

林涵真摇头,格外老实地说:"不一定,我很可能考不上。"

太实诚了。

秋夕再次沉默。

不过,她的沉默起初只是因为林涵真的憨憨发言,到后来却是因为别的东西。

虽然她偶尔会吐槽林涵真情商太低,但在《燕归来》的拍摄期间,她能看出来,林涵真对待演戏非常认真,他的演技也很好。

他只是接不到好剧本,运气又比别人差了许多。

娱乐圈有句话,小红靠捧,大红靠命,如果一个演员没人捧,命运也从不眷顾,大概就是一辈子沉寂到底。最多等六七十了去其他戏里客串一下,拿一个"老戏骨"的名号,别的,也就没了。

如果林涵真因为喜欢别的行业或者实在没天分而放弃做演员,她不会劝他,但如果只是因为看不见摸不着的命运,那就太可惜了。

她的出神被林涵真察觉到了,林涵真在她眼前挥手:"你不会在替我遗憾吧。"

秋夕没说话。

林涵真看上去很想得开地说:"没关系的,能拍这么多年戏已经很好了。很多人还没这个机会呢。况且换个角度想想,虽然追逐梦想的幸福暂时告一段落,但享受一朝一夕一饭一蔬的幸福没准就在眼前。"

他说得轻松,秋夕却不信:"你真的这么想?"

林涵真表情停顿一瞬,终于不再是那副傻开心的模样,他靠在沙发背上,眼神有些迷茫:"还能怎么样呢?"

是。

还能怎么样呢?

命运能强求来吗?

秋夕看向林涵真,突然也有些茫然。她是想帮他的,可是,该怎么帮?

作为一个小演员,她能做到的事情太有限,当初试戏的时候挑中林涵真作为《燕归来》的主演,已经是她唯一能为他做到的事情。

那也只是建立在剧组太穷,没有别的资本介入,导演也愿意采纳她的建议这个基础上。放其他剧组,她说话不一定有人听。

当然,如果她去找叶尚军,向他求和讨好,给林涵真提供资源不过是件小事,哪怕直接为他组个剧组也没什么。叶尚军作为国内数一数二的实业家,资本雄厚,能办到的事情太多了。

可是,她为什么要为林涵真做这些?

她宁愿自己"糊"都不愿意从叶尚军的口中乞食,林涵真对她来说算是什么人,她凭什么会为他做到那一步。

秋夕看着林涵真的脸,心情莫名低落起来。

刚好这个时候时间快到了,主持人招呼所有人一起去直播间。

秋夕借着这个机会起身,把刚才所思考的一切暂时先抛至脑后,对林涵真说:"走吧。"

林涵真站起身:"走。"

他刚走出一步,忽然抬手捂住额头,眉毛皱着,看起来很难受。

秋夕才又想起来他还在发烧,她担忧地问:"你确定可以撑住吗?"

林涵真缓了一下才松开手,没有一点儿犹豫:"肯定可以,都走到这里了,哪有退回家的道理。"

他咧开嘴,露出八颗洁白的牙齿,佯装轻松地说:"秋夕,这没准是个好兆头,象征我们的剧也能红火起来,这样一切问题就都解决了。"

秋夕看他这副带病傻乐的样子,扯了扯嘴角:"我们的剧,希望它这次会火。"

所有人各就各位,秋夕坐在林涵真身侧。周日上午十一点整,《燕归来》预热直播开始了。

截至直播开始的那一刻,直播间粉丝数三千二。

少得可怜。

因为林涵真的状态看着确实不太好,秋夕在直播刚开始的阶段并没有认真听,反正也没到她的部分,她一直在用余光瞄林涵真,生怕他直接晕过去了。

他倒是没有晕,但这会儿好像反应慢了不少,看着人有点愣愣的。

秋夕一直注意着他,等到宣传片放完,马上就要到他们两人的部分时,秋夕才从下面用脚踢了他一下。

林涵真知道她是什么意思,一个激灵,后背直起来了,为了显得有精神,好看的眼睛瞪得像个铜铃。

秋夕看见他这个样子,有些想笑。

她提醒得很及时,很快,主持人的声音就响起来了。

"那么,下面请《燕归来》主演秋夕和林涵真介绍一下他们各自饰演的角色,欢迎欢迎!"

秋夕瞄了一眼林涵真,接过话筒,面对摄像头微笑着说:"大家好,我是秋夕,在《燕归来》里我饰演的是女主角燕珏。她是一个热情勇敢的姑娘。

"她的生活里发生了许多灾难性的变故,但无论什么时候,她对自己的爱恨都不矫饰。即便她和乔青云之间阻碍重重,她一旦确认心意就会勇往直前,为乔青云不计代价奔走千里。"

说到这里,秋夕露出一个狡黠的笑:"在这里我透露一下,在这部剧里,我有美救英雄的戏。"

说完,她把话筒递给林涵真:"到你了。"

为防林涵真没注意到,她还不动声色地悄悄撞了一下他的胳膊。

林涵真很快接过话筒,开始介绍他的角色:"大家好,我是林涵真,在《燕归来》中饰演男主角乔青云。

"乔青云这个角色比较复杂,在世人眼里他自私自利,但他其实是一个标准的士大夫,家国情和儿女情都融在胸膛中。他的理想是将国家治理成一个富饶之地,为了达到这个目的他不顾一切。

"在感情生活中,他沉默寡言但用情很深,无论发生什么都非常靠得住,只要需要他,他就会出现。我很喜欢这个角色。"

因为生病,他说话的速度略慢,吐字就带了一股抑扬顿挫的味道,表情也比较收敛,这个样子的他和平日里的看起来不像是一个人。

秋夕本来保持着微笑的表情看他,但看着看着,她不自觉地有些失神,眼神直愣愣地看过去。

直到主持人提问下一个问题,秋夕才缓过神。

"好的,谢谢两位的回答,那我想再问一个问题,你们怎么看待对方的角色呢?"

因为话筒在林涵真手中,他先回答了:"燕珏是一个敢爱敢恨的女孩子,很可爱,也很强大,她是可以被信任被依赖的。"

说完,他把话筒递给秋夕。

秋夕握着话筒,手指在话筒上摩挲两下,才缓缓地说:"乔青云……"

她看向林涵真,眼睛却是没有焦点的,好像投入了虚空之中:"他是无转移的磐石,是不老不朽的松柏,是一个只要你回头就能看见的人,他一直在。"

他是一个……只要你遇见了就一定会喜欢的人。

主持人点头:"那我们继续下一个问题,你们觉得自己和角色的性格相似吗?"

秋夕想了一想,答:"其实并不太相似,燕珏这个人非常外向勇敢的,但我本人会更内向一点。"

林涵真朝她这边靠了靠,一边思索一边就着她手里的话筒说:"从外在性格上来说不像,乔青云是一个聪明冷静的人。但是从内核上我觉得我们具有相似的部分——"

林涵真说到这里,语速越来越慢,突然停顿了一瞬,神态里带着不受控制的困倦。这个瞬间被秋夕发现了,她立刻装作开玩笑的样子插了进去:"具体哪里相似,可能需要大家自己发掘了,一定要去看剧哦。"

接下来,林涵真的状态都不太好,秋夕吧啦吧啦地说了一堆,再抢答了几个问题,直播终于结束了。

在主持人宣布直播到此为止,希望大家能够关注《燕归来》的时候,秋夕看向了直播大屏幕。

此时,观看直播的人仍旧不到一万。

如果这剧能爆,大概全剧组的祖坟都冒青烟了。

等待播出的日子过得很快,转眼就是星期五。

晚上七点五十分,《燕归来》剧组所有成员都已经蹲守在电脑前,紧张地等待着开播。

是成功还是失败,答案马上就要揭晓了。

## 第二章
## 一股神秘势力

开播前的几分钟，主创群里消息刷得飞快。

【我太紧张了，昨天折腾到半夜实在找不到哪里还能改，真的找不到，是我们的剧太完美还是我已经熬夜熬傻了？】

【咱们都一帧一帧地抠过多少遍了，肯定没问题！】

【我心跳加速了，速效救心丸已经备好，刷出第一条差评我就开始吃药。】

【晦气，怎么会有差评！】马亮在群里喂给大家一颗定心丸，【刚刚投资人说了，只要咱们这个剧最后播放量能够到六亿，咱们全员云南深度游！】

【六亿播放量，咱们一共三十六集，乖乖，平均下来一集快两千万人看？马哥，我刷数据都不敢刷这么多。】

【说不定呢，好了，倒计时三十秒开播，祝《燕归来》一飞冲天！】

【一飞冲天！】

在所有人热热闹闹的讨论中，八点如约而至，网页刷新，《燕归来》正式上线。

秋夕是不信神佛的，但点开视频，主题曲响起的那一刻，她突然在心底祈祷起来。

所有能做的事情他们都已经做过了，如果好运是随机分配在世界上所有人身上，这一次，让它降临在他们这里，可不可以？

主题曲播放结束，草体的"燕归来"三个字出现在屏幕中央。

故事开始的第一幕是燕珏身穿艳红的嫁衣守在闺房中，今天是她成亲的日子。

她两颊绯红，双眸闪亮，神态中满是对未来生活的期盼。听见门外的人声逐渐熙攘，她捏着绣扇，好奇地望向门边，想要从门缝中窥得外面情景。

旁边的丫鬟拿她取笑,她却神情一肃,正经地说:"没嫁过人,好奇些不行吗?"

丫鬟仍旧捂嘴笑她。

两人正在说话,门被敲响了,一道低沉徐缓的男声在门外响起:"时辰到了,小珏。"

下一幕,门开了,门外的男人一身墨蓝长衫,身姿笔直地站着。

他生得很好,眉如远山,目似桃花,若是阳春三月走到街头,必然引得众女掷花盈袖。只是,他的神态间却带着一股浓重的学究气息,本应多情的双眼显得端正不阿,他皱眉看向谁的时候,话还没说出口,人就已经畏惧了。

燕珏却不畏惧他严肃的神情,嬉笑着说:"师兄,怎么是你来叫我?"

乔青云看着她,说:"老师只有你一个女儿,我作为他的学生,看着你长大,今日便忝居兄长之位,背你出嫁。"

燕珏笑着说:"好。"

下一幕,乔青云背着燕珏,一步步走在青石铺就的道路上。喜乐已经奏响,周围的人欢呼祝贺,燕珏眼中都是欢喜之色,这桩婚事似乎被所有人祝福。

但镜头一切,乔青云的神情出现在屏幕上。

无人察觉的角度,他弯着腰,低着头,双唇紧紧地抿着。背上的人明明不重,他的手指却轻微地颤抖。

到花轿前,本该把燕珏放下来,他身形却定住了,迟迟没动。

燕珏诧异,周围的人也投来奇怪的眼神。

他缓慢地眨了一下眼睛,这才把燕珏安安稳稳地送入花轿。只是在起身的一刹那,他在她耳边留下最后一句话:"以后如有不顺,不管什么时候,可以找我。"

燕珏笑嘻嘻地说好,但她的眼神却清晰地告诉所有观众,她其实并未把这句话当真。她年纪还小,娇生惯养,过往都是坦途,未来怎么会有不顺?

唢呐吹起,燕珏放下花轿的窗帘,一层布隔绝两人,此后便是音信断绝的五年。

屏幕再亮起来的时候,燕珏的脸出现在屏幕中央,昔日的天真活泼已经消失殆尽,她低着头,提着一袋米走在街上。

路边的碎嘴婆子撇着嘴小声嘀咕:"我要是她早就躲在家里不出来,克死亲爹还不够,把夫君也克死了。你说她手里这袋米到底从哪儿弄来的?不会是——"

她们相视,交换了一个暧昧又嫌弃的表情。

燕珏没听见她们的对话,她不适应地摸向手腕,那里曾经有个玉镯,她出嫁时戴着的,今天没了。

她走着走着,下雨了,天色乌蒙,道路两边的墙角有梅花旁逸斜出,花瓣落在地上,雨打风吹,零落成泥。

转过一个街角,快要走到家门的时候,她的脚步忽然顿住了。

一个身影站在她家门前,纸伞遮住面容,什么都看不清。过去的生活离她已经太远,故人都如隔云端,但她注视着那身青色的衣衫,疑惑了片刻之后,忽然就认出来那是谁。

她下意识地把自己手里的米袋遮掩起来,可是动作做到一半,她停下了,苦笑一声。

她早已满面尘霜,这是藏不住的,她只能缓缓挺直腰,直视过去,只是手指仍旧紧绷,紧紧地握着那袋米。

乔青云察觉到什么,回头,抬眼看她。他这双眼经过几年朝堂锤炼更显深沉,他遥遥地看她,等她自己送到面前。

燕珏缓缓地走到他面前:"师兄,你怎么来了?"

乔青云答非所问:"我等了你很久。"

燕珏:"抱歉,我出去办事了。"

乔青云却摇头:"我不是指这个。"

"什么?"

乔青云沾了雾雨的睫毛抖动,他问:"你为什么没去找我,你成亲时我说的那句话,你忘了吗?"

燕珏一时语塞,她没忘,只是顾虑太多。

重逢后,乔青云第一次笑了,像是嘲讽像是自嘲:"你也信别人所说,认为老师的死是我一手造成?"

燕珏连忙解释,乔青云却摇了摇头:"无妨。我已经辞官,在临安开了一家学堂。你儿子到了开蒙年纪,不如来我那里。你是老师的女儿,他对我如师如父,我会认真教。"

燕珏犹豫了很久,不过孩子的未来确实要紧,她答应了,只是道:"去那边置办居所需要些时日。"

乔青云:"我在隔壁空了一个院子,你可以暂且住着。"

燕珏诧异地说:"隔壁?住得太近,会不会惹人说闲话?我也不想惹你娘子不高兴。"

"不会。"乔青云风淡云轻地说,"我还未娶妻。"

…………

秋夕本来准备一边看剧一边在微博上搜索有关《燕归来》的信息,没有想到,直到这一集结束,她都没有摸一下手机,尾题曲响起,她才如梦初醒般抬头,对着屏幕愣了许久。

拍戏时，她是燕珏，林涵真是乔青云，一体双魂，难分彼此。但时隔一年，再经过后期制作，一切都不一样了。

其实对于演员来说，杀青并不是和那个世界告别的最终时刻。只有隔着那层薄薄的玻璃看向原本熟悉的一切，却只能做一个纯粹的旁观者时，她才清晰地感觉到，那确实是另一个世界了。

出了一会儿神，秋夕才拿起手机，开始在微博上以"燕归来"为关键词搜索最新的动态。

没有。

除了前几天零星少量的粉丝预热以及剧组人员转发的官博海报，新的微博一条也没有。

她换了好几个关键词，"秋夕""林涵真""乔青云""燕珏"，仍旧如此。

她对着手机屏幕一时不知该有什么感情，相对于失望，最先浮现的反而是一种不知何处使力的迷茫。

一部剧播出来，被人骂倒不是最可怕的事，有人骂就代表有人看，有人看才能逆风翻盘。

最可怕的是什么都没有，一片空荡。

群里这会儿也沉寂了下来，刚才热闹的谈论消失了，如果他们坐在一起，大概是许多张无奈的脸相对叹息。

缓了缓，群里才渐渐有人说话。

【怎么会这样？真的没人看？】

【我不信，咱们熬了多少个大夜，它哪怕是坨屎屎，也该有几个不小心踩到的吧？】

【来个网友骂我行不行，骂我！快！网友们这都不冲？】

【沈哥你这样我害怕。】

群里一片哀号，号了一会儿之后，群里的消息已经快进到：【不要绝望！人生不是一条单行道。公务员可以考到三十五岁！下个月还有一场，现在开始复习吧兄弟姐妹们！】

有人见缝插针：【我给大家发一个优惠券，领券买资料可以省钱，你们省钱我挣佣金，双赢。】

【这钱都挣？你路子太野了吧？】

【见谅见谅，半年没开张了哈。】

正在大家快要癫狂的时刻，秋夕终于刷出来一条新微博。看起来很奇怪，语无伦次，不说人话——

【燕归来这也太，啊啊啊啊！】

秋夕疑惑，这是什么意思？

好像从这一条开始，微博就变成了一个神秘基地，充满了各种奇奇怪怪的乱码发言，主谓宾残缺，满眼感叹号，夹杂着"啊啊啊""呜呜呜"类似的无意义语气词。

秋夕把手机拿得离自己远了一点，做出老爷爷地铁看手机的表情。

他们的剧像是被发布到其他时空了。

这说的是人类语言吗？

终于，刷出来一条内容清晰的微博：

【燕归来这两个主演怎么回事，以前不都是烂片担当，搭在一起演技爆发了？本来只是无聊点进去，准备看两眼就逃跑，没想到进去就停不下来。免费三集VIP三集，已经定夜宵准备熬夜看完了！】

这条微博不仅秋夕看见了，群里其他人也看见了，有人把这条微博截图发在群里。

这一刻，刚刚还在疯狂找出路的众人全都沉默了。

过了几秒才有人在群里问：【这是真的？】

失败太久的人是不敢贸然享受胜利的，从不曾得到就算了，以为自己已经得到其实没有，那种反差会让人坠入更黑暗的深渊。

秋夕还保留了最后一分理智，拿起手机打了个电话，质问李婉茹这里面有没有她的手笔。李婉茹对此表示"你说什么"，她怎么可能会买这种不说人话的营销，她合作的公司文案水平特别好，所有广告都用成语的。

秋夕"呵呵"笑了笑，挂了电话。

打完这个电话，群里仍然是一片寂静，没人打字，没人聊天。

但半分钟之后，所有人开始疯狂地朝群里发截图，每个截图都是一条崭新的关于《燕归来》的点评，横跨许多平台，图片越发越多，浩浩荡荡如同潮涌，无声的狂喜包裹了所有人。

秋夕注意到，朋友圈里有人发了崭新的动态，一句话没说，只有一长排大哭表情。

群里的截图狂欢持续了十分钟才渐渐停息。

不知道多久过后，群里有人打字。

【我把微博装回来了。】

【我把豆瓣装回来了。】

【谢邀，粉笔已卸。】

看着那一串对话，秋夕笑了出来。

这种时刻，她点开林涵真的头像，突然想说点什么。

【我们的剧肯定要火了，真好。】

她把这行字打在输入框内，看了一眼，把"我们的"三个字删掉了，再看一眼，"真好"两个字也不要了。

最后——

秋夕:【剧肯定要火了。】

秋夕:【接下来的行程会非常繁忙,准备好了吗?】

没过多久,林涵真回复了她。他没打一个字,一连发了三个熊仔大笑的表情包,过了一秒,又发过来一个熊仔转圈撒花。

看着这几个憨唧唧的表情包,秋夕的嘴角又翘了翘。

从这一夜开始,秋夕进入了一种非常梦幻的状态。除了必要的工作和维持生命的饮食睡眠,所有时间都用在了刷新各大平台上。

《燕归来》的各项数据都在飙升,第一天还不明显,但从第二天开始,播放量飙升到三千万每集,第三天,四千万每集。

第一天凌晨十二点,《燕归来》出现在微博实时上升热点榜上,早晨九点掉了下去。

第二天八点四十分,也就是第四集播放结束的时候,《燕归来》冲上了热搜,虽然只是最后一位,只待了很短的一段时间,但它毕竟是上去了。

第三天十点整,《燕归来》成功冲到了微博热搜第二十八位。

更惊人的是,她和林涵真在短短三天内居然都涨了一百万粉丝。以往她的一条微博最多一百个人评论,现在截然不同了,前几天她发的宣传微博下,评论数直接冲到了一万多。

这样的吸粉速度是她从未体验过的,连她的经纪人沈姐都震惊了,打电话过来为她庆祝。

沈姐手里带着一个新晋影帝,很少人知道,他们俩是一对,沈姐为了男朋友的职业发展整天忙得不可开交,往日里都顾不上秋夕。

电话打到最后,沈姐委婉地向秋夕表示这段时间影帝的工作很忙,还是没有太多精力照顾到秋夕这边,不过有事情她会联系秋夕,其他时间,秋夕配合剧组宣传就好了。

毕竟放养惯了,秋夕没什么感觉地挂掉电话,又打开了微博评论区,查收刚到货的"彩虹屁"。

说实话,一个人在短短一天内看见几千条"彩虹屁",真的很容易迷失自己。有那么一两个时刻,她真的很想对着镜子问谁是世界上最美丽的女人,是不是她秋某人。

让她抑制住自己膨胀冲动的不是理智,而是老粉在评论里的科普。

【天道酬勤!终于火了!向大家隆重介绍我的宝藏女孩,人间海棠无敌美颜可爱犯规的秋夕!】

【人间海棠[爱心]秋夕!无敌美貌[爱心]秋夕!可爱犯规[爱心]秋夕!宝藏女孩[爱心]秋夕!】

看到这些评论被点赞顶到了前排,秋夕的半永久表情从谜之微笑变成了老爷爷地铁看手机。

这一篇永远翻不过去了吗？

真有人能被李婉茹的垃圾营销骗到手？

关上手机屏幕，秋夕对着镜子照了照自己，没长出第三只眼睛，和过去一模一样，甚至因为熬夜刷数据长出了一颗痘。

秋夕按了一下这颗痘，疼得她一激灵。

她清醒了，膨胀之路到此为止。

第四天，可喜可贺，《燕归来》拥有了第一个广告商赞助，虽然只是中插条幅类广告，但这已经是历史性的进展。

为了庆祝这件喜事，马亮线上发红包还不算，大手一挥，整个剧组全部主创当晚就在线下进行聚餐，作为第一次庆功宴。

这一次见面和上一次直播时凄惨的气氛完全不同了，所有人脸上都带着笑，喜气洋洋地举着高脚杯，也不管里面装的是红酒还是可乐，通通一饮而尽。

喝完第一杯，马亮上台拿着话筒对着所有人眉飞色舞地说："刚才那一杯滋味怎么样？"

"甜！"

"这才哪儿到哪儿，才播了不到十集，咱们还能更甜。"马亮"嘿嘿"地笑了起来，但下一秒，他正色道，"不过，兄弟姐妹们，不要嫌马哥浇凉水。虽然咱们第一仗打了个开门红，但是大家的警惕心绝对不能放下。

"再过两天，瓜子视频和花生视频的年度大剧一前一后也要开播了，那两个剧投资很大，宣传力度是咱们比不了的。观众时间有限，被他们的剧拉走了，咱们的剧自然就冷了。得想想怎么能让《燕归来》一路红火下去。"

负责营销这一块的方文石表情苦恼起来："这些问题确实存在，可是咱们实在太穷了，怎么宣传都比不了人家。"

马亮一拍手："所以，革命尚未成功，我回去想想怎么办。不过，富有富办法，穷有穷办法，咱们广告买不起，微博还发不起吗？多发微博，一天发个十条二十条，狠狠白嫖某浪的服务器，某浪亏了我挣了！"

他说着，突然瞄准了坐在一起的秋夕和林涵真："你们俩今天晚上商量个时间，发微博'营业'一下。"

秋夕和林涵真对视一眼，应了。

聚会持续了很久，许多人都喝醉了，秋夕和林涵真都不喝酒就留到了最后。刚火了没两天，还没膨胀起来，他们俩挨个给所有人叫了出租车送到家。

等到人都走空的时候,已经不早了,天又下起了雨。

林涵真没有车,自己打车来的,这会儿正拿着手机叫出租车,他一边等出租接单,一边对秋夕说:"不早了,你先回去,我在这里慢慢等就好。"

秋夕摇头:"我不着急,等你打完车再说。"

他们聚会的这个酒店位置很偏,不太出名,是《燕归来》刚开机之前剧组聚会时来过的。今天选这里一方面大概是为了怀旧,另一方面是为了躲记者。

两个目的都达到了,就是这会儿车很难打,上一辆出租叫了十分钟才来,林涵真不知道要等到什么时候了。

秋夕陪着林涵真等了五分钟,有些不耐烦,手一插兜:"你把预约取消了,我送你回去。"

林涵真抬头,意外地看着她,还"啊"了一声。

秋夕:"啊什么?走。"

她带头转身,在她身后,林涵真犹豫了一秒就颠颠地跟上了,坐在副驾驶上。

秋夕一边开车一边用余光瞟了他一眼。

宝马香车,美人在侧,虽然"宝马"是桑塔纳,"美人"是憨憨,她今天倒是体会了一把霸总的滋味,不赖。

但是开着开着,滋味就不是太美妙了,林涵真给她指的路越来越七扭八拐,直奔着城中村去了。

城中村的道路狭窄而崎岖,两边的路灯明明暗暗闪烁不停。许多楼房的外墙墙皮已经脱落,电线横七竖八地从旁边绕过去,不知道哪个窗口探出来的插线板扯得老长。

秋夕小心地开着车,生怕哪个阴暗的角落里突然冒出来一个人,不小心撞上了。

终于,车子停在了一个矮小的两层楼房前。

到达目的地,秋夕松了口气,转头打量林涵真的住所。看见龟裂的墙皮,她对林涵真疑惑地问:"你怎么住在这里?"

林涵真倒是很坦荡:"这里便宜又宽敞,挺好的。"

这么解释也行,但仍有哪里不对劲。

林涵真的经济状况似乎比她预想的要差很多,这不应该。娱乐圈让人趋之若鹜的原因就在于它的高收入,只要能在演员表上捞到姓名,收入就不会差。

林涵真就算一年没有接戏,存款也不至于让他只能住在这里。

林涵真这会儿倒是机灵许多,看出了她的不解,他好脾气地笑笑:

"以前家里人生病欠了钱，攒的钱都用来还债了。"

秋夕立刻问："还有多少没还？带几分利？"

如果带的利息比较多，她可以先借给他钱，让他先还上，省得利滚利。

"在我的多年奋斗下，已经还完了。"林涵真说着，尾音上扬起来。

看他这个样子，秋夕扶额。

明明长得这么好看，一开口就是个憨憨，只是把债还完了，看把他得意的，尾巴都要翘起来了。

秋夕看着林涵真下车，拿起手机准备搜索回家的路线。刚刚拐了快一万个弯，让她原路开回去，她真不知道应该怎么走。

刚按亮了手机屏幕，连时间都没看清，手机短促地发出一声警报，而后，黑屏了。

她意外地按了好几下电源开关才得到一个结论。

手机没电了。

林涵真站在车外还没进屋，见到她迟迟不发动车，凑了过来："怎么了？"

秋夕对着手机有些苦恼："没电了。"

林涵真愣了一下，下一秒，他好像突然想起了什么，眼睛一亮："那不如，来我家坐一会儿？充电，顺便再——参观一下？"

秋夕打量了林涵真好几眼，她隐约觉得，他原本想说的，好像不是"参观一下"。

走进大门，林涵真"啪"的一声把灯打开，室内的一切都沐浴在了米黄色的灯光下。

虽然这个坐落在城中村的二层小楼房从外面看很不起眼，但真的踏入其中，扑面而来的却是一种温馨感。

林涵真把这个房屋打理得很好，干干净净，四处摆放的花卉绿植和装饰物都能看出是用过心的，沙发上摆了几个鹅黄色的麻布抱枕，有一种软绵绵的舒适，让人恨不得立刻瘫在沙发上跷着脚玩手机。

秋夕朝里走了几步，发现墙角的长排置物架上摆放了一些鸡零狗碎的东西，几本俄国小说，几本演员必看的专业书，还有许多经典戏剧的剧本。

在书籍旁边，摆着一个奇形怪状的毛绒玩意儿，胳膊腿看着像个生物，但脸乍一看有点像蒙克的《呐喊》。

这是什么后现代主义作品？

她把它拿起来，审慎地观察了片刻，问："这是什么？"

林涵真不太好意思地说："我用羊毛戳的草莓熊。"

秋夕语塞。

是草莓熊啊，大意了。

见秋夕迟迟未放下，林涵真非常好客地说："你要是喜欢的话，这个送你了？"

秋夕拒绝了，她要这玩意儿干什么，去丑东西保护协会竞选会长？

被拒绝的林涵真看起来有些失望，但他很快就调整好了自己："你先在这里参观，我去给你准备饮料。"

说完他就跑到厨房去了，秋夕一个人留在客厅继续参观置物架上的东西。

没过多久，她发现了三个相框。

一张是林涵真少年时期的全家福，照片里不管男女老少都笑得非常开心，林涵真站在一位老年女性的背后，大笑着在她头上比画剪刀手。一张是林涵真大学门前的照片，一家三口站在校门外，每个人都有一只手指向学校的门匾，表情是一模一样的神气。

还有一张照片……

照片里没有人，只有一片湛蓝的大海和一条向上的海边公路，浪花滚动，像是纯白的蕾丝裙摆，路边的阔叶树茂密成排，一片落叶刚好在照片的中央。

这里……

秋夕把它拿了起来，目不转睛地看。

她身侧，林涵真端着两个杯子过来了，他已经把隐形眼镜去掉，换成了框架眼镜，看起来家居气息非常浓郁："没别的饮料，只有我早上炖的银耳红枣汤，冰镇过了，现在天气热，喝着应该不错。"

秋夕拿着那个相框问林涵真："这张照片里没人，你怎么把它摆在这里。"

林涵真看了一眼，说："那是我上初中的时候拍的照片，觉得好看就洗出来了。"

秋夕回头问他："拍照片那天，有发生什么吗？"

林涵真露出思索的表情，过了很久才不确信地说："好像，救了一个小孩。记不清了。"

秋夕："这样啊……"

她缓缓地把那个相框放下，坐到了沙发上。

林涵真把两个杯子放到茶几上，从抽屉里拿出一个充电器递给她，示意她插在哪里，而后他又端了一盘切好的水果过来，下一秒他又"咣咣咣"地踩着楼梯上楼去了。

秋夕把手机插上充电，看着亮起充电标志的手机屏幕，一时有些无聊，她端起银耳红枣羹，一边喝一边打量林涵真放在茶几上的那盆姬玉露。

银耳红枣羹味道很好，清甜软糯，秋夕靠在沙发上，一口一口地慢慢喝，不知不觉就放松了许多，甚至有些想打瞌睡。

幸好没多久，林涵真回来了，她抬头看他，他已经换上了家居服，满脸灿烂的笑。

秋夕看着他的笑容，下意识地觉得不妙。

果然，林涵真下一秒拿出一个iPad，恭敬地双手捧到她面前，动作仿佛献上花冠："请。"

果然，噩梦回来了。

在剧组的时候，秋夕和林涵真一开始不熟，虽然靠着演员的信念感也能演好戏，但免不了尴尬。为了拉近他们两人的关系，秋夕思索了几日，决定邀请林涵真一起"峡谷旅游"。

《王者荣耀》之于当代人，就像是麻将之于上一代人，社交意义非常强大。

按照计划，如果林涵真打得很好，他们一起玩游戏，多一个开黑伙伴，这是一件好事。如果他打得不好，她教一教他，再鼓励一番，等感情到位了礼貌劝退，这也不错。

她没想到林涵真是又菜又爱玩，总是因为各种诡异离奇的操作血条蒸发，可怜无助地躺在峡谷的地面上。

许多人"死"了就算了，偷偷摸摸地复活，大家忙着打架，很少有人会盯着别人看。偏偏，林涵真是一个非常具有羞耻心的人，每"死"一次都要跟秋夕道歉，以至于秋夕不得不绞尽脑汁地安慰他。

林涵真并没有被她安慰到，继续愧疚地跟其他队友道歉，以至于离开这局游戏之后，有人主动拉林涵真，说很久没见过这么乖的妹妹了。

秋夕跟着进房间，一抬眼就看见这句话，还没来得及震撼就被毫不留情地一脚踢了出去。

看着"你已被踢出房间"这几个大字，秋夕"靓女无语"。

这个世道真是变了，女明星居然能受这种委屈。

幸好很快涵真也被踢出去了，还被骂了一顿。

秋夕问他说什么了。

林涵真："我问他多大，他说十七，我说我比他大。他应该叫我哥，字没打完他就骂我，把我踢出去了。"

当时林涵真很疑惑地问她："现在小孩子怎么脾气这么大？"

秋夕语塞。

别问她，她不懂。

女明星不应该懂这些弯弯绕绕的东西。

这样的事情发生多了之后，秋夕还给自己改了个ID"我来带妹了"用以埋汰林涵真，然而他好像从来没有察觉过这个名字跟自己有些关系，乐呵呵地说你怎么买了改名卡。

后来杀青了，他们在一起又玩了一段时间的游戏，而后就不再联系。时隔一年，不知道林涵真现在的水平怎么样，或许已经是个高手？

秋夕想着，那边的林涵真已经抱着一个抱枕坐到了她身边，两条长腿自然而然地搭在前方的矮凳上。

坐好之后，林涵真偏着头，眼睛亮晶晶地说："开始吧？为了准备考试，我很多天没玩了。"

被这样的眼神注视，她总觉得自己旁边蹲了一只毛发蓬松的小狗，让人很想摸一摸头。

但他毕竟不是她的小狗。

秋夕愣了一秒才咳嗽一声："开始吧。"

"我来带妹了"这个账号已经许久没有登录过，刚登录上去的时候，信箱亮着红点，她点开，好长一排提醒，好友"快乐而转瞬"送给您两个金币。

"快乐而转瞬"就是林涵真随机到的ID。

她从上翻到下，好长一排，在他们没有联系的时候，她原来每天都能领到他的两个金币。

她偏头瞥了林涵真一眼，他正在看新英雄。

这个人，过去的每一天都会想起她吗？

她收回视线，又翻了一遍那么长的一串邮件，下意识地想截图，手指还没动，忽然想起了这不是她的手机。

放弃了截图的想法，秋夕一边点邮件一边问："你怎么送了这么多金币给我？"

林涵真还在看英雄，没有抬头："你之前不是说缺钱买英雄，我没事送你两个，说不定就够了？"

秋夕没说话，眼睛却带上一点笑意。

她的安静被林涵真误解了，他语气认真地解释道："你别看不起这两个金币，加起来很多的。我跟左旗每天都要送对方金币，那个抠搜怪，忘了几天他还要发微信提醒。"

左旗是林涵真的圈内好友，和他一个公司。

这时，秋夕已经把所有金币都领完了，她偏头看过去，林涵真一边说话，一边熟练地点开朋友列表，挨个送了过去。

她看着林涵真从上送到下，一个不漏。

很奇怪，秋夕听见自己轻微地叹息了一声，很短。

林涵真果然和去年一样，没有变。

他虽然这些年没能混出什么名气，却扎扎实实地交了不少圈内好友，只要合作过的关系都不会差，有些名声不太好，据说眼高于顶的演员居然都能跟他玩得很好。

他是一个天生能够带给别人温暖的人，适合做朋友，或许，也只适合做朋友。

她打开三排界面："来吧。"

"来。"

秋夕正准备开，忽然看见一个入队邀请，她把ID念出来："'冷漠的杀鱼刀'是谁？他要进队。你认识吗？"

林涵真："是左旗的号，你拉他进来吧。"

秋夕就同意了入队申请。

左旗人进来的一瞬间，声音就直接响起来了："林涵真，你那个'卖身契'准备怎么办，那个鳖孙真不当人，拿着破合同——"

他话说到这里就突然停下了，好像这才发现房间里还有其他人。

"这是谁，介绍一下？"

林涵真打开语音，简单地回答了他："一个圈内朋友。"

大概顾忌到有外人在，左旗没再细说："开吧开吧，好久没玩了。如果打得很拉别喷我，哥们尽力了。"

游戏开局，秋夕操控着手里的角色走出泉水，但她却没有忘记刚才左旗说到一半的那句话。

卖身契是什么意思？

秋夕想直接问林涵真是怎么回事，但她转念一想，左旗发现她的存在之后飞快改口，林涵真又没和她解释，大概这件事情他并不准备和她多说。既然游戏已经开始，她只能暂且把疑问压下去，专心操作。

然而这一局游戏的体验感比上一局还要一言难尽，别说带飞了，直接坠机。秋夕这才知道左旗之前说的那句话不是谦虚，是真的在给她打预防针。

这兄弟俩的操作一模一样的烂，对面势如破竹地直接打到了高地。秋夕用刺客从背后竭力操作，可惜队友都没跟上，自己先"死"，其他队友后"死"，到最后，就剩下一个手足无措的残血"林小乔"。

林涵真紧张得话都说不顺畅："秋夕，我要没了呀。"

秋夕深吸一口气，一把将林涵真的手机抢了过来，原地放二接大，一边拉风筝一边扔扇子。因为几个赛季没玩了，他们的对手段位不高，一番操作之后，秋夕成功地拿到三个"人头"。

而后，她把手机还给了林涵真。

这时她才猛然注意到林涵真的眼神，他双眼闪闪发光地看着她，从心底的崇拜。

他在用眼神说,她好强!

被这种眼神看着,秋夕不自觉地朝后靠了靠,后背贴着沙发背,神态不自觉地就装了起来。

她清了清嗓子,高贵地手指一摇:"别发愣,往前冲。"

"林狗腿":"冲!"

于是,这局的胜利终于还是被他们这边拿到了。

手机里传来了左旗震惊的声音:"兄弟,刚才你怎么了,被夺舍了?这不是你应该有的操作。"

林涵真瞄了秋夕一眼,美滋滋地说:"有朋友在我家里,刚刚接管了比赛。"

左旗诧异了:"你们两个实地开黑?"

林涵真"嗯"了一声,刚应完,他的表情突然顿住了,看向秋夕。

秋夕不知道他怎么了,歪头看他。

林涵真:"发微博,你还记得吗?"

秋夕这才想起来马亮给他们交代的任务,要发微博"营业",两个人赶紧打开微博。

可是发什么呢?

林涵真提示她:"随便拍一个照片,说个晚安就好了。"

秋夕觉得有道理,她随手把镜头对准了茶几上的锤纹水杯,拍了一张照片,发微博。

【晚安!】

再一刷新,林涵真的微博也出来了,配图是一盆绿植,没有文字,只是附上了一个月亮一个微笑的表情。

发完了微博,任务完成,秋夕正准备再叉起一块西瓜,林涵真突然又"啊"了一声。

秋夕诧异地看过去:"怎么了?"

林涵真摸着后脑勺,忽然想起来什么的表情:"你刚刚发的那个杯子,我以前微博发过。"

两个人面对面思索了一会儿。

秋夕说:"这种细节应该没人在意吧?"

林涵真:"应该吧。"

秋夕一锤定音:"肯定的,谁闲着没事儿拿放大镜看微博。"

这时候,他们才注意到时间,现在居然快十一点了。

时间已经很晚,电也充满,秋夕起身和林涵真告辞,他把她送到车前,对着她挥手:"回去注意安全,开车困了的话可以给我打电话。"

秋夕点头,发动了汽车。

这一天太累,秋夕回到家洗漱之后就躺床上睡了,她完全不知道,评论区里出现了这样一条评论。

【这杯子,有点眼熟?】

评论被淹没在了网络的海洋里,但是,无声之中,一股神秘势力已经萌生了。

第二天起床,秋夕接到了沈姐的电话,有新本子通过她递了过来,还有两个代言邀请,一个是微商化妆品,一个是能量饮料。

沈姐把本子发给她,让她自己决定是否接,但对于这两个代言,沈姐的建议是先放着。

现在《燕归来》刚开播六天,许多商家还在观望时期,稍微等一等应该能拿到更好的代言。现在盲目地接了,回头同类型产品就不能再接了。

秋夕也是这么想的,挂掉沈姐的电话,她接收了剧本,坐在沙发上看起来。

但刚看了两页,她突然想起来昨天左旗那句话。

林涵真的合同到底有什么问题?

她对林涵真的过往其实并不熟悉,拍摄《燕归来》之前,他们并没有任何联系。

林涵真在北方的猎猎长风中长大,她在南边的沿海小城日夜听着海涛汹涌,风马牛不相及,他们过去的生命只在很久之前有过一次短暂的交集,仅此而已。

她那个时候并不知道林涵真是谁,只是记住了这个人,直到拍摄《燕归来》,她在那么多的候选人中一眼看见了他。

拍摄《燕归来》的时候,对她而言最重要的也只是把今天的戏拍好,而不是说调查林涵真的过往,以至于现在才突然发现,林涵真的过往对她而言,一片陌生。

秋夕拿起手机点进了林涵真的微博,想要从上往下翻一遍,这上面展示出来的虽然不一定是他全部的人生经历,但起码她可以从中窥探一丝他过去的轨迹。

大概是最近火了的原因,林涵真的微博评论下就有粉丝安利他的评论,当然,不像她评论里那样令人尴尬,看起来很认真。

【涵真安利时间:他是曾经闪耀的新星,沉寂八年后终于再度发光。他演过许多角色,每一个都认真对待,他值得所有人喜爱(考古链接)。】

秋夕点进了那个考古链接,是另一条微博,从上到下整整齐齐地排列了许多视频链接。

她从第一个视频点了进去。

那是一个八年前的偶像剧,名叫《雨爱》,林涵真在里面饰演暗恋女主的邻家弟弟,那个角色性格较为寡淡冷漠,缺乏人物弧光,故事线也没什么出奇,常看电视剧的人随口就能列举出五个类似的角色,其实是不太容易演出色彩的。

但在林涵真的演绎之下,那个角色不再只是陪衬主角爱情故事的背景板,焕发出了别样的魅力。

虽然戏份很少,但从他的一举一动和眼神变化中,人物的内心世界被清晰地展露了出来。

那时候的林涵真比现在更加青涩,当他看向女主角的时候,眼神里的欢喜格外动人,当然……被拒绝时的眼神看起来也格外楚楚可怜。

秋夕完整地看完了林涵真饰演的那个角色表白被拒的情节,品鉴了一番他的演技。

而后,她把视频转回刚开始表白马上就要拒绝那里,设置零点五倍速。

零点五倍速的视频声音听起来有些怪异好笑,再搭配林涵真被拒绝之后表现出来的苦闷,看着看着,秋夕低下头,憋不住笑了起来。

看林涵真哭,真的很好笑。

看了一遍还觉得不够,她调回去又看了三遍。

等到看够了,秋夕才关掉它,开始看下一条视频。

视频一打开,秋夕下巴一收,原地后仰五秒。

这……怎么出来一个卖鱼大哥?

眼睛是林涵真的眼睛,鼻子是林涵真的鼻子,没错。

可是,他怎么在杀鱼啊?

秋夕呆滞地看着画面上的林涵真非常娴熟地捞鱼去鳞,没杀过十年的鱼都演不出这种真实感。

最离谱的是镜头还给他一个特写,他轻轻抚过死鱼的双眼,似乎很是不忍。

这都要设计一下?

《演员的自我修养》这本书被林涵真啃烂了吧?

视频播放结束,秋夕看了视频标注的日期,林涵真拍完那个男二后面停了一年没有接戏,再来就是这个卖鱼大哥了。

秋夕关掉了这个视频,想要给自己洗一洗记忆,飞快点开下一个。

一脸认真的煎饼大哥林涵真出现在屏幕里,他的动作依然娴熟,他一边按部就班地抹面糊刷酱,一边偷偷地向身边吵架的主角投以八卦目光。

再下个视频,又一个卖瓜大哥。

秋夕直接滑下去看评论。

第一条：【林涵真，老大哥了。】

第二条：【再演下去他一个人都能开个菜市场了。】

秋夕语塞。

不爆笑真的不合适。

他怎会沦落到如此境地？

但笑完之后，秋夕着实在纳闷，林涵真以前到底在干什么？

不是歧视这些角色的意思，剧情需要，演什么角色都是平等的。

但，工资是不一样的。

如果能演男二，拿男二的工资，谁会想朝下发展？

秋夕想不明白。

幸好从下一个视频开始，林涵真没有那么惨了，又开始演正面角色，虽然只是总在各种名不见经传的小制作里演一演脑残霸总，但好歹能在片头捞到名字。

他仍旧在努力地演，认真地设计角色细节，可惜剧本硬伤太大，效果大打折扣。在剧本有逻辑错误，道具也太过粗制滥造的情况下，演员越想表现得庄重，效果就会越滑稽。

林涵真这些年拍的戏细数下来其实不少，虽然戏份不重，从上到下看了一遍也需要不少时间，再一抬头的时候，已经是下午一点了。

秋夕关了微博，从百度搜索林涵真的资料。

资料上显示，他在拍摄完《雨爱》之后过了一年签约了明华影视公司。明华影视公司在业内地位不低，旗下许多知名演员，光是内部筹拍的影片每年都有不少。去年国庆档，明华影业公司仅凭一公司之力就筹拍了一部三小时六单元的集锦片，实力不可谓不雄厚。

按理说，在这样的公司发展，资源应该比普通小演员好太多。

但林涵真却完全没有沾到明华影视公司的一点儿光，在签约之后，他一路断断续续地拍着各种奇形怪状的烂片，在演艺圈的底层浮浮沉沉，一晃八年。如果不是《燕归来》突然有了热度，他大概还在考公路上艰难前行。

林涵真和明华签的这个约真是越想越奇怪。

她一边琢磨，一边打开微博，用林涵真的名字作为关键词搜索，想要随机获取一点信息。

有用的信息没有获取到，奇奇怪怪的倒是发现了一条。

秋夕意外地发现了一条同时有她和林涵真名字的微博。

她好奇地点了进去，从看清第一句话开始，她的表情凝固了。

【萌上林涵真和秋夕是三年之前。当时我家房子塌了，我决定找两个"糊糊"搞养成,一眼就看中了他们俩。虽然他们没有合作过,但是长得太有情侣感了,高冷帅哥和大胸甜妹是绝配好吗!当时我在某站投稿了一个剪辑,好多人收藏,我以为他们会火,没想到去了老福特!只有一篇产出文!一篇,大家才一篇,这是什么人间疾苦?老天至于要这么惩罚我吗?我的眼泪真的从眼眶流了下来。】

这条微博发布于三年之前,当时下面有人评论。

【好家伙,这拉郎也拉得太远了吧,兰州拉面都没你能拉。】

博主回复她一个痛苦大哭表情。

这条微博沉寂了三年,但在昨天夜里,博主突然自己评论了自己,先是发了三个大哭表情,然后再评论:【妈妈,我喜欢的冷门演员合作了!看他们望向彼此的眼神,是爱呀。】

作为当事人的秋夕看着这条微博,每个字都是汉字,怎么连在一起如此难懂?

她甚至抬头照了照一边的镜子,仔细地观察自己的眼睛。

她的眼神,到底是怎么跟爱扯到一起的?

她继续往下看。

博主可能太兴奋了,还在评论区发了一段特别长的话。

【他俩应该在谈恋爱吧!《燕归来》首播宣传直播里面,主持人提问快到他们两人的时候,夕夕碰了真真的肩膀,那么问题来了,为什么要碰,他们两个私底下商量好了要互相提醒吗?又或者说夕夕一直在关注真真的动态,发现他跑神所以要把他叫回来?注意,这绝对不是不小心挨到,他们碰了两次!而且我不知道有没有人察觉到一个细节,采访到中间的时候,夕夕有一次看着真真发愣了,你说她为什么要发愣?请问大家,你们看自己的同事会发愣吗?反正我不会!】

在这个博主状若疯狂地评论了好长一大串之后,评论区有人回复:【姐妹,冷静一点吧。】

博主回复了一个猫猫流泪表情:【抱歉,连垃圾都捡不到的日子过了太久,失控了。】

秋夕仔仔细细的把这条微博看了三遍,每一遍都让她的智力退化了百分之三十三。

评论里的夕夕是哪个夕?

真是她这个夕?

会不会有人叫"秋多"?

嘶……

怀疑人生的秋夕最后一次通读全文,用仅剩的百分之一智力得出了一个答案。

这，大概就是传说中情侣粉吧。

她早就听说有许多粉丝喜欢追真人情侣，但她没想到她之前和林涵真从来都没有什么像样的合作，居然还有他们俩的配对组合。

这都怎么联系起来的呀？

自认为经常上网冲浪的秋夕着实很迷茫。

她提示林涵真，因为他们是合作伙伴，提示合作伙伴有问题？她看林涵真发愣？有过这事儿？就算有，那也只能是因为她听他说话太专心，这和爱有半毛钱关系？

迷茫的秋夕关了微博，离开这个带给她震撼的世界，去厨房给自己做了一份午饭。

其实也没什么能吃的，过几天有采访活动，她必须要保持身材，吃点没油没盐的杂粮蔬菜鸡胸肉也就差不多了。

二十分钟后，秋夕端着一盘看一眼就让人饱了的食物走到电脑桌前，打开《燕归来》。

## 第三章
### 要不营业吧

播到今天,《燕归来》进入了第一个小高潮。

燕珏寄住在乔青云隔壁,两人走得略近,生出了不少闲话。有人猜测她要给乔青云做外室,有人说她的儿子安良意其实是乔青云的亲生孩子,他们早就私通。为此,有些想把女儿嫁给乔青云的人家还敲打了她几次。

若只是自己名誉受损,虽然心中不快,但假装听不见就得了,嘴长在别人身上,管不了。

但跟着乔青云的门生也暗示她待在这里不合适。有人想请乔青云回朝做官,她再留在他这里,只怕对他声誉有损,未来可能成为被攻讦的把柄。

思虑之下,燕珏决定带着孩子离开。

半夜,月色朦胧,燕珏牵着眼睛都睁不开的小孩推开了院门。

没想到,猝不及防地看见了乔青云的身影。

他坐在门前一块石头上,背对着燕珏,声音好似平稳地说:"你半夜偷偷摸摸地走,是怕我拦你?"

燕珏完全没有料到他居然知道她想离开,还在门前候着,这都已经是后半夜了,他在这里等了多久?

见燕珏没有说话,乔青云回头,缓缓站起身来,走到她面前居高临下地说:"你以为,我会拦你,不让你走吗?"

燕珏一咬牙:"我没有这么以为——"

她这句话刚刚说到这里就被打断了,她震惊地发现,乔青云居然握住了她的手腕,他低下头,他们的眼睛只隔了很短一段距离,他语气生硬地说:"你可以这么以为。"

燕珏这时才发现,乔青云一身的酒气,不知道喝了多少酒,在暗淡的月色下都能看出来他的脸红扑扑一片。

跟醉鬼是讲不了道理的，看来今天是走不了了。

燕珏思索片刻，道："我今天不走，你喝醉了，先跟我进来。"

乔青云注视她许久，好像在判断她是否说了谎话，良久才点头。

燕珏左手牵着小孩，右手被乔青云攥着，牵牵绊绊地回到了屋中。

她想先把包袱放下，可惜左手一个困得快瘫到地上的，右手一个醉得快靠在她肩膀上的，一时间居然什么都做不到。

镜头切换到她的脸上，她的眼神有片刻的迷茫。不光是此时，不光是今日，她被太多事情牵绊着得不到自由的日子已经很久了，她对着月光，微弱地叹了一口气。

但这口气叹完，她神情变得比之前坚毅了些，毕竟经历了这么多年的风霜，不会再和过去一样只知道无措了。她把小孩放到床上，包袱取下，而后带着乔青云走到了院子中央。

她把他安置在旁边的石凳上，自己也坐下，偏着头看乔青云，她在月光下看他半晌，问："为什么要拦住我，不让我走？"

乔青云没说话，这会儿好像酒醒了一些，他看着地面没说话，手指却不自然地蜷曲。

燕珏坐在乔青云身侧，凝神打量他。

她的天真和热情曾在岁月中被磨损，许多人都忘记了，她曾经是一个看上一个人就热烈追求的女子。只是那个人不够真诚，她又太过盲目，才使得之前的一切现在看来都显得不堪。

但在她心底，对爱意的感知力从未消失，这一刻，它猛然浮现出来，告诉她一件事情。

她对着乔青云，缓慢而确定地问："你曾经喜欢过我？"

乔青云哑口无言，往日出口成章的人此刻居然一句话都说不出来。

见此，燕珏思索片刻，头偏了偏，笃定地说："所以，不只是曾经。"

乔青云的表情僵住了。

…………

秋夕正看着剧，眼看着弹幕上刷过一长排的"啊啊啊啊啊啊啊啊"，手机突然响了，是沈姐的电话，秋夕莫名其妙地接通。

那边沈姐声音急切地问道："你上网没有？"

"没有。"

沈姐："有个营销号说你有后台，这个消息已经在网上传开了。到底怎么回事？

"我不多说了，你自己打开微博看吧。看完给我回个电话，看看怎么处理。"

说完，沈姐挂断了电话。

秋夕立刻打开了微博，很快就找到了那个营销号，看见了微博内容。

【这段时间秋夕主演的《燕归来》非常火热，许多观众第一次认识她。其实很多人不知道，秋夕曾经出演过许多电视剧，这些剧在播出期间宣传力度惊人，在某一段时间达到了铺天盖地的程度。虽然剧扑了，但能够拥有如此大规模的营销，许多业内都怀疑她背后有人。当然，仅仅因为营销力度，并不说明什么问题。不过小编考古发现，秋夕作为一个十八线小明星，居然拥有许多价值不菲的首饰。比如这条项链[图片]，秋夕拍摄第一部电视剧后戴着它参加活动。据说它是法国大师定制作品，三十年前在拍卖会上拍出天价，被一个富豪收入囊中。小编很好奇，它是怎么流入秋夕手中的呢？大家有什么想法吗？】

她看着图片里面那条珍珠宝石项链，手指停滞了很久点开评论。

【还用想？小明星能从有钱人手里搞到这种首饰，还能是什么原因？】

【大胆点，直接把猜测说出来！】

【有段时间一到夜里她的通稿到处都是，恶心死了。】

评论下面也有秋夕的粉在竭力地替她澄清，说她演技很好，《燕归来》演得格外出色，不要随便猜测污人名誉。

但她们的澄清非常无力，秋夕刚火没几日，粉丝并不多，在满网络的吃瓜路人面前，说得越多，表现得越不忿，就越是被容易被冠以脑残粉的名字。有的粉丝大概年纪不大，这边激动地反驳，回头就在自己的微博里发大哭表情。

秋夕看着那条大哭微博，手指攥紧了。

她在娱乐圈混了很多年，一切都经历过了，好的坏的，能回忆的不能回忆的，太多太多，所以对这条微博本身，其实她已经没有太强烈的情绪了。

但她觉得抱歉，那些小姑娘，在她们年轻的生命里，是不是因为她第一次尝到什么叫百口莫辩的滋味。

那些轻飘飘地说着"饭圈""脑残粉"的人，对她，对这件事，又知道多少呢？

这时，《燕归来》主创群里也有人说话了。

营销方文石：【有人开始泼脏水了，表面上看是针对秋夕，其实是想把咱们这个剧搞垮。后天花生视频的新剧就要上了，十有八九是他们买的。】

马亮：【怎么办？我现在去跟某浪那边谈谈，看看能不能不花钱把这个微博的热度降下去。】

营销方文石：【别做梦了，某浪是要钱的，平白无故怎么愿意给咱们降。这样吧,两手操作,我这边看看能不能联合粉丝把这条微博下面的评论变成正面安利向的。你那边找某浪问问,最低多少钱能降下去,让他们要价合理点,多了咱们真的掏不起。】

马亮:【行,那我再跟果子视频那边沟通一下,他们买了剧,放了没几集热度下去了,肯定也不乐意。他们跟某浪合作多,说不定有内部价格。】

群里的讨论到此为止,但秋夕很快就收到了马亮的私戳。

马亮:【秋夕,微博你应该看过了吧?】

秋夕回复:【看过了,抱歉,给你们添麻烦了。】

马亮:【没事,花生视频想黑咱们,肯定要找人开刀,你就是被随机抽中的那个倒霉蛋而已。不过到底怎么处理这个事情,还是要看你的意见,是压下去,还是彻底澄清。】

马亮:【直接压下去快一点,但其实没洗清嫌疑,时不时会被媒体拿来翻旧账。澄清的话,一了百了,不过如果以后真有什么,再说话就没人信了。】

秋夕知道他的潜台词是什么,他要秋夕坦白地说自己到底有没有被包养过。

秋夕无声地叹了一口气,打字:【没有。】

她要是想在名利场里打滚,何须来娱乐圈曲线救国,回家就能一步到位了。

马亮:【我知道了,现在就去联系人。】

秋夕把手机放在一边,没有继续看视频,而是拿起筷子,面无表情地继续吃饭。

但她没有安生地吃多久,手机又响了。

沈姐又打了电话过来。

秋夕刚一接过电话,沈姐诧异的声音就从话筒那边传了过来:"怎么回事,我刚准备找人处理,那条微博已经完全消失,甚至那个营销号都被销号了。太快了吧?你找谁处理的?"

闻言,秋夕立刻把电话改成公放模式,不再贴在耳边,点开了微博。

果然,没了。

同时,秋夕看见了来自马亮的微信:【怎么那条微博无缘无故自己没了?花生视频钱没给够?】

秋夕看着这条微信,同时听着电话里沈姐疑惑不解的声音,手指蜷了蜷。

她对沈姐说:"大概是剧组降的,放心吧。"

她回复马亮:【应该是我的经纪人找人做的,没事了。】

沈姐半信半疑地挂断了电话,马亮为自己省了钱欢天喜地,秋夕

041

对着手机沉默片刻,起身给自己倒了一杯水,加上几颗冰块。

她端着杯子回到桌前,对着黑黝黝的手机屏幕,一言不发,一口一口缓慢地喝着水。

冰凉的液体一点一点地顺着喉咙流了下去,太凉了,反而有种被烫到的焦灼感。

喝到最后一口的时候,电话响了,铃声尖锐。

秋夕毫不意外,放下杯子,连打电话的人是谁都没看,手指一划拉接通电话,同时,她把手机放远了些,面无表情。

几乎是接通的一瞬间,叶尚军暴怒的声音从电话里传出:"早就说你不要混娱乐圈不要混娱乐圈,非要混,被人家当成一个笑话。我要是你,这会儿就把头往墙上撞撞,看看能不能清醒点!

"我叶尚军的女儿居然被人传出去包养,你脸红不脸红,幸好有人帮我盯着你的消息,及时把东西都删了,不然脸真是丢大了!"

秋夕仍旧面无表情地看着手机。

叶尚军或许以为她的沉默代表理亏,变本加厉地喝问:"你自己丢脸就算了,连带着你妈留给你的项链都被羞辱。那可是你姥爷买给她的结婚项链!"

听到这里,秋夕嘲讽地笑了:"叶尚军。"

"你怎么称呼我?"叶尚军不敢置信地说。

"叶尚军。"秋夕语气平静地又一次直呼他的名字,"如果你想教育我懂得什么叫'羞耻',自己先学一学。丢脸的事情,你做得还少吗?"

"我做过什么了?"叶尚军的声音提得很高,像是咆哮,如果秋夕在他面前,或许这个时候一巴掌就直接过来了。

秋夕冷笑:"我并不需要列举你做过什么,太多了。不过,曾经发生过的事情,我不会忘记。

"也或许你忘记了,忘记那天晚上,我妈把你床底下藏的那些东西都烧了,只差一点,她就要把那条项链也扔进火堆里。那个时候你做了什么,你记得吗?"

秋夕可以清晰地听见,电话那边的叶尚军明显呼吸急促了。

"我不想和你吵架,不是因为我理亏,我只是不想变成你。有句话我希望你能记得。我永远不需要你的认同、你的支持、你的许可。永远。"

"就这样。"秋夕在对面沉默的时候,挂断了电话。

好像说了很多,又好像什么都没说,秋夕把手机放在桌上,靠着椅背发呆。

她不想哭,没什么值得哭的,如果每次被误会被否定都要哭一次,她的眼泪早该流干了，她连难过都觉得浪费力气。无用的情感，她早该舍弃它们。

但她觉得疲惫。

好像手指突然间没有力气，面部也失去了做表情的能力，一双眼睛干涩地看着哪里，看了什么其实不知道，只是机械地维持这个动作而已。

她不知道自己愣了多久，或许过了一个小时，也或许，只过了不到一分钟，有些时候，时间是无法衡量的。

她的手机又响了。

秋夕直起身子拿手机的时候，关节处"咔吧"一声响。

屏幕显示有人给她打了一个微信电话，对方的头像是只坐秋千的柴犬，头像下的名字写着"林涵真"三个字。

秋夕凝视了这三个字有五秒钟时间，手指才按下接通键，她闭着眼睛语气轻松地问："你也看到那条微博啦？"

隔着电话，林涵真的声音听起来有些失真，像是从另一个世界传来的："我看见了，不过我不是来和你说这个事情的。"

"那你想说什么？"秋夕垂着眼睛，看着地板说。

"秋夕，要一起玩会游戏吗？"电话那边，林涵真兴致勃勃地问。

秋夕以为林涵真这个时候打电话给她，要么想问她事情到底怎么回事，要么是出于友谊和同事情过来安慰她。

她怎么都没料到他居然是来找她玩游戏的。

他真的看见了？确定点进去了？还是说，那条微博黑她的方式太过委婉，林涵真看不懂？

秋夕不确定。

人如果太弱智了，什么事情都有可能发生，正常人猜不透。

她因为思索哲学问题沉默了片刻，那边林涵真大概以为她卡了，开始："喂喂喂，秋夕还在吗？玩不玩？"

秋夕用食指和中指捂住眼睛，大拇指抵在太阳穴上："……在。"

"玩不玩？"

她本来想拒绝林涵真，但最后，她又答应了他。

这会儿，除了玩游戏，好像也找不到什么能做的事情，搞点精神寄托忘记凡俗挺好的。

她登上"我来带妹了"这个号，拉林涵真进队。

林涵真好像真的没把热搜这件事情放在心上，问都不问，一进房间就和她说些漫无边际的事情。

他兴致勃勃地跟她讲述自己又研究出了一个新的菜色，秋夕有时

043

间可以去他家尝一尝。但是按照《燕归来》现在的发展势头，再播几天，可能会有记者盯着他们，到时候就不方便私下碰头了。不过也没关系，大不了等他们俩都糊了再约时间。

听到他这话，秋夕一阵无语。

还没火两天就开始想"糊"了之后的事情，他是真的有远见。

林涵真还在叨叨，秋夕果断制止了他："好了，游戏开始了，专心点。"

"好的。"林涵真严肃认真地说。

不知道怎么回事，今天林涵真的表现确实超乎寻常，手里居然拿了不少"人头"。

但秋夕就完全相反，她今天的表现比往日差了许多，一不留神就"死"了。

好在林涵真这个游戏菜鸡什么都看不出来，只要她拿到一个"人头"就夸她，可以说是无脑打call。

两人又玩了两局，到第三局的时候，一开场上路就打字：【这局是我晋级赛，大家一定要稳，拜托拜托！】

对王者荣耀的玩家来说，晋级赛确实挺重要，秋夕也想打起精神，这一局把这位队友送上去。

刚开始的时候，她的表现确实很好，四级之后就连拿五个"人头"，战绩卓越，林涵真一连发了许多个"干得漂亮""666"。

但玩到十分钟的时候，情况就变了，她跑到上路抓人，没想到草丛里突然跳出来三个人，直接把她"秒"了。

她"死"了之后，上路在公屏里发出一个"猥琐发育别浪"的信号。

但在接下来的五分钟里，秋夕被连着抓"死"了三次。

情况很清楚，她被对方针对了。

对方抓她上头，连兵都不清，就是想来抓"死"她。

其实这种情况下，她的"死亡"并不影响这一局的输赢，毕竟这是一个拆塔游戏，对方都把精力放在她身上，他们这边倒是更方便推塔。

但上路那个玩家明显急了，他很生气地在公屏里发：【怎么回事？不是说了猥琐发育？刺客听不懂人话？】

游戏里着急上火爱骂人的玩家，秋夕见的多了，并不准备理他，继续闷着头打野。

但她注意到，林涵真的角色在泉水里停了好久，就在她怀疑林涵真是不是掉线了的时候，公屏里出现了一串字。

快乐而转瞬：【抱歉大哥，对不住，她今天遇上了点事情，不要骂她可以吗？其实我也很菜，你要不然骂我吧。】

上路沉默几秒，缓缓打出一串省略号。

另外的两位玩家则是齐刷刷地在公屏里打出一个问号。

林涵真又打字：【这样吧，回头如果这局输了，我送给你一个皮肤可以吗？算是给你赔礼了。】

上路：【你有毛病？】

林涵真委委屈屈地打字：【我都说送你皮肤，为什么骂我？】

秋夕突然笑了出来。

笑着笑着，她突然发觉自己心里不知不觉间轻松了许多。

微博也好，叶尚军也好，都是上个世纪的事情了。世界又回归了原本五彩斑斓的模样，她可以笑，嘴角翘起来的时候不费一丝力气。

秋夕对着屏幕弯着眼睛笑了一会儿，眼看着游戏要输，林涵真要送出去一个皮肤，还是专心地操作了起来。

在秋夕的努力下，这局游戏最终成功地赢了下来。

这局结束之后，林涵真问秋夕还玩吗。

秋夕看了看时间，已经到她去健身房的时间，她拒绝了林涵真。

但关上游戏之后，秋夕却没有立刻起身，她对着微信对话框思索了很久，打了一行字又修修改改，琢磨了一会儿才发过去：【刚刚那局如果输了，你要怎么办？真送给他一个皮肤吗？】

林涵真很快地回复她：【当然了，我都说了要送，那肯定要送，做人得讲信誉。】

秋夕打字：【一局游戏，输了就输了，被骂就被骂，无所谓的。】

林涵真的回复很简单：【可是我不想看你被骂。】

看到这个回复，秋夕打字的手指在屏幕上停顿了片刻，突然不知道该说什么。只是心底的某个角落，好像被暖风吹着，被热水泡着，毛孔舒张，又软又酥。

不过这个状态并没有持续太久，因为林涵真很快又打了一行字过来。

【当然我也不是冤大头。我可没说要送给他多少钱的皮肤。这段时间刚出一个六块钱的。】

紧接着，他又发送过来一个小熊叉腰的表情。

虽然秋夕没能看见他的脸，但他的表情好像闭上眼睛就能出现在脑海中。

真得意啊他，傻子一样。

刚好这个时候，剧组那边又发来了一个信息，后天上午她和林涵真如果没有单人行程的话，有个节目想邀请他们去做个双人采访。

秋夕把通知截图，发给了林涵真。

秋夕打字：【后天你去吗？】

林涵真回她：【后天见。】
秋夕嘴角又翘了翘。

两天后，她和林涵真相会于娱乐天地的采访室。
林涵真还是和过去一模一样，看着她到了，老远就站起来招呼她坐过去，采访室人多，他们两人就只说了一些场面话。
采访很快就开始了。
这次的采访采用的是录播方式，后期可以剪辑，回答起来稳妥多了，一般不会出什么问题。
……大概吧。
见识过一次网友的脑洞，秋夕已经比之前谨慎多了。
刚开始提问的几个问题都很简单，像介绍自己、介绍角色、谈一谈自己对角色的理解这样的固定问题，答案都烂熟于心，决不会出任何纰漏。
但第四个问题开始，情形就有了一些变化。
主持人提问："我听网上说，你们之前的演技都不温不火，但是遇上对方之后就突飞猛涨，你们俩对于这个说法满意吗？还有，你们怎么看待对方的演技？"
这个环节其实就是商业互吹，很好回答的。
因为话筒在林涵真手里，他先回答了这个问题。
"秋夕的演技一直都很好。我们这个剧都播到现在，大家应该能感觉到，秋夕能够清晰地表现出燕珏这个人的性格心理，能把一个角色演活，这是很不容易的。而且秋夕是一个非常敬业的人。"
"我记得当初有一场雨戏，我们拍了好久，是不是？"他侧过头问秋夕。
秋夕想了一下："是，拍我骑马去救你那一段，我们俩在雨里抱着。当时雨超级大，而且那一幕群演特别多，走位复杂，很难统筹，有一些细小的漏洞就会重新拍。那一场拍了一个下午的时间吧，一直都在淋雨。"
林涵真接过话茬："那一场拍完当晚她就发烧了。"
主持人关切地问："那在剧组你们是怎么处理呢？"
秋夕一边回忆一边说："也没什么特殊的处理，吃完了药就躺下睡觉。睡到了大概快十点的时候，林——"
她正准备说"林涵真给她送了姜汤"，刚吐出一个字，秋夕顿住了。
她突然想到了那些粉丝，无中都能生出有，保不齐一个姜汤被她们看成什么奇怪的证据。
她临时改口："大概十点的时候，烧——"自己就退了。

她眼睁睁地看着林涵真拿走了话筒，用一种乐呵呵求表扬的语气接了上去："十点的时候我给她送了一份姜汤，喝完第二天她就好了。我熬姜汤的技术很不错哈哈。"

秋夕："……哈哈。"

姜汤是不错，但人哪里有点问题。

其实演员拍戏期间相互送吃的不算什么大问题，但是想起了前几天看到的那些粉丝，秋夕瞬间头有点大。

如果这段采访被看到，她们会脑补成什么样？

简直无法想象。

秋夕正在思考这个问题，林涵真突然碰她："你怎么不说话？"

这时秋夕才反应过来，林涵真已经回答完这个问题，该她讲述自己对林涵真演技的看法了。

可是怎么回答？从哪个角度说？

她的大脑突然有些短路。

面对着镜头，面对着主持人，身边又坐着林涵真。不知道为何，一张陌生又熟悉的脸庞突然出现在她的面前，病毒一样占据了她的全部思路。

她想抛开这张脸来谈林涵真的演技，但她对着镜头傻了一样思索了一分钟，却什么都想不出来，好像整个世界只剩下那张脸，别的空无一物。

眼看着主持人向她投来诧异的眼神，秋夕不得不认输。

算了，想到什么说什么。

于是，秋夕对着镜头，声音看似平稳，语言看似有逻辑，神情看似从容不迫地说："林涵真的演技很好，他是有想法的，不管演什么，都会主动思考怎么把自己的角色演得更好。就比如说，他曾经演过三个菜市场大哥的形象，每个都演得非常好。"

主持人的表情缓慢僵硬，秋夕的心好像被挂在城墙上一样奔向死亡，但她是一个体面的女明星，话没说完不能停。

"虽然那几个角色都非常不起眼，但是每一个人他都用心设计了，这些细节让角色活了过来。其实只要多看他的剧，就能发掘出更多这样的设计……"

秋夕终于结束了自己的发言，对着镜头露出八颗牙齿的得体微笑。

同时，秋夕内心苍凉地想，这场折磨到此为止吧，受不住了。

林涵真却惊喜地看了过来，双手抓着话筒尾巴把它拿了过去，一脸找到知音的模样："这都被你看出来了？"

秋夕僵硬地拉开了一点距离，倒也不必靠得这么近。

林涵真浑然不觉地说："我演那个角色的时候真的思考了很久，

怎么才能把他演得更好。不过他已经是很多年前演的,出场时间那么短,你居然能找到?"

看着这么兴奋的林涵真,秋夕脑内警钟长鸣,如果任由他发挥下去,事情似乎会不太妙。

她微笑着半强硬地把话筒拿了过来,对着镜头打哈哈:"对自己的合作演员总要了解一些嘛,也要感谢你的粉丝把你的参演片段剪了出来,不然我可能看不到。"

林涵真被带过去了,对着镜头说:"是吗?感谢我的粉丝。"

这次的采访很快就完成了,走出采访室的时候,看着完成工作非常开心准备回家干饭的林涵真,秋夕仰天长叹。

弱智儿童欢乐多,诚不我欺!

"娱乐天地"的后期处理得很快,当晚九点采访就能放出来。

秋夕在九点整踏入卫生间的大门,沐浴祈福,顶喷的水好凉,她好清醒。

走出淋浴房,秋夕拿起了手机,深吸一口气。

面对疾风吧,夕夕。

她打开了"娱乐天地"的微博,只是冲个澡的时间而已,访谈那一条微博下面居然已经有了六千条评论。

点开评论,第一条:

【我觉得他们私下里肯定有一腿。】

【+1。】

离谱到超出她的想象。

她是真的很想知道,她到底怎么跟林涵真有了一腿,如果搞不清网友们是如何快进到这一步,她今晚一定睡不着。

幸好,那个评论的博主非常上道,自己又评论自己一次:【正在码分析帖,别急,马上就来。】

秋夕起身,给自己倒了一杯下火的菊花竹叶决明子茶,做好了充足的准备才端坐在沙发上,等待这位分析大师的更新。

她等了等,二十分钟过去了,无事发生,四十分钟过去了,屁事没有。

秋夕气笑了,排除跑路的可能,这位姐妹十有八九正在写一本长篇巨著。

她"咕咕咕"地把清火茶干了。干完,一抹嘴,嗬,巨著问世了。

秋夕缓了缓神,给自己下了一万个决心,庄重地打开了这个长微博,往下使劲一划拉,想判断到底是多巨的巨著。

没划完。

再一划拉——
还没划完。
无底深渊这不是？
秋夕认输，从第一行字开始看。

　　先上总结：我认为他们两个有一腿，最起码处于互有好感的状态。
　　证据如下：
　　1. 正常的打工人对同事的过往会有了解的兴趣吗？了解同事背景有什么用？我又不是HR。可是秋夕居然看过林涵真过去的剪辑，还看得很细。林涵真演大哥那段历史真的挺久远的，能追溯到那个时候，秋夕就算不喜欢他，肯定也对他充满好奇心。众所周知，好奇心是爱慕的第一步。
　　2. 正常的打工人会给同事熬姜汤吗？如果和我关系好的同事发烧了，当然，我也会慰问一下，但也就到这里了。给他熬姜汤，他怎么不上天？有个细节不知道有人注意到没有，当时秋夕差点就说出了姜汤的事情，但她往回收了一下！没鬼收什么收？最好笑的是林涵真直接说出来了，大家品鉴一下当时秋夕的眼神，绝望又无奈，太好笑了。
　　…………

　　总体来说，这篇分析帖可以说是图文并茂，生动活泼，情感丰富，内容详实。
　　除了又长又扯，没别的毛病。
　　秋夕的表情经过了几次剧变，第一次，震惊，第二次，无奈，第三次，随便吧。
　　她退出微博，对镜沉思。
　　所有人上小学的时候都学过一个故事，从正面画杨桃是杨桃，从侧面画是五角星。还学过一句诗："横看成岭侧成峰，远近高低各不同。"
　　世界是存在参差的，可她是第一次接触到，原来世界的参差这么大。
　　你要说那位大师分析得不对吧，她逻辑很对，你要说逻辑很对吧，可是她真的不对。
　　这就引发了秋夕的深思，对世界产生了深刻的怀疑，如果想把这些怀疑解释清楚，或许她需要放弃演艺事业，转向哲学。
　　那是不可能的。
　　秋夕把手支在脑后，决定再看一集剧，换换大脑。

但还没打开视频,《燕归来》主创群里就出现了这样一条信息。

营销方文石:【我打听到了,前天造谣秋夕的幕后主使不是花生视频,是瓜子视频。】

编剧小阮:【瓜子视频?他们最近要上的是什么剧?】

营销方文石:【《无尽之城》,明华出品的。】

说到群里,突然安静了。

明华。

秋夕想起来,明华不就是林涵真所在的公司吗?

按理说,同一个公司艺人主演的电视剧上映的时候,彼此之间是有合作关系的,也不说互相帮着宣传了,最起码不会拉彼此的后腿,大家体体面面地度过各自的播出期。

但明华的《无尽之城》还没播出,怎么第一炮就对准了《燕归来》,这么使绊子?

明华不想林涵真火?

这个念头刚一冒出来,有些问题突然迎刃而解了。

林涵真为什么沉寂了这么多年完全接不到好剧本,以及那天左旗为什么会骂他的合同是"卖身契",统统可以解释清楚。

再回想一下,秋夕突然想起来,林涵真之前和她提过一句,他能进入《燕归来》的海选,多亏了朋友帮他递资料,不然他连剧组的门都摸不到。

秋夕实在不明白,按理说一个演艺公司签艺人,再怎么样也要发点工资,签了林涵真又不用他,把他按在家里头蹲着,这是什么经营思路?

这时,林涵真从群里冒出了头:【抱歉,公司那边的事情我没有统筹好,给大家惹麻烦了。】

营销方文石:【你抱歉什么,不用,你也不想的。圈里混久了,什么情况都了解,什么鬼都见过。】

马亮冒了出来:【不过这样的话,咱们的宣传策略就得变一变。剧组资金有限,主演背后也没大腿,发通稿找自媒体合作二创这种方法咱们肯定不适用了。我想想该怎么办才好。】

停了一会儿,方文石突然在群里说:【我有一个办法。】

马亮:【什么?】

营销方文石:【要不然,你们俩营业试试?@秋夕 @林涵真】

## 第四章 入戏

方文石没等他俩回答就往着群里"唰唰唰"地发了好多张截图,动作非常迅速,显然这个主意在他心里暗含许久了。

秋夕点开截图一看,瞬间沉默。

该死的眼熟。这不是她刚刚对着研究了快一个小时的大作吗?

这种充满了羞耻味道的东西怎么会传得到处都是?

方文石打了很长的一串字:【我不知道你们看没看过这条微博。截止现在,这条微博下面已经有了九千条评论,三万人转发,我们的网剧超话涨了八千粉,官博涨了五千粉。你们知道,这是多么惊人的成就吗!】

秋夕无语凝噎。

距离她眼睁睁地看着它发布出来,这才过去多少时间?

网友一天天的都在干什么?住在微博了?

【我觉得营业这条路可行。】方文石继续打字,【当然了,还是要看你们自己的意愿。】

【你们可以跟经纪人商量下,都没问题咱们再谈下一步怎么办。】

林涵真很快地回复:【好。】

看他这个回答,秋夕跟着打字:【知道了。】

打完字,秋夕放下手机,屈着腿躺在沙发上,视线放空。

真的要营业?她要好好想一想。

但是,两天过去了,秋夕什么也没想清。

她坐在桌前,躺在床上,出去跑步,时时刻刻都在想这件事情,但永远想不清。

第三天上午,秋夕知道不能拖下去了,她拿起手机,给沈姐打了个电话。

沈姐的声音听起来有些疲惫:"秋夕,怎么了?"

秋夕直截了当地说:"《燕归来》剧组希望我和林涵真营业,沈姐,你觉得可行吗?"

沈姐回答得很利落:"可行。现在是数据时代,虽然演技很重要,但如果想要拿到好代言,必须向商家证明你有很多有消费能力的粉丝。营业吸来的粉一般情况下年龄不大不小,有可支配金钱,也没有什么家庭负担。"

沈姐没说两句就下了结论:"你把林涵真那边经纪人的电话给我,我现在跟他沟通,商量具体营业计划。"

但她等了几秒,秋夕那边却没有回音。

沈姐没有多想:"怎么了,你没有他那边经纪人电话?"

电话这边,秋夕抿了抿嘴才说:"确实没有,不过这没关系,想要很容易。我只是在思考,我和他真的要营业吗?"

沈姐惊异于她这个问题,反问道:"为什么不?"

秋夕一时哑口无言。

是啊,为什么不,为什么犹豫,为什么反反复复地思索考量折腾自己?

其实对于现在的演员,播剧期间合作营业,剧播完了红利也吃得差不多了再解绑,所有流程都很成熟,运作好的话真是躺着涨粉,一步飞升也不是问题。

这是符合各方面利益的选择,如果作为一个头脑清醒的经济人,她应该不假思索地同意。

但是,她做不到。

她心里好像有一道坎儿,很矮小,很不值一提,但她过不去。

过了一会儿,秋夕才问:"如果营业得太用力,别人真信了,以为我和林涵真有什么,怎么办?"

沈姐大概觉得她这个问题很无聊,甚至笑了一声:"红利吃到了,你管别人信不信?你自己清楚你们只是营业而已不就好了。"

秋夕无言。

沈姐从秋夕的沉默中窥得一丝不寻常的痕迹,她迟疑地说:"你什么意思?"

秋夕:"我……"

只说出一个字,秋夕突然不知道该说什么。

她想起年少时看《倚天屠龙记》,张无忌说:"咱们只须问心无愧,旁人言语,理他作甚?"

但周芷若回他:"倘若我问心有愧呢?"

那段对话秋夕一直记得,但当时只是看戏,现在想来却别有一番滋味。

沈姐那边安静了许多，无人说话，只有脚步声，她好像离开原地，换了一个隐蔽的位置才开口："秋夕，你喜欢林涵真？"

时隔一年，第二次被问到这个问题，秋夕不觉得意外，不觉得突兀。

若是细说起来，倒有一种心事终于被点破的释放感。

一个秘密保管了太久，人难免会觉得孤单，哪怕只是对着一个树洞也想说出来。

秋夕思索之后才回答："不一定。"

沈姐被她这个回答折磨到了，语气难得抓狂："不一定是什么回答，喜欢就是喜欢，不喜欢就是不喜欢，这都想不明白吗？"

秋夕听着沈姐略显崩溃的声音，无奈地笑了。

是，很离谱，但她也不想的。

她知道，按照常理，心头的悸动只要产生，心旌摇曳的那一刻，喜欢这种感情就变成了一个事实，无法否认。

但对于她来说，事情却并不这么简单。

秋夕笑了笑，安抚沈姐："我再想想，想好了就告诉你决定。"

沈姐没有立刻挂断电话，仿佛在犹豫什么。

过了一会儿她才声音略显低沉地说："秋夕，我不知道你到底对他有什么感情。不过，慎重。"

沈姐："我不说所有男人，但我见过的男人，包括李连君……"说到这里，沈姐莫名笑了一声，嘲讽又自伤，"他们的血是冷的。"

李连君就是沈姐的那位影帝男友。

"他们太会权衡利弊，所有事情都能放在天平上称一称几斤几两。爱对他们来说或许有千钧之重，但遇上一千零一钧的东西，爱就什么都不值了。

"秋夕，你如果没有那心，咱们怎么挣钱怎么操作，有的话，算了吧，再多钱都比不上心里干净。"说完，她长长一声叹息。

秋夕知道沈姐是为自己好。

沈姐其实很少和她说这些知己话，沈姐一贯都是冷面无情的铁娘子形象，今日不知触动了哪里，对她说了这些。

秋夕对她道谢，她不耐烦，也或许是不好意思："挂了挂了，慎重考虑再联系我。"

挂断电话之后，秋夕把手插进头发里揉了揉，本来想着打个电话或许会有些主意，可惜，心更乱了。

她把自己摔到床上，头埋在枕头里，缓慢地呼吸。

她对林涵真的感情如果想要理清，需要追溯到很久以前了。

那一天，天气很好，叶媛媛五岁生日。

叶尚军大手一挥，包了一家五星级酒店的顶楼旋转餐厅给她庆生。所有人都簇拥着那一家三口，好像没有人记得，这天也是秋莹去世六周年的日子。

其实有些话不必说得太详细，算一算日期，一切信息就都可以知晓了。

那个时候的秋夕年纪还小，十四岁，见过的事情既没有多到让她见惯不怪想开了，也没有少到让她能够保持一颗天真无邪的少女心。

她是同龄人中的异类，除了长得好看些，没有任何能够脱颖而出的优点，最擅长的事情就是自己折腾自己。

那天，秋夕祭拜过秋莹，到达旋转餐厅，准备默不吭声地挨过这场晚宴。

她在大门前，还没走进去的时候，朝里面短暂地投了一瞥。

热闹，铺天盖地的热闹。

她好像被水烫到了，迟钝了两秒之后，她毫不犹疑地离开，跑到最近的车站，跳上一辆刚刚路过的公交车。

车子把她带到了海边，她找到一块被晒得暖烘烘的大石头，坐了上去，仰头望着天空，脑海里却回忆着在旋转餐厅里看见的场景。

叶尚军和李婉茹站在一起，热情地招待来访宾客。如果看他们两人的笑容和姿态，大概以为这是一对恩爱夫妻。

可实际呢？叶尚军爱李婉茹吗？

不爱。

几年下来，她能看出来这点。

但是不爱也可以娶回来，因为好看，因为听话，因为可以生孩子，可以帮着招待客人，这就够了。

许多爱情故事里总是把反派设定成处心积虑的"小三"，变心的原因总是一个人错误对另外一个人产生了不该有的爱意。总之，虽然变心是邪恶的，爱意是错误的，但它总归是因为感情。

如果，故事从头到尾，和感情没有任何关系呢？

结婚，因为利益；飞快地再娶，因为不想身边缺人。所有人对他来说都是填补寂寞满足需求的工具，面目模糊。

这么想的话，绝望就会扑面而来了。

秋夕突然觉得很累，不只是肉体的疲倦，更多是精神上的困顿。

没有到看破世事的万念俱灰，只是突然间，她的脑海里好像有一个声音在反反复复地响起，它在说："挺没劲的。"

"挺没劲的。"

"还是挺没劲的。"

想到这里，秋夕闭上了眼睛，用手背覆在眼皮上，太阳的光被彻底隔绝,她的眼前一片黑暗。

就这样,世界上最耀眼的一盏灯无声熄灭,明空万里,有个地方悄悄下起雨。

那天,秋夕不知道躺了多久,可能是太累了,她居然睡着了,梦里并不安稳,一个接一个凌乱破碎的噩梦,挣脱不开。

她沉在梦中无法脱身,时间却在一点一点地流逝,不知什么时候开始,海边涨潮了,海水一点一点地逼近她身下的那块石头,渐渐把那里围成一个孤岛。

而她仍旧在那块石头上躺着,什么都不知晓。

生活在海边的人都知道,涨潮的时候稍不注意,原本安全的地方就会变成一座孤岛,人困在上面哪儿都去不了。不要以为这里能撑多久,潮水会继续上涨,直到把人淹没。

所以,在被彻底围住之前,人就必须逃走。

往日的秋夕一直很注意这一点,从不在海边逗留,但那一天,她太累了。

如果任由她躺在那里,现在的秋夕或许已经不在了。

但就在她安静地躺着时,一串惊呼由远及近地在她耳边响起。

还没彻底清醒过来,她就被一个人毫不犹豫地背了起来。

那个人背着她,踏着已经涨到小腿肚的潮水,飞快地朝着岸边跑去了,跑得又快又稳。

秋夕迷茫地搂着他的脖子,在他颠簸的后背上诧异地打量突然冒出来这个人。

这个人似乎年纪不大,最多比她大两岁,从背后看去,肤色白皙,脖颈细长,手臂瘦弱,却格外有力。他的头发半长不短,发质很软,带着淡淡的棕色,在落日余晖下很好看。

在她还没能看清他的正脸时,她就下意识觉得,这个人肯定被许多人喜欢着。

他能带给人一种失重感。失重,有时会导向意乱情迷。

他背着她一路冲刺到公路边上才松开手,把她放下,而后便低着头在她身边不住地喘气,高挺的鼻梁完全无法被下垂的头发遮掩,单薄的T恤下脊梁弯曲如弓,一股带着韧性的力量感。

不知过了多久,他才终于好些了,站直了问秋夕:"小妹妹,你怎么一个人在那里,不安全知道吗?"

他看向秋夕的同时,秋夕也借机打量他的脸庞。

两个人同时失声了。

秋夕失声的原因很简单,这个人的长相比她想象的还要好看许多,在这个海滨小城,她几乎从未见过这样的男孩子。

而他沉默的原因也很简单,那个时候的秋夕还不知道,她当时看起来多狼狈,脸上乱七八糟的眼泪,原本水灵灵的大眼睛肿得像桃子,就剩一条缝,看起来可怜又好笑。

男孩子见到她这个样子,显然吃惊了一瞬。

缓过神后,他没再责备她,而是坐在她身边,偏着头问:"你遇到什么事情了吗?"

还没等秋夕回答,他又说:"就算遇到了不开心的事情,也不能自杀。"

秋夕解释:"我没有自杀。"

男孩子小心翼翼地看她一眼:"好,你没有。"

秋夕语塞。

哄小孩?

男孩子见她没说话,又开始灌心灵鸡汤:"再难过的事情都会过去的,要相信时间的力量。你现在年纪还小,还有很多事情没有经历过,死了多可惜。"

秋夕看他:"比如?"

男孩子被她问住了,抓了抓头发,表情有些无措。

他想了会儿,忽然眼睛一亮,答道:"比如你现在还是个小萝卜头,每天上学只能穿校服,但过些年就可以穿很多漂亮的裙子,戴好看的耳环。"

秋夕托着下巴:"还有呢?"

海边带着咸味的晚风吹拂着,他绞尽脑汁地为她思考人生可能会拥有怎样的精彩。

"比如,你现在只能待在一个地方,被人管束,但总有一天你可以背着包到处旅游,想去哪里去哪里,想吃什么吃什么,你要走就走,要留就留,你变成了真正自由的风。"

说着说着,男孩子的双眼便如同星辰一般闪亮起来,他站起身来,倚着公路的栏杆,俯身向前,面对着海面说:"你知道对岸是什么地方吗?你去过吗?你知道那里的鸟儿几月来几月走,一生路过多少湖泊吗?小孩,你没见过的东西太多了。"

他的话语好像一场幻梦,把秋夕拉入了另外一个世界。

她站起身,学着他的样子靠在栏杆上朝远方看。

海天一色,无边无际,远处的海面上鱼灯的灯光隐约可见,马达轰鸣的声音伴随着海浪遥遥地传来。

这一刻,秋夕的心中突然响起一句话。

总有一天,她会离开这里的。

男孩子不知道秋夕心里在想什么,他回过头,笑着说:"对了,再过些年,你还可以遇上一个人,你爱他,他也爱你,你们相伴一生矢志不渝。"

秋夕听了这话,刚刚被激起的热血突然冷却了。

爱。

她的眼睛一眨不眨地看着他,问:"你相信世界上有永恒不变的爱吗?"

男孩子很快地回答:"有。怎么没有?"

他回答得太果断,像是太过确信所以不假思索,也像是天真的人一厢情愿自顾自说的痴话。

秋夕平时并不算固执,很少当面反驳别人,但她忍不住地对他说:"你什么都不知道,什么都没经历过,怎么知道真的有?"

从生理学来看,爱是荷尔蒙,从社会学来看,爱是需求和利益。

爱,作为爱本身,真的存在吗?

男孩子皱了皱眉,表情有些苦恼:"我好像没办法反驳你。"

秋夕:"你看——"

"但是我相信有。我相信。"他偏着头看她,微笑起来。

秋夕本来情绪还算稳定,但不知道为什么,这一刻,看着他笃定的样子,她突然前所未有的委屈:"可它要是真没有怎么办,你说,怎么办?"

她莫名地哭了。

如果世界上原本应该最深挚的热爱,如果被无数人歌颂过的爱都可能不存在。如果上一代人的冷漠和虚伪并非偶然,而是每一代人都会必然走向的归路。如果三十年以后,她发现自己变成了另一个秋莹或者李婉茹。

那样的人生,她要怎么办?

男孩子看见她哭了,立刻慌乱起来,说:"你怎么突然哭了?别哭啊,有什么好哭的。肯定会有的,就算真没有也没事,人活着开心最重要嘛。"

他手忙脚乱地安慰了她很久,一点儿用也没有,正在无措的时候,秋夕却用袖子把自己的眼泪一把擦干净了,她吸了吸鼻子,说:"我没事了,谢谢你今天救了我,再见。"

说着,她就低下头,不顾男孩子惊愕的神情,朝着公交车站的方向跑去。

跑了两步,她又回过头,对他露出一个灿烂的笑容:"希望你是对的。"

那天回家的路在她记忆里已经不清晰了,只有海风清爽的气息一直围绕着她,还有他的模样,一直在她心里记着。

后来,她想过许多次,当时即使不好意思要他的联系方式,最起码,她应该知道他叫什么名字。

只要知道他的名字,她就能找到他,可惜,她什么都不知道。除了他的脸在她心里许多年如一日的清晰,她对他一无所知。

她也想过学绘画,把他画出来,倒也不是没有尝试过,只是搞出第一幅灵魂画作之后,这条路就被她堵得死死的了。

本来以为这辈子肯定没有交集,没想到,许多年之后,在《燕归来》的片场,她看见了那一张熟悉的脸。

她一眼就认出他了。

但他似乎完全不知道她是谁,坐在那么多的候选人中间,安静地等待上场,不骄不躁。

她看向他胸前的序号,翻开手里的演员资料,找到了他的那一页。

他叫,林涵真。

好,她记住了。

林涵真的演技很好,顺利地得到了所有人的认可,拿到"乔青云"这个角色。

开机仪式那天,她站在林涵真旁边,一切仪式走完之后,她主动转身,对他说:"你好。"

他弯着眼睛,对她客气地笑了笑:"你好你好,以后多多关照。"

他完全没有认出她。

看着他的眼睛,秋夕确认了这点。

从这一天起,他们朝夕相处了三个月。为了提高默契度,他们无话不说,但有两件事,秋夕从来不提一句,第一件事是他们过去那次短暂的相遇,第二件事就是她对他的喜欢。

其实喜欢到底怎么产生的,她并不清楚。

首先,演员一旦入戏,很容易对戏中的爱人产生感情,并进一步移情到另一位演员身上。

一个演技很好的演员,只要剧本需要,哪怕对一根柱子,他也可以表现得一往深情,让人感怀。

作为观众,这样的深情只会让人感动,但作为和他演对手戏的人,很容易就会陷入一种疑惑。

当你每天都会被一个人用爱慕的眼神注视,哪怕知道一切都是演的,难道不会有一刻怀疑是真的?

你作为你演的角色动情,用眼神用语言用肢体用能利用的一切表达对那个人的爱意,有没有那么一瞬间,袒露的是自己的内心?

这些情绪，不要说别人看不透，连自己都看不清。

同时，林涵真救过她两次，一次是年少的时候，另一次是在剧组的时候。

她被董承望纠缠，那个人死缠烂打手段又低劣，她差点着了道，还好被林涵真救了下来。

那一次秋夕才知道林涵真看着瘦，其实肌肉挺结实，非常能打，一个人干翻了对面四个人。

虽然最后他的鼻子不小心被击中淌鼻血的样子不够靓，但那个时候秋夕已经戴上了滤镜，觉得他又强又可爱。

她连他鼻子里塞卫生纸的样子都觉得可爱，说话嗡嗡的，像头小象。

想到那天的场景，秋夕现在还是忍不住地想笑。

世界上怎么会有这样一个人，太奇妙了。

但很快，她的微笑淡去，左手托着额头，叹了口气。

她对林涵真的好感到底来自于入戏后的迷惑，还是对他仗义出手的感激，又或者是对他本人真实的喜欢？

秋夕正在思考，手机屏幕突然亮了，出现"马亮"两个字。她眨眨眼，毫不意外地接通了电话。

马亮还没说话，秋夕就开口了："马哥，你是来问我营业的事情？"

马亮回答得倒也挺利落："这个问题我当然想问，不过，我首先要问你另外一个问题。

"从去年杀青到现在已经一年了，你对他到底是怎么感情，想清楚了没有？"

秋夕没有说话。

其实拍摄到了后期，马亮还有导演秦晋都看出她的状态不对，他们都是见过多少演员的人精，一看就明白她是怎么回事。

拍戏的时候，他们没说，因为那样可以塑造出更好的角色。但拍完戏，杀青那天，马哥主动找到她，苦口婆心地和她谈了谈。

作为演员，既要学会入戏，也要学会出戏，入戏是为了作品更好，出戏是为了自己能正常活下去。对演员本人来说，出戏比入戏更重要。

他建议秋夕最起码一年以内不要和林涵真联系，冷却一下，免得热血上头草草地在一起，没几年感情褪去损失惨重。

秋夕接受了他的建议，花了一个月时间循序渐进地和林涵真断了联系，在此期间，她刻意地回避了与他相关的任何信息，一直到《燕归来》播出前的那次直播。

这么长时间过去了，她想清楚了吗？

没有，反而更加疑惑了。

见秋夕这模样，马亮在电话里"唉"了一声："都一年过去了，怎么还一团糨糊呢？"

马亮发出一声苦恼的叹："这个问题不解决，我也不好劝你营业，咱们挣钱也要讲基本法，一切还是以你的个人意志为准。不过，秋夕，我现在有了一个新的建议给你。"

秋夕眨眨眼，问："什么建议？"

马亮："你都跟他一年没联系了，还想不明白，不如反其道而行之，借着营业的机会你们俩再好好相处一段时间，感受感受。话已至此，你好好考虑一下。"

结束对话之后，秋夕对着手机苦苦地琢磨了一会儿，又站起身来，在屋里驴拉磨一样转悠了好几圈。

思路其实还是没搞清，但是心里有股说不出来的不爽拔地而起了。

凭什么她在这边辗转反侧，林涵真倒是悠闲地隐身了，作为营业的另一位主角，他必须跟她一起发愁才行。

秋夕想着，手指动得飞快，立刻就拨通了林涵真的电话。

林涵真的声音倒是还和往日差不多，只是听起来莫名地有些颓废："喂，秋夕。"

秋夕单刀直入："对营业的事情，你怎么看？"

林涵真意外地"啊"了一声，但他很快就反应了过来："我都可以，看你愿不愿意。"

他这话说了等于没说，秋夕把这个问题踢了回去："我也都可以，看你怎么想。"

"我听你的。"

"我无所谓。"

事情就这么卡在了这里，虽然看似有了一些交流，但都是废话，没有实质性意义。

电话里安静了片刻，林涵真再次开口了："要不然这样吧。"

秋夕："什么？"

电话那边，林涵真的声音非常慎重："我正在对省考的答案，刚刚对了一半，现在我把另一半对完。如果我的分数，呃，你懂的，那咱们也别思考了，营业吧。"

秋夕语塞。

他还没有放弃公考吗？离谱。

她和林涵真这段时间的交流中，公考总是能在各种时刻出其不意地冒出来，让她深刻地感受到什么叫无语的滋味。

秋夕无奈地说:"你对吧,我这边听着。"

林涵真:"好的,我开始了。"

话筒传来了林涵把手机放下翻开纸张的声音,片刻后,出现了笔划动的声音。

两分钟后,林涵真长叹一声,安静了。

秋夕大概已经清楚他的战绩,但还是试探性地问:"如何?"

林涵真:"昨天上网,有人说我是绣花枕头一包草。我用小号跟他对线了二十分钟。"

他说这个干吗?

"他说得对。我是废物。"林涵真悲鸣一声,"你知道吗?言语理解一共三十五道题,我错了十八道。"

秋夕没学过这玩意儿,不太清楚这代表什么:"错十五道是什么水平?"

林涵真自暴自弃地说:"该拉出去示众的水平。"

片刻后,他试探性地说:"那不然,营业吧?"

秋夕:"真营业?"

林涵真:"嗯。"

秋夕本来以为得到了一个确定的答复,她会感觉轻松许多,但现在林涵真那边那么迅速地给出了营业的结论,她反倒觉得心里哪里不太舒服。

她苦苦纠缠了这么多天的事情,在他那里好像没有什么值得思考的。

没有感情,纯粹的商业,就是这样爽快吗?

电话那边,林涵真没法察觉秋夕的低落情绪,继续道:"下周一咱们是不是有个合体综艺要参加,我没有营业过,咱们要不要商量一下到时候怎么办——"

秋夕打断了他的话:"等一下,我有个电话,营业的事情放一放,我先接电话。"

她不是骗林涵真,是真的有电话插了进来,打电话的人是叶媛媛。

但不可否认,这通电话给了她一个逃离的机会。

林涵真很贴心地说:"那你先处理自己的事情吧,我不急。"

秋夕"嗯"了一声,挂断电话,同时接通了叶媛媛。

电话那边,叶媛媛小心翼翼地说:"姐,后天我生日,你记得吗?"

秋夕:"当然。"

叶媛媛的声音听起来高兴了许多:"那你会回家吗?我已经很久没有看见你了,你知道吗,你的《燕归来》播出之后,好多同学跟我要你的签名呢。"

秋夕发现了盲点:"你同学怎么会知道我们俩的关系?"

叶媛媛尴尬地说:"我之前让她们帮我给你打榜来着。"

打榜……

秋夕有些许震惊,她万万没想到,自己居然还拥有一个事业粉。

秋夕扶了扶额头:"那天看情况吧,不确定有没有工作安排,有时间我会回去的。"

叶媛媛却紧张地说:"不行,姐,那天你必须回家!"

秋夕察觉出不对劲:"怎么,那天有什么事情,你直接说。"

叶媛媛哀求地说:"我现在不能告诉你,但是后天你一定要回家,不然我妈要遭殃了。拜托,求你了。"

又逼问了几句,但叶媛媛嘴咬得格外死,秋夕没有办法,只能应了。

虽然李婉茹这个人很多时候很讨厌,但她只不过又蠢又傻,把算盘打得人尽皆知了而已,不算毒,秋夕其实不讨厌她。

直到那天回家,秋夕才知道叶媛媛为什么那个反应。

见她来了,叶尚军先是尴尬地咳嗽了一声,瞥了李婉茹一眼。

李婉茹上前一步,走到秋夕面前,有些委屈地说:"对不起,我不应该给你乱买营销。"

秋夕皱眉,她看向叶尚军:"你干什么?她为什么要跟我道歉?"

大概是上次电话里吵得太厉害,把他震慑住了,叶尚军没有因为她的态度生气,反而别别扭扭地道歉:"那天我不应该骂你。不过,要不是她乱买营销搞出误会,你也不会惹上事儿,我也不会跟你吵那一架。"

秋夕直接笑了。

李婉茹买营销给她增添了许多麻烦是不错,但她能理解那只是无心之失。况且哪个明星事业上升期没被黑过?媒体为了流量没问题也要找出问题,就算没有李婉茹,早晚也要有那一遭。

说到底,李婉茹能对她造出多大的伤害呢?

但叶尚军那天说的那些话,哪句不是出自他的肺腑?他完全没有站在一个父亲的立场上,思考自己女儿受委屈了怎么办,他只是发怒,想要把他感受到的羞耻和愤怒百倍发泄在她身上。

这样的人,发觉事情和自己想得不一样,第一反应也不是反思自己哪里做错了,而是寻找一个替罪羊。

这样的戏码,秋夕看了许多年,都腻味了。

她侧过头看叶尚军,弯着唇笑了一声,好像听见了什么笑话。

叶尚军脸色一变,但他知道今天再发火不合适,又忍了下去,转身,自己朝着餐桌那边走去,手一挥,指挥保姆:"上菜。"

保姆动作轻快地把早就准备好的饭菜端上了餐桌,上菜的时候低着头不敢说一句话,上完了脚底抹油跑得飞快,生怕被叶尚军盯上了,无缘无故地找碴儿骂一顿。

秋夕神情自如地落座,李婉茹小媳妇一样观察了几眼才坐在叶尚军的身边,叶嫒嫒则承担了盘活气氛的任务,拿起筷子就往秋夕碗里夹菜。

"姐,这个好吃你尝尝?就是比较辣。"

秋夕尝了一口,虽然确实辣了点,味道确实不错,她随口地夸了两句。

叶尚军在那边又坐不住了,强行插入话题:"什么好吃,我也来尝一尝?"

他夹了一筷子,往嘴里一塞,点了点头:"不错。"

他大概是觉得这个菜确实味道不错,连夹了好几筷子,但没多久,他的脸色渐渐变了,捂住自己的胃部,表情难受。

李婉茹立刻问:"怎么回事?"

叶尚军摆摆手:"老毛病,一会儿就好了。"

李婉茹担心地说:"要不然去医院查一查,总是胃痛怎么办,万一是胃癌早期还能治啊。"

叶尚军的脸一瞬间拉得像紫茄子。

李婉茹不会看脸色,还在继续关切地说:"咱们明天去医院吧,晚期可就迟了。"

叶尚军脸红脖子粗地站起来:"你会不会说话?胃癌胃癌的,晦气不晦气?"

李婉茹委屈地抬头看他:"我说的都是实话啊,咱们家公司这么多产业,你要是突然倒了可怎么办?我又不会。"

叶尚军被她气得头发蒙:"我倒了不还有这两个能喘气的!"

秋夕和叶嫒嫒没有一个人抬头,全在埋头干饭,装作什么都没听到。

叶尚军的手指在空中悬了十秒钟,愤怒地收了回去,好像一个剑客抽出宝剑想要杀人,人没杀到,剑上串了俩癞蛤蟆。

烦躁,晦气,没办法。

叶尚军不止胃痛,头也疼得快裂开了。

他沉重地坐了回去,颓然道:"别吃了,既然这样,我来说一件事。"

秋夕和叶嫒嫒这才放下筷子。

叶尚军:"我年纪大了,一直劳神费心也觉得累,总要有人帮我分担一下。你们两个以后没事就跟我去公司,把家里的产业都弄明白,知道怎么运转怎么管理。人总要服老,万一有一天我真倒了,家里产业不能倒,毕竟那么多人吃饭呢。"

叶媛媛苦着脸:"爸,我倒是不反对去你那边,但是,你觉得我能学明白吗?"

叶尚军大概回忆起了她半天破产的经历,一时无话。半响,他才说:"你小时候也是很聪明的,怎么长大了就这德行?"

叶媛媛认真思索过才答:"大概是,伤仲永。"

叶尚军一句"滚犊子"在嘴边差点没忍住,他转头看秋夕。

秋夕迅速拒绝:"我不去,我的剧刚火,以后事业大有可为,你的产业我不要,让媛媛多学学。精诚所至金石为开,慢慢的她就会了。"

叶尚军皱着眉看她:"每年播出来的剧那么多,新出来的演员一波波,你混了这么多年都没混出什么名堂,以后能有什么为?就说你现在这部剧,在网上播再火算什么,又没上电视。

"演戏就要当胡蝶,像我干实业,就得干成全国第一。你要是混到那一步,我就不说了,但你当个中不溜秋的小演员,有什么意思?"

秋夕看明白了,叶尚军这个人,肠胃癌不知道有没有,但TOP癌(对最顶尖位置有着非同寻常的执念)应该晚期了。

本来应该很生气,但秋夕却笑了。

她甚至愉快地说:"我就喜欢当中不溜秋小演员,自由快乐,不行吗?"

叶尚军脸色发青:"我说不行你听吗?"

秋夕摇头,态度很好地说:"不会哦。"

叶尚军被"哦"字激怒,再一次拂袖而去,留下了一桌好饭好菜。

三个女人坐在饭桌上,互相看了一眼,李婉茹犹豫地说:"要不,继续吃?"

于是,饭桌上又响起了碗筷的声音,比刚刚更加轻快自在了。

秋夕吃了几口忽然无声地弯了弯嘴角。

即使强势如叶尚军,等他年纪大了,等他不在场了,他所带来的阴霾渐渐地就会褪去,他不会永远控制所有人的心灵,那是不可能的。

饭后,秋夕神清气爽地离开了叶宅,她走在树荫下,一路笑着朝前走。

猛一低头,突然看见一块光斑,心形的,闪闪发光。

她伸出脚,踩了上去,心形的光斑出现在她的脚背,她又伸出手,它出现在她手心。

猛然间，她的脑海中出现一个想法，如果林涵真现在能看见这个光斑，他一定会和她一样为之驻足，一定也觉得它很美丽。

　　她想着，拿出了手机。

## 第五章
## 没头脑和不高兴

电话打通之后,秋夕没有说今天发生了什么,也没说刚才那个光斑,没有任何开场白,第一句,她直接说:"我们营业吧。"

说完的那一刻,她灵魂深处的某个地方似乎在震颤,她下意识地觉得,有许多未知的事情就要发生,她脚下的大地如同一艘海船,它正启航,要在浪尖穿行。

林涵真也没说一句多余的话,直截了当地说:"好啊。"

至此,一切定了下来。

他们的营业并不仅仅是两个人的事情,双方的经纪人,还有剧组的文宣部门,全都要做出相应的调整。

经纪人要考虑如何在不冲突的情况下多安排合体活动,双人和单人代言怎么接才能利益最大化。剧组放花絮时也会把重心从原来的剧组欢乐日常朝着双人亲密相处偏移。

沈姐得知她最后还是要和林涵真营业的消息,倒也没多说什么。大家都是成年人,做决定都是经过审慎思考的,既然定了,那就利益最大化。

不过这个时候,秋夕才知道,林涵真的经纪人就是他自己,他自己管理自己,自己安排自己,除了收益要分给公司一部分,公司根本不管他,简而言之,孤儿待遇。

不过好处是,林涵真想怎么营业就怎么营业,营业上天也无所谓,谁也拦不住他,没有任何禁忌。

听到沈姐如此总结的秋夕思路飞转。

营业到超过禁忌的水平……不至于吧?

沈姐发觉她的沉默:"你在想什么?"

秋夕猛然醒转:"禁——不,没有没有,你继续说。"

按照宣传计划,他们两人马上就要合体录制《娱乐无极限》,这是一个老牌室内歌舞游戏节目,所有播出的剧只要火了,主演都会被邀请去参加活动。

《娱乐无极限》的观众很多,如果他们能够在那个舞台营业出很好的效果,必然能够吸粉无数。

理论上来说是这样的。

问题在于,怎么才能营业出很好的效果?

虽然靠粉丝无中生有,前期也取得了非常卓越的成就,但这种成就是不可控的,作为成熟的社会人,种庄稼怎么能靠天收?

为此,马亮和方文石拉着秋夕和林涵真跑到一家咖啡馆开了一个营业方案的小会,与会者还有编剧小阮这个狗头军师,众所周知,会写故事的人脑洞大一点,可以为营业出一些神鬼莫测的主意。

会上,方文石先做了开场发言。

"首先,热烈表示我内心的欢欣鼓舞,从明天开始,我们剧组的宣传将会迈入一个新阶段,可喜可贺。

"其次,我来分析一下现状。成熟的剧组如果想要营业,许多都会在拍摄期就埋下线,提供物料花絮供以后分析,并且会在剧开播之后立刻营业,以获得最好的效果。但是咱们现在已经迟了,效果稍微弱一些。

"最后,亡羊补牢为时不晚,现在开始努力营业,咱们也可以有光辉的未来!"

他说完之后,林涵真率先鼓掌,表情诚挚地说:"你三段论写得真好。"

方文石含蓄颔首:"仍有进步空间。"

小阮一推眼镜,试探性地说:"那我们开始研究营业的具体策略了?"

所有人齐齐看向她。

小阮咳嗽一声,开始发言:"是这样的,我发现所有营业成功的荧幕情侣都具有一个特点,他们在公众面前表现出来的人设都符合当前社会时髦度较高的情侣组合。营业的第一步,就是找准你们两个的人设。

"我举个例子吧,前年有对荧幕情侣就是经典的狗姐组合,男方是暖心忠犬,女方是温柔姐姐,他们一互动粉丝就嗷嗷叫。其实很少人知道,那男的心眼特别小,像得了疯牛病,见谁就嚷嚷。而那个女孩,啧,脾气不小,还能杠,他俩在片场的时候只要没镜头,活生生的西班牙斗牛场。"小阮摸了摸下巴,"不过从另一个角度来说,牛和斗牛士也挺时髦。"

说着,小阮的目光瞟向了对面两位,好像要琢磨他们是否符合牛和斗牛士这个组合。

这……不太合适吧。

秋夕不动声色地朝后靠了靠，跟小阮拉开了一些距离。

幸好小阮惋惜地收回了视线，继续发言："要不然你们琢磨琢磨自己可不可以拗成狗姐组合？"

秋夕琢磨了一下，狗，林涵真确实是挺傻狗的，可是"姐"字她不适合，她比林涵真小了两岁。

"还有其他组合吗？"秋夕问。

小阮"冲浪"多年，不停歇地列出了许多组合："病娇和圣母，硬汉和软妹，暖男和辣妹，傻白甜和白切黑，哦对，还有没头脑和不高兴。"

听到这里，秋夕觉得有些好笑："没头脑和不高兴，怎么还有这种组合，这都能流行起来？"

她正笑着，突然发现对面的马亮和方文石似乎眼前一亮，若有所思地打量着秋夕和林涵真，似乎在用眼神告诉他们，这个好，这个妙，这个呱呱叫。

秋夕在心里"咯噔"一下，立刻笑不出来了。

她在心里骂了一句，没头脑一听就是林涵真，那不高兴呢？

难道是她？

人家女明星营业都是圣母御姐小白兔，到她这里来个不高兴？

虽然她和林涵真相处的时候偶尔确实会因为他的弱智操作很不爽，但这是两回事。

她飞快地拒绝了："我不干。我不行。这个太过了。"

方文石慈祥地笑笑，口是心非地说："我也没说让你们朝着这个方向营业嘛。"

秋夕怀疑地看他。

马亮叹了口气，道："要不然别想了，你们之前在粉丝眼里的形象已经固定了，就按照那个方向走吧。林涵真我记得是高冷男神？"

正在吃小饼干的林涵真立刻放下手里的点心："是我。"

马亮看向他，又看向他手里自己烤了带来的饼干，突然有些疲倦。

他转头对着秋夕："我记得你之前的公众形象是……是什么来着？太长，记不清了。"

秋夕生怕他把那一长串人间蜜桃说出来，立刻抢答，神情严肃，言简意赅："我，软妹。"

说到软妹两个字的时候，她还握拳拍了拍自己的胸口。

马亮又沉默了。

过了许久，他才吞吞吐吐地说："这真的是你们的人设？有没有哪里，出了一点问题？"

秋夕微笑："怎么会出问题呢？我不是软妹谁是软妹，难道他是？"
她指向林涵真。

林涵真当了一会儿局外人，猛一被指，不明所以，眨两下眼睛，朝她一笑："你要不要喝口水？"

秋夕语塞。

出问题了，好像林涵真确实比她软妹。

想到这里，秋夕笑容凝固。

马亮环顾众人，终于认清了现实，他长长地叹息："人设上，咱们就别要求太多。你们尽量保持，保持不住……就算了。别的地方多努力。"

秋夕："怎么努力？"

众人沉思不语。

怎么操作才能既有效果，又不会出现用力过猛的情况？

这是个亟待解决的问题。

片刻后，方文石道："这样吧，我有一个朋友之前带过几对这类艺人，他们营业的效果都挺好，他应该会有一些独到的经验。我请他给你俩授课，你们学习学习。

"既然后天你们下午一点就要去录节目，明天，我让他找个地方带带你们，如何？"

有"老司机"带队当然是好事，秋夕和林涵真点头答应。

但秋夕多嘴问了一句："可以告诉我一声，他带的那些组合里，最有名的是哪一对吗？"

方文石一扶眼镜，语气莫名敬佩："疯牛和斗牛士那对。"

秋夕沉默。

懂了，明天那位营业大师的课她一定好好听。

第二天，为了表示尊重，秋夕和林涵真一大早就来到了大师约定的茶室。

本来以为他们已经到得够早了，没想到，推开素雅的木门，一位身着水绿色棉麻长袍的长发男士已经闭眼端坐在蒲团上，茶室内檀香袅袅升起，一股超凡脱俗的味道扑面而来。

秋夕不得不后退一步，确定一下他们俩有没有走错。

常明松老师说好了要在荷花厅和他们相见，这是荷花厅，可是里面这个人，看起来不太……娱乐圈。

长发男士闭着眼睛道："没走错，我是常明松。怎么，对我这个打扮很意外吗？"

秋夕停下了后退的步伐，前进一步迈入室内："那倒也没有。"

长发男士缓缓睁开眼睛："无需意外，艺术家都是这样的。"

秋夕小心地问："请问您平时主要从事什么艺术？舞蹈？绘画？雕塑？书法？"

常明松摇头："都不对。"

林涵真在秋夕身侧，试探性地补偿："算命？跳大神？"

常明松投以轻蔑的眼神："格局真小。"

他拍了拍自己膝盖上的布料，语气神乎其神地说："任何事物，只要可以带给人爱与美的享受，都可以变成艺术。因此，营业也是一门艺术。"

听了他这话，林涵真已经被忽悠住了，有些羞愧，好像真的已经在反思自己的格局问题。

秋夕不由得沉默了。

林涵真老了一定是那种因为两个鸡蛋被忽悠去练气功的人。

常明松对着她一挑眉："有问题吗？"

秋夕微笑："没问题。"

她扯过林涵真，两人一起坐到常明松的对面，准备接受营业艺术的洗礼。

但内心深处，对这位营业艺术大师，秋夕产生了怀疑。

看起来一副不食人间烟火的模样，真的能指导好他们？莫不是来骗钱的？

可他又没收钱。

真是想不通，难道真的是不求名利的艺术家？

常明松颔首："没问题我们就直接开始了。"

大师首先提出了一个问题："你们知道营业的实质是什么吗？"

林涵真抢答："吸粉！"

大师翻了个白眼："庸俗。"

得到这个评价，林涵真有些委屈地偏头看了秋夕一眼，秋夕飞给他一个安抚的眼神。

常明松双手放在膝盖上，缓缓道："营业的实质是造梦。你们用自己的一举一动为心中向往爱情的人提供了一个欣赏爱情的机会。文学作品和影视作品，再好，终究是虚幻的，但你们是真人，他们可以旁观，甚至可以互动，这种滋味太美好了。

"所以，营业最重要的是要有空白感，遮遮掩掩欲说还休犹抱琵琶半遮面，不能太直太露，要给粉丝二次创作的发挥空间。有些人不懂艺术，硬生生地把糖喂过去，反而让粉丝产生逆反情绪。"

在淡淡的檀香中，常大师做出了总结发言："真正的营业艺术是山，横看成岭侧成峰,远近高低各不同。是水,不疾不徐温婉流动无声无息化作弥天大雾,把所有人都包裹在其中。懂?"

常明松输出得太忘乎所以,完全不关注两位学生因为听不进去课开始走神了。

林涵真桌下的手悄悄地扯了一下秋夕的袖子,投给她一个"你能听懂吗"的表情。

秋夕在桌下对他摆手,太玄乎了,听不懂。

林涵真的表情立刻灿烂了起来,活像上学的时候找到同伴的差生。

秋夕看他这样,笑了。憨子,就会傻高兴。

常明松输出完毕,睁开眼睛,意外地发现对面两位学生看起来都挺快乐,完全没有他想要的被震撼到了的效果。

常明松怀疑地问:"你们都听懂了?"

林涵真灿烂地笑着说:"没听懂嘿。"

常明松的面部有些扭曲。

茶室内沉默片刻,差点没憋住笑的秋夕主动打圆和:"老师,你能不能说得详细点,可操作些?"

常明松看着对面两个不学无术的学生,终于换了一个教学方法:"那行吧。"

他神情一变,倾过上半身:"我问你们,正常的社交距离是多少?"

秋夕答:"三十三厘米?"

"对。"

林涵真问:"我们要遵守社交距离?"

常明松摇手指:"不不不,恰恰相反。记住,无论你们身处何方,离对方的距离永远都不要超过三十三厘米。最好在五厘米到十厘米中间,多了不行,近了也不行,做到了这一点,许多事情就尽在不言中了。"

林涵真用手在桌上比画了一下:"五厘米,这么近。"

常明松眼神不屑:"这算什么?总之,这个距离你们记住,时刻保持。这一点结束,下一条。"

常明松对两人道:"眼神,记住,眼神是营业过程中最重要的东西。爱是眼神的交流。现在,你们两个人面对面,用爱慕的眼光看对方。"

爱慕的眼光?

秋夕迟疑地说:"现在?"

常明松:"就是现在,给我模拟一下。"

秋夕犹豫地把目光投向林涵真,林涵真也看向她,两个人面对面,竭力地进行了一番眼神交流。

原本演戏的时候,他们两个人一入戏,什么都能演出来,爱恨情仇,欢喜害羞信手拈来,可这会儿不知道为什么,就是怎么都进入不了状态。

互相瞅了一会儿,什么感觉也没有,秋夕有些着急,用眼神示意他:赶紧的,你行不行?

林涵真哀求地看她:我不行。

秋夕:……我也不行。

气氛逐渐焦灼起来。常明松原本游刃有余地抱着手臂在一边看着,越看表情越不好:"你们俩这是怎么回事?不是专业演员吗?"

两个人不约而同地更加努力了一点。

常明松更不满意了:"我要的是深情,深情懂吗?眉目含情,不是斗鸡眼。"

秋夕不得不给自己找个台阶下:"可能还需要时间找找感觉。"

常明松不高兴地说:"难道你们每次一起出席活动都要花很久找感觉,找不到怎么办?"

秋夕心里想,他们找不到感觉,但粉丝会找到的,但她不敢说出来气老师,只能装瓜。

林涵真倒是认真地问:"那怎么办?"

常明松的表情得意起来:"得亏是遇上我,换别人,都不知道怎么处理这个问题。"

"老师,您有什么妙招?"秋夕试探性地问。

常明松:"很简单。如果你不能把营业对象当成你的爱人,那就把他当成一个弱智。"

弱智?

这个方法听起来怎么这么奇怪。

秋夕将信将疑地朝林涵真投去视线,幻想他是个弱智。

一瞬间,她的眼神变得怜爱起来。

秋夕震惊,大师我悟了。

完成任务的秋夕保持怜爱表情看向林涵真,鼓励地说:"你快点。"

林涵真坐在她对面,眼睛睁得老大,努力地调整目光,但调整了好久,仍旧不能让老师满意。

常明松不理解:"你把她看成弱智很难吗?"

林涵真:"她怎么会是弱智,不可能的。"

常明松皱着眉毛打量秋夕片刻:"她看着脑袋瓜子确实比你灵光点,这条路不通,那怎么办呢?"

他摸着下巴苦思起来,过了许久还没想出办法,眉头越锁越紧,神情越来越痛苦,原本乌黑亮丽的一头长发好像也要苍白起来。

林涵真作为最拉后腿的那个学生,坐在一边表情局促,大概气氛太沉闷了，过了一会儿，他转身，从背后的包里掏出一个食盒，试探性地问："老师，你吃早饭了没有？"

常明松哪有心情吃饭："我不——"

他话没说完，林涵真已经把食盒打开，一股浓烈的油脂肉香飘了出来，太香了，一瞬间把仙境般的茶室拖入了人间烟火中。

林涵真："这是我今天早上现包的肉包子，尝一个？"

常明松咳嗽一声："给我一个。"

林涵真飞快地递给他，转头，他又问秋夕："你应该也没吃早饭吧，来一个？"

肉包子，很久没吃了，秋夕本来想减肥，但是闻着这个味道，她也忍不住地心动，直接伸手过去。林涵真拿了一张餐巾纸包住肉包子的下半部，递给了她。

秋夕咬了一口，林涵真偏着头在旁边问："你感觉味道怎么样？"

秋夕认真地咀嚼，片刻后，答："稍微有一点点咸。"

林涵真一摸后脑勺，若有所思地说："可能生抽放多了，我下次注意。"

秋夕："不用，挺好吃的。"

她正说着，肉包子下面丰厚的汁水没包住，顺着手指淌了下来，沾了一手。

她本来双手拿着包子，不得不赶紧松开一只手拿纸，但纸盒离她有些距离，她就把手直接伸向林涵真："林涵真，纸帮我拿一张。"

林涵真连忙给她拿纸，但拿到之后，见秋夕左手拿着包子空不出来，他没把纸给她，直接很顺手地把她的手擦干净了。

秋夕一只手要拿包子，确实不方便，也就坦然地接受了林涵真的服务。

对面旁观了一切的常明松眼神凝滞："你们俩……"

秋夕停下吃包子的动作，林涵真手里还拿着纸，两个人齐齐地看向他："怎么了？"

常明松欲言又止："没事……你们继续。"

他们丈二和尚摸不着头脑地对视一眼，秋夕继续吃包子，林涵真坐在旁边给她倒了一杯水。

直到吃完包子，秋夕才发现常明松已经许久都没说一句话，她奇怪地问："老师，您想出办法了没有？"

常明松长叹了口气："没想出来。"

秋夕："那怎么办？"

常明松："直接上吧。"

"啊？"秋夕傻眼。

林涵真眼看着要被老师放弃,有点着急:"可是我还没找到感觉。"

常明松低头,弹了弹长袍,淡然又苍凉地说:"没关系,还需要找什么感觉,没感觉就吃肉包子,完事儿。寻山踏破橡胶底,原来已在峨眉峰。艺术,唉,清水出芙蓉,天然去雕饰,未尝不是真谛。"

说完,他潇洒起身,直接走了。

两位学生大眼瞪小眼,面面相觑。

本来抱着冲刺的信念来补课,课没上完老师跑了,让他们裸考,自由发挥,这叫什么事儿?他们两个烂到这种地步?

秋夕不得不阴险地猜测:"是不是你的包子不新鲜,他肚子坏了,所以跑得这么快?"

林涵真眼睛睁得老大,活像被侮辱了人格:"不可能。"

秋夕决定给方文石打个电话,问问他这到底是怎么回事。

方文石接到电话也很不了解,说要去问问常明松。

等待的时间,秋夕便和林涵真坐在茶室里分着把包子吃完了。

咽下最后一口,方文石回电话了,电话接通了,人却没说话。

秋夕:"你怎么不说话?"

方文石道:"明天你们自由发挥吧,你可以的,就这样。"

说完,电话挂了,言辞奇怪诡异一如方才的常老师。

秋夕对着手机很担忧:"那明天怎么办?"

林涵真思索片刻,非常痛快地说:"明天见机行事吧。咱们参加综艺,快乐第一,营业第二。"

秋夕:"没营业好怎么办?"

林涵真乐呵呵地说:"这场没营业好就下一场加把劲。放松,秋夕。你知道考编的时候,什么人不会心态崩吗?"

秋夕摇头。

林涵真:"裸考的人。学得越多,悲伤越多,会得越少,压力越小。"

秋夕点头:"明白了。"

明白林涵真为什么对答案全是叉了。就这学习态度,不亏。

不过,不可否认的是,秋夕的心态突然开阔了起来。

没有投入就没有损失,人间至理这不是?

两个人各自回家,雄赳赳气昂昂地准备裸考了。

第二天,下午一点,简单地对过流程之后,《娱乐无极限》综艺的录制开始了。

第一个环节,唱歌登场摆pose,两个人完成得很好,男帅女美,闪亮登场。

第二个环节,配合主持人宣传《燕归来》,都是烂熟于心的流程了,他们做得也不赖，体面大方。

秋夕在心里给自己比了一个"yes"，就这样，胜利地拿下这次综艺吧。

但从游戏环节开始，事情渐渐失控。

今天的第一个游戏是对口型。

对口型这个游戏的玩法是这样的：四人一组，前一个人向后一个人传话。所有人都需要戴着降噪耳机，只有正在传话的人可以取下它，被传话的人只能通过口型判断上一个人说了什么。传话完毕后，最后一位组员复述对一个字得一分，每组两句话，得分最低的那一组要接受惩罚。

秋夕和林涵真与两位主持人一起组成一队，另外一队是由两位老牌歌手和主持人组成的。

在富有节奏感的音乐中，另一队率先开始了。或许他们以前玩过这个游戏，有了经验，虽然传话的过程中出现了一些谬误，但整体效果很好，每句话都能有一半内容传到最后，分"噌噌"地上去了，同时现场观众笑声不断，掌声如雷。

看得秋夕信心满满，传话而已，小意思。

很快，他们这组各就各位，开始游戏。

秋夕坐在第一位，林涵真在她后面，正背对着她。

没多久，秋夕就看到大屏幕上他们这组抽到的词：故园晚霞。

秋夕迅速地感觉不妙，这个词纣纣的，不太常用。但没办法，抽都抽到了，只能对着传话。

秋夕转身，拍了拍林涵真的后背，对着他极尽夸张之能事地说："故、园、晚、霞。"

林涵真非常认真地看着她的嘴型，打量了许久，眼睛一亮："去公园玩沙？"

秋夕又重复了三遍，林涵真的答案仍旧如此："去公园玩沙？玩啥？抓虾？"

秋夕语塞。

一个字都不对，如果任由他这么传下去，哪里是抓虾，他们这一组直接抓瞎了。

秋夕无语，准备再强调几遍，但此时的林涵真可能觉得自己行了，对她自信满满地比画了一个"OK"，决然转身，秋夕伸出"尔康手"都没能让他的动作慢下半分。

只见他信心满满地拍下一个人的肩膀，大声地说："去公园抓虾！"

秋夕的拳头硬了。

很显然，虽然游戏才刚开始，进行未半，但已经中道崩殂了。

从"去公园抓虾"到"孤儿院杀",再到"滚啊","故园晚霞"一步步变异成了一副妈都不认的模样。

第一局,毫无意外地得了零分。

开始第二局了,这一次,他们抽到的句子是"喜欢就要说出来"。

看到这一句,秋夕的心略微放了放,这句虽然长,但用词挺简单的,应该没有什么大问题。

她重拾信心,转身,对林涵真那边大吼:"喜欢就要说出来!"

然而——

林涵真眼神迷茫地看着她。

秋夕:"喜欢,就要,说出来!"

林涵真的眼神更加迷茫。

秋夕:"喜欢,喜欢!你听见没有,喜欢!"

林涵真问号脸。

秋夕累了,这就是裸考的报应吗?都不说心有灵犀了,可以算是毫无默契。

正待绝望,林涵真的眼睛忽然亮了,他对着秋夕用同样大的声音道:"我知道了!"

哦?

下一秒,林涵真自豪地说:"稀饭就要配咸菜,就是这句,没错了!"

秋夕直接气笑了,绝了。

她说城墙头子,他说勾八篮子,她说前门楼子,他说胯骨轴子。

林涵真看她的表情,突然get到了什么,忐忑起来:"我听得不对吗?"

秋夕朝他微笑摇头,当然不对呀蠢蛋。

林涵真双眼闪亮:"那就是对了?"

他真的无法读懂她三分讥笑三分怜爱四分绝望还有九十分"看弱智"的眼神吗?

她坚强地微笑着朝他糊弄一摆手,去传话吧,这智商,不可能猜到的。

她累了,在惩罚环节到来之前,她想多歇一会儿。

下面的演变过程其实也没什么值得惊讶的,不过是"稀饭就要配咸菜"变成"西瓜现切","西瓜现切"变成"器官衰竭"而已。

她人都快衰竭了,怕什么呢?

最后,他们这一组以零分的卓越战绩,成功进入败者组,准备接受惩罚。

惩罚的内容是他们要在一块指压板上走个来回。

秋夕脱下鞋,和其他人站在同一起跑线上,望着对岸,叹了一口苍凉的气。

在她身侧，林涵真有些局促地小声说："是我太蠢了。"

秋夕已经接受现实，并且找回了怜爱傻子的心情："没关系，失败是我们两个人的，而且就算你说对了，结果应该还是这样。"

他们这组一个赛一个的天才，就算一路顺利地传到最后也仍有突然转基因的可能。

但林涵真仍旧非常愧疚，好像想跟她说什么，但这时惩罚已经开始，哨声吹响，他不得不目视前方开始行走。

四个人壮士割腕般地朝指压板上走去，听着其他三个人"呼呼哈哈"的声音，秋夕竭力地平心静气，她是女明星，不能失态，要优雅，踩在针尖上也要优雅。

但指压板的滋味只要试过的人都知道，就算脸上强装平和，额头也会疼出汗，她毕竟不是关公，没那股刮骨疗毒的狠劲。

好不容易，走到了尽头，回首，看那剩下的漫漫长征路，秋夕快熬不住了。

倒也不是不能走，只是脚快废了。

人类为什么这么善于发明各种道具折磨自己的同类，这是为什么。

就在秋夕快要滑向哲学深渊的时候，她忽然发现，走在她前方的林涵真回头了。

秋夕诧异地和他对视上了。

他皱着眉毛看向她，似乎在考虑什么。

秋夕不知道他在思考什么，她也不想知道。

站在指压板上思考人生是在搞什么？赶紧走下去不好吗？

她用眼神示意他朝前走，没想到，下一刻，他露出一个灿烂的笑，对着所有人说："我给大家表演一个才艺怎么样？"

惩罚不够你出风头？还要表演才艺？

林涵真的思维超出了她的理解范围。

旁边的主持人已经是老资历了，但他也没见过这号人物："老天爷啊，你不赶紧走，还要表演才艺，你认真的吗，想表演什么？"

林涵真一边朝秋夕这边走，一边笑着道："表演背人过指压板的才艺。"

说着，他已经走到了秋夕的身前，背过身，不容拒绝地背起了她，步伐稳健地朝前走去。

秋夕一时间还没反应过来，找到平衡之后她就已经在林涵真的背上了，她艰难地偏头，和众人震惊的目光对视了一眼，啊，好尴尬。

林涵真在干什么，虽然说好了要营业，但这样真的至于吗？

刚好走了没两步，林涵真动作一顿，"嘶"了一声，应该是疼到了。

秋夕压低声音咬牙切齿地说:"你赶紧给我放下。"

林涵真答得飞快:"不。"

他就这样,一边忍着疼,一边又死不松手,甚至脚步还很稳,一步一步地带着她朝终点走去了。

在众人的视线里,在林涵真的后背上,秋夕起初是惊愕的,而后是尴尬不好意思的,但渐渐地,她的心跳快了起来。

身边的人声如同那日的潮水,灯光也如同那日傍晚初升的群星,她趴伏在他的后背,看着他脖颈处柔软短茸的碎发,忽然觉得恍惚。

他们第一次见面,他把她背了起来,隔了这么多年,他们居然还有这一日,还能有这一遭。

命运啊,那么多分岔口,怎么会最后还是朝着这个方向走来了。

后面的节目录制过程中,秋夕时不时就会想起刚才的感受,念念不忘的滋味,如今算是明白了。

终于录制完了节目,两个人一起回到后台,走过狭窄的通道时,前后无人,秋夕走在他的身侧,装作漫不经心地问林涵真:"你刚才怎么突然背我?"

林涵真头也没回就回答她:"我坑了你,不好意思嘛。"

秋夕:"只是因为这个理由?"

林涵真笑了:"不然呢?"

秋夕脚步顿了一下才说:"我还以为你突然灵光一现,想到了营业涨粉。"

他看向她,面露惊讶:"你不说我还没想到,对啊,这也算咱们营业了吧。"

秋夕:"这一波咱俩应该都能吸不少粉。"

"我觉得也是。"林涵真说着笑了起来,但很快他又苦哈哈地说,"快出成绩了。"

秋夕被他这个突转弄得措手不及:"啊?"

林涵真双手合十:"赶紧涨粉吧,赶紧来新工作吧,这样就有钱挣了,不用刷题准备下一场考试了。"

秋夕问:"你哪天出成绩?"

林涵真丧唧唧地说:"还有五天。"

秋夕不能理解,明明他都对过答案知道自己大概什么成绩了,这会儿怎么又情绪上来了。

不过……五天。秋夕摸了摸自己的下巴。

他们今天录制的综艺刚好也会在五天后播出,到时候林涵真可以左手查成绩,右眼看综艺,都搞完了还可以去超话调节一下情绪。

充实的人生大概就是这个样子吧。
想到这里，秋夕在内心深处幸灾乐祸地笑了。
回去之后，秋夕就打开了微博，点进她和林涵真的"双人超话"。
对，他们俩的粉丝随着剧的进度日渐壮大，连带着超话都"繁荣茂盛"了许多，大小主持人一应俱全，还有置顶规则，各种资源分门别类，看起来都挺有模有样。
她用小号混了一段时间的超话，现在也算是轻车熟路了，熟练地点进了热门。
因为离播出还远，同时综艺录制时节目组还会和现场观众签约保密合同，秋夕本来以为她点进来之后入眼的应该还是《燕归来》的剧情分析和他们两个人的截图。
就算有些真人情侣向的分析帖，大概也是过去内容的炒冷饭。在这么多天的熏陶下，她已经可以熟练地划拉过它们，眼睛都不眨一下。
但她真的没有想到，点进来的第一眼，一条微博映入眼帘。
"今天看到了什么我不能说，但我好像参加了婚礼现场！"
秋夕的手指停在屏幕上，划不下去了。
如果此刻是在游戏里，她一定要点无数个问号在公屏上。
她能理解这位粉丝朋友好不容易参加了现场录制活动，同时看见两位真人非常激动的心情，她也能理解粉丝眼里两个人只要互动就代表感情增温。
可，这怎么就婚礼现场？
她鼓起勇气点进了这条微博，想要看看到底博主是怎么得出这个结论的。
和她拥有同样想法的人不止她一个，微博下面好多条评论都在急切地问今天发生了什么，他们亲了吗？
秋夕一头雾水。
她更想知道今天发生的一切在这位博主眼里到底是什么理解了。
企业级的吗？
可惜，博主在这条评论下面回复：【现在不能说，剧透了的话这个片段会被删掉。不过等综艺播了我会给大家上我的全程repo。我肯定会写！】
秋夕思考片刻，在这条评论区里郑重地留下了两个字。
【马克。】

等待深渊巨作产出的日子，秋夕好像一块望夫石，每天早上起来都要计算清楚距离综艺播出还需要多久。
她这辈子除了初中的时候看动漫等更新，还没有这么努力过。

她甚至还学会了偷偷关注那位repo博主，说实话，她在林涵真身上都没费过这劲儿。

好奇心真的是人类进步的一大阶梯。

幸好这五天还有新的工作可以做，让她不至于干等着。

这段时间《燕归来》的播放量虽然增速放缓，但脱水后集均播放量仍有五百万。同时，其他视频平台隆重推出的主打剧却不温不火，播放量堪称潦草。

嗅觉灵敏的广告商终于判断《燕归来》在同期剧中具有明显优势，开始大批投放中插广告。

秋夕和林涵真在五天等待时间内拍摄了三个不同的合体广告，日子过得非常充实。

终于，等到了综艺播出的那一天。

晚上七点五十，秋夕蹲守在了电视前，她估摸着这个节目播出时长是一个半小时，那么等到九点十分的时候，她就可以查收那个repo了。

在此期间，她可以一边看电视，一边去双人超话巡逻，看看有没有哪位小可爱的脑袋瓜里又冒出些她不知道的惊喜。

但她没想到，第一个惊喜是节目组给她的。

其实她自己还没有注意到，是超话里一个人兴奋地上传了一张糊图，搭配一行感叹号。

她点进去一看，是他们玩传话游戏时的截图，截图刚好停留在秋夕使出吃奶的力气想让林涵真明白那句话是"喜欢就要说出来"时。

截图最下方是节目组配的字幕。

"喜欢，喜欢！你听见没有，喜欢！"

这有什么好感叹号的？

秋夕心里觉得这个粉丝大概年纪小，有些不成熟，太一惊一乍了。

她漫不经心地又看了一眼，刚准备划走，视线突然定住了，她发现了一个华点。

她喊的明明是这句话："喜欢，喜欢！你听见没有，喜欢！"

可节目组的字幕是："喜欢，喜欢你！听见没有，喜欢！"

秋夕从她的半永久表情库里找回了老爷爷地铁看手机的表情包，给自己戴上了。

节目组是不是哪里有问题？这引起的误会太大了吧？

秋夕突然不敢看超话了。

她深呼吸许久，调整好了心情，再次刷新超话，热门第一条如下。

【点击就看现场表白[截图]。】

秋夕点开了评论区。

【"我们曾在高朋满座中把隐晦爱意说到尽兴"有!】

【这还隐晦?夕夕都快把真真的耳朵扯过来对着里面喊了,如果我有她半分努力,男神早就是我的了!】

【可惜真真没听懂。】

【不,他肯定听懂了,但是人太多不好意思表白,等下他们就贴到一起快进到结婚现场了!】

秋夕缓缓地放下了手机,去餐边柜那里翻箱倒柜找上次没喝完的清火茶,荷叶加倍,菊花加倍,薄荷加倍,什么都超级加倍,她需要冷静一下。

许久之后,再拿到手机的秋夕自觉已经好了许多。

虽然刚才经受了一些冲击,但这都是营业必经的磨难,或许等她成为一个成熟的营业人之时,她就可以目露不屑地对超话那些分析漫不经心地评价——

"就这?"

调整好心态,秋夕拿起手机继续看微博,时间刚刚好,她偷偷关注的那位已经发了九张图,每张图目测都是满满的字。

秋夕没有直接点开它,而且先干了半杯茶,才开始阅读这篇"论文"。

大致来说,这九张图的结构是这样的。

第一张,针对"喜欢你"写了八百字论文。

第二张,针对"背过指压板"写了八百字的论文,为了解释林涵真这一行为,博主提出了三种假说:强势护妻说,宣誓主权说,借机贴贴说。每种假说都论点醒目,论据充分。

第三张,分析为什么林涵真没有听懂。博主得出的结论是,那当然不是因为真真蠢,是因为真真心里太喜欢夕夕了,所以当夕夕靠近真真,两个人的面部直线距离只有十厘米的时候,他的爱慕之心遮蔽了一切,除了观察夕夕的绝世美颜,他什么也做不了!

试问,谁和自己爱的人相处时不会变成傻瓜呢?

秋夕看笑了,这都可以。

一路看下去,到后面的微表情分析和微动作分析部分,秋夕已经可以冷静接受了。

安安静静地看完"所以他们是双向奔赴"这行字,秋夕放下手机,仰首闭目。

这就是成长的滋味吗?

头昏脑涨的。

综艺看完了,微博刷完了,秋夕思索片刻接下来她要做什么。

成长是不想再成长了,但她可以督促别人成长的步伐,两个当事人,没道理只有一个在进步。

她拿起手机就给林涵真打了个电话,开口第一句:"成绩出来了没有?"

林涵真在电话里语气沉重地说:"公告说推迟两天,后天下午再出。又要煎熬一天了。"

秋夕不明白:"咱们现在涨了这么多粉,你应该不需要考公了吧。你也接到新剧本了吗?虽然现在过来的质量大概还是一言难尽,但没钱的话挣口饭吃还是可以的。"

林涵真沉默了片刻才说:"我只是觉得,毕竟复习了挺长时间,如果成绩出来很烂,还是挺伤心的。"

秋夕安慰他:"别伤心了。与其伤心,不如把时间花在别的事情上,比如——"

去他们的超话看一看,接受心灵的洗礼,为以后的营业做准备。

她是想这么说的。

但林涵真却声音一提,兴致勃勃地接上了话茬:"去转发锦鲤?"

秋夕:没救。

两人正打着电话,秋夕的手机提示她有新的电话进来了,是方文石打来的。

她把林涵真这边先挂了,接通了电话。

那边的方文石说,为了感谢果子视频给出的宣传位,也为了感谢观众,他准备和果子视频商量了一下,想搞一次扫楼加直播观剧活动,问她后天可不可以。

扫楼就是主演去视频平台的公司大楼,给所有工作人员分发礼物,以表示自己的感谢,为后续的合作打个基础。

秋夕想了一下,她和林涵真那天都没有行程,她直接连带着林涵真的份一起答应了。

与其在家里为了成绩苦恼,不如出门打工。

于是,两天后的下午,秋夕和林涵真共同聚首于果子视频。

这部剧现在看的人确实很多,视频网站的员工也有许多是他们的剧粉,两人刚刚在工作人员的指引下把准备好的礼物小车推进大厅,无数人就潮水一般地涌了过来,大声喊着两个人的名字。

秋夕站在小推车后面,推着小车想朝前走,走不动,毕竟不是谁都能像火车上的卖货阿姨一样,拥有在人海中穿梭自如的功力。

林涵真在她旁边竭力地开路,除了脸都快被挤歪,一点儿用也没有,毕竟旁边都是些姑娘,他除了用嘴喊,什么力气也不敢用。

还好有保安的帮助,两个人艰难地完成了扫楼的环节,坐在直播房间里喘气。

还有一个小时才开始直播，现在房间就他们两个人，可以好好休息一会儿。

秋夕等自己呼吸顺畅了些才转头看林涵真："刚才挤得我都快喘不过气了。"

她说完了，林涵真却没有看她，仍旧低着头，看着手机屏幕发愣，不知道在干什么。

秋夕奇怪地喊："林涵真，你在干什么？"

林涵真应声抬头。

秋夕随之震惊。

天寿，发生什么了，林涵真怎么双眼蒙眬地看着她。

谁都不知道她这会儿有多慌，反复思量了一百个可能，最后才小心翼翼地问说："成绩出来就出来了，考零蛋也没人看不起你，那天群里不是说了，人生不是只有一条路，不要哭，坚强。"她对他比画了一个加油的手势。

林涵真继续蒙眬地看着她："我没哭，只是隐形眼镜掉了。"

秋夕松了口气："只是隐形眼镜掉了而已，没事。"

等一等，他们等会儿的活动是什么？

直播观剧是不是？

直播观剧最重要的就是即时根据剧的内容做出自己的反应，同时还要和当时发弹幕的观众进行互动。

看到林涵真现在这个状态，秋夕非常担忧，同时还想再挣扎一下。

"真的一点都看不清吗？"

林涵真没有直接回答她，而是说："那我再试试。"

林涵真说着就开始环顾整个屋子，好像在探索自己的视力到底能做到什么地步。突然，他的动作停了，站起来，眼神凝滞地看向一方："那里，是不是蹲了一个人？"

秋夕下意识地以为有人混进了屋子里想要偷拍，但看过去之后，秋夕默了。

一幅巨大的蒙克呐喊正挂在墙上。

这……看来林涵真的眼睛是真的可以不要了。

"那怎么办？"

直播马上就要开始了，现在临时去找眼镜也很难。

林涵真思考许久，说："就这样吧，我努力地听，根据台词做出反应，你再给我一点提示，糊弄过去就好了。"

没有别的办法，只能这样了。

秋夕深吸一口气:"那你机灵点,实在不知道说什么就装作自己看入迷了,至于弹幕那边,主要是我来回复,你就随便从那个敷衍金句大全里挑两句回复就好——"

林涵真眼神迷茫地看她。

秋夕:"不记得了?"

林涵真点头。

秋夕把"人生就像一场戏,因为有缘才相聚。别人生气我不气,气出病来无人替"这段话咒语般在心里默念了三遍,终于又找回了平常心。

"算了。等到了抽奖环节,我抽完之后你随便抽一个,咱俩就能下班了。下次记得随身多带几副眼镜,眼睛只有一双,但眼镜是不限购的,懂吗?"

林涵真乖巧地点头,看她的眼神更雾气朦胧了。

秋夕看着他长叹了一口气。

就这样,直播观剧活动开始了。

今天的直播观剧放的是昨天晚上更新的内容,《燕归来》现在已经播到了第二十集。

乔青云和燕珏现在属于互相都有感情,但谁也没有捅破的阶段。两个人都在找机会一述衷情,可惜时局却并不给他们犹豫的时间。

北方柔然进犯,连夺三处关隘,皇帝震怒,命令彻查此事。没想到查来查去,责任甩到了已经远离朝堂的乔青云头上。

有证据证明,乔青云担任吏部尚书的时期,勾结内外,大肆收敛钱财,不仅将无才无能之人安排做将领,还贪污了士兵们的被服钱,使得他们在数九隆冬只能穿着单衣对敌,许多人还没有看见敌人就先冻死了。

乔青云在抓捕的人到来前提前得到了消息,他并未逃跑,而是有条不紊地关闭学院,让燕珏带着幼子赶紧离开,他有一个朋友在不远的地方开了另一家书院,那位朋友夫妻俩人都很好,可以放心投靠。

那天夜里燕珏离开了,乔青云一个人坐在屋中喝酒,一杯又一杯,一盏又一盏。他不后悔送她离开,京师有人想他死,编造了那么多伪证要害他,他很难脱身。

他不可能带着燕珏一同赴泥沼,但这一别不知多久才能见。

上一次分离,他花了五年的时间,这一次,还有下一个五年吗?人生又有多少个五年可以空耗?

天亮了,黎明不可抗拒地到来,终于,门从外面被敲响。

他整了整衣袍,收敛了神情,再抬眼的时候,温文尔雅的教书先生不见了，那些年里威震京师，压得许多人不敢抬头的乔青云再次出现。

他神情淡漠地推开了门。

但下一刻，他的目光顿住了。

门外，燕珏一个人站在那里，她风尘仆仆地看着他，咧着嘴笑了。

…………

这一集刚开始播放的时候，林涵真还好，伪装得非常自然，原本空无一物的眼睛看起来莫名地精神了起来，好像真的在看剧。

秋夕瞄了他几眼，觉得他的表现挺不错，放下了心。

但她放心放得太早了。

播到了二十五分钟时，也就是乔青云一个人酗酒加上回忆人生的时候，有很长一段时间没有任何台词，只有抒情的配乐。

秋夕正在认真地看边回复弹幕，突然听见耳边有人非常小声地问："播完了吗，是不是在放片尾曲？"

他有些躁动。

秋夕装出来的温软笑容像粉一样卡在脸上。在镜头看不见的地方，她用脚踩了林涵真一下。

问题解决了。

但五分钟之后，林涵真又小声地问："是不是设备出问题了？"

此时，刚好放到了燕珏和乔青云相见无语这一段，配乐为了烘托情绪在乔青云开门的那一刻之前沉重地铺垫了许久，但燕珏的脸出现在屏幕中时，配乐消失了，给了观众大约六秒空白时间。

观众这会儿应该沉浸在感动中，但林涵真大概是蒙了。

秋夕不想再踩他，她尽力地保持微笑表情，小声地说："没有。"

或许这一声太小了，林涵真什么都没听见："啊？"

秋夕用气音："没、有！"

"啊？"

只是近视了而已，耳朵也不行了吗？

秋夕眼睁睁地看着他犹豫了一瞬，而后直接把脸凑了过来，疑惑地说："秋夕？"

蓦然间，他俩的眼睛之间只隔了不到十五厘米，有尺子的人可以自己感受一下这个距离。

秋夕这一秒是呆住了的。

理论上，她理解林涵真不凑得这么近就看不清她的脸，可是，太近了。

她连他的眼睫毛都能看得一清二楚，他的呼吸好像都能被感知到。

不知道哪里出了问题，秋夕觉得自己脸烧起来。

察觉到的那一瞬间,她窘迫到想把林涵真打晕。

营业是可以的,但是营业的时候脸红,不可以!

她面无表情、声音颤抖地说:"你给我滚回去坐好。"

这时,剧情又继续下去,屏幕上燕珏和乔青云开始对话。林涵真终于发现自己可能引发了某些无法预估的问题,飞一样地坐正了。

秋夕默默在心中祈祷,一定没人注意到她刚才脸红了,一定没有。

接下来的时间里,他彻底老实了,屁股长钉一样坐在椅子上,主持人问什么都不敢多说。

主持人对他说:"抽奖吧,来,你喊停我们就停。"

林涵真一声"停",成功抽中了一位叫"秋夕是不是脸红了"的幸运观众。

这个ID,秋夕看见了,主持人看见了,全直播间的人都看见了,但林涵真这个瞎子看不见。

主持人迟疑地说:"要不然换一个?"

林涵真瞅了秋夕一眼,什么表情都没看见,只能感觉到秋夕那边传来的冰冷气息,他不敢多话,他厌厌地说:"不换,就它了。"

于是,主持人只能微笑地说:"那么恭喜'秋夕是不是脸红了'这位粉丝获得了节目组的礼物,记得私信把地址发过来哦。"

结束直播后,秋夕站在下楼的台阶前,反复地劝说自己。

昨日之事譬如昨日死,虽然还没到昨日,但明天的这个时候,一切就都死了,好耶。

仿佛哪里不对,管他呢。

恢复了冷静的秋夕看向身侧不敢说话的林涵真:"你怎么回家?"

林涵真:"坐公交车。"

秋夕手臂抱了起来,语气刻薄地说:"看得清是哪路吗?"

林涵真小心翼翼地说:"……看不清。"

秋夕看他这副伏低做小的样子,心里一瞬间舒坦了许多:"行了,我送你回去。下楼,去车库。"

林涵真发觉她的语气恢复了正常,好像还挺愉快,他也露出松了口气的模样。

秋夕看他那样,摇摇头,率先朝下走了几级台阶。但她没走几步就发现林涵真没有跟上来。

她回头一看,林涵真正在试图下楼,伸出脚在楼梯的边缘反复试探,生怕一脚踏空。

秋夕:"要不然还是去坐电梯?"

他们走步行梯纯粹是为了清净一点,免得再被包围起来,但如果林涵真什么都看不清，在这里摔个狗吃屎那可怎么办？

林涵真："不用，这里光线不太好，我有点夜盲，缓一缓就好了。"

秋夕想了想，回头，伸手，示意林涵真抓住她的袖子："我牵着你下楼。"

林涵真突然含蓄了起来："这不太合适吧？"

秋夕瞅他："少废话。"

林涵真一把抓住了她的手。

秋夕："……我让你抓的只是袖子。"

林涵真慌忙松手换地方。

忙活了好一阵子，两个人终于顺利地下楼了。

秋夕一边朝自己的桑塔纳走去，一边想，得亏刚刚楼道里没人，不然肯定要引起天大的误会。

而在她身后，监控摄像头的红色灯光正亮着。

这一天，或许注定是不平静的。

两个人刚在车里坐好，林涵真的手机突然响了。

他拿起手机，奇怪地说："一个陌生号码。"

说完他就接通了它，一点儿思考过程都没有。

很快电话那边传来了一个热情洋溢中气十足的声音，连秋夕都听得非常清楚。

"林同学你好，恭喜你进入面试，不知道你现在报过面试班了吗？要不要考虑一下我们XX教育，我们有七天不过全额退款的面试班，只需要19888元，要不要考虑一下？"

林涵真没说话，他傻了。

他缓了缓，才结结巴巴地说："你是不是打错电话了？"

"没打错，你不是叫林涵真？和一个明星同名对吧。刚刚成绩出来了，你赶快去看吧，看完了想报班可以直接加这个号码的微信。现在付五百定金抵两千学费！"

挂了电话，林涵真神情仍旧难掩震惊："我真的进面试了？"

秋夕："这我怎么知道……"

林涵真："会不会是同名同姓？"

秋夕："你直接查一下成绩不就好了，磨叽。"

林涵真醒过来一般立刻按亮手机，在上面飞快地操作。一分钟还没过去，随着他手指的郑重一点，林涵真的视线黏在屏幕上下不来了。

再抬头的时候，林涵真看着秋夕，看上去快哭了："是真的。可我怎么就进了呢？"

秋夕无语。

明明是好事情，为什么林涵真这个样子，范进中举？

"我真的没指望我还能进去,我的成绩考得超级低,还没到六十分,我……"林涵真一副理解不了的样子,"我想不通。"

但冷却了一会儿之后,林涵真好像又琢磨透了。他把手机放下,靠着椅背仰头叹了一句:"许多人都说,考公是选择大于努力,我信了。"

他思索着,分析着,表情却又渐渐地梦幻起来。过了一会儿,他再次偏头看向秋夕,眼神迷茫地问:"可我还是不懂,我怎么就进了?这个岗位也不算差,怎么就没有高手来考,活生生让我混进了第三名?"

秋夕觉得林涵真并不需要她的回答,她直接发动汽车引擎,桑塔纳缓缓驶出车库,朝着林涵真的家开去。

等到路程开到一半的时候,林涵真已经在纠结面试怎么办了。

"秋夕,你说我面试怎么办?我现在这个情况,面试班肯定报不了,但我听说考公面试必须要报班的,结构化面试很多问题稀奇古怪,没有提前练过,到时候都不知道怎么回答,有可能当场就尬在那里了。"

秋夕听着林涵真嘀嘀咕咕了半天才问他:"你确定要去面试吗?"

林涵真:"啊?"

秋夕握着方向盘,在镜子里看了林涵真一眼:"《燕归来》现在势头很好,你以后在演艺上应该也会更上一个台阶,这个时候,真的还需要考公吗?"

这个问题,其实前几天她就想问了,考公对于林涵真来说应该已经是一件不必要的事情,就算考上了,他真的会放弃做演员?

为什么他对考公这件事这么重视?

她不敢说自己有多了解林涵真,但是,林涵真他明明是喜欢当演员的。

已经从事了自己喜欢的事业,以后的发展应该也会蒸蒸日上,为什么要转行?

难道有什么她不知道的信息?

林涵真坐在副驾驶上,有一会儿没说话,过了大概一分钟,他才不好意思地笑笑:"其实,我有原因的。"

秋夕心中一顿,放慢了行驶的速度。

林涵真笑了笑,说:"那天,你说'你也接到新剧本了吧',其实从去年到《燕归来》播出后的现在,我没有接到一个剧本。"

因为太过惊愕,秋夕"啊"了一声。

如果说《燕归来》没有播出之前,林涵真没有收到剧本也就算了,可现在《燕归来》播出效果这么好,他还没有收到剧本,这肯定不正常。

她直接把车停在了路边,偏头看向他。

林涵真挠了挠头,才说:"之前拍戏的时候跟一个人闹了矛盾,他跟公司高层是亲戚,所以明华虽然把我签了,但不会给我任何机会。"

秋夕皱眉:"因为这个,你那些年才会混得这么惨,还去拍那些神剧?"

林涵真朝她好脾气地笑笑:"混口饭吃嘛,那个时候要还钱,有工作怎么能不干?"

秋夕反复地思考,还是觉得哪里不对:"难道没有导演制片直接绕过公司给你投剧本?"

林涵真摇头:"没看见。"

秋夕:"那你的那些朋友呢?当初他们可以帮你介绍《燕归来》,现在也没有任何资源可以介绍给你吗?"

林涵真的眼神仍旧很温和:"现在开机的剧不多,他们也不太好混。"

秋夕觉得自己应该还有问题要问的,但她看着林涵真的眼睛,突然一个字都说不出来。

他还是那个样子,眼里没有生气,没有难过,就算有些遗憾,但好像那对他来说也是可以接受的。

不过,不接受又怎么样呢?

世事如"刀",能由得了他不接受?

秋夕问:"你和明华的合同还有多久?"

林涵真声音平缓地说:"十年。"

十年,太长了。

再过十年,林涵真都快四十了,等合同到期之后再踏上演艺事业,就算以后混得再好,这些年的寂寥和失落真的可以填补上吗?

秋夕:"违约金多少?"

林涵真笑了一下,说出一个数字。

听起来好像不多,有些希望,但前提是,林涵真有戏拍,但现在这个情况下,他连烂剧都接不到手里,说这些就是天方夜谭。

林涵真:"如果考上了公务员,我就可以直接解约,不用交违约金。虽然需要在机关单位工作几年,不过就当积攒生活经验的话,时间也过得挺快,起码比十年快多了。说不定还可以靠公积金供套小房子,也挺好的。"

说完之后,林涵真笑了起来,好像真的在思考有一套小房子之后的生活。

秋夕握着方向盘,抿着嘴,思考起来。

她拍了不少戏,手上的钱可以借给林涵真一部分,剩下的,最差的情况下,林涵真拍些剧应该可以攒够,更何况还有捡到大制作的可能。

089

只要她能给他找到资源,他就可以继续快乐地演戏,不用再思考面试不面试的问题了。

可是资源从哪里找?

就在这个时候,她收到了经纪人沈姐的电话。

她接通电话:"喂,沈姐,怎么了?"

沈姐在电话里急急忙忙地说:"我刚给你们谈妥了一个生活类综艺,你和林涵真下周可以去参与录制。

"不过你记住,在那个综艺里营业是次要的,最关键的是张辛立导演也会和你们一起参加活动。我有小道消息,他马上要开始给自己下部剧选角了,你跟他搞好关系,就算拿不下来角色,最起码也要争取到试镜机会。"

秋夕听着电话,看向林涵真,眼睛亮了。

## 第六章
## 乡村爱情

挂断电话后，秋夕对林涵真用神乎其神的语气说："现在，你有了一个改变人生的机会。"

林涵真用敬畏的眼神看着她。

秋夕把刚才沈姐告诉她的事情，一五一十地和林涵真说了。

"可能对别人来说这个机会可有可无，但是你一定要抓住。你知道张导上部剧的主演这部剧的片酬有多少吗？"

林涵真："有多少？"

秋夕对他比出了三个指头，说："怎么样？这个数字是不是刚刚好。你现在有什么想法？"

林涵真一句话也没说，看向秋夕，嘴唇一点点地咧开，八颗牙齿都不够他露，他笑得开心极了。

看到他这个样子，秋夕都不得不笑着泼他一点冷水："好了，还没有拿到角色，现在就贷款开心，以后没拿到怎么办？"

林涵真却仍旧笑得很开怀："拿没拿到那是以后的事情。现在，希望来了，太好了。"

看他这个样子，秋夕却又叹了口气。

一个虚无缥缈的希望都能让他这么高兴，过去的这些年，他都是怎么过来的。

她想起去年，她负责试镜的时候，林涵真低着头坐在人群里，那个时候，他在想些什么呢？

过了一会儿，秋夕才问："距离你的公务员面试还有多久？"

"一个月。"

一个月啊。

她抬眼，看向道路的尽头。

这一个月内，《燕归来》会大结局，他们的营业能达到什么效果也可以知道，他们能不能拿到试镜机会，甚至是否敲定角色，成功二搭，也可以确定。

那些能够影响一生的纷杂因素，居然都会在这短短的一个月内尘埃落定，如此匆忙，不容轻乎。

于是，他们在狭小的前排车座上，仔细地探讨未来一个月要怎么办。

首先，张导的下部剧林涵真要竭力地争取。他和秋夕会在综艺上努力和他搞好关系，争取到试镜机会，用实力征服张导。当然，他们也会加大力度营业，积攒人气，为拿到角色提供帮助，说服投资方。

不过，经过了这么多年的风风雨雨，大家都知道有些事情不能太绝对，还是要给自己留条后路，所以该准备的面试还是要准备。

虽然不能参加线下面试培训班，但是现在网络资源发达了，面试也有网络班。

林涵真虽然是个穷鬼，网课还是买得起的，他飞速地给自己报了一个网络面试班。

报完之后，林涵真有些惋惜地说：“如果线上班也可以不过全退就好了。”

秋夕白了他一眼：“一万多的班不过全退是因为人家可以拿去周转钱生钱，你这六百多，算了吧。”

林涵真嘀嘀咕咕：“六百块不少了，我笔试的时候九块九领券买的资料呢。”

秋夕听他这话，无语地笑了。

她替那些没进面试的朋友感到可惜，怎么就败给这种人了。

但林涵真眉头又皱了起来：“我听说面试和笔试不一样，必须要对人练，不练不行。虽然我是演员，语言表达会有优势，但总是闭门造车，自说自话，是不是也不太合适？"

林涵真思考着，忽然想起什么似的，抬起头，缓缓地看向秋夕："你说呢，秋夕？"

秋夕觉得他的眼神不简单，好像有什么主意。

林涵真这个人不打主意就算了，一打主意她就要遭殃。

秋夕小心谨慎地说："你有什么想法直接说，有屁快放。"

早放早被风吹干净，免得回去还带着一身臭气，影响心情。

林涵真不好意思地笑笑，而后带着期待说："我就是想，你能不能每天抽出一点时间听我回答问题？你是我的考官，我是你的考生，随便你考。"

听起来略微有点奇怪。到底怪在哪里？秋夕一时间想不清楚。

不过，每天能够视频一个小时，还可以提问监督他，欣赏他答不出来问题抓耳挠腮的样子，说实话挺有诱惑力的。

秋夕反复思考许久，答应了他。

第二天晚上，两个人开了一个腾讯会议房间以示庄重，林涵真不好意思地问秋夕能不能把背景图改一改，改成那种考场的模样。

秋夕一边在心里翻白眼骂他事多，这都模拟，一边去找合适的图片，换了上去。

过了一会儿，视觉效果上，秋夕坐在一个宽大的教室里，表情严肃地看向林涵真。

虽然因为腾讯会议的智能抠图功能略有些智障，她的胳膊时不时就被抠掉，变成独臂大侠。总之，氛围到了。

再说不到她就要把林涵真的脑袋当鼓敲。

林涵真事先已经把需要用到的资料传给了她，他从昨天晚上到今天下午学习了人际关系部分的知识，现在已经迫不及待想要实战了。

秋夕打开文件，念出第一道题。

"如果你和领导产生了矛盾，他给你穿小鞋，你应该怎么办？"

秋夕刚念完就差点绷不住笑了，世界上没有人比林涵真更应该解决这个棘手问题。

林涵真听题之后果然也傻了，直接问秋夕："他们给我穿小鞋，那我该怎么办？"

秋夕拿眼瞪他："我是考官你问我？我当场给你逐出考场。"

林涵真吃瘪："那，我有一分钟的思考时间。我想一想。"

一分钟过去之后，林涵真苦哈哈地说："我想不出来。我要是知道能怎么办，我就不用考公务员了。"

秋夕笑了："你这上考场人家给你分就怪了。"

秋夕翻开了答案。

"首先你要反思自己是否真的被穿小鞋了，有可能是你误会了。其次，如果确定真的被穿小鞋，不能让心情影响工作。再次，你先反思自己，领导高瞻远瞩，怎么会无缘无故给你穿小鞋？同时，你要和领导进行沟通，有问题解决问题。最后，在以后的工作中和同事保持良好的关系，避免这种事情再次发生。"

秋夕念完答案，对林涵真说："懂了吗？这就是成熟的社会人应该做到的事情。"

林涵真别扭扭地说："我才不会跟他道歉呢，他不配，他就是个傻——"

他说了一个字就停下了："不能在女孩子面前说脏话。反正你要知道一件事，那个人，垃——圾——"

他拖长了音以示强调。

秋夕笑了两分钟才找回声音,开始提问第二道题。

"如果你有一项工作,两个领导分别让你用不同的方法开展,你怎么办?"

林涵真想了又想,过了好久才憋屈地说:"他俩打一架行不行?谁赢我听谁的。我能怎么办?我说的算什么。"

秋夕差点又翻了白眼:"你这回答能行?"

秋夕转了转脑筋,说:"那我换个问法,如果你妈妈跟你老婆一起掉水里了,你先救谁?"

这两个问题看似不同,其实类似,都是协调问题。

没想到,林涵真老老实实地说:"我不会游泳,谁都救不了。"

秋夕愣住了,她完全没想到林涵真会这么说:"你不会游泳,那你——"

当年为什么救我?

就那样毫无防护地冲了过去,什么也不顾,如果水漫上来了,他没来得及跑回去,怎么办?

林涵真听她话说了一半,凑近了问:"你说什么?"

秋夕的手指握了起来:"……没什么。"

她突然开始想,林涵真到底是个什么样的人。

不会游泳还救人,是傻子吗?明明日子这么惨,还这么高兴,是傻子吗?

秋夕找到答案不疾不徐地念了起来,但她其实一点儿也没把心思放在答案上。

她隔着屏幕看向对面的林涵真,看着他认真倾听的样子,她忽然想,幸好离他面试还有一个月,他们可以这样说着话,她可以每天都看见他的脸。

但这一个月过去,或者说,等《燕归来》的宣传和售后期完全过去之后,他们要走到哪里呢?

那个时候再分开会是怎么样的心情?

去年她和他切断联系的时候,虽然会有些不舍,但终归觉得还是可以接受的。但想到一个月后的事情,她突然间就觉得难受了。

她和他相处的时候,虽然偶尔会有些情绪的波澜,但总体来说,她是快乐的,不知不觉间,心脏就觉得绵软,好像沐浴在一场温暖的熏风中。

但只要一想到分别的场景,即使它还没来,她好像已经提前体会到了干瘪的滋味。

这是为什么?

难道她是真的喜欢这个人？

五天时间很快就过去，明天就要去拍综艺了。

综艺的拍摄地离Ａ市有三个小时车程，秋夕本来准备自己开车过去，但沈姐说过去之后就要开始拍综艺了，一场硬战要打，不能在别的地方浪费精力，最好她直接开车把两个人送过去，回来的时候他们可以自己走。秋夕同意了。

这天一大早，两个人就坐上沈姐的车，前往目的地。

上高速之后，林涵真就把手里的资料拿出来了，递给秋夕，深吸一口气："开始吧。"

秋夕已经是个熟练的考官了，拿着资料，对他提出了一个问题："如果你在大厅工作，有一个老乡来办事，但是办公电脑临时坏了，你怎么办？"

林涵真思索之后"吧啦吧啦"地回答起来。

他们俩在后座说话，刚开始沈姐还没听清，她只以为在聊天，但过了一会儿，她捕捉到了一些字句。

"群众""办事大厅""领导""同事""不忘初心"。

沈姐掌握方向盘的手突然有些不稳。

这些东西为什么会出现在这里？他们真的是在录制综艺的路上？

到达目的地之后，沈姐再也压制不住内心的疑惑。下车后，她一把拉住了秋夕："你在干什么？"

她又看向林涵真："他在干什么？"

最后——

"你们俩到底都在干什么？"

三重疑问，把她内心的迷茫展露无遗。

秋夕尴笑地看着她："哈哈，谁知道呢。"

"你……"沈姐欲言又止，"算了。你们俩的事情自己看着办。"

沈姐又继续交代："你们这一期节目嘉宾还有谭妙云，我知道你们俩关系一直不好，但你记住，千万不要吵架，像张导那一代的老前辈都喜欢和和气气的。还有，现在谁也不知道张导下一部剧的主角是什么身份。你多留心，没准他说话的时候会透露些信息，提前摸准总是有好处的。"

秋夕一口答应了。

沈姐看着她就好像看着一个早恋的女儿，无奈又担忧："好好照顾自己。车留在这儿，我自己坐车去机场，李连君那边有急事，明天拍完了综艺早点回去。"

秋夕："放心。"

刚好这时综艺节目的工作人员也已经来接应了,他们两人便和沈姐告别,朝着拍摄目的地走去。

这个综艺名叫《梦想乡》,主要内容就是让明星体验慢节奏的乡村生活,向人们展示田园牧歌的美好。

《梦想乡》的大本营是一个种满花木的院落,秋夕刚一进门就看见了谭妙云,她穿了一身休闲装,脚下一双马丁靴,一头鬈发被扎了起来,显然是为了贴合节目氛围特意做的造型。

秋夕的视线在她的鞋底那里停留了两秒,而后才移开视线,注意到谭妙云本人。

很奇怪,以往谭妙云看她的眼神总是非常不屑,偶尔碰见了就一定要嘲讽一句。

但今天,她远远地站在那里,虽然表情看起来仍旧高贵冷艳,视线却在她和林涵真两人的身上来回游移,眼神里带了一丝"狗狗祟祟"。

秋夕从来没见过她这个样子,满心不解,她索性把视线对上去,和谭妙云双目相对,用眼神询问:你瞅啥?

本来以为谭妙云肯定会飞自己一个白眼,骄傲撤退,没想到她居然怂了,眼神缓慢地飘远,落在旁边的紫藤花上,好似刚刚根本就没有打量过他们俩。

秋夕被谭妙云整迷糊了。她很好奇到底谭妙云是怎么回事,但毕竟关系尴尬,也不好问,只能收起疑惑观察院子里的情形。

他们俩到达拍摄地的时间不算晚,但这会儿只有谭妙云到了,其他人应该还在路上。

他们坐在院子里等了一段时间,终于,连同张辛立导演在内,嘉宾们陆陆续续到齐了。

准备了一段时间后,导演组宣布,各就各位,开始录制节目。

今天活动的录制内容很简单,女嘉宾去放羊,其他男嘉宾则去田里翻土,各自活动两个小时,回来之后一起做午饭。

这里的女嘉宾就只有秋夕和谭妙云两个人,两个人对视一眼,秋夕微笑,谭妙云面色略异。

工作人员赶了十只羊交给两人,一人还给了一根竹竿,两个人就这样踏上了放羊的路。

蓝天、白云、绿草,还有咩咩哒叫的小羊,这样的场景已经许久都没有见到了,呼吸着田间清新的空气,秋夕不由得觉得神清气爽了起来。

都要在一起放羊了,两个人冰冰冷冷的怎么说都不太合适,现在录制节目呢,装也要装得友善点。

秋夕思索片刻，决定主动伸出橄榄枝，她凑了过去，想和谭妙云聊两句。

但她走近之后才发现，这会儿谭妙云的脸色发白，动作有些僵硬，如果形容一下的话，像掉进蛇坑里的兔子，仿佛有什么令她恐惧的东西就在身边。

秋夕心里想，总不至于恐惧的是她吧，她可没有这样的能耐。

现在她们是临时队友，队友出了问题，她出于人道主义，总要关心一下。

秋夕把手里的竹竿往肩膀上一扛，凑了过去，若无其事地说："谭姐，今天天气真好，是不是？"

谭姐被她这么一问，表面上和善地回答她："是啊，不错。"

但转瞬，她就压低了声音，找回了过去的傲娇："虽然你们这部剧演得不错，但我对你仍然没有什么好感，少费心思讨好我。"

秋夕听了她这话，发现了一个华点："您不是说不看吗？"

当时谭妙云怎么说的来着，看一眼都会损伤到她的艺术鉴赏力，她的记忆还在呢。

谭妙云像是被抓到了尾巴的猫，脸色更加僵硬了，别别扭扭地说："你管那么多干什么？我想看就看。果子视频是你家的？不想让我看，你封我号啊。"

秋夕笑得含蓄："那怎么会，谭姐来看代表谭姐对我还是保留了一份信任，非常感谢，以后我会努力锤炼演技，创作出让国家和人民喜闻乐见的艺术作品，为文化自信——"

说到这里，秋夕心里"咯噔"一下。

完了，被林涵真的面试答案传染了。

但谭妙云却完全没觉得有什么问题，冷哼一声："算你有觉悟。"

秋夕：所以，这才是时下流行的语言风格吗？

第一次社交结束，秋夕的心情莫名复杂，一边不甚熟练地赶着羊，一边思考是她有问题还是整个娱乐圈有问题这种哲学问题。

果然，任何学科的尽头都是哲学，她悟了。

正思考着，她忽然听到一声惊呼，回头一看，是谭妙云发出来的。

谭妙云这会儿脸色比刚才还要白，看上去非常惊恐，可她旁边什么奇怪的东西都没有，只有一只长了角的羊咩咩叫着紧紧跟在谭妙云的身后，偶尔还用自己的脑袋蹭她的小腿。

发现秋夕回头，她也不顾刚才的傲娇，声音里带着一些哀求："快把它拉走。"

秋夕没听明白："哪个它？"

"快把羊拉走，我羊毛过敏！"

按照秋夕对谭妙云的了解，羊毛过敏不一定，她十有八九是害怕羊，但又怕说了掉面子。

不过看她那么害怕的样子，秋夕也知道，这不是看笑话的时候，立刻就过去帮忙了。

秋夕拿着小竹竿想把羊赶走。可那只羊丝毫不理，似乎对谭妙云非常感兴趣，痴心不改地贴贴，贴得谭妙云都快哭了。

秋夕看谭妙云那样儿，索性把手上的竹竿扔了，直接拉着那只羊脖子上的绳把它往其他地方拉。

可神奇的是，那只羊看着个头不算大，力气倒是不小，任秋夕如何使力，它却怡然不动，秤砣一般，甚至拉锯了一段时间之后，它发现了秋夕不过是个弱小的人类，迈着蹄子开始追逐试图逃离现场的谭妙云，连带着把秋夕都朝前带了不短的一段距离。

秋夕震惊了，怎会如此。

她力气也不算小，没事还去健身，怎么能败在一只羊手里？

眼看着谭妙云又要被羊追上了，秋夕猛吸一口气，气沉丹田，"嘿呀"一声，使劲拽住了羊，这次，她赢了。

羊停下了脚步，回头看她。

一股危险的气息从它的两只眼睛里泄露出来。

秋夕站在原地，和它对视了两秒。一股危机感闪电一般击中了她的大脑，她看着羊咩咩头上的两个角，只愣了一秒，转身撒腿就跑。

她跑对了。

下一秒，那只羊就疯狂地朝她追了过来。可以想象到，如果她被追上了，羊角一伸一挂，她没准要血溅三尺。

这会儿负责拍摄的工作人员已经发现了问题，正在朝她赶来，但还有些距离。一边的谭妙云急了，大喊着："你等等，我来救你。"

秋夕一边跑一边说："你别闹了，你鞋里那么险峻的内增高还能跑？别回头把脚崴了。"

谭妙云脚步一顿，脸上又红又白地说："我哪有内增高？"

秋夕没回答，已经跑远了。

谭妙云原地跺脚，又低头："这么明显？"

秋夕这会儿完全听不见谭妙云说什么，她飞奔在田野上，找回了大学时期跑800米的感觉，感谢平底鞋，感谢跑步健身的习惯，她觉得自己还能跑一万年。

眼看着那只羊被她越甩越远，然而乐极生悲，一不注意脚下，踩空了，短暂的失重感后，她掉进一个四方的坑里，脚腕处突然一阵刺痛。

完了，脚崴了。

裤脚好像也被什么东西挂开了。

秋夕坐在大坑里，顿觉绝望。

她今天来这里是干什么的？是来拍摄综艺，来争取角色，来打探情报的。搞到现在，节目效果是有了，脸全没了。

刚好这个时候工作人员赶到了。那边把羊给拉走，这边有人把秋夕救了上来。

谭妙云凑了上来，关切地说："还能走吗？现在把你送去医院看看吧？"

秋夕脚腕钻心地疼，一时间居然没办法回答。她吸气呼气，让自己心情平静了好久才勉强说："我还行，不用去医院，回去休息一会儿就好了。"

她对自己说：坚强，秋夕，一定要坚强，你来到这里不光是为了体验生活，还要跟张导打好关系，再说了林涵真还在这边，现在走了怎么行？

就算脚崴了又怎样？

她非不走，当个节目组钉子户，使劲儿刷脸。

不要脸式刷脸法，她发明了。

为了证明自己很好，她拄着刚刚自己扔了的竹竿，喜笑颜开，一蹦一跳地回到了那个院子，坐在椅子上，捧了杯水等别人回来。

她在心里不断地给自己做工作，没关系，只是脚崴了而已，不算什么，缓一会儿她就又生龙活虎了。

这么安慰着，好像效果还行，渐渐就感觉不到疼痛了，她甚至还能拿出手机刷微博。

不知道过了多久，有人回来了。

秋夕远远地听见一个人的声音在门外响起，由远及近："秋夕在哪儿呢？脚怎么样了？"

这一刻，秋夕手上的手机划拉不下去了，与其同时，她的脚腕突然又开始疼，甚至比刚才还疼。她无法想象自己刚刚怎么会觉得自己还好，她明明都要疼得裂开了。

林涵真跑着从门外冲了进来，看见她就直直地飞奔过来，停在她面前，弯下腰，蹲在她身前："脚怎么样了？要不要去医院？我跟你一起去？"

秋夕拒绝了："不用，咱们还没争取到机会呢。"

"可是万一去迟了，脚留下病怎么办？我听说有的人以为自己脚崴了，其实不是的，骨折或者韧带损失都有可能，不能大意。"他絮絮叨叨地说。

秋夕："刚刚录制组的医生已经来看了，没事的。"

林涵真明显松了口气:"那就好,没事儿就好。"

秋夕看着他这副样子,突然不知道该说些什么,说什么都无法阐明自己的感觉,好像心口好像一瞬间流淌过无数温暖的水流,那些水流从心口路过,一路朝着眼睛去了。

不知道多久,她才低下头,有点狼狈地眨着眼睛说:"你翻土,太慢了吧。"

林涵真听她这么说,立刻愧疚地说:"对不起。"

秋夕看着他:"你对不起什么?"

林涵真眼神一愣,也有些迷惑:"我不知道,不过……"

他摸着后脑勺笑着对她说:"下次我会快点的。"

秋夕忍不住笑了。

不过没多久,秋夕想到沈姐的任务,突然就笑不出来了。

瞎乐呵什么呢?

试镜的事情一点儿头绪都没有,林涵真能回来这么早,看样子是知道她受伤提前撤了,也不知道在张导那里有没有刷够脸。

对他这么重要的机会,居然被她搞砸了。

秋夕顿觉头疼,但林涵真好像完全不在乎这件事情,甚至像是已经忘了,只顾着忙前忙后地找冰块给她敷脚,拿了靠枕帮她垫后背,还给她找了个小板凳,直接放在椅子前面,让她把脚搭在上面。

做完这一切后,林涵真美滋滋地说:"舒服吧?"

秋夕兴致缺缺地说:"还行。"

林涵真:"要不要贴个膏药?"

秋夕:"……不用了。"

林涵真咧开嘴笑了一下,而后,他的视线落在了她的裤脚上,停了两秒,道:"你先在这儿坐着,我去找个东西。"

说完他就小跑着离开了,秋夕一个人继续在椅子上"颓废瘫"。

不过,林涵真刚走没多久,一旁的谭妙云就别别扭扭地凑了过来。

或许经过刚才的危机,谭妙云终究对她产生了一些危难中的真情,虽然很尴尬,但咬咬牙,还是对她道了谢,并且说:"刚刚你救了我,我欠你一个人情,有什么能帮得上忙的事情,你直说。"

秋夕本来想说不用了,但她忽然想起一件事,谭妙云也是明华影业公司的人。

秋夕想了想,道:"那我想问你几件事行吗?"

谭妙云决绝地说:"你问,除了我的身高,我知无不言。"

秋夕无语片刻:"……我倒也不会问这种问题。我只是想知道,明华和新人签合同时,会不会在合同里写上保底一年能参演多少剧?"

谭妙云不明白她怎么问了这个,眼神疑惑地回答:"当然了,我们公司内部开剧能力不错，虽然不保证都有主演，但是一年演几个配角没问题。这也是我们公司签新人的时候比别家更有竞争力的原因。"

秋夕点了点头，直接问了："那明华不给林涵真资源，是不是违约了？"

如果林涵真的合同里规定了明华必须给他提供多少资源，但是又没提供，即便林涵真没有考上公务员，也可以和明华打官司解约。

谭妙云的眼神有些意外："你想知道的就是这个？"

秋夕点头。

谭妙云："你不跟我要推荐？我可认识不少导演制片人呢。"

秋夕："导演制片人先放放，等我救你第二次再说，你先回答我这个问题。"

谭妙云神情诡异地看着她，却还是回答了："其实我知道得也不多，只是听我经纪人提了两句。好像林涵真一进公司和别人签的合同就不一样，很苛刻。我经纪人说，那个合同正常情况下谁都受不了，不知道他为什么签了。而且好像管理层一开始就有雪藏他的打算，只是没想到他生命力还挺强，自己找了剧演，现在还火了一把。"

谭妙云的回答让秋夕觉得意外。她之前一直以为，林涵真是签约之后和管理层产生矛盾，被管理层冷待。没想到，林涵真或许是先和管理层有矛盾，然后才签了明华，所以后来发展才会那么局促。

为什么？林涵真有那么傻？

明知山有虎，偏向虎山行？

秋夕怎么想都想不通，皱着眉毛，一时陷入了沉默。

奇怪的是，在她沉默的时候，旁边的谭妙云也没走，站在旁边磨磨叽叽、吞吞吐吐。

秋夕一抬头看见谭妙云这个表情，那股诡异的感觉又浮现上来。

她索性直接问了："你有什么话要说赶紧说。"

她话音刚落，谭妙云便直视过来，眼神犹豫之中带着尴尬，尴尬中带着期待，期待中带着兴奋，变化复杂得如同化学实验。

这样的眼神，"噌"地落在了秋夕身上，让秋夕心头隐隐产生一种危机感，这种眼神……

下一秒，谭妙云压低声音问："你这么关心林涵真，所以，你们俩是真的？"

一种梦幻感袭击了秋夕。

所以今天谭妙云从一开始就表现出了异状，难道是因为她也以为他俩是真的？

得出这个结论之后，秋夕惊了。

外人看不懂就算了，谭妙云可是业内啊，业内难道都不明白她和林涵真是在营业吗？

难道是她和林涵真营业得太好了？

可她明明什么都没做啊。

见秋夕没有回答，谭妙云的表情又兴奋了一些："所以是真的？"

秋夕不知道怎么回答这个问题，虽然现在不是真的，但未必以后就不是真的，做人总要给自己留条后路。

但她也不想骗谭妙云。

思索片刻，秋夕挑眉道："不会吧不会吧，你还关心这个？"

"不会吧"三个字嘲讽意味十足，谭妙云脸上微妙的笑容瞬间僵硬，三秒后，她迅速变回最初的傲娇："我才没关心，我只是上网的时候不巧看到些帖子而已。"

秋夕无语。

天寿，她怎么连那些帖子都看。

谭妙云见秋夕沉默又不死心地追问："到底是真的还是假的？"

秋夕被她的执着感动，道："你猜。"

"不说算了。"谭妙云翻了个白眼，蹬着那双内增高马丁靴离她而去，背景看起来格外高姿态。

刚好这个时候节目组的其他男嘉宾都陆陆续续地回来了，他们都已经知道秋夕的伤势，所以回来之后，不管大家平时关系如何，都首先过来关心地问了两句，问候大军也包括张辛立导演。

身残志坚的秋夕表现得非常坚韧，努力露出了一个元气满满的笑容。

张导拍了拍她的肩膀，关切地说："小秋，听说你跟羊搏斗最后掉进树坑了？"

秋夕脸上的笑意蒸发了。

事情怎么会传成这个样子？

张导对她比了一个大拇指："年轻人，真有活力。"

说完，他就去和其他人一起准备做饭了。

秋夕在原地风中凌乱——不，听我解释，不是这样的张导。

这时，林涵真终于回来了，拿着针线，直直地走到秋夕的身边，又拉了一个小板凳坐在她侧边，非常自然地说："你别动，我把你的裤腿儿缝一下。"

秋夕瘫在椅背上捂脸："裤腿有什么好缝的。"

她人都快裂开了。

林涵真却坚持地说："你不怕漏风吗？晚上要降温的。放心，我的手艺很好，你只需要靠着就好。"

说着，林涵真就弯腰，把她的腿放在膝盖上，准备行动了。

秋夕想到摄像头，忽然一激灵："咱们这样，是不是不太合适？"

林涵真头都没抬，一针扎进了布料里，秋夕看他那稳狠准的架势，忽然觉得自己有点肉疼。

缝了两针，他才抬头，大大咧咧地说："哪有什么不合适，咱俩不是说营业吗？营业的时候缝缝衣服，这有什么？"

秋夕听他这么一说，觉得挺有道理，就没再拒绝，只是哪里总感觉不太对劲。

但哪里不对劲，想不明白。

林涵真果然是绣过一整幅"坚持就是胜利"十字绣的男人，手法极稳，一针一线动作自然，有个豁口不太好缝，他直接给她绣了一朵大红花在上面，看起来土味中带着一丝时髦。

秋夕正在看林涵真给她缝裤腿，一抬头，忽然发现张导正在看向他们这边，神情中有些打量的意思。

过了一会儿，张导手里还拿着一颗小白菜就过来了，站在一边问林涵真："你怎么还会缝衣服？"

林涵真老老实实地回答："我奶奶是裁缝，我小的时候不想学习的时候就跑去跟她学这个。"

张导捧着小白菜，对着林涵真绣的那朵大红花，饱含赞誉地说："不错。"

说完，张导悠然而去，抛下了莫名其妙的林涵真，以及陷入混乱的秋夕。

她怀疑他们俩被嘲讽了，但她没有证据。

不过看这架势，张导的角色或许和他们俩无关了。

和羊搏斗的女演员，当众绣大红花的男演员，会有导演要吗？

到了傍晚，不知道是不是林涵真的冰块起到了作用，秋夕的脚差不多好了，为了弥补白天的失误，刷新她在各位前辈眼中的印象，她活跃在拍摄场的所有角落，力图展示一个女明星的风采。

但，女明星的风采不一定展露了多少，她腿上那条大红花运动裤出了不少风头，被所有嘉宾注意到了，林涵真的手艺得到了众人的惊叹。

在嘉宾们的一致建议下，《梦想乡》临时增加了一个环节：林涵真授课。

林涵真倒是挺快乐的，完全忘记了保持人设，兴奋地展示技能。

但秋夕坐在角落里，心里好像有一台割草机轰鸣着驶过，扬起漫天小草。

他们这样，还能争取到角色吗？节目播出之后，现在的粉丝会不会全跑光？
　　　　黑暗中，秋夕闭了闭眼睛。
　　　　不能细想，再想眼泪就要流下来了。

## 第七章
### 自己发糖

茫然无措，还有一丝焦灼，这样的情绪一直萦绕着秋夕，直到第二天拍摄结束。

走出院门，秋夕回顾这两日的种种，临走前，张导那边什么信息也没透露，半根橄榄枝都没抛，这次综艺来了一趟，除了她和林涵真两个人的形象都小小地崩塌了一次，应当什么收获也没有。

坐上驾驶座，秋夕看着身边的林涵真，无声地叹了一口气。

她拿不到角色，日子照样过，林涵真可怎么办。

她这一愁就停不下来，一直到六点多，天近傍晚，她的心情也没有好起来，依旧沉甸甸的。

但是，心情的沉重并不会影响肉体觉得饥饿，大概是这两天活动较多，人又忧愁吃不下去东西的缘故，这会儿秋夕猛地觉得饿了，甚至肚子"咕噜"响了起来。

声音被林涵真听见了，他偏过头看她："你饿了？"

秋夕咬牙："对。"

林涵真自然而然地说："那就找个地方吃顿饭吧。"

秋夕有些犹豫："再有一小时车程就到 A 市了，现在去吃饭耽误时间。"

林涵真很无所谓地说："又不赶时间，饿了吃饭，渴了喝水，忍什么？"

他说得有道理，于是，两个人又行驶了一段时间，下了高速，找到一家看上去比较干净、人也不多的小饭馆。

经营饭馆的是一对老夫妻，看见两个人进来了，远远地站在柜台后面打招呼，问吃什么。

秋夕和林涵真点了两个菜就坐在桌前，等待吃饭。

老夫妻手脚很快，没多久，菜就炒好了，老奶奶端着盘子给他们送过来,她还没走近,林涵真看见她的动作,立刻站起身来,接她手里的菜。

两个人一交接,老奶奶肉眼可见地愣了一下,有些昏花的眼睛反反复复地打量林涵真的脸。

秋夕坐在一边很诧异,难道他们的剧已经火到老年人群体里了,这都能被认出来?

但下一秒,老奶奶的话推翻了她的猜测。

老奶奶声音略带激动地说:"是小真吗?"

林涵真缓了一下,也认出了她:"李奶奶?"

李奶奶笑了起来,转身,招呼自己家老头子:"快出来!居然碰见小真了!"

老头子还围着围裙就小跑着出来了:"当初医院里照顾他妈的那个小真?"

李奶奶指着林涵真,对老头子比画:"你看,都过了这么多年,还是个帅小伙。"

两位老人家忘了自己生意,就站在他们旁边,三个人开始叙旧。

秋夕从他们的话里听出来,当年林涵真妈妈生病,这位李奶奶和林妈妈一个病房,做了挺长时间的病友。那个时候林涵真整天泡在医院里照顾妈妈,李奶奶的家属顾不过来的时候,他也会搭一把手,所以两家关系很好。

只不过后来李奶奶先出了院,他们就失去了联系。

叙了一会儿,李奶奶才忽然想起来什么似的,犹豫又小心地问:"现在,你妈妈怎么样了?"

林涵真笑着说:"人还在,最后用了新疗法,现在已经完全恢复了。"

李奶奶露出松了口气的神情:"那年你妈病得太凶险了,能治好真不容易。不过,小真,你到最后是怎么凑到钱的?我记得新疗法要的钱可不少啊。"

林涵真仍旧笑着:"有人借给我了。"

李奶奶吃惊地说:"当时你还是个小孩子,人家愿意借给你那么多钱?"

林涵真表情没变,语气轻松地说:"有条件的。不过借到了就行,现在钱都已经还完了。"

李奶奶欣慰地说:"我就知道,你这个孩子是有本事的,不是一般人。我记得你当时说你要演戏,以后拍出电视剧拿奖了给我们寄碟片。哈哈,我可记着呢,这么多年过去了,现在肯定拿了好多奖状吧?现在网络发达了,不用寄碟片,你告诉我名字,我让我孙子直接在网上搜给我看!"

秋夕听了这话，不自觉地捏紧了手指。

年少时候的梦，如果能被吐出口，说出来的时候，一定对它寄予了无限的期望。可后来，世事变幻，人在岁月中消磨，渐渐地变了模样。

被别人记住却被自己遗失的梦，是把伤人的刀。

秋夕正在担心，林涵真倒是很顺畅地回答了，他不遮不掩地说："还没拿到奖状，不过正在努力，以后说不定有机会。"

李奶奶大笑着说："好好，年轻人有目标就好。"

说完，李奶奶看向秋夕，脸上的笑意变了一个味道，促狭起来："这个姑娘是不是你媳妇，长得真俊。"

林涵真看了秋夕一眼，立刻摇头："不是不是，她是我同事。"

听他这么说，秋夕心中一顿，看向林涵真。

林涵真对她一笑，又偏过头继续和李奶奶说话，从侧面看，睫毛下的双眼神采飞扬，大概没把刚才的问答放在心上。

秋夕看了他两秒，收回了视线，低头看着手里的一次性水杯，晃了晃它，又吹了几口气。

倒也不是急着喝水，只是突然觉得该找些什么事情做，让自己略微充实一点。

不知道聊了多久，叙旧结束，两个人开始吃饭。

两位老人不仅多送了两道凉菜，甚至还想给林涵真送两瓶啤酒，被林涵真拒绝了。

吃到一半，林涵真有先见之明般在盘子下面塞了一百块，而后，在结账时的推诿中，假装不敌，带着秋夕离开了这个小饭馆。

当然，离开之前，他们还合了一张影做纪念。

夜色已经很晚，只有天边还有一点光辉，看不清是将尽的晚霞还是太浓的月色，他们并肩朝着停在马路对面的车走去。

秋夕两只手都插在衣兜里，仰着头，没有看林涵真，只是问道："所以，当年借你钱的是明华的人？条件是你要签给他们十几年。"

林涵真很坦然地说："是。"

秋夕："签合同的时候，你知道他们对你没安好心吗？"

林涵真停了两秒才回答她："知道。那个人看我不顺眼，给我使了不少绊子，他拿来的合同，能好到哪里去？"

而后，他的笑容无奈又坦荡："但是没办法，缺钱。"

秋夕停下脚步，注视着他。

朦胧的路灯下，他眉眼下的阴影显得五官更加深邃，他比平时看上去多了一分深沉。

所以，他并不是什么都不知道，不是单纯地被骗了，他只是没办法。那个时候，他其实明白，自己未来要面对怎样的艰辛。

林涵真终于一五一十地告诉她过去的事情，虽然他说得简单又含蓄，有些地方一笔带过，但秋夕还是听明白了当年的实情是怎样的。

　　那一年，他还没有毕业，拍了自己人生中第一部剧，演男二号。拍戏的时候，当时的男一号为了拍摄效果，在没有通知群演的情况下，安排了一次爆炸戏，当时一位群演的眼睛受伤，差点失明。

　　那时的林涵真和男一号在片场因为这件事大吵，男一号出身很好，是明华老总的外甥，个性刚愎自用。即便是他做错了，他也不认，并且把替人出头的林涵真当成了眼中钉。

　　后来剧播了，更让男一号生气的事情发生了，林涵真居然比他更火，人气死死地压着他。他不会觉得自己演技出了问题，只会觉得是林涵真的错，从此就把林涵真当成了仇人和必须压下去的竞争对手。

　　怎么才能彻底把一个对手消灭掉？

　　其实很简单，把他签进自己的公司，雪藏，这就够了。

　　借给林涵真的钱，还有付给他的那些工资，对一个有钱人来说算什么，能够出气，能够把一个人的人生毁掉，简直太值。

　　一个人的一生能有多长，藏个几十年，藏到心气磨没了，演技忘光了，脸也老了，这个人还能成为谁的威胁？

　　说这些事情的时候，林涵真的语气其实还是平稳的，谈到有些地方，或许是觉得自己太倒霉得太过，无奈到有些无厘头，还笑了出来。

　　说完之后，林涵真站在马路边上，停了许久，好像在回忆，也像在感慨，一会儿之后才又接上："刚开始确实比较艰难，我自己找的戏也签不了，只能跑龙套。不过后来他就把我忘了，我自己想接什么角色接什么角色，没人管，自由。"

　　他的眉眼中蓦然浮现出一丝狡黠："其实最开始我就想，像他那种人，怎么可能安分守己，以后还会继续结仇，再等等我就在他的仇人列表里排不上号了，到时候机会就来了。果然，和我想的一样。"

　　他看向秋夕，得意得像是一只为了求表扬疯狂摇尾巴的小狗。

　　秋夕站在他对面，嘴角很慢很慢地弯了。

　　其实许多人都会有某个时刻，突然坠入一个无法逃脱的困境，想逃，不能逃，眼睁睁地看着自己走向末日。这个时候的心，不甘，撕扯，自我折磨，外界在毁灭他，他也在毁灭自己。

　　但林涵真，他接受了一切，接受命运带给他的折磨，平心静气地苦中作乐地生活，他演奇奇怪怪的角色，掌握五花八门的技能。

　　他好像冬天的杂草，埋在大雪下，竭尽全力地朝着春天生长。

　　这样的人，怎么会不喜欢呢？

　　想到这里，秋夕嘴边的笑意苦涩了许多。

好像，有些事实，要对自己承认了呀。

她确实是喜欢林涵真，对自己承认这点之后，秋夕心里突然轻松许多。

不需要证明，一条一条地寻找理由也太过多余，当一个事实以一种无可辩驳之势屹立在她面前，一切都是多余的。

况且，喜欢一个人，又不是什么见不得人的事情，承认就承认了。

她单手拉开车门，想要坐进驾驶舱，但林涵真却说："你开了挺久了，换我来吧。"

秋夕："你会开车？"

林涵真："有证，上大学暑假的时候学过。"

秋夕："几年没开了？"

林涵真摸摸鼻子："挺久了。"

秋夕摇头："你老实坐着，没到你出力的时候。"

林涵真没有坚持，小跑着从另外一边上车，系好安全带之后，对着已经坐上驾驶位的秋夕说："我好了，回家吧。"

"……回家吧。"

秋夕发动了汽车，窗外的一切缓缓朝后方挪移，渐渐加速，微凉的夜风从窗缝中灌了进来。

为了提神，车载电台被她打开了，民谣从音响里传出，林涵真安静地听了一会儿就小声地跟着唱了起来。

明明是空荡的黑夜里，小车内部却挺热闹。

林涵真空耳唱错了一句歌词，秋夕被他逗笑了，但笑到一半，忽然想到之前他说的那句"她是我同事"，笑容就淡去了，取而代之的是叹息。

就像她清晰地知道自己动心了一样，她也清晰地知道，林涵真没有对她产生任何异样的感情。

他对她好，因为他对所有人都好，他是个热情善良的人，仅此而已。

当初那碗姜汤，很多粉丝当成糖点，但他们不知道。其实那天林涵真熬的是一大锅，剧组每个人都有。

想到过去种种，这种饱胀又寂寥的心情，不知道有谁能懂。

《梦想乡》录制结束，他们又回到各自的生活中。

张导的戏实在是希望渺茫，他们目前的工作重点仍旧是围绕着《燕归来》展开的。

因为对林涵真非常了解，没有任何感情上的期待，秋夕反倒可以让自己的心情保持平稳，和过去一样同他相处。无论是在工作中还是私底下陪他练习面试，都不会表露出分毫的异样。

大家都是社会人，摒弃感情……也不是一件多难的事情吧。

照常营业，一切都发展势头良好。两个人又一起参加了几个访谈节目，还拍了两个广告，接了一个饮品代言，忙忙碌碌中，三四天就过去了。

一转眼，就到了他们共同录制的那期《梦想乡》播出的时候。

其实节目组在节目开播前还给他们打过电话进行沟通，询问秋夕有些片段是否需要删。

秋夕自暴自弃破罐破摔。没什么好删的。事都办了，坑都掉了，还怕人看吗？

对于她这个答案，节目组非常高兴，和她电话沟通那个人，言语中难掩快乐。

这种快乐让秋夕想要当场反悔，但对方已经"嘟"地把电话挂了，秋夕一个字都来不及说。

她只能眼睁睁地看着节目组，放了一个非常劲爆的预告片出去。

预告片有如下几个镜头：

一、上一秒，她在赶羊；下一秒，她被羊赶。

二、这一刻，她瘫在椅子上弱小无助又可怜；下一刻，她穿着林涵真给绣的大红花运动裤在院子里风光无两。

三、在那里，林涵真欢天喜地地传播绣花技术；在这里，秋夕老爷爷地铁看手机表情。

节目组看热闹不嫌事大，专门在画面上开辟了一个独属于她的天地，让她在旁边做reaction。

四……不用再说四了，还不够吗？

这个预告片一出，不光粉丝震惊，网络上还涌现出一批人，表示对这综艺非常感兴趣。

看完大家对于这个预告片的反馈，秋夕已经对这个网络世界绝望了。

等开播这一天，她要把电视关上，微博卸掉，什么都不看，老老实实地陪林涵真练面试，练完拉倒。

她还要把所有节目中积攒的以及被网友带来的压力化作动力，鞭策林涵真奋力前行，以便他在面试中力压群雄，反超第一。

这个时候秋夕才知道，原来林涵真的面试成绩离第一名居然差了整整8分，离第二名差了7.8分。可以说，如果不是他的这张超凡脱俗的脸，还有长期练习的声台形表应该能加分，现在已经可以直接躺平了。

因此，秋夕更有理由狠狠地压迫林涵真使劲学习面试。

到了综艺播出的这一晚，眼看着时间就要到八点，综艺马上就要开播。

秋夕果断地拉着林涵真开始练习面试,她需要找一件事情来分散她的注意力,以免她忍不住就打开了手机去超话观看大家"哈哈哈"。

如果她一定要社会性死亡,最起码她不想亲眼看见自己的死亡过程。

林涵真不知道她在想什么,他这几天为了那七八分的差距,复习得确实非常认真,抓住了所有能够利用的时间进行学习,像之前那些问题,他已经可以面不改色地回答出来了。

虽然对于那些他没有复习过的问题,林涵真仍旧缺乏答题思路。但可以预料到,离面试还有一段时间,只要他保持现在的态度,面试成功也是有可能的。

秋夕陪着他认认真真地练习了两个小时的面试,两个人都说得口干舌燥。

秋夕想,反正这会儿综艺也播完了,她的公开处刑也结束了,今天的练习就到此为止吧。

告别之后,秋夕正准备关掉摄像头,却发现林涵真正拿着手机,神情认真地刷着什么。

不知道看了什么东西,他看着看着居然笑了,表情看起来非常开心。

秋夕好奇地问:"你在看什么?"

林涵真抬头,回答她:"看我们俩的双人超话呀。"

秋夕无语地看着他。

林涵真意外地说:"难道你不看吗?"

秋夕:"……偶尔也会看一点点。但你刚刚在笑什么?"

林涵真看起来很高兴地说:"今天的综艺播了,超话里有人写分析,哈哈哈,说我喜欢你。分析得太有意思了。"

林涵真乐滋滋:"你想不想看,我把链接发给你?"

秋夕对着电脑屏幕,很短暂地出神了。

又一次清晰无比地知道,他并不喜欢她,不然怎么能这么坦然呢。没什么,早就知道了。

她眨眨眼,面不改色地说:"看。"

林涵真很快就把链接发了过来,并附言:"秋夕好长!比我写的申论大作文还长!"

秋夕毕竟是见过世面的人,对林涵真的这个形容不以为然,并且还在心里吐槽林涵真的语言表达能力。

什么叫秋夕好长,会不会说话?

标点符号跟《娱乐无极限》的后期学的?

111

秋夕点开链接，打开图片，一划拉，没到底。没关系，她早就有经验了，再一划拉，也没到底。

这条微博的长度居然长达八次划拉，真是让人震惊。

关键在于，现在离综艺播出才两个小时，距离播完更是只有半个小时，这么短的时间就够她产出这么长的分析？

这个姐妹如果写小说，一定可以日更十万。

从她匆匆的走马观花式划拉中，她非常庆幸地发现一点，感谢天感谢地，没有人把重点放在她的形象上，而是把注意力继续集中在她和林涵真两个人的感情世界。

她开始正式地从第一行开始看。

本来我只是礼貌性欣赏颜值而已，可现在感觉越来越真了，怎么办？

其实你们之前分析的那些糖我都觉得太硬了，就算有些我也解释不清的地方，但我心里就是觉得，剧播期间营业嘛，有什么了不起的，都是假的。我作为久经沙场见识过无数小妖精的冲浪达人，怎么会栽在这个小破山头。

但是这一期综艺播出来之后，我栽了，摔得鼻青脸肿脸上还带着甜蜜的微笑［大哭］［大哭］。

先上结论，林涵真肯定对秋夕有心思，百分之一百有！

秋夕：……作为当事人，我怎么不知道？

秋夕皱着眉毛看了下去。

其实节目刚开始他们俩一起出现的时候，我心里还觉得，呵，一起出现，伪装一块儿来的对吧，套路。两个人分开行动的时候我想，呵，凑不到一起了，没法营业了吧。

但是，从秋夕摔进树坑开始，我变了（我知道夕夕摔树坑那一段太好笑了，但我今天不是来哈哈哈的，我要有点专业素养，我不能笑）。

秋夕摔倒的时候，林涵真正在跟张导合作除草，眼看着都快搭上话了。其实对于演员来说，能跟一个业内地位高的导演搭上关系，肯定有百利而无一弊。林涵真如果能在《燕归来》之后再有一个爆剧，圈内地位就稳了，而张导刚好就能给他提供这个机会。

就在拉关系的紧要关头，他知道秋夕那边出事了，立马草也不除了，张导也不要了，拿着锄头就回去了！走得那叫一个不假思索。连自己的发展都不要了，就是一门心思赶在她脆弱的时候回去安慰她。

这如果不真，什么真？

看到这里，秋夕的视线顿住了，她完全不知道，林涵真那边是这样的。

她抬头看屏幕，林涵真还在那边，没有退出会议室。这会儿他大概是已经看完了分析帖，面试的内容也已经看累了，他戴着框架眼镜，左手拿着一缕橘黄色的羊毛，右手拿着一根针，看起来正在忙碌。

秋夕："喂？"

林涵真听到她的声音，猛地一抖，针尖扎了自己一下，他立刻吃疼地"嗷"了一声。

秋夕立刻问："你没事吧？"

林涵真抬头："没事没事，有什么话你说？"

秋夕语气随意地问："你觉得他们分析得怎么样？"

林涵真："你是说刚刚我给你发的那个帖子吗？"

秋夕偏移了视线："也不光是指那一个，就是对所有咱们两个营业的分析帖，你有什么看法？"

林涵真露出思索的表情："看法？能写那么长的微博，肯定很喜欢我们俩，说明咱营业效果很好。"

秋夕耐着性子问："除了这个呢？"

林涵真放下针，挠了挠头，深棕色的头发被他拨弄得有些凌乱："除了这个……哦对，这样的粉丝越多，对我们两个的热度就越有好处。你可以拿到更好的资源,演更好的剧了！这两天你有接到新本子吗？"

"接是接到了……"

秋夕还没说完，林涵真高高兴兴地道："那太好了，说明确实有效果，咱俩继续加油！努力营业！"

面对这个傻子，秋夕突然好累。

他这种人，脑袋里会不会根本就缺了"恋爱"那根筋？

秋夕想了想，终于还是忍不下内心的好奇，装作漫不经心的样子，问："说起来，你之前有没有谈过女朋友？"

林涵真表情意外地看向她："你问这个问题？"

秋夕点头："怎么了？随便问问而已，是个秘密吗？"

林涵真连忙摆手："没有没有，只是有点突然。"

说着，他的表情有些不好意思："其实我还没谈过女朋友。"

秋夕隔着屏幕看他："一个都没有？"

林涵真点头。而后，他朝后靠了靠，倚在椅背上，露出回忆的神情：

"小的时候就是瞎玩、念书,这种事情根本不考虑。其实在我大学快毕业的时候,想过恋爱结婚这些事情,那个时候还在思考如果火了不方便谈恋爱怎么办。

"但是后来,事情突然发生得太多。"林涵真摇了摇头,"好像一瞬间,对这种事情就失去了想法,真的,突然之间,感觉不一样了。

"人都还没有安定,以后还不知道在哪里,考虑这些好像意义不大。总要等我把现在这些问题都解决了,才去思考这些事情吧,不过,那也不知道等到多久以后了。"林涵真望着天花板语气迷茫地说。

结束会议之后,秋夕一个人看着电脑屏幕,默不作声。

其实林涵真说的感觉,她也有过。

她还记得那个游乐园,在那个海滨城市,她小的时候上学常常从那里路过。每次经过,她都想着,等放假了,要让秋莹和叶尚军带她一起来玩。

那种期待是很强烈的,那时,她觉得游乐园里的一切都那么有吸引力,和别的地方完全不同。

但秋莹去世了,叶尚军又再娶,叶媛媛出生,这些事情一连串地发生,她的生命自然而然地发生了一些不可逆转的变化。

再从那个游乐园路过时,她已经燃不起任何兴趣。光是心情平静地走回家就很累了,哪有精力再产生新的渴望。

于是,直到离开那个小城,举家迁往 A 市,她一次也没进去过。

即便她已经长到了可以独立入园的年纪,即便她也攒够了钱。

但是,她不想了,念头消失了。

正因为她知道那种感觉,秋夕忽然发觉,如果她想等林涵真自然而然地动心,两个人彼此有情之后再互通心意在一起,那是很难的,有可能她真的需要等到他那边彻底尘埃落定。

但那需要多久?

能等到那天吗?

秋夕叹了口气,打开超话继续看帖子。

各式各样的分析仍旧很多,说他们俩已经在一起的,说他们俩互相喜欢的就差表白的,还有说林涵真单箭头秋夕的。大家虽然讨论的东西不一样,但都和谐地相处着。

又看了一个分析林涵真超级爱秋夕的帖子之后,秋夕觉得无奈又失落,如果现实真的是这样,那多好。

她忍不住在下面评论:【你们都想多了,他俩只是合作伙伴而已,等营业这段时间过去了,指不定这辈子都不会联系。】

丧丧地评价完之后,她就去洗澡了。

没想到，洗完澡出来之后，秋夕刚一打开微博，手机就卡了，而后，在信息界面上突然蹦出一个数字"999"。

秋夕傻了，她错号了吗？

要是错号那就完蛋了。

她赶紧去看自己登陆的是哪个账号，没错啊，是小号。

到底怎么回事？

她纳闷地点开，仔细地看评论，这一看，她愣住了。

她……好像捅了个马蜂窝。

原来她留下评论之后，许多粉丝对她非常不满，让她尊重超话氛围，不要 ky（网络流行词，意为"没眼力见、哪壶不开提哪壶"）。

她被这样回复了大概一百条评论，点赞不计其数，如果事情只是发展到这一步的话，其实还可以控制。

但接下来，事情闹大了，有人去查了这个号过去的点赞记录，刚好看见了她点赞秋夕的微博。

这就完蛋了。

这时，双人超话里有几位粉丝就炸了，是第一波爆炸的。他们认为秋夕这个号只喜欢秋夕，想要强行分割两位主角，他们才不吃她这一套，林涵真唯爱秋夕！唯爱秋夕！他们俩锁死，谁都别想拆！

紧接着，几位潜伏在超话里的林涵真的粉丝妹妹也爆炸了。

她们在回复里说：【林涵真对秋夕根本没有感觉，他们不过是合作伙伴，只是出于同事友谊帮帮秋夕而已，怎么了？难道秋夕是万人迷，谁对她好就代表喜欢她？】

第三波爆炸的是秋夕本人的粉丝……

有几个年纪比较小的粉丝看了其他粉丝的发言之后，非常激动地说：【明明是林涵真主动要凑过来，关秋夕什么事情？我们夕夕这么漂亮，喜欢上又怎么了？没准夕夕还看不上林涵真呢！】

秋夕眼花缭乱地观看他们吵架的全程，越看越不对劲。

这群人好像很不服输，想尽办法地证明自己喜欢的明星是香饽饽，把不蒸馒头争口气的口号贯彻到底。

但是，他们争气的角度或许有些问题。

她眼睁睁地看着她自己的粉丝吵到最后，愤怒地说：【林涵真就是对我们夕夕爱而不得，你等着，我非证明给你看。】

而林涵真的那位战斗粉也跟着发下重誓：【有什么好证明的，肯定是秋夕先喜欢上林涵真，接下来你就看着吧，我要是不扒拉出蛛丝马迹分析给你看，我倒立洗头！】

秋夕整个人都傻了，这，没必要吧？

她手一哆嗦，退出了这个账号，关掉微博。

这个小号,估计有段时间不能要了。

在之后的时间里,秋夕密切关注双方粉丝动态,她本来以为粉丝们都是说说而已,玩归玩,闹归闹,真要上阵就退了。

但没想到,他们真的拿出了决战紫禁之巅的架势,一篇一篇地写分析帖,也不管是否写得有理有据,数量节节攀升,让人敬畏。

作为营业的本人,秋夕的滋味异常复杂。

看见分析林涵真喜欢她的帖子,她总是忍不住点进去看看,仔细思索这是怎么得出的答案,难道有什么她本人没有注意到的微妙之处被别人捕捉到了?

她很不想承认自己每次点开的时候都有一点期待,虽然很小,虽然转瞬即逝,总归是有一点儿的。

很可惜,那些所谓"他喜欢她"的证据,都只是粉丝们的一腔情愿罢了,那些"糖点",她自己就破了。

如果她信以为真,那才是深渊。

而对于那些分析她喜欢林涵真的帖子,她也会忍不住点进去看一看,难道她对他的喜欢,就这么明显?

在她自己都没有彻底摸清楚的时候,就已经在言行举止眼神动态里露出马脚了?

她很多时候也会思考一个问题,如果林涵真看见了这些帖子,他会有怎样的感觉?

会觉得很好笑吗?

就像那天,他看到那个分析他自己喜欢秋夕的帖子时一样。

这种疑惑在她心头驱散不去,越来越浓郁。

这一天,她和林涵真一起拍摄中插广告。

现在《燕归来》已经播放到了第三十集,如果没有意外,这应该是最后一个合体广告。

秋夕已经录完了自己的音频,坐在休息室里等林涵真完成他的那部分,闲着也是闲着,她又掏出手机看"双人超话"。

刚一点进热门,她就看见一个她之前没看过的视频上了热门。

她开了静音,点开视频。

刚一打开,她的眼神就定住了。

这是……他们拍摄《燕归来》的时候,有人偷拍的花絮。

《燕归来》拍摄时,看好的人并不多,没有代拍没有"站姐",连剧组自己都没有拍太多花絮留作后用,所以,到现在为止,她并没有看过很多那个时候的视频。

其实,看这样的花絮和看成片,那是完全不同的滋味。

回忆已成过往，一切都不清晰，成片又是完全不同的世界，只有花絮里的片段，横跨两个世界，是真实和虚幻之间的桥梁。

这段花絮并不长，开始的第一幕，长发在脑后随意扎起的林涵真拿着一个木质水瓢，站在几盆花前，回身，秋夕倚在他身后的门前，眼睛弯弯地和他说些什么。

下一秒，林涵真掉过头去，背对着她，眉目一敛，做出专心浇花的模样。秋夕则缓缓地走到他身边，从侧边把头伸了过去，林涵真好像被吓了一跳，水瓢里的水一洒，两个人的脚都沾上了水。

他露出无奈的神情："怎么不打声招呼？"

秋夕没说话，笑眯眯地看着林涵真，直到林涵真的脸上露出窘迫之色，她笑得更开，最后，居然直接凑了上去，亲了他的侧脸一下。

到这里，摇摇晃晃的镜头戛然而止，手机屏幕变黑，秋夕猛地看着自己的脸。

今天她的扮相刚刚好，和刚才花絮里那一幕一模一样。

她缓了好几秒，才开始看视频配的文字说明：【斥重金从代拍那里淘到了一个视频，免费放给所有姐妹看。秋夕主动亲林涵真，谁爱谁不用我多说了吧？】

这条微博的主人秋夕已经混眼熟了，是林涵真的一位粉丝。

下面评论里，她的粉丝也不甘示弱：【这是拍戏，拍戏你懂吗？这算什么证据，你不如分析分析，林涵真被夕夕吓到的时候为什么手抖，脸还有些红，演技真就这么好？我才不信。】

双人粉在其中浑水摸鱼：【她爱他，他爱她，确信无疑！[手握爱心] [手握爱心]】

林涵真粉丝不服气，放话：【你等着，我还买了一条猛料没放，既然你逼我，那就别怪我手下无情。】

秋夕粉丝：【谁怕谁？我倒要看看有多猛。[白眼]】

双人粉看热闹不嫌事大，异常兴奋：【打起来打起来！】

秋夕：你们说话的时候，是否想到，这里的当事人作何感想？

秋夕按灭了手机屏幕，想要平复一会儿自己的心情。

但是，根本平复不了，她也想知道到底是什么狗屁猛料。

她堂堂正正地做人，能有什么猛料！

那位林涵真粉丝的手脚确实非常麻溜，秋夕刚刚重返微博，她就已经把视频发出来了。

秋夕点了进去，依旧是摇摇晃晃的镜头，一看就是偷拍，画质比刚才还差，画面颗粒感浓郁。

光看这画面，确实有猛料的潜质。

画面一转,对准了两个人,秋夕作为当事人,很容易就能辨认出来,这是她和林涵真。

这应该是等着拍戏的时候,两个人坐在躺椅上休息。

林涵真平躺着,闭着眼睛好像睡着了,秋夕侧躺在另外的躺椅上,没有睡,画面这个时候该死的清晰,她一直在看着他,神情认真。

不知道过了多久,躺椅上的秋夕无声无息地坐起身,看了林涵真几秒,好像在犹豫。而后,她伸出手,朝着林涵真摸了过去——

看到这里,秋夕眼疾手快地按了暂停。

怎么回事,她怎么完全不记得自己什么时候还朝林涵真伸出过魔爪,这怎么可能?

可是,她真的伸出了手!

秋夕差点焦虑地咬起手,不敢再朝下看。她使劲地想要在记忆中搜寻到这件事情,万幸,经过艰苦卓绝的奋斗,她找到了。

好像那天,她确实伸出了手,但是,她只是看见林涵真的头发里有片落叶,她想把它摘下去,仅此而已。

想到这里,秋夕稳住了。

友情互助而已,算什么。

她点了继续播放。

果然,后面的事情朝着好的方面发展了,画面里的秋夕只是缓缓地摸向了林涵真的头发,手指顺着头发摸了摸,而后——

视频结束,秋夕对着乌漆嘛黑的屏幕再次陷入沉默。

你们,剪辑视频的人,都是这么玩的吗?

可以想象,这个视频停在这里,整个评论区的人都炸了。

林涵真粉丝狂喜,果然被他们抓到了证据。

双人粉更是漫卷诗书喜欲狂,居然还有这种惊天大糖,简直,不敢置信!

只有秋夕的粉丝萎靡起来,有那么几分钟时间一条评论也没有,过了一会儿,大概是终于想到怎么反驳了,才有了一条语气很弱的回复:【摸一下怎么了,老虎屁股摸不得?】

看见回复的秋夕顿时无语。

就这么替她认罪了?这真的是她的粉?不是反串?

大概是视频确实够"猛",秋夕眼睁睁地看着时间刚过十分钟,评论已经"唰唰唰"到了两千条,点赞数四千。

她也不知道,明明是工作日,为什么这么多人不上班,不上学,光搁这看热闹。

因为数据实在太好看,这个视频已经稳稳地占据了热门第一的位置,只要点进"双人超话",必然能够看见它。

所以，如果林涵真今天回去之后，但凡学习之余想要放松一下，来超话找找乐子，这玩意儿就必然会进入他的世界。他就会知道，哦，秋夕趁他睡觉的时候摸了他一下。

想到那个场景，秋夕就窒息了。

她死死地盯着手机，在脑海里思索现在是否要联系沈姐，把这个视频飞速暗杀，毁尸灭迹。

她一边等着林涵真从录音室走出来，一边认认真真地琢磨这个方案，她差点就要联系沈姐了。

但是，林涵真的声音忽然在离她不远的地方响起，他录完了。

秋夕坐在椅子上，看着林涵真穿着一身戏装走向她，笑容闪耀，眼神温暖又纯真。

他走向她的时候，神态像是一只讨人喜欢的小狗。小狗很会社交，在哪里都会惹人喜欢，跟谁都能讨到零食和鼓励，但它无论走到哪里，都会回头看它的主人，主人是独一无二的，它和主人属于彼此，是一体的。

他和她之间的关系，距离变成这样，还有多长的路要走？

迄今为止，他的生命里，从来没有任何感情方面的困扰。

她忽然想知道，如果林涵真看到了那个视频，他会有什么反应。

他会相信吗？会尴尬吗？会为她找借口吗？会因此躲避她吗？

会……突然被她拉进另一个世界，觉醒对感情的敏感吗？

反正，给他看一看而已，反正，她可以解释。只要运作得当，无论如何，她都是安全的。

她蠢蠢欲动起来。

## 第八章
## 我不会让你输

林涵真走过来，坐在她身边，靠在椅背上，发出一声舒服的喟叹："终于拍完了。"

他们两个还得在这里待十分钟，等工作人员最后一遍确认所有拍摄的资料都可以使用才能离开。

这个时间，不长不短，很适合进行一些浅尝辄止的交谈。

秋夕整理了一下自己的表情，用一种非常随意的语气说："这两天你看咱们的'双人超话'吗？"

林涵真偏过头看她，很放松地回答："这两天没看，怎么啦？"

秋夕表情不变，缓缓道："刚刚没事做，我去转了一圈，发现今天超话里还挺热闹，好像有个视频火了，你要不然去看看？"

林涵真从善如流地说："那我去看看。"

林涵真拿起手机，非常顺手地一路点了进去，一点儿卡顿也没有，看来对"双人超话"也很熟悉了。

很快，秋夕用余光确认，林涵真成功地找到了那个她摸他狗头的视频，打开了。

他的手机没有开静音，视频播放的同时，配乐也放了出来，一段蝉鸣鸟叫的轻柔音乐响起。

秋夕不明白，那位粉丝怎么还会有耐心配上这样一段音乐。

但这不是重点，秋夕略微偏着头，一眼不错地观察林涵真的表情。

一分钟长的视频，他一直都在认真地看着，除了最开始眼睛睁得大了些，表情一直稳着没变。没有露出非常惊愕的表情，也没有笑，神情沉静。

看完之后，他眨了眨眼睛，抬头看向秋夕。

秋夕不知道自己这一刻表情是怎样的，会不会显得期待或者惊慌，会不会有些心虚，她不知道。

她只是竭力地让脖子挺直，表情放松到嘴角发硬："看完了？"

林涵真点头："嗯。"

秋夕："感觉怎么样？"

林涵真露出不知道该怎么说的表情，眉头皱了皱。

秋夕控制着嘴角，让它如常地弯起："怎么，有什么感觉直说，吞吞吐吐的。"

林涵真像是想要和过去一样挠挠后脑的头发，却因为头上的是发套，不得不撤下了手。他说："我觉得他们这样做不太好。"

"什么？"秋夕眨眨眼问道。

"之前他们只是随便分析一下，写点东西，他们高高兴兴的，我们俩能吸到粉，大家都挺好。但是这样——"

他组织了一下措辞："如果不明所以的人看见了，真的以为你喜欢我怎么办？"

他解释道："我知道女明星一般事业粉很多，一旦有了恋爱方面的消息就会被认为没有事业心，那些粉丝会离开。"

他甚至神情严肃地说："你快看看你现在微博掉粉了没，还有，在营销号没有搬出去之前你赶紧联系公司把视频删了，万一上了热搜就不好了。"

秋夕却没动，她眼睛一眨不眨地看着他，问道："你觉得明星不能传出恋爱消息？"

林涵真摇头："当然不是。如果真的恋爱结婚了，有些牺牲也无所谓。活着不就是取舍，要爱情还是要粉丝，看重哪头选哪头，有得必有失，有失必有得。但是明明什么都没有，因为别人的误解白白牺牲，很不值。"

秋夕听完他的话，眼神没变，看着他问："所以，你不觉得我是去摸你的脸？"

林涵真笑起来，说："我还不知道你吗？肯定是当时我头发里有东西吧。"

秋夕一愣，点点头，但点完之后，她又有些说不清道不明的不甘："你就真的——"

一点儿都不怀疑？

她没把话问完。

注视着林涵真的眼睛，她很清晰地知道，她不用问，自己就可以回答这个问题。

不用再试探了，没意思。

她对他笑了笑："我知道，我会联系经纪人的。"

还好，沈姐还没有出手，等到秋夕回到家的时候，她的粉丝已经把问题解决了。

她们可能斥了更巨的巨资从黄牛那里买到了全部视频,内容直到秋夕把林涵真头上那片落叶摘了,自己又躺下,闭着眼睛休息,这才结束。

所有秋夕的粉丝都支棱起来了,并且对林涵真的粉丝大肆嘲笑。

秋夕靠在沙发上看着她们的评论,一条又一条,看累了,她把手机一放,连带着也把关于林涵真的一切暂时先放下。

试探了这一回,她得缓缓。

秋夕放下手机,打开电脑准备找个电影放松一下。

第二天上午,秋夕起床之后刚准备出门跑步,手机忽然响了,她本来以为会是工作方面的电话,没想到一看名字,是叶尚军打来的。

上次不欢而散之后,他们已经挺久没有联系了。

这对他们俩来说挺正常的,从小到大,他们保持和谐的方式就只有一种:不联系。

她和叶尚军一接触,一种暴躁的情绪就会扑面而来。

秋夕思索了几秒网上是不是又有什么关于她的黑料被叶尚军看见了,或者是他午夜梦回不知道哪根筋没对上,又对她产生了新一轮的不满。

反正,不会有好事发生就对了,她已经做好了准备,叶尚军但凡说出一个字让她不爽,她立刻嘲讽回去并挂断电话。

但她没想到,电话接通之后,预想中的疾风暴雨并没有出现,叶尚军并没有和以往一样,一接通电话就"噼里啪啦"地说许多话。

他罕见地沉默了,过了一会儿才语气非常温和、温和到了别扭的地步,问秋夕:"你这段时间过得怎样?"

秋夕迟疑了片刻,才客套地说:"还可以,有什么事情吗?"

叶尚军的声音有些局促:"也没什么,就是想问问你什么时候再回家。这段时间保姆又学了几个菜,你可以回来尝尝。"

秋夕沉默了,几个菜有什么好稀奇的,叶尚军绝对不可能因为几个菜就给她打电话。

秋夕心知肚明,但她并不好奇叶尚军打电话的真正原因,她敷衍着说:"我知道了,这段时间忙,先不回去了。"

本来以为电话可以顺利地挂上了,但叶尚军却突然说:"我……"

秋夕:"什么?"

叶尚军的声音这时才有些不一样:"我前几天,去全身体检了。"

秋夕:"……结果出来了吗?身体怎么样?"

"还没有,下午出报告。"叶尚军声音不太平稳地说。

秋夕明白了。年纪大了之后，人就没那么狂妄了，就算什么事情也没有，也会忍不住地害怕。毕竟人收不了的，天可以收，世事如此。

秋夕："如果有问题可以联系我。"

叶尚军没说话，过了一会儿，他自己挂掉了电话。

秋夕对着电话想了想，决定再给叶媛媛打电话。她想知道叶尚军是不是公司那边发生了什么事情，所以才会这么因为一份还没出的体检报告这么惶恐。

没想到电话一接通，居然是个男声，听起来有点清冷。

"喂？"

秋夕差点以为自己打错了，再三确认自己没打错之后，她才一脸黑人问号地问："您哪位？"

电话那边的男生语速平缓地说："我是叶媛媛的同学，她正在背单词，为了防止她摸鱼，她的手机由我接管，距离接管结束还有四十分钟，如果有急事的话，我现在把电话给她。"

年轻人的小把戏，她突然看不懂了。接管手机这是什么特殊爱好？

秋夕："不用了，等她背完了给我回个电话。"

男生体体面面，声音平稳地说："好的，我会转达她。"

挂断电话，秋夕产生怀疑，她妹妹难道找到男朋友了？等会儿她要问清楚。

过了一会儿，叶媛媛果然把电话打过来了。

秋夕第一句话就问："刚刚那个男孩是谁？"

叶媛媛大大咧咧地说："孔江，我同学，就是上次一起参加ERP模拟竞赛的队友，大佬！虽然被我带崩了，但他真是个大佬。"

秋夕不信："只是同学，怎么就能接管你的手机？"

叶媛媛："我想请他教教我商科的东西，学不会嘛。"

秋夕："教学就教学，为什么接管手机？"

叶媛媛"嘿嘿"笑了起来："他还是我的真人番茄钟。"

这都什么跟什么？

秋夕："都真人番茄钟了，你们俩还没什么关系？人家无缘无故的为什么就给你当真人番茄钟？没道理啊。"

不会是男孩子暗恋她妹妹，但妹妹什么都没看出来吧？

物伤其类，秋夕突然觉得有点虐。

但很快，秋夕的想法就破碎了。

电话那边，叶媛媛声音加大，非常理直气壮地说："怎么是无缘无故，我给了很高的价钱！"

秋夕："……是他主动要，还是你主动给的？"

"我主动给呀。"

123

"那他说什么了没有，直接接受了？他会不会觉得你是在侮辱他？"秋夕头疼地问。

印象里，学生时代的大佬一般不都是高洁傲岸，不为名利所动的那种人吗？

秋夕觉得担忧，叶媛媛是个缺心眼，从小看不懂别人的拒绝。

真的有可能存在叶媛媛觉得是拿钱买服务，理所当然，对方觉得她是在用钱压人、卧薪尝胆，这样的情况。

叶媛媛好像突然被她提醒到了："对哦。我还没思考过这个问题。"

下一秒，秋夕听见话筒里传来叶媛媛更大声的疑问："孔江，你觉不觉得我给你钱有些不尊重你？"

秋夕：就这么直接问吗？他们不会当场撕起来吧……

没想到，那个清冷男同学的声音响起："你不给钱，那才是侮辱。"

现在的年轻人，路子都是这么野的吗？

秋夕目瞪口呆，深感自愧不如。

相比之下，她好像一个幼儿园小朋友，连思索别人喜欢不喜欢这种问题都要迂回八百个弯、走一万里路才能解决。

秋夕浑浑噩噩地挂掉电话，迷迷糊糊地上网，再一次打开了自己的"双人超话"，她需要回到熟悉的世界，找回自信的感觉。

大概是昨天那个视频没打出结果，今天双方粉丝仍旧在打架，并且买了更多的视频花絮出来。

秋夕随手点开一个，是她和林涵真下戏之后一起凑到监视器那边看效果的片段，两个人凑得挺近，长长的头发垂落下去，交缠到一起。

当时她沉迷工作，一心是刚才那段拍得怎么样，完全没有注意到从其他角度看起来，画面居然还有一丝暧昧旖旎。

这大概就叫镜头的艺术。

而且拍这个视频的人看起来不光懂艺术，还很有技术，从画面角度和时不时出现在镜头里面的树枝可以看出，十有八九，这位朋友是爬上树拍的。

不容易。

一股敬畏之心油然而生，秋夕顺手点了个赞。

放下手机，秋夕去跑步了，经历了掉坑事件，她对自己的身体素质更加重视了。

秋夕正跑得气喘吁吁，手机又响了。

秋夕一边放慢速度一边接通了电话，和对面的沈姐道："怎么了？"

沈姐随便说了两句客套话就问："《燕归来》还有四天就要大结局了，对接下来的行程你有什么打算？"

秋夕的脚步停了，她觉得恍然："还有四天就……大结局了？"

她忙着和林涵真上节目拍综艺，帮他备战公考，虽然潜意识里知道剧快播完了，却没有一个清晰的时间观念。

被沈姐这样一提醒，她才突然发现，只有四天了。也是，距离开播都快一个月了，也该播完了。

这一个月，她的粉丝从两百万直接涨到了一千万出头，林涵真也差不多，就算没戏拍，只能当个网红，靠发广告都能挣不少钱。

其实收获是不小的。但为什么，回顾这个月，就算每天都很充实，她也只感觉自己好像才做了很少很少的一点事情，还有事情没有完成。

秋夕思索的时候，沈姐以为她没听清她刚刚在说什么，又问了一遍。

秋夕回神，回答道："没有什么打算，现在还没有接到特别满意的剧本。有一个勉强能接，但对我来说只能算是填档，意义不大。"

沈姐沉吟片刻，问道："这段时间李连君那边太忙，我还没问你，上次和张导一起拍综艺，有没有什么收获？"

"没有。"秋夕尬笑一声。

沈姐大概没看那期综艺，只要看了，应该就不会对她有什么期待。

沈姐的声音有些失望，但还算平稳："没有就算了，大剧开拍前为了防剽窃，信息都把控得很严，一点儿也不漏很正常。不过，张导的剧没希望，其他剧又不准备接，接下来这段时间你有一个空当。"

沈姐终于说明了她打这个电话的目的："其实我这边收到了《悠游之旅》的邀约，节目组希望你和林涵真一起录四期节目，为期一个月，我希望你可以参加。"

秋夕"啊"了一声。

秋夕这一声太小，沈姐没有听到，她继续道："虽然剧的成绩已经稳定。但对于你们两个主演来说，这是非常关键的节点。现在还有许多剧粉没有转化成你们的真人粉，如果不及时转化，过一个月他们就跑了。但如果你们两个一起去录综艺，让那些粉丝把注意力都转移到你们本人身上，应该可以把她们稳住。"

"嗯，我知道。"

沈姐的声音却迟疑起来："但是这样的话，你和林涵真的解绑时间就要再朝后推迟了，你能不能行？你们两个，现在怎么样了？"

秋夕坐在了路边的长椅上，仰头望着头顶的树枝："我们两个，没怎么样，和之前一样。"

说完，她无奈地笑了一下。

沈姐果然担心起来："那你还能跟他继续营业吗？我给你几天时间考虑一下？"

秋夕却很快地说："不用考虑。"

"什么？"

秋夕声音平稳地说："我参加这个综艺，等会儿我就去问林涵真。"

上一次答应营业，她想弄明白她是不是真的喜欢林涵真这个问题，她的目的达到了。

这一次，她想弄明白，她和林涵真之间，是否有可能。

他们需要相处，问题才能被解答。

她没怎么拖延就给林涵真打了电话，确认这个事情。

林涵真确定了综艺的拍摄时间和他的面试不冲突之后，很顺畅地答应了。

两个人和剧组沟通一番之后，马亮答应他们可以在结局观剧直播时宣布这个消息，趁热打铁。

于是，在大结局前一天，他们两个又一次来到了果子视频的大楼，签订四期综艺的录制合同。

已经不是第一次来了，秋夕进门的时候非常轻车熟路，和林涵真并肩朝着签合同的办公室走去。

但路上，她很神奇地发现，所有人都在偷偷地注视着他们俩，不管表情是淡然还是激动，每个人的眼睛里都隐隐有些亢奋。

和上次那种单纯的崇拜和凑热闹不一样，这是一种八卦的、微妙的、"看破不说破"的眼神。

秋夕：难道果子视频也已经被攻陷了？

不会吧，大家都是业内，真会信？

谭妙云那是特殊案例，怎么可能所有工作人员都跟她一样，她要对人类的理智信任一点。

应该是她误会了，秋夕稳重地想。

但事实证明，她一点儿都没误会。

走进办公室的时候，和他们签合同的人早就到了，直接把合同递了过去，秋夕出于谨慎把合同从上到下看了一遍，忽然发现了一条奇奇怪怪的内容。

乙方不得在节目开机时与其他嘉宾有超出限度的亲密接触。

什么时候合同里还会有这样的条款。

秋夕直接问了出来。

负责人尴尬地笑了笑："这不是，未雨绸缪。前年有对情侣艺人拍着拍着……呃，你懂吧，直播事故。节目整改了好久。所以现在只要是情侣上节目,我们合同里都会加上这一条。"
秋夕糟多无口:"……我跟谁是情侣?"
林涵真也震惊地看向秋夕:"你谈男朋友了?"
秋夕心想:骂句弱智应该不过分吧。
负责人看他俩交流,一脸"别装了"的表情:"大家都是同行,不是外人,不用遮遮掩掩。"
秋夕:"我没有遮掩,我跟这个憨——涵真真的没关系。"
她差点就骂人了,还好及时改口。但是,好像改出问题了。
秋夕面如死灰。
很难想象,负责人一个四十多岁的国字脸汉子,露出了一个活灵活现的狗头表情。
"好好好,我信。签合同吧?"
林涵真这个时候才反应过来,指着自己,对负责人恍然大悟地说:"你以为我跟她在谈恋爱?"
负责人被他们俩装到心累,对着林涵真道:"好了,别否认了,你们都在楼梯间牵手下楼,还说没有关系?"
他瞅着林涵真说:"你怎么不跟我牵手下楼?"
林涵真默默地朝后退了半步。
所以说,楼道里的摄像头拍到了那天他们拉拉扯扯的画面,并且在果子视频内部小范围地传播了,今天这些人的反应才会那么诡异。
这都什么鬼?
两个人合力解释,那不是牵手下楼,只是因为林涵真看不清路,她扶他一下,握的是手腕儿。
可惜,折腾良久,无果,负责人的狗头表情越来越惟妙惟肖。
最后,秋夕不得不狼狈地拉着林涵真撤退。
两个人沐浴着大家暧昧的眼神并肩逃出大楼,逃亡路上,秋夕总感觉仿佛有一万只柴犬微秒地注视着她,笑而不语。
太可怕了。

逃出去后,看着面前清朗的世界,两人站住脚步,秋夕叹了口气。
她身侧,林涵真一脸局促地说:"我再回去解释一下吧,不能让人家误会了。"
秋夕摇了摇头:"不用解释了,人家不会信。"
林涵真为难地抓了抓头。
秋夕注视了他几秒,而后别过了眼睛。
他如果大大咧咧地认下一切,她必然觉得不舒服。
但他耿耿于怀地想要澄清,她又是另一番感受了,她需要转移一下话题。

秋夕想了想，问道："哪天面试啊？快了吧？"

林涵真果然好像忘了刚刚说的事情，老老实实地回答："下周日。"

"准备好了吗？"

林涵真点头，看起来却并不怎么高兴，甚至表情还有些沉重："真奇怪，日子明明一天一天地接近了，该做的准备也差不多了，但是，心里越来越奇怪。"

秋夕看向她："怎么了？"

林涵真反复斟酌着字词，尽力地和她表达："现在的日子好像前途是挺灰暗，但总觉得，也有可能下一秒就会有别的机会。如果面试上了，许多问题解决了，但好像要走上一条完全没有预料的道路，不知要多久才能回头。"

他自嘲地笑笑："其实有点好笑，走到这里了，突然有些茫然。"

说完，他仰着头望天："如果现在能接到一部剧就好了，只要接到一部，可能，事情就不一样了。"

林涵真正说着，秋夕的手机突然响了，是一个莫名的电话。

秋夕对着这个电话犹豫片刻，她一向不接陌生号码的电话。

但不知道今天哪根弦不对劲，她心里忽然有一股说不清道不明的直觉，如果这个电话漏掉了，可能她会遗失一个重要机会。

想着，她接通了电话。

电话那边一道男声传了过来："是秋夕吗？"

秋夕的心跳突然变快了，这是张导的声音。

电话里，张导的声音笑呵呵的："突然打电话过来有没有打扰到你？"

秋夕连忙道："没有没有，怎么会，您有什么事吗？"

张导倒也开门见山："今天打这个电话就是为了问问你，今年九月到十二月有没有档期，如果有，我这边有个戏你可以来试一下。"

张导居然朝她抛出了橄榄枝！

秋夕有三秒惊讶得说不出话来，反应过来之后，她才说："有有有，当然有！"

别说她有档期，就算没有，那也要协调出来。

张导听出她的惊喜，也乐呵呵地笑了："那明天见面详谈。"

眼看着张导就要把电话直接挂了，秋夕一转眼，忽然看着旁边一个人安静站着的林涵真，刚刚涌上来的喜悦突然淡了不少。

她有了试镜机会，那林涵真呢？他有吗？

秋夕几乎是脱口而出："林涵真，他可以去试镜吗？"

她问出口的这一瞬间，林涵真的眼神从伪装的不在乎变成了怎么掩饰都压不下去的期待,一束细小的火花在他眼中亮起。

他自己可能都不知道,他眼神中的渴望是多么浓烈。

电话那边,张导诧异地说:"你问他?"

秋夕:"对。"

张导在电话里带着笑意说:"我还没打电话给他,如果你跟他有联系,可以帮我问一问,他对我的新剧有没有兴趣。"

秋夕还没有说话,那边耳朵都快竖起来的林涵真便对着她振奋地比口型:"有有有。"

秋夕笑了笑,对他摆摆手,示意不要挡路,而后才对张导道:"张导,不用问我们有没有兴趣,您太客气了,只要您有兴趣就行。"

张导被逗笑了:"那行,明天晚上见面详谈,我们三个人找个地方碰个头。"

约定了时间地点,秋夕挂断了电话,看向林涵真。

林涵真像是掉进酒缸,整个人都快醉醺醺的了。

他晕乎乎地对她说:"秋夕,机会来了!"

秋夕心中也很激动,即使努力装平静,声音却掩饰不住:"机会来了!"

有了这部剧,林涵真的所有问题都解决了。

两个人在果子大厦门前发了一会儿疯,而后才想起自己根本没有走远,回头,不知道多少人从各个角度偷偷看他们。

秋夕后背一炸,这才又带着林涵真彻底逃远了。

第二天晚上,他们和张导约在一家装饰复古的餐厅。

简单客套了几句,张导就开始介绍一下他的下部剧。

这是一部献礼剧,主题是乡村振兴和继承优秀传统文化。

男主角是一位非物质文化遗产继承人,家传刺绣技艺,手艺精湛,但他一直住在一个偏僻贫穷的小村落,也没有出门打拼的计划,没有办法让自己的技艺发扬光大。

而女主角,是一位眼里只有钱的富商,她想要为自己的服装厂寻找新的厂址,去了男主角的家乡。

两个人相遇之后发生了一些观念上的碰撞,最后互相改变互相配合,男主角出技术,女主角出资金和商业头脑,为建设美丽乡村贡献自己的力量。

了解了大概情节,秋夕猛地明白为什么他们能争取到角色。

原来,张导这部剧真的是乡村爱情故事……

真的是赶得早不如赶得巧,市场大了,什么怪鸟都有虫子吃。

叙述完整体剧情,张导问:"你们对这个剧有什么看法?"

秋夕还没说话，林涵真已经开始答题了，在长期锻炼下，他构思速度贼快，还没一分钟就酝酿好了全文。

"我认为这个剧很有潜力。首先，它的题材符合时代主题，结合了传统文化继承和经济发展这两个引人注目的问题，既可以反映现实问题，也便于吸引观众。其次，两位主角的性格都非常特别，和之前电视剧惯常出现的主角形象具有一定的反差，可以探讨新时代男女关系，吸引年轻观众的注意力……"

秋夕目光发直地听着林涵真分点答了好几条，越听耳朵越模糊。

好家伙，林涵真要是去面试，不得拿个满分？

张导的眼神随着他的发言越来越亮，显然，林涵真靠着自己丰富的结构化面试复习经验打动了这位面试官。

末了，他拍着桌子道："不错，有觉悟。年轻人里很少像你这样的了，我很看好你。"

林涵真乐滋滋地假谦虚："哪里哪里。"

林涵真还没乐一会儿，张导又说："不过，只有我看好你没用，现在我只是来初步了解一下你们，真要拍板签合同，还是需要投资商点头。我来之前问过了，下周日我们会举行试镜，你们俩都要去参加，只要那天你们的表现够好，我就尽量帮你们争取角色。"

林涵真忽然发愣了："周日？"

张导看出他表情不够自然："怎么了，周日你有什么事情吗？"

林涵真没有傻到直接说自己要去参加公务员面试，只是有些为难地回答："确实有件事，可能要一段时间处理，试镜只有那一天吗？"

张导皱眉："是的，没有办法，试镜时间已经确定了，投资商代表只有那天能到现场看，这个时间是无论如何都不能改的，只能你自己调整。如果调整不过来……"

"那也只能放弃了。"

秋夕担心地看着林涵真。同一天，要么面试，要么试镜，他只有一个人，不可能同时做两件事。这怎么办？

张导这段时间大概很忙，这段话说完，接到一个电话，菜都还没上就急急忙忙地走了，只留下林涵真和秋夕两个人。

门从外面被关上的那一瞬间，秋夕看向林涵真，问："那怎么办？"

林涵真眼神迷茫了："不知道。"

秋夕叹了一声："一时半会儿也想不出结果，先吃饭吧。"

林涵真点头。

吃饭吃到一半，秋夕肚子突然不太舒服，离开了包间。

但她刚上完厕所，正在洗手，忽然听到了一个有些恶意的声音。

"看看这是谁，原来是大明星秋夕啊，一年没见，更漂亮了。"

秋夕眼神冷峻，面无表情地回头。

已经一年没见董承望，但看上去仍旧那么恶心，摇摇晃晃一身酒气地站在走廊墙边，眼睛眯着看她。

他的长相或许曾经也是英俊的，可惜在酒色财气里泡了许多年，现在眼角眉梢都无比油腻。

秋夕不准备和他多扯，直接就要离开，却被拦住了。

董承望非常刻意地堵住了她："哎，走什么？"

秋夕嗓音压着怒气："我要离开，请你让路。"

"我就不让，怎么样，你奈我何？这一次，没人给你出头，没辙了吧。"董承望得意地说，"被你跑了这么久，差点忘了，还好今天碰见了。"

秋夕想起他去年的操作，立刻厉声道："我现在没有去年那么糊了，你要做什么，先掂量掂量后果。"

董承望听完之后却笑了："你威胁我？"

他笑得放肆："你以为，我怕威胁。你觉得自己算是个角了？我呸，你算什么，你这种还没站稳脚跟的演员，封杀起来太容易了。"

他露出思索回忆的神情："那个男的叫……林涵真是吧？我记得几年前他给我不痛快，我雪藏了他一次，本来准备放了他不再压着。可他还没学乖，又来坏我好事。所以，我就让他彻彻底底什么戏都接不到，老老实实在家休息。"

他话里信息量太大，秋夕一时愣住了："什么？"

"你不知道吗？"董承望挑眉。

"啧啧啧，那你还真是个，硬汉。"董承望对秋夕身后的人，语气带着嘲弄地说。

秋夕回头，看见了林涵真的身影。

秋夕从来没见过他此刻的表情，整个人看起来非常严肃，眉毛拧着，手臂的肌肉紧绷，双唇紧紧地抿在一起。

明明是一张看起来纯粹温善的脸，看向董承望的时候却像是龇起獠牙的猛兽，他步子又大又稳，一步步地朝他们两人靠近。

最后，林涵真停在了秋夕的身前。

他骨架既高又大，又常锻炼，身体完完整整地遮住了她的身影。

"你想干什么？"林涵真沉声问。

董承望虽然看起来嚣张，但看见这样的林涵真，还是不由自主地朝后撤了一步。

撤完之后，他大概觉得自己刚刚的举动不好看，脸色立刻变得更加难看。为了找补，他立刻稳住身形，抬起头，恶狠狠地说："怎么，你又要动手?还想逞英雄?"

秋夕站在林涵真的身后,视线被挡得太牢,什么都看不清,她不得不弯了弯腰,侧身站着,想捕捉当前的形势。

但她还没看两眼,林涵真不知道是不是长了后眼,脚步微微一变,又把她挡住了。

秋夕想:我只是想看看而已。不行吗?

挡住她的同时,林涵真很不客气地对董承望说:"怎么,你想仗势欺人,又想挨打?"

上次挨打只过了一年,所有的记忆还在董承望的脑海里。

他清清楚楚地记得,那天自己带了许多人,想要教训屡次坏了他好事的林涵真,可他怎么也没想到,林涵真居然冲破了包围圈,死死地把他按倒在地。

在当时那个情况他都能吃亏,现在面对面,董承望更是不敢轻举妄动,但要让他服输,那也不可能。

下一秒,他恢复原样,甚至更加骄矜。

他虽然打不过林涵真,但要制服一个人,何须武力?

林涵真确实给过他几次难堪,但他也报复回去了。

那年他玩票似的拍了部剧,林涵真在片场跟他过不去,还把本来应该被他获得的粉丝都吸走了。他便让小舅舅把林涵真签下来,让林涵真坐冷板凳。

后来小舅舅把林涵真忘了,他也把这个人忘了,没想到去年追求秋夕的时候,林涵真又撞了上来,还英雄救美坏他好事。

想当英雄是吗?

也不看自己几斤几两!

所以,他彻底堵死了林涵真的演艺路,什么剧都不给林涵真接,林涵真连龙套都别想跑。让一个演员演不了戏,还有什么比这更残忍的呢?

不过,这还不够,林涵真还没有吸取教训,还能拍拍综艺,挣点小钱。

等他离开这里就给舅舅打电话。他要让林涵真连综艺都没得拍,坐在家里等着饿死。

想到这里,董承望一整衣襟,冷笑着说:"我不和你打架。不过你别得意,有你好受的。"

说完,他就转身离开了,走得很快,像逃跑。

秋夕和林涵真站在原地,林涵真一直等到董承望的背影彻底消失才移开身体,回头看她。

这一瞬间，他好像松了口气，抬起手摸了摸自己的后脑勺，不过一秒，眼神就从刚才的坚毅变得温和了许多，甚至还有些不好意思："抱歉，刚刚差点又动手了。"

秋夕注视着他："没关系。"

他想要维护她，她只会觉得温暖，如果还有别的，那也是担心。

她试探地问："刚刚董承望说的那些，我没听太明白，你能不能解释一下？"

林涵真的表情立刻僵硬了起来，甚至有些左脚踩右脚的趋势："其实也没什么，他多行不义必自毙，我就是刚刚不小心替天行道了一下，没有我别人也是一样出手的，这……"

他尴尬得脸都快红了。

秋夕觉得很好笑。明明是做好事，为什么要这样不敢承认，别人都是死皮赖脸地推卸责任，这个人倒好，连他应得的谢意都想逃避，拒之门外。

怎么会有这样的一个人？

秋夕无奈地摇了摇头，直接把猜出的事情原委都说了一遍，最后问林涵真："是这样的吗？"

他明明差一点就跳出火坑获得新生，他明明知道再次得罪人会是什么下场，他明明什么都知道。

但他还是站出来了。

面对秋夕的眼神，林涵真没有否认，他渐渐地低下头，小声局促地"嗯"了一声。

刚"嗯"完，他又立刻道："真没什么。"

他摸了摸鼻子："如果我不站出来，我会觉得自己变成另外一个人了。好了，回去吧，菜刚刚上完，再不吃就凉了。"

秋夕点头，和他一起回去。

林涵真有些不自在，秋夕又若有所思，两个人寂静地吃完了这一顿，结束后，两个人一起朝着餐厅门前走去。

这会儿天已经黑了，夜风朝着他们徐徐地吹了过来。

本来应该分道扬镳的时候，秋夕却叫住了林涵真。

她问林涵真："下周日，你去面试，还是去试镜？"

林涵真停下脚步，叹了口气："让我想想，选哪一个都像是赌博。"

秋夕安静地看着他。

林涵真露出无奈的神情："其实仔细分析起来，通过面试更容易，毕竟练了这么久，我心里有底。但是……"

他眼神看向远处斑驳的灯光："可是，我自己心里想做什么，其实我知道。但我也知道，去试镜很危险，就算试上了也很危险，未来的路我看不见一点光亮。"

"秋夕。"林涵真看着她，目光迷茫起来，"我要赌一次吗？"

秋夕没有给他答案，她心底清晰地知道，他正处于思想的风暴中，就算没有她，其实他也会作出他自己的取舍。

果然，林涵真的眼神一点一点地坚毅起来，他犹豫地、蠢蠢欲动地说："我要赌一次吗？"

没等秋夕说话，他就开始自己劝自己："反正赌输了，我还能继续考公，考试又不限制次数，我年纪还没到不让考的时候。虽然下次运气不一定这么好，大不了多复习复习。"

秋夕看着林涵真的眼睛。

她想，她这辈子从没见过哪颗星星比此刻他的眼睛更亮，像是有火在烧。

所以，她绝不会允许它熄灭。

林涵真握紧了手，对着她肯定地说："所以，我再赌一次，就这一次，输了就输了，大不了再考。"

秋夕看着他，她没笑，她非常认真地说："我不会让你赌输。"

夜风中，她语气坚毅得仿佛起誓。

月亮柔和的光辉洒在她的脸庞，为她蒙上了一层光辉。

或许秋夕自己都不知道，这一刻的她在别人的眼中看上去像是北欧神话中的女武神。

女武神骑着白马，拿着矛与盾，保护战士不屈的灵魂，把他们引入英灵神殿，从此不再流亡。

林涵真有些惊异地看着她，说："你——"

话没说完，他就停止，好像忘记了自己要说什么，失语地看着她。

这时，秋夕缓慢地眨了两下眼睛，好像雕像渐渐碎裂，她的神情逐渐又变成了之前的模样。她略弯嘴角："好了，那就这样，好好准备试镜，后天《燕归来》的庆功宴再见。"

说完，在林涵真仍旧不知道说什么的时候，她自顾自地一转身，背对着他再次简短告别，而后，她手里晃着车钥匙，快步离开了。

她背对着他的时候，表情仍旧轻松从容，但她自己知道。

她不能再留下，不能再和他说一句话，再停留下去，她心中的激流或许就掩饰不住了。


回家之后，秋夕坐在电脑前，拨通了几个电话。过了几个小时，一些邮件陆陆续续地送达她的邮箱。

这是她拜托一些长辈帮她搜集的资料。秋夕虽然不在叶尚军的公司里做事情，但她毕竟是叶尚军的女儿，她要做的事情，别人都会行个方便。

她把头发用皮筋儿扎了起来,喝了一整杯咖啡,而后,开始挨个地看。

如果能够接到张导的戏,成功拿到钱付违约金解约,这样当然好,但如果董承望从中作梗,坏了这一次机会,林涵真又已经放弃了面试,怎么办?

她肯定不会让林涵真再在明华影业继续折磨下去,甚至都不准备让林涵真老老实实地把他辛苦挣到的钱交出去。

那可是他的老婆本,就算他以后的妻子不是她,她也绝对不允许。

所以,她要让董承望以及他背后的人,在明华混不下去,如果明华一定要包庇,就算她手上没什么实权,但借力打力让明华吃亏,还是可以办到的。

秋夕仔细地看着她能搜集到的所有文件,认真地分析他们的股权架构、内控系统设置,还有一年一度的审计报告。她收到的文件里还有明华和其他公司合作的项目内容,她同样一字一句地看了。

她很轻松地阅读这些文件,并不觉得有丝毫吃力,脑海里渐渐有了些想法。

其实叶尚军一直想要她放弃做演员,回去管理公司的原因很大一部分就在于,她确实有商业头脑。

和叶媛媛不同,秋夕虽然不喜欢这些事情,但需要的时候,她是可以的。

人专心做事情的时候,时间就会不知不觉地流逝,很快,已是深夜。

秋夕喝了咖啡,倒不觉得困,只是思考的时间太久,难免会觉得有些疲倦。

秋夕放下鼠标,仰着头靠在椅背上,闭目休息了一会儿。

脑袋里的思绪非常杂乱,她深呼吸地调整了一会儿,拿起手机,点开和林涵真的对话框。

不久之前,林涵真先从张导那里拿到了前十集的剧本,通过微信传给她。

她本来只是想随意地翻一翻剧本,但没想到,对话框上方的名字却变成了"对方正在输入……"。

秋夕意外,然后又确认了一下时间。

现在是凌晨一点,林涵真刚传完文件就说自己要睡了,这会儿怎么会正在输入?

她很诧异,目光锁定在对话框上,想看林涵真到底想要说什么。

但是,她等了又等,林涵真一个字也没有发送过来,那串"对方正在输入……"时而出现,时而消失。

秋夕逐渐皱起眉毛。

林涵真这到底有多少话要说？难道他要写一篇八百字的议论文吗？

秋夕一方面觉得不耐，一方面又隐约有些期待，她不知道他会和她说些什么。

但是，过了一会儿，那串"对方正在输入……"消失了，不是停歇，而是真的消失了。

秋夕的表情逐渐变异，林涵真到底在搞什么鬼？

她也不等了，直接拿着手机输入：【你刚刚想说什么？】

对方像被她吓到，一时半会儿居然没有应声，缓了缓才发了一句话：【你还没睡觉吗？】

——不然呢，跟你说话的是鬼吗？

秋夕：【你刚刚是不是在打字，想说什么就直说，不要吞吞吐吐。】

林涵真那边停了一会儿才开始打字，输入得断断续续，秋夕再次等到无奈，不得不捂住额头。

今天面对张导的时候，他嘴皮子不是挺利索的吗？

等到秋夕差点要打个语音电话过去，林涵真的消息终于发过来了：【你说不会让我输，是想要帮我？】

看到他的回答，秋夕眨了一下眼睛。

这个一个情理之中，意料之外的问题。

秋夕回复：【是。】

林涵真那边的话很快就发了过来：【如果你是因为我帮了你，所以想报答我，真的不用。我不知道你想做什么，但是董承望这件事情不好解决，而且我是自愿的，并不需要你做出什么回报。】

秋夕看着对话框，手指有一会儿没有动。

她打字"你想要和我划清界限"，打完之后，她没有发过去，审视了这行字一会儿，觉得有些尖锐，她又把它们全都删掉了，道：【但是我想帮你。】

林涵真那边没法回复她一个字，只是发了一个小熊崩溃的表情包过来。

秋夕笑了笑，回了一个摸头表情。

林涵真又打字：【但是他真的不好惹，他背后的人是明华大股东，你一个普通演员别被他们盯上找碴儿就很好了，大公司之间都有合作，万一你也和我一样被雪藏怎么办？】

秋夕：【我不怕。】

林涵真能站出来，她为什么不可以？

就算她对他没有丝毫个人感情，只是投桃报李，这也是应该做的事情。

更何况,她是真的喜欢他。

为了喜欢的人披荆斩棘,这不是痛苦,而是一种荣耀和愉悦。

林涵真那边仍在坚持:【如果你只是想要报答我,真的不用把自己搭进来。】

秋夕被他连着拒绝了几次,眼神直直地看着手机屏幕,看了好几秒。

可能是时候太晚,人有些困倦,光表达清楚自己的意思就很难了,更没有别的精力用来伪装,也或许她本身就已经到达了一个界限。

她很快输入了这样一行字:【不只是想要报答。】

输入完,她就立刻发送了过去,一点儿思考都没有。

发完之后,直到林涵真那边发了一个问号回来,她才突然意识到自己刚刚做了什么。

刚刚那句话,是有些直接的。

如果是神经敏感、常常在风月场上打滚的人,应该立刻就能捕捉到异样的信号,从层层迷雾中抓住那一丝微弱又准确的信息,并且加以利用。

秋夕手指停在输入法上,这会儿,她是有机会解释清楚一切的,只要随便找补一下,以林涵真的憨瓜性格,他什么都不会察觉。

如果什么都不说,漫长的寂静本身就值得怀疑,他就算再傻,琢磨一下也能品出不一样的味道了。

秋夕确实打了两行字上去,下意识地想要解释。

不过,她忽然想,为什么要解释?

喜欢这种感情,为什么要把它掩饰住?

如果她不能主动地表达感情,没办法直白地追求,难道让它从缝隙里自然地漏出也不行吗?

她又不是真的准备一辈子都保留这个秘密。

他知道了就知道了,这反而会让她的下一步好走一点。

于是,秋夕直接双手离开屏幕,托着下巴等林涵真继续说话。

他刚刚那个问号之后就没吭声了,难道是灵感迸发,已经领悟到她的言外之意,快进到害羞腼腆阶段了?

想想林涵真脸红的样子,秋夕莫名觉得有些带感。

但她最终还是知道,不该对林涵真有任何超越限度的期待,林涵真就是一个憨瓜,而且是"18K"纯正憨瓜。

他缓了好一会儿,才在回复里说:【而是你心里有很浓郁的正能量,想要和恶势力作斗争,维护和谐社会,共创人类美好家园?】

秋夕:【这就是你的理解?】

林涵真的回复略显尴尬:【难道,错了吗?】

秋夕发了一个微笑表情:【不,整挺好。】

这一刻,她有点想吹上唢呐,把林涵真送走了。

她开始思考一个问题,是不是像林涵真这种人,除了直接输出,什么办法都没有?

真的要走到那一步吗?

值得考虑。

两个人尬聊几句之后,各自撤退,秋夕继续安静地看自己没有看完的文件。

但是,在这个城市的另外一个房间里,有个人却没那么安静,林涵真背着手,在屋里驴拉磨一样转悠,眼神困惑又愁苦。

他自言自语道:"感觉哪里有点问题,但是,到底在哪里?"

转悠了许多圈,他颓败地止住了步子,沉沉地叹了口气。

## 第九章
### 主动试探

这一夜，秋夕熬到了很晚，文件确实太多，怎么都看不完，最后她没办法，只能先睡了。

第二天起床，秋夕对着镜子里浓重的黑眼圈，着实震惊了一会儿，怎么会这样。

如果是寻常日子就算了，但《燕归来》的收官就在今晚，为了圆满结束，剧组将会举行一次主创陪着观众一起看大结局的直播，她和林涵真都要出镜。

秋夕花了很大的精力，才把黑眼圈牢牢地遮盖住，虽然从近处看还是有些不自然，但这已经不是靠人为努力就能够解决的问题了。

她能做到的只是——

挑战自己的心态，笑出强大，同时注意规避别人的视线。

力的作用是相互的，只要她不看别人，别人就看不见她的黑眼圈。

没错，就是这样。

快到时间了，秋夕换上一身裙装，坐上沈姐安排的保姆车去了会场。

她果然比以前火了不少，许多媒体朋友都蹲守在门前，一见她来了，立刻堵到了车门附近。

幸好沈姐有先见之明，保姆车上还塞了几个大汉，大汉们率先下车，在车门前一字排开，为她腾出了可以安全下车的空间。

即便如此，秋夕还是花费了一番力气才成功躲过所有长枪短炮，顺利走进酒店大厅。

走进去的那一瞬间，她长舒一口气。

没有一个高清镜头捕捉到她的黑眼圈，她成功了。

她正蹬着高跟鞋朝大厅走去，仰面就看见一个人从另一个通道走了过来，戴着一个黑漆漆的蛤蟆眼镜，看见她的时候，这位兄弟脚步一停，有一瞬间的同手同脚。

秋夕停下了脚步，觉得林涵真今天的出场姿态非常让人捉摸不透。室内戴什么墨镜，再说了，他不是夜盲？

秋夕走到了仍旧尬在原地的林涵真面前，两只手抱起来："墨镜不摘，装高冷？"

林涵真"呃"了一下，乖乖地把墨镜摘了。

看清林涵真面孔的那一瞬间，秋夕吸了一口气，这黑眼圈比她还有过之而无不及。

他到底是怎么搞成这个样子的？

秋夕心里有疑惑就直接问了。

但这个问题或许不是那么好回答，林涵真回答的样子莫名紧张："昨天晚上看剧本看得有些晚，剧本太好看了。"

秋夕眨眨眼，昨天忙着其他事情了，她还没有把那个剧本打开。

于是，秋夕一边并肩和他走向会场，一边问道："主要讲的是什么故事，我还没有看，你先告诉我一点儿？"

林涵真在她身侧支吾了一下："……故事很复杂，我讲不清，你回去自己看吧。"

秋夕看了看林涵真。

林涵真昨天肯定不是看剧本去了，这点儿辨别能力她还是有的。

但他到底在干什么？

秋夕想不出答案，同时，两人已经走进了会场，被许多人迎了上来，秋夕只能放弃思考这个问题，开始和众人打招呼。

直播要等到晚上八点才会开始，在此之前，大家先聚餐。

这个剧组的所有人都很务实，即使现在已经火了，也不搞那些虚头巴脑的东西，人齐了就上菜。

菜上齐了，马亮率先举杯，祝所有人以后的事业红红火火，大家都是从《燕归来》走出去的，在低谷里抱团取暖那么久，无论以后发生了什么都是一家人。

短暂的祝词结束，大伙开始吃饭，边吃边聊。

有的人说的是自己最近接到了什么项目，美滋滋地表示爷继续艺海浮沉了。也有的人表示思考了一下还是觉得现在这样不稳定，刚好已经进了面试，那就继续走吧，走一步看一步。

推杯换盏之中，每个人都有自己的想法，秋夕没有参与讨论，一直都在安静地听着，能够观察到这样的人生体悟，对于演员理解角色而言是很有好处。

林涵真大概也在和她做同样的事情，全程也没有说什么话，她偶尔瞥他一眼，觉得他双眼发直，像是在发呆。

不知道他是在暗地里听人聊天，还是想到自己的面试，正在内心和其他考友进行一次无声的交流？谁知道。

就像林涵真并不能猜出她喜欢他一样，她也猜不出他在想什么。就算他们坐在一起，挨得很近，也不能。

吃过饭，他们转移场地，开始观看最后一集的直播。

这一次的直播是由果子视频主持举办的，果子视频还派了一个主持人过来，一边看剧一边采访主创。

秋夕想到上次在果子视频的经历，现在对这个公司已经有些PTSD（全称是Post-traumatic stress disorder，创伤后压力心理障碍症）了，直播开始前，秋夕不动声色地偷偷观察这位主持人很久。

主持人看起来很正常，没有表现出对秋夕和林涵真之间关系的过分好奇，偶尔看向他们俩的时候，笑容非常体面商业。

秋夕暗自放下了心，同时选了一个距离摄像头稍微有些距离的地方坐着，她可没忘记自己的黑眼圈。

但没想到，林涵真大概也考虑到这个问题，"噌"地落在她身边。

秋夕立刻朝着主持人看去，很好，眼神仍旧正常，热场的词也说得非常顺溜，秋夕更加放心了。

八点刚到，直播正式开始。《燕归来》的主题曲响起，在熟悉而悠扬的音乐里，主持人开始了自己的采访。

她提出的问题倒是挺常规，马亮一边看剧，一边配合着回答这部剧拍摄的时候遇到的问题，以及拍摄时有没有什么趣事，还有选角时的考虑。

事情到这里都很正常。

马亮的视线停留在大屏幕上，嘴里很自然地回答主持人的问题："其实秋夕演燕珏是我们早就选定的，她拿到剧本之后就写了大概一万字的角色分析，对这个角色以及乔青云都有独到的理解。而且她拍了很多年的戏，演技是不需要怀疑的。定下她之后，我们才开始选乔青云的演员。"

"那是怎么选的呢？"主持人笑着问道。

马亮："当时我们叫了六十多个演员来试镜，人真的挺多，也挺难选。"

主持人："人那么多，是不是很难做抉择？"

听到这里，秋夕脑海里一根弦儿忽然就绷上了，她下意识地觉得，不太妙。

果然，下一秒，马亮笑着说："没有，当时秋夕参与了选角，她一眼就看中了林涵真，定下他了。"

秋夕：什么叫一眼看中？怎么听着这么不对劲。这话要是被正在看直播的粉丝们看见，岂不是又要爆炸？

她看向主持人，主持人面露异色。

她看向林涵真，林涵真瞪着眼睛难掩惊异地看过来。

秋夕正想拿过话筒找补一下，却见主持人看都不看她，非常专业地点了点头，恢复了刚才的职业微笑，只是嘴上说的却是："马哥，深入讲讲？"

秋夕顿时咽回话语。

毕竟在直播，她并不能太过明显地抢话筒，那就显得做贼心虚了，但是她情不自禁地紧张了起来。

其实没什么好紧张的，选角的时候，她确实对林涵真的关注度很高，但最终选定林涵真，她也综合考虑了所有演员的实力，确定林涵真确实是最合适的，而后才会力荐林涵真演主角。

她当时的想法很单纯，如果林涵真的实力无法参演《燕归来》，那么，她会竭尽全力地为他找一个资源，报答当年的恩情。

当初的事情，她是完全问心无愧的。

谁知道到了后面，她心里就生出鬼了，以至于现在回望的时候，也免不了增加一份尴尬。

马亮大概不觉得这是什么值得隐瞒的事情，也或许他想替他们两人当众营次业，他很大大咧咧地说："当时我们看完了所有人的表演，每个人都要说出三个自己觉得可以的人选，投票最多的那个就能拿到乔青云的角色。"

主持人："所以秋夕那三个人选里，就有一个是林涵真？"

马亮摇头："不是。"

主持人意外地说："那您刚才说的是什么意思？"

马亮笑起来："秋夕只选了他一个。"

他这话一落地，没过两秒，直播间里安静了许多，几乎所有人都看向秋夕。

主持人嘴一抿，眼里冒着鬼祟的火花，其他人神色各异，甚至还有人露出恍然大悟的神情，在秋夕看过去的时候，短暂对视又飞快地回避开视线，好像在用动作说表示自己什么都没看出来。

秋夕无语，有什么好回避的！

秋夕无奈又尴尬地看向弹幕，果不其然，弹幕这会儿又爆炸了。

刚才的弹幕内容大多都是对她和林涵真的表白，而现在，"啊啊啊是真的""真相是真"这样的弹幕刷得飞快，肉眼简直无法看清。

见此，秋夕脸上的微笑越发难以维持。

好像全世界都开始怀疑她对林涵真有感情，虽然真的有，但她毕竟没有真的和林涵真在一起，这种没着没落的感情拿出来被人当成糖，其实有点折磨。

秋夕疲惫地看向林涵真。

林涵真同样傻愣愣地看着她。

秋夕心中突然涌出希望。作为一个正直的憨瓜，林涵真拥有自己独特的脑回路，他一定会认为，她只是出于对他演技的欣赏才会选他，没准他还会站起来，表示对她这个伯乐的感激，这样的话，问题就可以解决了。

秋夕期待地看了过去，看林涵真的眼光像是看正在学走路的小孩。

乖宝，站起来，快！

在秋夕期待的视线里，林涵真肉眼可见地深吸了一口气，而后，他偏着头看向她，小声问："所以，你当初为什么只选了我？"

秋夕再次无语。

得，关键时刻掉链子。小声又有什么用呢？大家衣领上可都别着耳麦。

秋夕人麻了，只能机械地回答："因为你挺不错的。"

——不错到让人想把你的头拧掉。

大概是这一次尴尬够了，后面的直播流程都非常正常，主持人也没再夹带私货问些让人尴尬的话题。

只是有刚刚他们的发挥，粉丝已经停不下来了，不知道这些热情洋溢的粉丝是不是已经达成了协议，没多过久，"秋夕[爱心]林涵真"这样的格式化评论就占据了整个屏幕。

而当主持人加码宣布两位主演会从下周开始合作拍摄另一个综艺，为期一个月之后，屏幕上更是什么都塞不下了。

最后，当所有主演站起，对着屏幕那边的观众鞠躬，表示对这段时间陪伴的感谢时，秋夕心里却非常丧气。

照今晚粉丝的疯狂程度，估计他俩的鞠躬应该要被单独截出来P结婚照了。

可是，都是假的。

林涵真这只狗什么都不知道。

散会之后，秋夕都没精力和林涵真说话，她打过招呼就准备离开，没想到林涵真两步追了上来："秋夕。"

秋夕回头："什么？"

林涵真："你能不能再说一遍，当时为什么选我？"

秋夕不知道这个问题她明明已经回答过了，他为什么还有再问一次，没听清？

秋夕本来想怼他两句，但转念一想，算了，有什么好怼的。

等她回答的时候,林涵真的眼神非常迷惑又认真,好像秋夕的答案可以帮他找到解决一个非常重要的问题。

秋夕看他神情,也不免郑重起来。

可是,该怎么回答呢?

最后,她只能这么回答:"因为我想选你。"

除此之外,再没有什么可以解释的了。

说完,她就真的走了,留林涵真一个人在后面对着她的背影发呆。

秋夕回家之后,洗漱一番,从浴室出来,叹了口气。

烦归烦,明华那边的资料还要看。

于是,秋夕给自己泡了杯茶,坐回电脑前,开始了今晚的努力,投入进去之后,她的心情就渐渐地安稳了下来。

而在另一边,林涵真那边,一切却都不一样。

他神情严肃地坐在那个柔软舒适的沙发上,两条长腿屈着,看向手机中的视频。

这是"双人超话"里的一个剪辑视频,拼起来的并不是《燕归来》剧中的场景,而是片场的细碎画面,画面有长有短,有的长二十秒,有的两三秒就结束了。

但每个画面都具有一个共同的特点:秋夕在看着林涵真,要不然嘴角,要不然眉梢,总有一个在弯着。

视频播放结束,林涵真左滑退出,搭配的文字就又一次出现了。

看到她的表情,我好像看见了我自己。

那一年我每天都去看那个人打篮球,他打得其实不算好,甚至可以说有点烂,三步上篮永远投不进,球打着打着就消失了。

但我看着他,心里真快乐,他真可爱啊。

后来很多年,我们失去联系,但每次我想起那个时候的他,嘴边的笑大概还是这样。

追到现在,我不知道林涵真是不是真的喜欢秋夕,但秋夕应该是真的喜欢林涵真吧。

林涵真看着这条微博,陷入沉默。

往日里,他看见这样的分析帖,总是抱着一种叹为观止佩服佩服的态度,感叹完就划拉过去了,无论看了什么,在他的脑中都留不下什么深刻的印象。

但这会儿,他的手指却停在屏幕上,一点儿也挪不走。

秋夕喜欢他?

怎么可能?他下意识地这么想。

他现在一团糟的状态，怎么会有人喜欢他。

但是否定的那一瞬间，心底好像哪个地方觉得更加不对劲了。林涵真对着手机思考了很久，想弄明白到底怎么回事。

然而，苦思半小时后，他放弃了。

不是难不难的问题，是他根本不行，他需要场外求援。

整理了一番思绪，林涵真拨通了左旗的电话。

左旗虽然一直在娱乐圈混，但几乎没断过女朋友，和异性打交道的经验比他丰富了不知道多少倍。

左旗接电话倒是挺快，声音极大："喂，是林涵真啊，有什么事说。"然后又像是对其他人说了句，"小曼，我先出去了啊。"

接下来是一个不高兴的女声："滚。"

开门关门声后，左旗唉声叹气地说："兄弟，多亏你这个电话，不然我和小曼还要继续吵。"

林涵真："你们吵什么？"

左旗："她怀疑我在外面有人了，但我哪里有人，我就是玩游戏的时候太投入，有些忽略她，仅此而已。我的问题先不提，你突然打电话，是有事吗？"

林涵真这才开始讲出自己遇到的问题："我怀疑一个女孩子可能喜欢我，但我判断不了，你能不能告诉我应该怎么确定？"

左旗诧异地说："为什么要判断？她喜欢不喜欢关你什么事？咱们端了演戏这碗饭，面对大众，被喜欢不是很正常的事情？如果每个可能喜欢你的人，你都要弄清，累不累？"

林涵真沉默了一下才说："不行，这个我必须弄清。"

左旗"啧"了一声："你是不是喜欢那个人，所以才会格外关注这个问题？"

林涵真："也不是。"

他皱了皱眉，思索后才说："我和她关系很好，如果她真的喜欢我，许多事情就要小心些，不能和之前那样随意了。"

左旗："免得让人家陷得更深，无法自拔？"

林涵真："不，她很好，就算喜欢我也不会真的无法自拔。只是……"他的手指在沙发靠上划了划，划出的轨迹和他的心绪一样杂乱，"我觉得我应该弄清楚。"

左旗那边安静了一下，才说："我给你发了一个表情包，你去微信查收一下。"

林涵真疑惑地点开微信，一个巨大的白眼出现在他们俩的对话框中。

林涵真一头问号。

发完这个表情包，左旗的声音正常了许多："算了，你说说那个女孩是谁，圈内圈外，你们之间发生过什么事情，我来给你分析一下。"

他这边摆好了架势，林涵真却说："这些都不能告诉你。"

左旗沉默了，片刻后，崩溃道："那我判断个毛线啊！"

林涵真充满歉意地说："她是谁真的不能告诉你，毕竟女孩子声誉要紧，但是你可以教我怎么判断。"

左旗在出离愤怒的情况下声音贼大："这种东西光教方法论有什么用，都是靠抓细节抓灵感，你这种人神经比电线杆还粗，你能抓到个鬼。"

林涵真更加抱歉："但是真的不能说，兄弟。"

左旗："你这真是难为我，帮你出这种主意，还不如我上楼跟小曼吵架。"

林涵真："回头请你吃饭，去逐月。"

逐月是 A 市一家高级私房菜，价格不菲。

"下这么大血本？"左旗再次诧异，"看来这事儿你真挺重视。"

他终于还是认输了："算了，不用你请吃饭，我也出不了什么特别靠谱的办法，只是，如果那个人喜欢你，她对待你的时候，一定和对待别人的时候完全不一样，看你的眼神也不一样。

"当然，也有人比较内敛，在外表上表现不出来，但是你可以试探她。比如说你找她帮一个忙。如果对你没兴趣，她一定会觉得非常耽误时间，但喜欢你的人一定会不辞辛劳。对了，如果对方是圈内人的话，你可以找出你们俩之间的产出发给她，放心，世界这么大再冷的组合都有人追，尽管找，发一次不行发两次，她肯定有反应。"

——当场表白还是臭骂一顿都有可能，但是你可以借机探明她的态度了。不过这个方法杀敌一千自损八百，还是算了，我再给你想点别的办法。

以上是左旗准备说的话，但他没有说出口。

因为林涵真已经郑重地和他道谢："好，我知道怎么办了。"

谢完，林涵真果断地挂断了电话，似乎有些迫不及待。

左旗看向手机，表情失控了起来，话都没说完怎么就挂了，林涵真他知道什么了知道？

这是要出事的呀！

左旗的心理活动，林涵真不知道，挂断电话后，他就按照左旗的思路开始慎重地思考。

林涵真想起这段时间他两人的相处，忽然发觉秋夕为了他似乎做了不少事情。如果秋夕帮他就代表喜欢他的话……那应该是喜欢的。

但这也可能只是因为她是个好人。

就像他当年救下那个小女孩，就像他在片场维护群演，也像他赶走董承望，这些事情他没有私心，只是想帮助他们而已。

如果所有善意的帮助都只是因为感情的作用才发生，那反而不正常了。

那么换个角度思考，秋夕看他的时候会有什么特殊的眼神吗？

林涵真怎么回想都回想不出来。

与其说她常常用充满感情的目光看他，倒不如说，她看他的时候，眼中更多的是一种无语无奈，偶尔还会有些狂躁。

看上去……就像一只常常忍不住生气的小猫。

小猫。

想到这个形容，莫名其妙地，他觉得自己好像抓到了一个非常好的形容。

要判断一只小猫喜不喜欢他，是有些难啊。

林涵真开始思考左旗给他的最后一条建议。

他又一次打开"双人超话"，看着那些层出不穷的分析帖，陷入了深思。

这会儿，经过一段时间的发酵，"剪刀手"们已经把视频剪辑出来了，那些配图剪辑和长篇大论的分析都还好，他已经见怪不怪。

但是，居然结婚照都已经出现在超话里。

他今天穿的是衬衫，秋夕穿的裙装，式样都比较正式，这会儿全都被P成红色，挤在一起，配上旁边的字样，看起来氛围感十足。

林涵真看了一眼就逃命一般划拉过去，再多看几眼的话，他的视线都要被烫到了。

这种东西怎么也可以P呢，如果不知所以的人看见，有可能会相信吧？

这不行，他伸出手，想要翻回去举报。手指还没点完，一个语音通话就播了过来，他手指太快直接接通了。

秋夕的声音都响起来了，他才发现自己刚刚点的是什么。

秋夕："你在干什么呢？"

不知道大脑是不是短路了，林涵真对着手机脱口而出："举报我们的结婚照。"

秋夕一头雾水。

和林涵真失去联系已经六个小时了，但秋夕却觉得，自己好像和他失联了六个世纪。

不然，他说的话她怎么就是听不懂？

她不得不问："你在说什么玩意儿？"

147

林涵真尬住了,"哼哼哧哧"地说:"就是,超话里头的东西,有张图,我觉得不太合适,想举报一下。也没什么大事。"

超话里的图?

秋夕道:"什么图?你给我发一下,我看看。"

林涵真想要拒绝:"你别看了吧,也没什么。"

秋夕坚持地说:"你发给我。"

林涵真无法拒绝她,只能把链接发了过去。

秋夕点开一看,也愣了很久。

虽然知道粉丝搞这个也算是"常规操作",而且她在鞠躬的时候就已经预料到它的出现,但真看见的时候,心底还是有些异样。

除了改变原图的颜色背景,他们的位置还挪动了一下,从画面上看过去,他们两人的手指恰到好处地钩在了一起,亲密无比。

他们,还能这样吗?

即时知道都是假的,秋夕仍旧觉得恍惚,好像看见了另外一个世界的他们俩。

他们以后,会不会这样?

她看了一会儿,如梦初醒,机械地把视线挪走,对着那边不敢吭声的林涵真道:"你要举报这个?"

林涵真连忙道:"是,这个不好。"

秋夕"嗯"了一声,手指却把图片保存了下来。

存完之后,她才退出微博,对着那边的林涵真说:"你想举报的话就举报吧。"

林涵真却有一会儿没说话,就在秋夕开始奇怪的时候,那边的林涵真忽然道:"秋夕。"

秋夕:"啊?怎么了?"

林涵真声音仿若轻松其实尴尬地说:"我刚刚看了几个分析帖,写得挺厉害,你要不要看,我把链接发给你?"

秋夕一时间不知道该说什么。

最开始的那些分析帖就算了,但现在,随着花絮的丰富,那些分析渐渐地转了方向,粉丝们开始挖掘她喜欢林涵真的证据,挖掘得太多,多到秋夕自己都诧异怎么会有那么多可疑的细节。

这也是秋夕这几天不再看超话的原因。

那些她自己都不曾注意到的细节居然那么多。

每次一看,她都觉得自己好像整个人都暴露在镜头前面。

那些分析,林涵真每天都在看吗?还看得兴致勃勃?

过了一会儿,她才叹了口气:"那些分析帖,好看吗?"

林涵真的声音立刻有些慌张:"不好看。"

秋夕："真的不好看？"

林涵真似乎混乱了一会儿，纠结片刻又答道："不，好看的。"

越描越黑。

秋夕沉默地笑了，眼神又苦又涩。

她深深呼吸了一下，才声音轻松地转移话题，免得气氛继续尴尬下去："本来打电话有问题想问你，但是想一想，你大概不知道，算了吧。"

林涵真立刻问："什么问题，你先说，没准我知道？"

秋夕："明华和天芳的业务往来，你知道多少？"

林涵真"呃"了一声，飞快道歉："对不起，我确实不知道。"

秋夕对着话筒道："没关系。"

不知道算什么问题呢？

他何须道歉。

挂掉电话之后，秋夕回到电脑前，想要继续做自己的事情，既然林涵真那边没有答案，那她就需要再搜集些信息。

但对着屏幕，她却频频失神。

为什么，为什么她会觉得这么难受？

就像那会儿她说的那样，他只是不知道她喜欢他而已，不知道算什么问题呢？

他没错。

可是，难道她有错？为什么她要一直被他的天真到有些愚蠢的个性折磨？

他不知道，是的，他不知道，但他如果知道呢？

她不知道自己在屏幕前混乱地思考了多久，窗外的星星都渐渐暗了，但她却越来越清醒。

到了某一刻，一股渴望忽然又必然地从心底生出，她本来还能压制的感情一瞬间像是泛滥的河水，她再也不能独自忍耐心绪的波涛。

她看着手机，冷静地想，她要把林涵真拉下水，他也应当被她拉下水。

这，就当作他遇见她的惩罚。

不过，虽然已经做出了这个决定，秋夕并没有直接找林涵真，因为现在的时机不合适。

离试镜的时间已经没多久了，他们俩作为男女主演候选人，一起研讨剧情可以增加角色理解度。这是关键时期，她不能轻易地发动攻击，不能让林涵真看见她就觉得尴尬，影响研讨效果，甚至影响到最后的试镜。

一切都需要等试镜完了再说，好在，也没几日了。

同时，大概因为计划已经被制订，她不再觉得焦虑，不用研究剧本的空余时间里，她整理措辞，思考林涵真可能出现的所有答复，这是一件很小的事情，但不管投入多少时间她都不觉得浪费。

而且，每次看见视频那边的林涵真，她的心里好像有一种别样的快乐。

——狗东西，现在看剧本乐滋滋的，等试镜完了有你好果子吃！

她憋着劲，像是一个伏击的刺客，变成天底下最有耐心的人，等待时机。

终于，等到了试镜的那一天。

虽然剧本已经看过无数遍了，坐在候场区的时候，秋夕仍在揣摩台词，或许某个灵光一现，她就会有新的发现，给自己的表演注入新的活力。

思考着，她身边的林涵真忽然拿出手机看了一眼时间，而后，他用一种很低的声音说："面试开始了。"

秋夕偏头看他。

林涵真也看向她，眼中有迷茫有担忧也有紧张。

他就是一个旅人，在路口考虑很久，终于选定了一条，踏了进去。但直到走了许久，偶尔回身，发现自己完全看不清来路，只有闭着眼睛走下去，他才能够清晰地看见，自己得到了什么，牺牲了什么，马上要面临的是什么。

这时，有人来叫他们去试镜室了。

时间刚刚好。

人生的一场豪赌即将开始，他要面对一个能够影响一生的挑战。

而他从战场回来之后，迎接他的也并非鲜花和掌声，而是她预谋的另一场袭击。

作为一个心怀不轨的人，秋夕看向他，而后她站起身，拉着他的袖子，带头朝前走。

在走进试镜室的那一瞬间，她用很细小的声音对他说，也对自己说："不用怕，会赢的。"

不管能不能拿到角色，走到这里就已经赢了。

不管最后她会面对怎么样的回应，能痛痛快快地说出来，谁又能说她失败？

片刻后，有人在评审席后，道："开始表演吧。"

"好的。"

## 第十章
## 暧昧

张导新剧的名字叫《山水情》,男主角名叫宁文轩,女主角叫叶姗。他们试镜的片段发生在叶姗已经在村子里驻留许久之后。

她不顾宁文轩的建议,已经办起厂,但是厂子效益很差,销路打不开。叶姗怀疑自己这次投资又失败了,这已经是她浮沉许久后的救命稻草,稻草沉了,她的未来更加迷茫。

这时,宁文轩找上门。他是来帮她的,但失败感以及对他萌生的感情让叶姗无法面对这个人,她变得暴躁敏感。于是,他们之间产生了一次非常激烈的争吵。

这次争吵就是试镜的内容。

秋夕已经把叶姗的心情全部揣摩好了,叶姗是一个看似坚强实际上缺乏安全感的人,因为上一代的经历,在她的世界里,如果没有物质,一切感情都无所依附,她需要钱来支持自己。

因为本质上不够坚强,所以她反而会逼自己表现得更加强硬,色厉内荏。也因为她开始对宁文轩产生感情,她下意识地害怕自己因为感情而处于弱势地位,被人支配,所以看起来会更加不近人情,听不进话。但她的内心其实也知道自己哪里有问题。

所以,在吵架的整个过程,她都很痛苦。这种痛苦不仅来自外界,更来自于她自己。

秋夕站在林涵真的对面,只是微微地闭上眼睛,再睁开眼的时候,一切都不一样了。现在,她不是她自己,而是一个压抑到即将爆发的人。

林涵真也已经调整好自己。

进入角色后的林涵真看起来和平时完全不同,他的五官深邃锐利,其中的美感其实是带着入侵性的,但平日里他天性中的质朴笨拙把这些特质都遮掩了。只有他脱离生活,变成另一个人的时候,他才能把自己的外貌展露到极致。

这一刻,他的眼神里除了浓重的担忧,还有一丝同情,这丝同情在别人眼中是善意,而在叶姗眼中,却是高高在上。

…………

其实试镜的段落并不算长,再加上太过专注,几乎是一眨眼的时间,一切就已经结束。

灯光亮起,评审台后的人眼中都闪过惊喜。

张导站起身,乐呵呵地说:"表演辛苦了,先回去休息吧,有消息我会尽快告诉你们的。"

张导说的"尽快"是真的很快,他们两人不过刚刚走出大楼,林涵真就已经接到了电话。

林涵真和电话那边的人不过简单地聊了几句,电话就挂断了,他转头看秋夕,眼中惊喜。

"拿到角色了!张导说合同晚点发过来给我们看!"他开心地说。

秋夕也很开心。但她对着林涵真笑了两下,立刻就想起了自己的计划。

她笑容没有变,声音也很自然地说:"这么大的好事,是不是要一起庆祝一下?"

林涵真意外地看她:"怎么庆祝?"

秋夕语气轻快地说:"晚上一起吃个饭,怎么样?"

林涵真的表情经过了几次很快的变化,下意识地同意,似有顾虑又卡顿,最后又想到了什么,他摸了一下鼻子才说道:"那,我们去哪里?"

林涵真问完了又不好意思地说:"如果是过去,你可以直接到我家里,我昨天还买了不少东西还没吃,但是现在不太方便,你知道的。"

秋夕点头,她也没想着去他家里。

当初去的时候还好,去了就去了,现在动了感情,再去的话,感觉就不一样了。

就算他邀请,她也不会答应的。

最后,他们约定了晚上七点在一家圈内人常去的餐厅见面。

回家之后,秋夕很认真地卸妆,休息,等到四点钟,她爬起来,对着镜子开始重新化妆。

她现在并不能预计今晚的自己会得到怎样的结果,以理智分析,大概和送死没有区别。

但就算是送死,她也要死得好看。

她有预感,今天的一切,无论以后发生什么,无论过些年她是否会遇见一个比林涵真更好的人,她都不会忘记。

所以,无论怎么装扮都不为过。

当晚，七时整，秋夕走进了他们订好的那个包间。

林涵真早就到了，正低头从一个盒子里拿东西。听见有人进来，他头还没抬就说："秋夕，我下午烤了些点心，油和糖都放得比较少，你晚上回去带着吧——"

看清她之后，他失语了一瞬。

秋夕朝他对面的座位走过去，手上的包一放，随意地说："菜点了吗？没点我来点。"

林涵真这时才醒转过来，立刻把旁边的菜单塞给她："没点，你看吧。"

秋夕三下五除二，飞快地点完了。她又把菜单递给林涵真："你看看，有什么要改的。"

林涵真从上到下看了一遍，迟疑地说："你要喝酒？"

秋夕："这么好的事情，喝杯红酒庆祝一下呗。"

林涵真没有再提出异议，直接按照她的单子点了。

等候上菜的时候，秋夕把林涵真带来的点心拿了过来，试探性地咬一口，味道不错，她开始问林涵真点心的做法。

林涵真显然是操作熟练，他很细致认真地把一步步该怎么办都说了出来，但秋夕其实什么都没听进去，点心怎么做的关她什么事？

她要是最后跟林涵真在一起了，她当然不用学，要是没有在一起，这破烂点心她这辈子都不会再碰一次了。

她问他只是因为不知道该说什么罢了。

虽然想要说清一切，甚至连该怎么说都已经演练过无数次，但真到这个时候，还是觉得没办法开口。她张开嘴想说什么，却说不出口，又很快地装成了只是想吃东西的样子，咬了点心一大口。

这么犹豫和吞吐之间，不知不觉，林涵真带来的点心居然被她吃了不少。

秋夕看着那个空了不少的食盒，沉默了。

失败的代价可以是流泪，但不能是发胖，那也太过分了。

终于，她下定了决心，开始说些什么，刚吐出一个"我"字，菜上来了。等这一茬过去，本来以为可以正式开始，可惜，还没说完第一句，她和林涵真的手机陆陆续续地响起，这是很重要邮件的提示音，十有八九是张导的合同。

她和林涵真对视一眼。林涵真满眼惊喜，秋夕无声叹气，她率先移开视线，低头看邮件。

邮件点开之后，果然是合同，但看了一会儿，到了一个重要地方，秋夕却皱了眉。

153

她出演这部剧的片酬数额不少了,相对于《燕归来》的片酬,简直是爆炸性增长。

但林涵真能拿到多少?

如果和她一模一样,那他离解约差得就太远了。

秋夕立刻问道:"你的片酬有多少?"

林涵真的眼神很复杂,有喜又忧,说了一个数字。

他们一样。

秋夕看着他,不自觉地出声:"那怎么办?"

林涵真倒是很快地调整好了自己,对她说:"没关系,戏以后还能再接,综艺也能接,就算接不到,这个合同一签,挣到的钱也够我花很久很久了。大不了耗着呗。"

秋夕捏紧了手,沉默地思索。

她看了许久的文件,确实找到了路,但那条路如果想要走得稳妥,她还需要从叶尚军那里拿到一点权限。

只是现在,她并不确定自己一定能做到,这个时候,她不能贸然说出来。

给人希望再让人失望,那是莫大的罪过。

但她也不想看着林涵真陷入失落中。

秋夕想了想,清了清嗓子。林涵真应声望了过来,在他的视线里,秋夕道:"你不用担心钱。"

林涵真不明所以。

秋夕道:"我们的片酬加一起也不少了。我之前拍戏还攒了不少钱,剩下的我可以借给你,你慢慢还就行了。"

她说完之后,林涵真却没有露出高兴的模样,他只是神情很凝重地说:"秋夕,你要借给我这么多?"

他这样一说,秋夕才忽然觉得,哦,真的好多。

她要借给他这么多钱,她一点儿感觉都没有。

她心底苦笑,感情到底是什么破烂玩意儿啊,让她连对金钱的敏感度都消失了。

她点头:"对。"

林涵真得到她的肯定,看起来却更加局促:"太多了,你都不想想如果我跑了怎么办?"

秋夕差点翻了个白眼,跑了怎么办?她还能怎么办?

从此对爱情和男人失去信心罢了。

古有杜十娘怒沉百宝箱,今有秋大娘怒砸一笔巨款,但时代进步了,她绝不会跳河,她会送林涵真铁窗泪。

想到这里,秋夕突然卡住了。

表白的大好日子，想什么铁窗泪。

有毒吗？

秋夕把频道调回了正常的世界，看向林涵真。但她奇怪地发现，林涵真好像神情非常不安，他大概都不知道，他那副有话想说但是又不好意思说的样子有多明显。

人的眼睛太大了就是这点不好，什么都藏不住。

秋夕看过去，直接问："你在想什么？"

林涵真好像吓了一跳，很快地说："没什么。"

秋夕眨眨眼，低下头吃菜，她需要再思考一下怎么表白的问题。

她忙于思考，一时间没有说话，但林涵真不知道在搞什么，居然也不说话，一时间，整个包间的气氛就沉闷了起来。

秋夕察觉到了这种不对劲，她抬起头，看向林涵真，没想到林涵真好像被她抓住了视线，突然间筷子都快被吓掉了。

秋夕：这个人在搞什么？

明明要表白的是她，应该紧张的是她，他这个样子是闹哪样？

若是以往，秋夕必然要问出来了，但今天她有些别的任务在身上，一时也不方便贸然说话，她就暗自吞下疑惑，继续酝酿开口的冲动。

其实她的表白计划很简单，她要给他看几个分析帖，在林涵真傻子一样表示真厉害啊这么分析都可以的时候，她给他稳狠准的一剑，告诉他，这都是真的。

就这样酝酿着，就快要酝酿好了，她看向林涵真，林涵真仍旧一副思索的神情。

秋夕装作不在意地说："无聊了，要不要看点东西？"

林涵真应声望来，想也不想："好，你说看什么？"

秋夕："看看咱们的超话？"

林涵真顿了一秒才说："好。"

于是两个人都放下筷子，拿起手机，打开超话，对着里面的分析帖刷了起来。

但和往日的欢声笑语不同，秋夕紧张也就罢了，林涵真居然也不说话，偌大的包间里，只有锅子发出沸腾的声音，"咕噜噜咕噜噜"，气氛一时间有些诡异。

最后，秋夕终于忍不住了，人固有一死，死得早死得晚都是死。

她对投胎的时辰又没有什么特殊的讲究，何必继续等待。

于是，秋夕鼓起了勇气，对着林涵真说："你有没有看到什么有趣的帖子？看到了的话发给我。"

林涵真"啊"了一声，手指在他的手机上停了片刻，他好像在做着什么心理斗争。片刻后，他才说："好。"

秋夕于是把界面调到了微信，不一会儿，林涵真果然把帖子发了过来。

还不少，一个一个地排着队。

但秋夕一看，发现这些帖子都不符合她的需求，全都是那种不疼不痒的分析剧里表演的内容，和现实都没什么联系，对她后面想说的话没有任何帮助。

秋夕不得不说："就这？不，就这些吗？有没有更精彩的那种？"

她努力地暗示林涵真："就像你前段时间发给我的那个？"

林涵真却犹豫地看向她："你真的要看吗？"

秋夕点头："看，为什么不看？"

林涵真好像叹了口气，又回到微博，给她找了别的帖子来，这一次，找到的帖子就有用许多了。

他发过来的是一个视频，剪辑得挺含蓄，只是他们之间亲密的接触、对视的模样，不过视频到了最后，是她看着林涵真的样子。

看到这个视频的时候，秋夕说不清自己说什么感觉，刚刚高昂中带着兴奋的心情好像突然消失了，一股苦涩浮现出来。

苦在哪里一时间分析不出来，只是单纯地觉得苦。

但她不能沉湎于此刻的心情中，她还有事情要做。

秋夕划到了下面的评论里，果然，有许多双人粉"嗷嗷"乱叫，还有一些这样的评论：

【秋夕的眼神，啊，她肯定是在暗恋林涵真吧？】

【根据我这么多天的观察，肯定是真的，我女儿太苦了……】

秋夕把这两条评论划到屏幕中心，把手机伸到了林涵真的面前，说："你看。"

林涵真看清屏幕上的字之后，摸了摸后脑："这些人，真会想啊。"

秋夕看着他，眼睛眨都不眨："确实。有些时候那些粉丝分析得太牵强了，我都不知道他们怎么做到的。"

林涵真抬眼看她，眼神意外地有些复杂。他正准备说什么，秋夕打断了他："但是！"

林涵真睁大了眼睛看她，像是预感到一场风暴即将来临。

秋夕对着他，笑了一下，虽然话还没说出口，她忽然间就有了一种释然的滋味。

她说："但是，有一件事情他们没看错。"

"就是我喜欢你这件事。"

林涵真的表情完全凝固住了，眼神肉眼可见地失控。

秋夕没说话，只安静地看向他。

说出来了，真轻松。

大概表白这件事就像是踢球，她把球从这里踢到林涵真那里的时候，需要她辛苦酝酿用尽全力的步骤已经结束。在等待答复的那段时间里，她觉得自己的灵魂前所未有地惬意。

但这种惬意其实也没有持续多久，因为球踢出去了，太久没有踢回来，林涵真沉默的时间太长了。

他的脸上并没有什么犹豫，只是犯难，好像找不到合适的措辞，不知道怎么说才能把伤害度降低到最小。

看他的表情，秋夕已经明白了。

她看着他，笑了一声："你的意思我明白了。"

林涵真有些诧异："我还没说。"

秋夕："但我明白了。你现在只是把我当成朋友，对吧？"

林涵真坦荡地点头，好像松了口气："现在是的。"

秋夕拿起手里的杯子喝了一口，才说："没关系，我早就预料到了。"

杯子里装的居然是红酒，她都忘了，被呛得咳嗽了起来。

林涵真连忙给她递纸倒水，要把那半杯红酒撤到旁边。秋夕一边接纸，一边按住了那个酒杯："不用，就放这儿。"

林涵真手指停在杯沿儿上，没动，一会儿之后他才放开手，叹了口气："你都不能喝，少喝点。"

秋夕觉得自己刚才的眼泪看起来太软弱了，为了找补回来，她故作凶恶地说："想喝，你管得着？"

林涵真无奈地看着她。

秋夕又喝了一口，忍着口腔被刺激的感受，她说："如果你不想看见我，或者想躲一躲，抱歉，我们还要一起演张导的电影，还有过两天的综艺，暂时拆不开。"

林涵真摇头："我没有，我也不觉得和你合作有什么问题，你，很好的。"

"那就好。"秋夕低头，看着手里的酒杯说。

"不过——"室内不过只安静了一小会儿，连呼吸都来不及调匀的时候，林涵真又开口了。

秋夕看他。

林涵真："你的钱，我不能收。"

秋夕没有料到他会说到这里。

在她看来，感情是感情的事情，但合同的事情可是影响方方面面的人生大事，他怎么能因为他们的事情就放弃解约？

秋夕:"为什么?"

林涵真眼神磊落,语气直率地说:"你是因为喜欢我才会借我钱,如果我收下,那就等于利用了你,我不能这样做。"

秋夕疑惑:"即使你可能在明华困死?"

林涵真点头:"是的。"

秋夕愣了几秒,而后才点了三个头:"你真行。"

铁骨铮铮,光明磊落,大气。

她想着想着,忽然笑了起来。她在桌下的手已经握紧了,但脸上还在笑着,她问林涵真:"那咱们综艺还营业吗?"

林涵真皱起眉,思索片刻,想要说话。

秋夕赫然站了起来,直视着他,语气在压抑和爆炸的边缘:"行了。"

林涵真诧异地看着她。

"林涵真,我不是没人喜欢,你不喜欢我,这事就算过去了,以后各有姻缘。但是事业不能砸,节目需要营业你就给我好好营。"

秋夕眯着眼睛,语气不善地说:"你想影响我挣钱?"

林涵真果然立刻被带偏了:"不,当然不。"

秋夕简短地说:"那就闭嘴。"

林涵真一脸吃瘪地坐回去了。

秋夕舒坦了。

虽然情况很糟糕,表白失败了,但高傲的人仍旧可以很高傲。

秋夕飞快地吃了点东西,就当这餐饭结束了。

而后,她喝干了杯子里的酒,姿态大方到狂躁地提上林涵真带来的点心,率先打开了包间大门。

她把手插在口袋里,仰着头走了出去,打车回家了。

回到家之后,秋夕在沙发上短暂地休息,酒劲上来了,人有点晕。

她瘫在沙发上,仿佛没有骨头,闭着眼睛呼吸,瘫了一会儿,肚子忽然饿了起来。

刚好林涵真的点心还在,她晕乎乎地爬起来,蹲在沙发上,拆开盒子把点心往嘴里塞。

吃了第一个,还是好吃的。

吃到第二个,味道还可以。

但吃到第三个的时候,突然点心就变苦了,挖心挖肺的苦,苦得她都难以下咽。

黑心林涵真,家庭小作坊,偷工减料,放坏了还拿出来送人。

垃圾!

秋夕生气地把嘴里的那一块吐了出来,扔进垃圾桶,喝了口水。

怎么回事啊,水也是苦的。

她气得捶桌子,继续吃,直到把所有点心都吃完,她才瘫了回去,再次闭眼。

好了,到这里就结束,她要睡一觉,醒来之后,暗恋的这支歌就切了。

再过两天就营业了,她要调整过来,要自然,要洒脱。

她已经不是小孩子了,不能发疯,不能爆哭,不能买醉,要理智,要克制,要清醒,要一切如旧。

明天起来之后,她把她该做的事情做完,把她欠他的情还上,这件事结束,综艺录完,再拍完剧,他们就可以结束了。

下部剧,她不会再营业。

以后她也不会再跟任何人营业了。

营业是什么狗屎,她绝不会碰了!

秋夕在家里好生休养了两日,一天门都没出,要不然就是看剧本,要不然就是看其他的专业书籍,让自己充实得不像话,她二十四小时做的事情,过去四十八小时都做不完。

鬼都不知道她为什么突然效率这么高,可能这就是失恋的效果?

还挺正向积极。

就这样,忙忙碌碌中,到了拍摄综艺的时候。

她和林涵真接的是一个大型室外互动综艺,娱乐竞技性质比较强,这一季的其他嘉宾都是恩爱多年的荧幕情侣。

可耻,居然被她跟林涵真这种塑料营业的混进去了。

综艺开拍的这天早上,秋夕出发前,对着镜子审视了自己很久。

那天之后的第一次见面,希望不要太尴尬。

如果爱情没了,最起码,挣点钱涨点粉吧?

表白失败之后的第一次见面,走进集合点之前,秋夕着实深吸了一口气。

输人不能输阵,不蒸馒头争口气,只要她昂首挺胸地走进去,若无其事地开始寒暄,之前的事儿就算全翻篇了。

她确实做到了,没想到,一进门,林涵真就让她破防。

理想情况下,他们应该和谐地打招呼,走到对方面前,像谈成了五百万生意的合作伙伴一样商业握手,对着镜头和谐微笑,这样就可以顺畅地过渡到下一个步骤。

但是,林涵真在第二步就打破了她的幻想。

这傻子同手同脚了。

秋夕无语。

摄像机录着呢，能不能正常点？她到底是给了他多大的压力，至于这样？

还好林涵真自己也很快就察觉出了问题，赶紧把自己的走姿矫正了，但这并没有用。

众所周知，摄像头是有存储功能的。

秋夕差点掩面，考虑到形象问题，她压抑住了这个冲动，和终于走到她面前的林涵真八百倍速地走完了丢人的打招呼过程，两个人走到摄像头看不见的候场区，等待其他人的到来。

坐在椅子上，秋夕没有看他，只是严肃地叫了一声："林涵真。"

林涵真后背一直："到。"

秋夕：我的语气很像教官吗？

秋夕仍旧没有看他，语气严肃地说："你有没有觉得自己太紧绷了，咱们是来录综艺的，要放松要愉悦，不是来打仗的。你这样怎么行，长眼的人一眼就能看出咱们不对劲，那还营个什么业？"

林涵真很听话地说："我会尽力。"

秋夕得到这句话，把身体微微朝后仰，靠在椅背上耐心地等待综艺开拍。

这一季的综艺嘉宾有奥运冠军夫妻，影帝影后夫妻，还有一对男模特和女素人。

奥运冠军夫妻先到，这一对性格比较活泼，走到秋夕和林涵真的面前打招呼，表示看过他们的剧，还要了签名要给家里人。

秋夕受宠若惊，立刻双手奉上。

影帝影后夫妻来得晚点，他们两人年纪都比较大，又在娱乐圈打拼多年，都挺沉稳，说话密不透风，简单地打过招呼之后就自己找地方休息了。

模特和素人是最后一对到的，他们走进来的时候，女孩子非常不好意思地转着圈给所有人道歉，表示不好意思耽误时间了。但那个模特倒是性格冷傲的样子，虽然跟在女孩子身后，一句话也没说，只是跟着点头。

见所有人都聚齐了，导演组开始组织所有人一起开始活动。

这个综艺的第一天要分组竞技，每组发一辆双人自行车和一个地图，嘉宾需要骑车到规定地点，每组路线不同，道路长度一样，谁先到达目的地，谁就能获得更好的食材。获得食材后，各自把它加工成菜品，分给村民品尝，最后根据村民的票数决定他们今晚的住处。

读完了流程，分发了道具，一声令下，比赛开始了。

和来时不一样，模特那组居然是第一个冲出去的。男模特确实腿长，踩脚蹬的动作从背后看起来格外卖力，一骑绝尘地离开了，女孩子使不上力，不好意思地回头跟他们摆手。

奥运冠军夫妻那对这会儿倒是非常沉稳，不紧不慢地骑上车走了；影帝影后夫妻也很快地离开原地，消失在路尽头。

到最后，秋夕和林涵真反而是最后一组出发的。

不过没关系，先后顺序不说明一切，只要够努力，一切皆有可能。

秋夕坐在后面的位置，不需要掌控方向，只要一个劲地蹬轮子就可以，她放心大胆地放空了很久，以至于颠簸突然来临的时候，她完全来不及防备，差点摔下车。

摔倒是没有摔下去，因为她一把搂住了林涵真的腰。

其实有些尴尬，搂上去的第一瞬间，她心里飘过的第一个念头居然是：

腰不错。

她这边倒是思想一路飘远，那边的林涵真整个人都僵硬了，大概是太过紧张又不知道说什么，一身力气只能往脚蹬上使。

一时间车子提速不少，在两位乘客的无声陪伴中风驰电掣地超前驶去，轧过无数起起伏伏的坑洞，车子更颠簸了，秋夕更松不开手了。

秋夕艰难地朝旁边看了一眼，坐在摩托车上的摄像大哥肉眼可见地双眼发亮，镜头凑得很近，对准了她搂腰的位置。

秋夕尴尬得想把手撤掉。

她也确实撤了，撤了一秒，又是一个颠簸，手它自己不受控制地回去了。

林涵真的身体又弹了一下，大概太过紧张，腰前的肌肉顿时更加紧绷，被秋夕一清二楚地摸了出来。

这……

等道路稍一平稳，秋夕找到机会就飞快地把手撤了回来，死死地摁在了自己的把手上，她再也不会出刚才那样的问题了。

她成功地稳住了自己，虽然有几次仍旧危险，但她熬过去了。

只是林涵真好像心理压力很大，脚下生风，越骑越快，硬是靠着一辆双人自行车一路乘风破浪，成功第一个到达了目的地，也成功地把秋夕颠晕车了。

到了目的地，秋夕下了自行车，艰难维持身形，摇摇晃晃地朝前走，差点脚一滑，把自己拍在旁边的老槐树上。

林涵真下了车仍旧生龙活虎，走在她身侧，见她晕成这个样子，想也没想就把手伸了出来："我扶着你吧？"

秋夕没办法，只能让他扶一下。

友好互助而已，无所谓，她这么对自己说。

但她猛一抬头，看见对面的三个黑黝黝的摄像头，又突然清醒了。他们这样，看起来是不是有些不对劲？

秋夕立刻站直了身体，推开了林涵真："离我远点。"

林涵真在她身后一头问号。

因为刚刚林涵真的超常发挥，他们俩居然成了第一组到达的队伍，成功地领到了非常丰富的食材，有鱼有肉，蔬菜配料都很齐全。

秋夕本来以为第二组应该是模特素人那组，毕竟那个模特看起来格外努力，但影帝影后组和奥运冠军组都先后回来之后，模特组的影子都还没有。

直到半个小时之后，模特组的身影才出现在所有人的眼前，看起来格外狼狈，两个人身上都全是污泥。

模特头上精心做的发型已经完全乱了，他的脸色臭得像是沤了一年的鸡蛋，那个女孩子倒是仍旧热情地笑着，只是笑容中还有一丝小心翼翼。

他们回来之后，大家都围了上去，问怎么回事。

女孩子笑中带着尴尬："不小心摔了，我的错。"

看跟组摄像大哥有些不忍的眼神，谁的错不好说，只是她自己认了，节目流程又要开始进行下一步，这件事就先过去了。

在短暂的修整后，下一个环节开始了：做饭。

每一组都被分配了一个灶台一个案台，各自忙活起来。

因为节目组要求必须两个人分工，一个人切菜一个人掌勺。秋夕和林涵真简单地沟通一番，她拿起了菜刀。

没办法，最后的菜品是要被放出去给村民分享的，如果她上手，好好的东西也会变成狗不理。

在她切菜的时候，林涵真也没闲着，在一边谨慎地看着，时不时给出指导："左手手指弯进去，不要切到手。右手稍微往前去一点，刀刃不要抖动。不要光是手腕用力……"

他"叭叭"说了一堆，秋夕额头的冷汗都要冒出来了。

她一贯原则就是切碎了能吃就行，手指什么操作就不管它了，十足的实用主义者。

林涵真这一番指导非常简单，但她听在耳朵里压力陡增，手指没有变得更加灵活，反而有些不知道该怎么操作了的感觉，想改进都不知道怎么改。

林涵真大概发觉了她的僵硬，摸了摸后脑勺，而后居然朝她这边更近一步，直接伸出手给她纠正姿势。

他的手指温度比她高了不少，肌肤相触的时候，有一种近似于灼烧的感觉。

她的手指缩了缩,几不可察地抖了一下。

她发觉自己抖动的那一瞬间,内心感叹自己没出息的同时,更多的是希望林涵真不要发现。

如果被他发现,那就太丢脸了。

可惜,下一刻,林涵真自己的动作也僵住了,很快,他触电似的把手收回了身侧,手指握成了拳。

两个人都有两秒钟的静寂。

旁边的人们还在热火朝天地忙着,远方吹来的风声和附近流淌的河流声同样从未停歇,只有他们两个人,在这短暂的两秒里安静得像是太始之初。

还是秋夕首先恢复了正常,她虚假地咳嗽了一声,道:"别着急,我不会切到手。"

林涵真安静地点头了。

他没有离开,站在秋夕的身边看她完成了剩下的所有工作,没再多说什么,好像刚才的动作也对他造出了一些影响。

直到秋夕退后一步,把操作台留给林涵真,他才回复了平时的样子,动作熟练地翻炒,只是有一道菜,秋夕发觉他好像放了两次盐,她不得不提醒他一句。

林涵真手上的硅胶铲顿住了,他缓慢地抬头,看向秋夕,片刻之后才说:"哦,这个牛肉我想用来炖菜,多放点盐,省得等会儿加了水味道太淡。"

秋夕不太会做这个大菜,一时间也判断不出林涵真说的是真是假,只能信了:"那你要炖什么?"

她指了指旁边还没用的洋葱豆腐和油麦菜。

林涵真:"……豆腐。"

秋夕:"喔。"

牛肉炖豆腐,没吃过,但应该味道也不错?秋夕秉持着对林涵真厨艺的信任想。

但等到出菜后,秋夕先尝了一口牛肉,她默了。

是节目组的盐比林涵真家的纯度高吗?

为什么这么咸?

她眼神复杂地看向林涵真,林涵真忐忑地回望她:"问题很大吗?"

秋夕:"不,还好。"

可能是她这段时间为了防水肿控盐导致自己的口味太淡了,还是那句话,她相信林涵真。

因为他们这一组的食材是最多的,需要的加工时间也最多,等他

163

们俩完工的时候,其他组都准备好了。

比拼环节立刻开始,所有人的菜混在一起,让周围的村民自由投票,选出三份最受欢迎的菜。

秋夕其实已经默认这三道菜都会出自他们这一组,毕竟林涵真手艺这么好,谁能比得过他呢?

最后的结果很快地出来了,让秋夕诧异的是,她和林涵真确实收获颇丰,最开始做的两道都赢得了食客的一致好评,但用料最实在的牛肉却遭遇了冷待,并收获了味道挺香,就是太咸了的评价。

原来,她的味觉没有出错。

秋夕偏头看林涵真,林涵真明明已经感受到了她的视线,却没回头,只是小声又尴尬地说:"对不起,失误了。"

秋夕:"……没关系,我上更不行。"

被她安慰了,但林涵真看看却并没有轻松起来,反而心事更重的样子。

秋夕搞不懂他怎么了,难道厨艺被否定对他来说是一件天大的事情吗?

虽然顾忌到正在录制节目,秋夕还是友好地鼓励了林涵真一番:"坚强点,没事儿。"

林涵真看了她一眼,眼神有些说不出的迷茫。

毕竟前几天刚刚表白过,秋夕还是想要维护他一番。

于是,当主持人嘻嘻哈哈地过来打趣林涵真那份牛肉的时候,林涵真本人还没说话,秋夕已经率先发言了:"他厨艺其实挺好的,今天可能是放盐的勺子用得不太顺手。"

"是吗?"主持人笑着问。

秋夕点头。

主持人脸上的笑容没变,又问:"你怎么知道他厨艺很好?"

对哦,她是怎么知道的。

还好秋夕的反应速度很快,立刻找补道:"因为他在剧组的时候经常自己做东西吃,味道不错的,当时我们对手戏多,我偶尔能沾沾光。"

主持人点头:"看来《燕归来》剧组关系很好。"

说完,主持人离开,这一茬算是过去了。

秋夕松了口气。

评选完了之后,所有人开始吃饭。这时已经天黑了,劳累了一天,大家都胃口大开,这个时候林涵真又咸又有味儿的牛肉居然又得到了所有人的欢迎。

尤其是影帝影后夫妻,这两人看着都挺瘦削,食量却不小,是那份牛肉的主力军，影帝还加了林涵真的微信，表示想跟他学一手。

秋夕在一边也替林涵真乐滋滋，跟影帝搭上关系的话，林涵真以后又能多点机会了。

吃过饭，大家按照各自的战绩分配的房间，林涵真和秋夕得到了最好的一个院落，可以美美洗澡睡一觉了。

第二天的活动内容是在山里寻找节目组事先放好的卡片。卡片分普通和特制两种，普通的有十张，一张一分，特制的只有一张，但一张特制卡片可以抵得上五张普通卡片。最后按照各自的累计分数计算名次。

所有人都在山脚下集结，短暂的等待之后，比赛开始了。

今天的比赛主要是靠眼力和细心，是急不来的，所以大家都放满了速度，小心地一步一步朝前走，省得忽略了就在眼前的线索。

秋夕也小心急了，一点一点地朝前挪动，生怕自己一不留神就错过了，可惜卡片实在太小，怎么都找不到。

忙碌了半个小时什么都没收获之后，秋夕急了，回头看林涵真："这怎么办？太难了。"

林涵真没有立刻回答她，而后环顾四周，似乎在捕捉什么信息。

片刻后，他回头，对秋夕说："如果你相信我，现在先跟我走。"

秋夕想也不想："相信啊，走着。"

不相信林涵真难道相信老天爷让她走狗屎运吗？

林涵真得到她的回答之后，眼神微动，回头拽了拽后脑勺的软毛，才带头朝着一个方向走去了。

秋夕不知道林涵真到底怎么找到的方向，他好像没怎么怀疑地朝着某个地方去了，秋夕跟着他走了没多久，林涵真手一伸，一张普通卡片出现在他手里。

秋夕震惊了："你走后门了？"

林涵真眼睛瞪圆："没有。"

秋夕："那你怎么回事？"

林涵真弯着眼睛有些得意地说："昨天这里下雨了，山路上有些泥泞，有些地方被踩过，有些地方一看就没人走，来这里的人应该不多，脚印应该都是工作人员的，跟着脚印走就好了。"

秋夕完全不知道林涵真还有这种机灵的时候，她信服地把带路的权利交给了他。

林涵真也没有辜负她的信任，很快又成功地找到了两张卡片，他们手里一共获得了三张。

看这个局势，秋夕觉得赢下比赛大概是稳了。没想到乐极生悲，走到一个拐角处的时候,秋夕脚下猛然一滑,没有站稳,整个人朝下滑了出去。

林涵真发觉了不对劲,立刻伸手捞她,但他没有拉住秋夕,反而因为自己没有站稳,同样滑了下去。

两个人就像狗血电视剧里演的那样,一路滚了下去,最后撞到了一起。

后面跟着的摄制组发现问题立刻就冲上来了,检查一番之后,发现他们俩基本都是好好的,没有任何外伤,只是秋夕的脚又崴到了。

这次崴在另外一边。

但这样,她就不能继续比赛了。

工作人员退出了摄制区域,准备找叫人把秋夕扶下山。

等人来的时候,刚好旁边有一条小溪,溪边有岩石块,两个人便坐在岩石块上。

秋夕坐了一会儿之后,低着头道歉:"刚刚脚滑,拖累你了。"

这期节目累计积分第一的那个小组可以拿到一个日化产品的代言。虽然这种代言挣不了多少钱,但蚊子再小也是肉,对林涵真来说很重要的。

林涵真却摇头:"怪我没把你拉住。"

说完,他偏着头,弯下腰问她:"你的脚疼不疼?"

秋夕摇头:"不用力就不疼。"

林涵真得到她的回答脸色并没有放缓,而是皱着眉说:"这次节目之后,这种危险的活动你就不要参加了,崴脚次数多了对关节不好。"

秋夕有点尴尬。危险倒也不算太危险,只是点太背。但这话她不能跟林涵真说。

不一会儿,工作人员回来了,秋夕更加尴尬了。

他们居然抬了一个……担架。

秋夕无法想象自己被担架抬出去是什么样子,那也太丢脸了,她立刻歪歪扭扭地站起身来:"你们扶一下我就可以自己走出去了。"

工作人员一脸难色:"秋姐,这条路真的难走,还狭窄,如果扶着你,两个人并排,那根本走不下去的。担架一前一后还好一点儿。"

秋夕看着那个担架,久久不能发声。

真的要这样吗?这样做的话,她女明星的骄傲还能保持多久?她只是微微地崴了脚而已啊。

正在心理挣扎的时候,她身边的林涵真站了起来,走到她面前,弯着腰蹲下了。

秋夕诧异地问:"你干什么?"

林涵真的声音从前方传来:"我背你下去吧。"

秋夕："你不继续比赛了？"

林涵真回头看她一眼，笑了一下，用不太清晰的声音说："我们来这里营业，你伤到了，我自己继续比赛，怎么行？"

秋夕不知道他这话是出自真实想法，还是仅仅为了降低她的心理负担，但这确实是最好的解决办法，她同意了。

但走了一段时间，她就后悔了。

山路比较难走，林涵真再背着她，更加吃力，她能够明显地看见他的脖颈处渐渐沁出了细密的汗滴。

秋夕问："你累不累？"

林涵真脚步未停："不累。你扶好，不要再摔了。"

秋夕"嗯"了一声。

而后，她偷偷地、小心翼翼地用袖子擦了擦那些汗。

林涵真似乎又感觉到了她的动作，脚步轻微停顿，不过很快，他又继续背着她，埋着头朝前走了。

秋夕在他后背上，忽然觉得心酸。

那股只短暂地释放了一晚就被她压制住的辛酸突然席卷了她。

他如果不够好，那她肯定很快就解脱了，但他很好。

这怎么办？

来的时候，他们两个人都忙着搜索目标，没注意就走了很远。回去的时候，秋夕才发觉，路长而歧，他们居然已经进得这么深入。

林涵真背着她又走了很久还没到达目的地。

他的步伐虽然还稳健，但呼吸声渐渐地比之前沉重了，秋夕实在不好意思。

如果他们只是很好的朋友，或者他们已经成为了情侣，让他累一点，其实也无妨，她可以很方便地从别的地方回报，请吃饭，送东西，都非常随意。

但他们不是。

秋夕想了很久，又一次拍了拍他的肩膀，说："我下来试一试，没准脚已经好了。"

林涵真仍旧走着，一点儿也没有因为她的话放慢速度："你别费劲了，好好趴着就可以，我可以。"

秋夕："这——"

她正准备说些什么，为自己再挣扎一下，没想到一抬头，她在树枝之间猛然看见一张绿色的卡片。

是那张特殊卡片！

秋夕立刻对着还在朝前走的林涵真道："停下！"

一张特殊卡片等于五张普通卡片,加上他们已经得到的那三张,他们等于拿到了八张。

今天的比赛一共也就十五张,八张在他们手里,无论如何他们也赢了啊。

一瞬间,她的频道已经调到其他地方了,但林涵真还没有。

他大概以为秋夕叫他停下是为了下去,居然反而加快了步伐,毫不回头地带着背上的秋夕掠过卡片。

和卡片失之交臂的秋夕:"……林涵真,我只是看到卡片了,在树上。"

林涵真的脚步猛然一停:"啊?"

秋夕极度无奈地说:"别啊了,咱倒车两米。"

林涵真乖乖地倒车了。

秋夕手使劲一伸,拿到了那张卡片,林涵真确定这点之后,继续背着她行走。

在他的后背上,看着绿油油的卡片,秋夕松了一口气,下意识地说:"林涵真,你的代言到手了,好险。"

林涵真好像要回头,但扭了一半,又转回去了,动作很快,几乎比眼睛眨一下的时间还短。

他低下头,"嗯"了一声,两个人又无声地下山。

拿着卡片,他们这一组顺利地拿到了第一名,主持人向他们表示了恭喜,并告诉他们,代言商会找时间联系他们。

到了这里,这一次的综艺就圆满结束了,所有人各回各家,等待下次拍摄。

秋夕的脚这一次其实崴得不太厉害,下山之后没多久自己就恢复了。于是,她和来的时候一样,自己开着车准备离开。

她把车驶离停车场,并没有开出多远,就接到了叶尚军的电话。

上次联系之后,他们又是许久都没有进行任何沟通,看见他的名字在屏幕上出现的时候,秋夕下意识地想,难道她拜托公司里的前辈打探事情的消息传到他的耳朵里了。

秋夕目光忧虑地接通了电话。

没想到,叶尚军的态度倒是很好,一点儿也没说这方面的事情,只是说他过两天想要家里所有人聚一聚,其他叔伯亲戚也来,希望秋夕到时候也参加。

"希望"这两个字听在秋夕的耳朵里,一股说不出的别扭。

她只是不想跟叶尚军接触,跟其他的亲戚关系还不错,要聚会的话她不会缺席。

得到答复之后,叶尚军高兴地挂断了电话,秋夕则是对着他的号码沉思。

叶尚军过去从来不喜欢搞这种家族聚会,给她打电话的时候也必然不会用这种客气的口吻,他身上是不是发生什么事情了?

秋夕一时间想不明白。

她正在琢磨这个事情,车窗边有个人单肩背着包走过了。

秋夕抬头看他的背影。

林涵真大概是毕业之后还没来得及变有钱就负债的缘故,穿着打扮没来得及变奢侈,现在火了是不错,仍旧没有团队,也没有造型师,想穿什么穿什么,以至于光看衣服的话,一点儿星味也不足,光看背影仍旧像个大学生。

但这并不代表他看上去普普通通,相反,这样简单的衣服反而让他的身材看起来更好。

脖颈细长,肩膀宽厚,及膝短裤下面的小腿肌肉线条优美流畅,单肩背着包的样子潇洒又俊朗,自由又洒脱。

这个样子的他,虽然她只能看见背影,仍旧非常耀眼。

秋夕开始回想刚刚过去的两天,那么多因为她一惊一乍的一举一动,惹得他也尴尬失衡的时刻。

她必须要承认,这两天她所有的焦虑来源,其实都是她自己。无法立刻舍弃的感情和急切想要解脱的欲望叠加在一起,所以动静失宜。但是她个人心态的曲折,不应该影响到林涵真,他什么都没做错。

所以,稳一点吧。

她在车里深深地吸了一口气,发动马达,驾车离开了。

在十字岔路口那里,她短暂地看了路左边的林涵真一眼,而后,头也不回地驾车右转。

其实左转更近,但是她想朝右走。

南辕北辙,大概就是这样的。

秋夕开着车离开了,她完全没有注意到,在她的身后,林涵真回头,停下了脚步。

他站在原地,用漫长的时间回望她,他的表情完全不像她所预想的那样潇洒,相反,里面也是一片迷茫。

其实,他从后面走向那辆车的时候,已经看清了车牌号,知道秋夕在里面。

他想要打招呼的,他是想的,但怎么打招呼这个往日里完全不需要思考的问题,突然变得有些难。

不管说什么怎么说都感觉有些奇怪。

他思索着这个问题,直到路过她的车窗,他仍旧没有想好。

169

等到彻底走过去的时候,他才醒悟,如果完全错身而过,再回头说话,哪怕只是一句简单的"你好",也是那么难。

于是他只能一路朝前走,没有回头,装作自己刚刚什么都没有认出来。

但这会儿,他站在这里,目送那辆车离开,朝着和他完全相反的方向越来越远。

他忽然很遗憾,刚刚应该说点什么。

不管有多奇怪,说的话有多没头脑,他都应该说。

想到这里,他皱起眉毛,摸了摸后脑勺。

他这是怎么了,为什么会思考这些问题。

## 第十一章
## 突然好想他

他们录制的综艺直到周五晚才会播出,在等待播出的这几天,秋夕没有联系林涵真,只是自己一个人看剧本,做一些前段时间没有时间完成的事情,很好地调整了一番自己的心态。

这一次,她应该是真的调整得还可以。

在周五的节目开播前,她礼貌又不失亲近地和林涵真打了个招呼,表示期待晚上的综艺,以及一定可以再次涨粉。

面对林涵真在那边犹豫不决,"对方正在输入……"这行字亮了半天,只飘过来一个"谢谢"这件事,秋夕心态良好地接受了。

整体来说,就一个字:稳。

她稳到了节目播出之后第五分钟,大概就是,片头播完,节目大致介绍完,她和林涵真齐齐出现在屏幕上,走向彼此的那一幕。

要了老命了,节目组不能剪辑一下吗?为什么林涵真同手同脚的画面都还在。这让林涵真的脸往哪里搁啊。

秋夕远远地看着,替林涵真脚趾抠地。

但她继续朝下面看就知道了,这哪里算是开始,顶多是个楔子。

正片从她一阵颠簸抱住林涵真开始,后面一路高能,她晕了被他扶,她清醒了赶他走,她切菜被他摸手立刻一颤抖,这些画面一个都没漏。

从屏幕里看自己的表情,秋夕想要升天。

她为什么那么尴尬、那么做作、那么一惊一乍,她还是人吗?她是鬼吧,自己索自己的命。

很难相信,秋夕花了怎样的毅力才撑到了综艺结束,她看自己的节目,还从来没有过这种体验。

看完之后,她长舒一口气,确认存活,但下次不敢了。

她关掉电脑屏幕,想要继续看书,但是……

看不进去。

她想知道"双人超话"的粉丝们怎么分析，太好奇了。

她很清楚地知道，他们肯定又要上天。

不过打开超话之后，网友们的聪明才智又一次成功地为她已经麻痹的内心注入一剂强心针。她整个人活过来了，像是一条被烫到的死鱼。

热门第一是这样的一条微博：

【姐妹们，我们来理性讨论一下，他们俩是不是偷偷结婚了。】

秋夕无语。

这就是理性讨论吗？

学到了。

秋夕一头雾水地点进去。

这条微博下面点赞度最高的几条回复全都是博主自己写的，每一条都是满满当当，宛如一个方块阵。

【我一直觉得真情侣装不出来，也瞒不了大家的眼睛。瞒得了一时，瞒不了一世，所以我一直在等他们俩露出破绽，果然被我发现了。节目刚开始两个人就露了，林涵真同手同脚是什么鬼，见老婆那么紧张？秋夕也明显一顿。隐婚的两个人为了藏住真相，所以特意在来的时候兵分两路，装作不熟，商业握手，太好笑了。】

看完这条，秋夕闭了闭眼睛，用右手食指和中指揉了揉眉心。太长了，还没有分段，看着好累。她也说不清是眼睛累还是心累，反正挺累的。

中场休息后，她开始看下一段。

【还有，秋夕装成没扶稳把手去抱林涵真的样子是不是太刻意了？秋夕你抬头看一眼，你老公脸红啦！耳朵也红啦！什么事都没有的话他脸红个毛线？我本来还搞不懂为什么要在节目上抱起来，这不是太明显了，但是想一想，小情侣刚结婚，这都是情趣，理解！请大力亲热！到地方之后那些细节就更好品了，下条继续。】

装个毛线啊！秋夕恼羞成怒地继续看，然而下面的内容让她飞快地凝固了。

博主的分析总结起来就是这个意思：秋夕那一晕，侍儿扶起娇无力；林涵真那一扶，怜子如何不丈夫；秋夕推开林涵真之后那一逃，和羞走，倚门回首，却把青梅嗅。

秋夕一个大写的无语。

这都给她整不会了。

连感想都想不出来，单纯是一种心灵的震撼。

后面的内容从震撼度上来说倒是弱了一点，只是分析秋夕和林涵真关于厨房的互动说明小夫妻常常一起泡厨房，知道林涵真的手艺好说明感情很好，他常常做饭给秋夕吃，上山之后的互动那就不用提的，感情稳定的甜蜜夫妻不解释。

秋夕看完了博主的分析之后，干了一件非常无聊的事情。

她把博主自己写的十条评论全都复制了下来，一条一条放进记事本里看字数。

让人敬佩的事情出现了。

每一条都是刚刚好的一百四十字，可想而知，多亏微博对字数进行了一些限制，不然这些评论还能加长加宽。不过，这一千四百字已经把博主蓬勃的表达欲淋漓尽致地彰显出来了。

她实在很想知道别的网友会怎么看待这些一百四十字，她点开了一条评论下面的小评论。

映入眼帘的第一行字让她很满意。

【姐妹，你太能联想了吧，你说的这一切都不能说明他们结婚……】

这条回复有点长，后面的字被吞了，秋夕立刻点了进去，想给这位评论区快要灭绝的理智网友点个赞。

她点进去一看——

理智网友后面的话是：【只能证明他们在恋爱，最多还说明已经同居了。】

秋夕还看见了博主给"理智网友"的回复：【对不起，草率了，那就只是同居好了。[ 狗头 ]】

整个评论区都没救了。

她一句话不说地狂按退出，一路逃窜回手机桌面，对着大眼仔沉默尴尬。

不怪网友，谁让她造孽，谁让她做作，这些伤害都是她应得的。

但是，还是好尴尬……

她只能化尴尬为干劲，再次把精力投入进明华的资料里。

正在看着资料，秋夕的手机响了，她一看，居然又是叶尚军打来的。

明天就是亲戚聚会的日子了，叶尚军这个电话大概是来提醒她不要误了时间。

秋夕接通电话，她猜得果然没错。她简单地表示没有忘，叶尚军又一次满意地挂断了电话。

秋夕对着电话则是陷入深深的迷惑。

叶尚军和她之间的感情用"薄弱"两个字已经不够形容了，有些时候甚至看上去像是仇人。在过去的岁月里，除非他想要斥责她，不然他绝对不会给她打一个电话，就算有事情，至多一条微信就解决了。

这段时间,他身上反常的地方太多。

难道人年纪大了,就会变一个性格?

她疑惑地想。

带着这种疑惑,第二天,秋夕按时到了叶尚军订好的餐厅包间,走进去的一瞬间,她就觉得不对劲。

这个包间的面积太小了,想要在这里举办一场亲戚聚会,空间完全不够。

并不需要更多的证据,她立刻意识到,叶尚军骗她来这里,有别的意图。

秋夕想走,但是门内的叶媛媛和李婉茹已经看见她了,叶尚军也注意到了她的身影,三个人一起招呼她进来。

叶媛媛和李婉茹的表情很正常,叶媛媛一脸热情,李婉茹看起来挺高兴,只有叶尚军,表情划过一瞬间的不自然。他看向秋夕,看着看着,视线挪开一瞬,似乎有片刻的时间无法直视她。

他在心虚。

这样的表情更加证实了秋夕的猜测。

秋夕面无表情、满眼寒霜地走到了叶尚军的面前,开门见山:"我人已经来了,你想干什么,可以直说了吧?"

叶尚军的表现不出秋夕预料,她朝他走过来的时候,他会心虚,但如果被问到面前,他的腰杆反而支起来了。

色厉内荏也好,不甘示弱也罢,他摆出一张长辈领导的脸,倨傲地说:"既然你都来了,那我也不瞒你。你不是说不想做生意,想继续演戏?我有个朋友,他的小儿子虽然年纪比你小几岁,但那个男孩商业头脑很不错,你如果嫁给他,他可以负责打理这些事情,你在旁边监督一下就好了,还可以继续演戏。"

秋夕差点冷笑出来:"所以你是叫我来相亲的?"

太好笑了,她一个演员,被家里人叫来相亲,这事儿要是被传出去,网上必然要有一番波澜。

叶尚军被她带刺的表情激到,立刻恼了:"怎么,你这个年纪不该相亲吗?你那个圈子到处都是乱搞男女关系的人,你总是泡在里面,这辈子还想靠自己嫁到合适的人?"

秋夕的手指狠狠地捏了起来,脸上还在冷硬地说道:"叶尚军,我嫁不嫁人,这是我的事情,我如果嫁给圈内人,那也是我自己的事情。你以为你是我爸,我就应该什么都听你的?你为什么总是这么自以为是?"

叶尚军的脸色瞬间变成了猪肝色,他甚至抬起手,做出了要打人的动作,但下一秒,他又捂住自己的心脏,一副气得喘不过气的样子。

他缓了一会儿才偏着头骂道:"你以为你现在活得潇洒自在是吧?小夕,你以为自己了不起?如果我死了,家里企业倒了,你年纪大了,没准饭都吃不上一口!"

秋夕不想再听叶尚军对她的抨击了。

从小到大,她听得太多了,她确实学会了不往心里去,但如果听得太多,即使关闭了所有通往心底的通道,难过也会一层一层地渗透进去。

她毕竟是个人啊。

秋夕低下头,不看叶尚军,努力地维持声音的平稳:"随便你吧。我不想和你吵架,也不想攻击你,趁那边还没人来,我走了。"

她转身就走,动作快得像逃跑。

其实她就是逃跑。

如果一场战斗你深知绝不可能取胜,况且战胜了没有任何意义,不逃跑还能做什么?

最起码要保住自己,最起码,不让自己也变得面目狰狞。

她走到门前,刚准备开门,叶尚军从她身后愤怒又吃力地说:"你可以走,但走了的话,你托人在公司做的那些事情就别想继续了。"

秋夕缓缓地站住了,她没想到,叶尚军其实知道她在背地里做的那些事情。

她回头,朝叶尚军投去很长的一瞥。

这一瞥中,她想了很多,超乎寻常地多。

想到林涵真,想到违约金,还有许多她和叶尚军之间的事情,但太过杂乱,或许其实什么都没想明白。

叶尚军接触到她的眼神,嘴唇忽然颤抖了一下,他好像察觉到了什么。

秋夕眼神幽深平静地说:"那就不继续了。"

说出口的时候,她想,或许以后她会后悔吧,宁愿花那么多钱也不愿意相亲,明明应付一下也可以,简直笨拙得要死。

但现在,她并不后悔,她很轻松。

她再次转身,在李婉茹和叶媛媛傻愣愣的眼神里,毫不犹豫地拉开了包间的大门,刚好和一家三口撞了个面对面。

她微笑,对着三人体面地点头,说了一声"借过",和他们错身而过。

身后有人非常很生气地说:"你给我回来!"

也有人惊讶地说:"孔江?"

但这些都和秋夕无关,她已经离开了。

回家之后，秋夕把高跟鞋一甩，包一扔，坐到沙发上，两只手合在一起，垂着头。

　　脸上的妆还在，衣服也没换，她一身盔甲都在，安静地坐在空荡荡的屋子里。

　　她的心比屋子还要空。

　　她什么也没想，只是坐着而已，她的脑中没有思想，只有两种情绪。一是委屈，二是和林涵真说起这一切的冲动。

　　不过，这两种情绪都被她竭力地忍下了。

　　过了一会儿，她抬起一只手，支住自己的前额，也捂住了眼睛。

　　为什么？

　　为什么过去无论经历什么都觉得还好，一个人的日子，忍一忍就好了，再辛苦的岁月，再难熬，熬着熬着就过去了。

　　又为什么，她这一刻会那么想和他说点什么。

　　说一说刚刚经历了什么，说她的感受、她的心声，说完了，他一定会安慰她，同情她吧。如果这些都不能说，说一说别的也好，就算是那些不痛不痒和今天完全无关的东西她也想说。

　　可是，不能啊。

　　他们现在的关系这么尴尬，她怎么能因为自己的事情无故打扰他。

　　很久之后，秋夕才站了起来，她走到餐厅，给自己接了一杯水。

　　正在喝，手机短信的提示音响起了。

　　秋夕打开手机一看，是张导发来的信息：【秋夕，明天忙不忙？有时间的话，你和林涵真一起来签合同吧，还有些事情需要当面谈一下。】

　　其实很难相信，看到这个信息的第一瞬间，秋夕想的不是可以签合同了，而是……

　　好像找到了一个非常正当的理由，和林涵真发几条微信。

　　片刻后，秋夕晃过神，打起了精神，用一种很积极的语气回复：【没问题张导！我现在联系林涵真，明天我和他一起去。】

　　张导很快地回复她一个"OK"。

　　秋夕关掉这边的对话框，点开了和林涵真的，她手指动得飞快：

　　【张导说我们明天可以一起去签合同。】

　　【你明天什么时候有时间，还有别的行程吗？】

　　林涵真那边的回复倒是挺快：【没有别的行程，上午十点一起去？】

　　秋夕回复：【好的。】

　　这一句结束之后，秋夕突然又不知道该说什么，才说了两句，这么一点儿，感觉还没开始就结束了。

　　但并没有太久，林涵真又发过来一句话：【明天见。】

三个字而已,秋夕却定住了。

秋夕对着这句话看了好一会儿,才回复:【明天见。】

就算只是客套也没关系,现在好歹还有客套的机会,等到所有合作都结束,那就真的要说再见了。

第二天上午,秋夕和林涵真准时在张导工作室的办公大楼下碰头。

有几天没见了,秋夕看见林涵真以后,并没有把自己的心理活动泄露出来分毫,专业演员就是这点好,只要真的想体面起来,那是绝对没有问题的。

倒是林涵真看起来不太自然,他朝她走过来的时候,没说话,只是眼神看起来有些紧张。

他走到她面前,脚步停下,看向她的脸,眼神有些别扭。他似乎鼓起了很大的勇气才开口,但说出的话似乎又没有太经过脑筋思考,他说:"那天你的车我看见了。"

秋夕表情困惑。

说完之后,林涵真表情一僵,好像自己都没料到自己在说什么,惊讶又窘迫的样子。

秋夕想起来是哪次,莫名地笑了。她装作大大咧咧地说:"那你怎么不跟我打个招呼,太见外了吧。"

林涵真声音诚恳地说:"我当时……没想好说什么,走过了之后再回头有些尴尬,对不起。"

"有什么好对不起的,我知道你为什么尴尬。"这个话题再说就不合适了,秋夕对他又笑了笑,"好了,我们一起上楼吧,就在三楼,走楼梯就到了。"

林涵真点头,乖乖地跟在她身后,只是看表情,他好像仍在思索什么,眉头微微地皱着。

走到一楼中间的时候,秋夕的手机又响了。

秋夕以为是张导打电话来问他们是不是到了,没想到屏幕上"叶尚军"三个字格外地清晰。

秋夕还没有忘记昨天发生了什么,果断地把电话挂断了。

本来以为按照叶尚军的性格,他必然会非常生气,不再打过来,没想到,他这次的耐性倒是好了很多,秋夕挂了也无所谓,继续打。

秋夕又挂了两个电话之后脾气快要忍不住了,林涵真看她的眼神也有些诧异。

她不得不停下了脚步,对林涵真道:"稍等。"

说完,她走到旁边的走道位置,接通了电话。

她以为叶尚军肯定要因为挂电话这事儿发脾气,但他再一次让她意外了。

在她语气不好地问"你有什么事"之后,叶尚军居然声音堪称温和地说:"小夕,你告诉我,你为什么要调查明华,给我一个理由,如果你是出于商业打算,我可以允许你继续下去。"

秋夕笑了出来。她对叶尚军这手操作毫不意外,他约莫是回去之后也觉得事情做得不地道,太绝了,但道歉又不好意思,现在装模作样地打一个电话,试图把这件事情无声无息地抹过去。

秋夕直接地说:"你想多了,我调查明华不是出于商业意图,只是出于我的个人意愿。"

"什么个人意愿?"

秋夕脱口而出:"我想救一个人。"

说完之后,她就发觉自己失言了,她为什么要跟叶尚军说这些?

完全不必要。

叶尚军那边大概起了一点兴趣,问道:"谁?"

秋夕声音有些冷漠地说:"你不用管。好了,挂了。"

打完电话,她回头,没想到视线一转,和林涵真对了一个正着。

林涵真眼神有些尴尬地看着她:"对不起,我不是故意的,但是这个通道传声效果很好,不小心听到了。"

秋夕不知道说什么,只是问:"你听见了多少?"

林涵真一步一步地朝她走来,停在她身边。他的眼神非常专注,眉毛比刚刚皱得更深:"没听见多少,但是,是不是和我有关系?"

秋夕没有想到,林涵真素来神经很粗,这一刻,却敏锐得像猎人。

她并不想承认,事情如果背地里让她办成了,她当然能够拿出来轻描淡写地说一句,在林涵真感谢的目光中悄然而去,深藏功与名。

但她什么都没做成。

这就是症结所在。

说出来什么益处都没有,只能惹人笑话。

虽然林涵真不会真的笑她,但这不影响她自己觉得难堪。

秋夕不想承认,绞尽脑汁百般抵赖:"我确实想要帮一个人跟明华谈合同,但那个人不是你,是我的小姐妹,你不认识。"

林涵真:"是谁,名字可以说一下吗?"

秋夕一时间还真想不出来任何一个合适的名字可以让她搪塞一下,她确实也有些圈内好友,但没有一个在明华,又不能无中生有一个人,那样破绽反而大。

秋夕仍旧在思考,但是见到林涵真的表情,她忽然明白了一件事情。

不用编了,她的卡顿已经说明了一切。

林涵真看破不说破的眼神莫名其妙地让她一瞬间有点生气，还有种想要破罐破摔的念头，她直接认了："对，我想找人帮你摆脱合同问题，直接解约，但是没有成功，遇到问题了。"

　　她又补充道："这是我跟你表白之前就开始做的事情，不是前几天刚开始的。"

　　她补充这一句只是为了告诉林涵真，她不是为了死缠烂打或者感动他而去做的。

　　但林涵真的理解却偏向了另外一个方向，他那双很好看的眼睛注视着她，庄重又疑惑地说："为了我，值得吗？"

　　值得吗？

　　好像她从来没有考虑过值得还是不值得的问题，做自己想做的事情，需要考虑值不值？

　　但既然林涵真问了，她就要给他一个答案。

　　她想了想，说："值得。"

　　林涵真沉默了一会儿，又问："就算……就算我还没有喜欢你，这样也值得？"

　　秋夕没说话，但她的表情已经把答案告诉他了。

　　林涵真又问她："为什么？"

　　这个问题就有些难回答了。

　　把自己的感情表现得那么浓烈难免会有些难堪，尤其是在知道他并没有动心之后，想了很久，秋夕的脑海中出现了一个答案。

　　她此前从未和林涵真提起过这件事，但或许现在说出来挺合适，不会太突兀，也可以把一切都解释清楚。

　　秋夕问："你还记不记得很多年前，你在海边救下了一个小女孩？涨潮了，她在石头上，你把她背回来了。"

　　林涵真露出回忆的神色。

　　片刻后，他才露出恍然大悟的神情，惊讶地看向秋夕，好像第一次见到她："那是你？"

　　秋夕点头："是我。"

　　林涵真两只手握在一起，好像不知道该说什么，左思右想之后才挤出一句："都长这么大了！"

　　秋夕：倒也不必这个语气。

　　林涵真高兴地看了秋夕好一会儿，脸上的喜悦才淡了一点，又有些纠结："但是那个时候我救你，并不是想要你回报。明华家大业大，你一个演员，就算找到人帮我，肯定也要付出很多代价。"

　　他小心谨慎地说："我跟你说，有的人心可黑了，先说帮你后来又说办不到。他不是真的办不到，是想让你去求他，付出更多代价，稍不留神你自己都陷进去了。"

秋夕听着好笑："我知道，但我这边不会发生这种事情。"

"你怎么知道？知人知面不知心。"林涵真不怎么同意地说，他又补充，"等我们把今天的合同签完，后面慢慢挣就行，没有负债，手脚也都好好的，就算不能演戏，以后日子长着呢，不用着急。"

秋夕无法跟他解释那么多，只能敷衍地笑笑："好。"

他们一边说话一边朝着张导的办公室走去，这一路上林涵真看她的眼神诡异极了，非要形容的话，就是一种看自己曾经救下的猪仔长大了的欣慰神情，惹得秋夕都无奈了。

以至于，她不得不停下脚步，把手放下林涵真眼前。

在他眼皮底下，秋夕缓缓收拢五指："收。"

林涵真居然也领悟到了她是什么意思，乐呵呵地点头应了。

看见他傻乐的样子，秋夕摇了摇头，但转过身的那一刻，她也笑了起来。

两个人的心情都很愉悦，走到张导的办公室前，秋夕正准备敲门，忽然听见门内传来了张导的声音。

他大概是正在跟人打电话，声音断断续续地从门缝中传出，听起来很生气的样子，秋夕听不清到底说了什么，只是捕捉到一些零散的字句。

"雪藏""我不愿意""有病""不讲理"。

电话越到后面，张导的声音就越是愤怒，最后，戛然而止。

秋夕看向她身边的林涵真，他没看她，正盯着那扇门板，眼神中含着一丝忧虑。

他经历过的事情太多了，所以，仅仅是听见风声，就能捕捉到不祥的气息。

秋夕侧身看他，忽然伸出手，捏了一下他的手背。

林涵真扭过头看她。

秋夕对他摇了摇头，用很小很小的声音说："不要担心。"

会没事的。

如果真的发生什么事情，未来暂时被阴云覆盖，但只要把时间放得长一些，一定会好的。

她想到他那间客厅，想到他那张柔软的沙发，总有一天，林涵真可以在忙完了一天的工作之后，开开心心地回到家，坐在沙发上舒舒服服地躺着。

会有那一天的。

在林涵真含义莫名的眼神中，秋夕松开手，松开手之前有一瞬间，她好像感觉到了他手指在动。

但她已经把手撤掉了。

秋夕面对门板,沉着地敲了三下。

"谁啊?"

秋夕:"张导,我和林涵真来签合同了。"

"……稍等。"

张导开门之后,看着他们的眼神明显不同往日,里面含着一些唏嘘、一分难言,以至于他还没说话,首先叹了口气。

他指了指屋里的椅子,道:"坐吧。"

两个人落座,张导却没坐下,他站在自己的办公桌前,又叹了口气。

秋夕索性直接问:"张导,是合同出了一点问题吗?"

张导有些焦躁地挠了一下头发,才说:"对,合同今天签不成,投资商那边有点问题,我还在争取,但是需要一点时间。"

投资商问题?

还没等秋夕说话,林涵真先开口了:"张导,今天是我们两个都不能签合同,还是只有我一个人不能签?"

张导诧异地看向林涵真:"你知道?"

林涵真很诚恳地说:"大概知道原因。对不起,因为我那边的事影响了整个剧的进度。"

张导摆摆手:"哪能啊,跟你有什么关系。你这个孩子我看性格厚道得很,不是那种欺负人的。肯定是那群有钱的鳖孙逮到谁咬谁,你不用道歉,我才应该道歉。可惜我没钱,还得听投资商的话,我要是有钱,我管他三七二十一,合同直接签了拉倒。"

说到这里,张导表情挫败得厉害。

林涵真站起身来,走到张导身边,明明他是损失最重的人,现在反而开始安慰起别人来了:"张导,没关系的。"

张导摇头,拍了拍他的肩膀:"我这边再帮你争取一下,毕竟现在你那个角色还没有别的演员可以接手,但如果不行,过段时间,投资商可能要再进行试镜了。你自己也想想办法,在下次试镜之前把问题解决掉就好。"

林涵真点头:"好的,谢谢您。"

他说完之后看了一眼秋夕才继续道:"如果秋夕的合同还能签,能不能现在就跟她签了?"

张导点头:"可以。"

他正准备去拿合同,秋夕却说:"等等,张导,我现在先不签了,等一段时间吧。"

张导不太理解地看她:"你是为什么?"

秋夕一时间不好解释。

很快，张导的视线扫过他们两人，表情变成了然："好，我知道了。那么，祝福你们吧。"

秋夕弯腰："谢谢。"

林涵真也跟着弯腰："谢谢您。"

张导笑了起来，眼神里却有了一些光彩。等秋夕和林涵真离开之后，他一个人在办公室里低声笑着说："年轻人啊！"

他笑完又叹气："年轻人啊！"

离开这里，走出楼梯口，望着面前宽阔的道路，来往的车流，林涵真止住了脚步。

秋夕停在他身边，偏着头看他："怎么不走？"

林涵真："突然不知道该怎么走，不知道要走去哪里。"

他的视线在对面大楼上移动，忽然定住了。看了两秒之后，他低头看秋夕，豁达中带着一丝自嘲地笑了："你说，我要不要现在戴上口罩，去对面报个名？"

秋夕朝对面看去。

"XX教育XX省培训基地"几个大字非常耀眼。

"先等一等，不要着急。"秋夕只能这么对他说。

林涵真眼眸垂了垂："我知道的，只是心里突然有点乱，想赶快找到一条路走。"

他揉了揉头发，干巴巴地对她笑了一下："好了，我先回家了，有事情再联系。"

说完，林涵真却没有立刻走，他站在原地，手插在裤兜里。

秋夕看着他，疑惑地问："你怎么了？还有话没说？"

林涵真注视着她的眼睛，右手从裤兜里拿了出来，缓缓地伸到她身前，握住了她的左手。

秋夕一时失声了。

他牵她的手，为什么？

她有些忙乱地看向他。

不可否认，在这比一瞬间还短的时间里，她想到了很多东西，比如林涵真终于发现自己喜欢她，忍不住要表白，比如他还不愿意承认自己的感情，但依旧"口嫌体正直"了，比如他虽然还没察觉自己动心了，但是下意识地想要接触——

下一秒，秋夕放弃了自己所有的想法。

因为林涵真握住她的手之后，很用力地晃了一下，而后郑重地说："加油。"

秋夕木着脸:"……哦。"

她又没被封杀,他为她加个毛线油。

秋夕不怎么高兴地送走了他。

回家之后,秋夕看着空荡的室内,突然觉得有些丧气。

好像不知道从什么时候开始,每次回家都带着一点说不清道不明的沮丧,好像原本平稳运行的马车突然踩进了沼泽,不知道怎么把脚拔出来。

但她很快又想,她其实并不是真的陷入沼泽,无法脱身的人是林涵真,她只不过是在他挣扎的时候从旁边经过,沾上了一点儿微不足道的泥点而已。

她的问题其实都很容易解决,只要想开了,对,想开了就可以。

但林涵真,他靠自己是没办法挣脱的,当一个人已经做到了自己能做的最好,仍旧无法摆脱生活的困境,他完全有理由用最恶毒的话来诅咒这个世界。

秋夕想到那天,林涵真在她面前,他说他选择赌一把,放弃面试,去参加试镜,那个时候的他多么意气风发,眼睛里都是希望。

那个时候她发誓自己不会让他眼睛里的光熄灭,就像月亮不会熄灭,她的那颗星星也绝对不能熄灭。

她走到落地窗前,看着马路上川流不息的车辆。她想,有没有什么办法可以救他,到底还有没有,哪怕难一点,付出的代价大一点,有没有。

终于,她忽然想起了什么。

秋夕拿出手机,拨通了一个电话。

电话接通之后,那边的人中气十足地说:"小夕,怎么了,突然给舅舅打电话?"

秋夕一字一句斟酌地说:"舅舅,我这边有一个剧缺少投资,你看你有兴趣没有,需要的钱也不算多……"

秋夕的舅舅秋华继承了秋家这边的产业,但他的个人能力有限,秋家的产业在他管理期间缩水不少,现在远远比不上叶尚军手里公司的规模。

秋华听见这个数字,立刻叫起来:"乖乖,这还不多?"

秋夕立刻解释道:"舅舅,这个剧是个大制作,导演你应该听过的,张辛立导演,之前他的剧好几部都播出了,收视率很高的。我可以保证,这部剧的投资回报比绝对让你满意。"

秋华却没有立刻答应:"你说得再多,我也不能随便答应你。你先告诉我,这部剧跟你有什么关系,你主演吗?"

秋夕："对。"

秋华："合同签了吗？"

秋夕："还没，现在项目缺钱，还没开，所以我才着急拉投资。舅舅，你放心，我绝对不会坑你，我是真的觉得这个剧很好。"

秋华想了想，说："那明天你来我办公室一趟，我们再细说。"

秋夕立刻道："好！那我明天早上来。"

秋华笑着说："看你着急的。"

第二天一大早，秋夕就跑到了舅舅的公司楼底下，但是没走几步路，她就看见了另一个熟悉的身影，叶媛媛。

在这里遇见叶媛媛倒挺正常，其实秋华的公司和叶尚军的公司总部就隔一条马路，只是叶尚军包了一栋楼，而秋华只租了其中三层。

叶媛媛出现在这里，估计是去叶尚军的公司实习的。

有几天没见了，叶媛媛看起来精神不太好，边走边拿着包子啃，眼睛下面都是青黑，没精打采地拖着脚走路。

秋夕快走几步到她面前："媛媛，你怎么了？"

叶媛媛看到她，眼里露出惊喜的神色："姐，你怎么在这里？"

秋夕："我来办事。你的脸色这么不好，到底怎么回事？"

叶媛媛的眼神又愁苦起来，话还没说，先叹了一口九曲十八弯的气："姐，你这段时间千万不要回家，爸他疯了，疯狂让我学公司里的事情，但这哪里是我随随便便就能学会的？学得慢点他就骂人。我现在闭上眼睛就是他骂我笨蛋蠢货的样子，姐，你说他怎么能这样？"

秋夕本想安慰她，哪里有爸爸这么说自己女儿的。

没想到叶媛媛非常愤怒地说："他是第一天知道我笨蛋吗？现在突然加压，笨蛋也会爆炸啊！"

虽然秋夕是这个家庭的一员，但家里其他三个人的脑回路，她从来都没办法接受，各有各的离奇之处。

叶媛媛大概是发泄了一下，整个人松快多了，对着秋夕非常认真地探讨："你说，他是不是得阿尔兹海默症了？听说得这个病的人初期症状是非常容易生气。"

秋夕："……不清楚，他前段时间不是去体检了，你看见体检报告没有，有没有问题？"

叶媛媛一愣："他怎么会给我看？应该没事吧，我看他发火的时候可带劲儿了，这几天把我训得像猴，完全不像身体不好的样子。"

两个人正说着，叶媛媛看见了她身后的一个人，立刻伸出手大声地喊："孔江！这儿！"

说完，叶媛媛就对秋夕说："姐，不聊了，我老师到了，我们去公司了啊。"

秋夕目送着他们俩离开了。她眼睁睁地看着叶嫒嫒冒冒失失地在前面走，差点撞到别人，被孔江按住脑袋压回来。

她看着看着，笑了一下，朝着舅舅的公司走去了。

见到秋华的时候，他已经在办公室等着了，秋夕没有拖时间，立刻把自己准备的资料递了过去。

她昨天联系了张导，告诉他，她在试着拉投资，张导非常高兴，给她提供了一些资料，都在这里了。

递过去之后，秋华翻看了几页，就停下了，道："其实昨天电话里没说，类似的项目，我刚投了一个，所以这个项目我不太可能投资。不过，小夕，如果你愿意，你可以去我投的那部剧里演女主角，这是没问题的。"

秋夕立刻问："那部剧男主角定了吗？"

秋华："定了，是张安成，前年的视帝，搭你真的挺不错了。"

秋夕却想也不想地拒绝了。

她去当女主角了，林涵真呢，继续"家里蹲"吗？

秋华摸着下巴，很不解地说："你为什么一定要演那部剧，在我看来，光从你个人发展角度来说，换一部剧也没有任何问题。

"所以，我猜你还有其他原因，告诉我是什么。如果能说服我，我投。"

## 第十二章
### 开窍

该怎么说服秋华？

说谎对成年人来说不是难事，秋夕一瞬间在脑袋里过了很多不错的借口。

可她又想了想，说出一句假话就需要无数假话来圆，而且她面前的人是自己的舅舅，不是别人，他们虽然并不常联系，但她毕业的第一部大戏，舅舅为她投资了不少。

如果骗他，她总归有些过意不去。

她深吸一口气，坦白地说："因为那部剧现在的投资商不允许原定的男主角出演，但我希望他演，所以我想请你来投资这部剧。"

他们想换演员，那她就直接换投资商，看谁更绝。

秋华听完之后果断地抓到了秋夕话中的重点："原定的男主角？这个人跟你有什么关系？"

"我们关系很好。"

秋华皱起了眉毛："只是这样？我觉得不像，只是关系好而已，何至于你来我这里拉投资，这笔投资可不是一个小数字。"

他目光审慎地观察着秋夕的表情，半晌之后，忽然问："你是不是喜欢那个人？"

秋夕下意识地想要否认："没有。"

听完秋夕的回答，秋华却难受地扶住了额头。

秋夕是他从小看到大的，她想在他面前隐瞒一些事情，并不那么容易。况且面对感情时，太焦急地否定代表什么，他作为上一代人，其实很明了。

秋夕说完之后，有些着急地问："舅舅，行不行？"

秋华却摇了摇头："不行。你如果是别的原因，哪怕是你欠了钱，我都会同意，但仅仅因为你的感情，我绝不同意。"

秋夕知道自己不用否认了，她极度不解地说："为什么？"

秋华露出了回忆的神情，用有些惋惜的声音说："你和你妈一个样子。当初你妈也是和你差不多大的时候，爱上了叶尚军，当时她什么都不要，就是想嫁给他。那个时候我跟你姥爷一致觉得他这个人太重利，不重感情，但你妈一路被宠大的，心里只有感情，没有手段。这两个人凑到一起，婚姻必然要以悲剧告终。

"果然，结婚之后前几年还好，但等叶尚军的公司规模比秋家更大之后，他的心就活了，在外面拈花惹草。"

秋华突然收声，有些尴尬地看向秋夕："这些事情怎么在你面前说出来了。"

秋夕摇摇头："没关系。"

她垂着眼睛说："其实这些事情我知道。我妈留给我一串项链，那串项链她曾经差点烧了。当时我不知道为什么，但后来明白了。"

童年里的火光，女人冷静又疯狂的模样，还有男人厌烦又惊惧的样子，一切模糊的画面，到长大之后都会一一清晰起来。

回忆之后，秋夕咬着牙说："但是，舅舅，那个人和我爸是完全不同的两种人，他绝不会那样。"

秋华一脸看小孩的表情："你怎么知道？就算你知道，人变得比天气还快，好人变成坏人有时候一天都不要。"

秋夕有些绝望了，她站在秋华面前，语气深沉地问："舅舅，真的不行吗？"

秋华把资料合起来，递还给她："真的不行。"

秋夕低下头："那好吧。"

她很快又说："那你能不能借给我一些钱，我有其他用处。"

她现在的存款，加上借来的，足够直接让林涵真解约，只要能解约，她什么也不管了。

秋华立刻问："和那个人有关？"

秋夕仍旧否认了："不是，是我自己缺钱。"

秋华站起身来，走到秋夕面前，一副恨铁不成钢的样子："不可能，你借钱还是因为他，你以为我这么容易就被你骗了？秋夕啊秋夕，你怎么就这么固执呢？你能不能冷静一点，把你脑袋里所有感情都去掉，理性地思考，这样合适吗？"

秋夕没说话。

感情怎么能去掉呢？它一旦产生就和人彻底融合在了一起，和思维理性搅和成一团，想要舍弃，会比砍掉自己的肢体更简单吗？

秋华因为她的沉默看起来很生气："你让那个人来见我，我倒要看看，到底是什么人把你迷成这样。"

秋夕僵硬了起来。

秋华又一次悟了："你们俩不会还没在一起吧？这一切，都是你一厢情愿？"

秋夕更加僵硬了。

秋华差点被她气了个倒仰："你知道你叫什么吗？愚蠢。愚不可及！"

秋夕一边沉默挨骂，一边其实还没有放弃。她在心底思考，有没有什么办法还能奏效，刚才和秋华说话的时候，还有哪点没有说到，她使劲地想着，这辈子都没有这么执拗和不要脸过。

终于，她还是想到了，想到的时候，她忽然觉得自己刚刚有些愚蠢，那么一个关键的事情居然忘了。

她打断了仍旧在教育她的舅舅，说："舅舅，其实我要救他，不光因为我的个人感情，更多是想要报恩。"

"什么？"

秋夕言简意赅地把多年前海边的事情还有董承望的事情全都说出来了。

说完之后，她道："我帮他，不光因为我对他的感情，更因为我应该帮他，如果我对他的困境视而不见，我以后一定会后悔，看不起我自己。"

秋华听着，语气不好地说："怎么，你的意思是如果我不帮你，你也要看不起我？"

秋夕飞快地摇头："没有，我有我的考虑，你有你的考虑，我知道。我只是希望舅舅你能再琢磨一下，不要一口否定，没准想一想，你觉得也可行？"

秋华不耐烦地说："好了好了，我知道了。"

他叹了口气，靠在书柜上："我居然不知道你初中的时候还有这件事，到底怎么搞的，真是的。要不是现在我跟你爸刚签了一单大生意，不然我现在就去骂他了。"

秋夕笑了笑："没关系的，都过去了，我现在还好好的。"

说完，她有点心机地补充了一句："多亏那个人救下我。"

秋华说："行了，你回去吧，我跟公司里的人研究一下，过两天给你答复。"

虽然没有立刻答复，但能得到这个结果，秋夕已经满足了，她很高兴地离开，回家了。

两天后，一大早，秋夕得到了舅舅的回信，表示可以把导演的联系方式给他了，他们要进一步地沟通一下。

秋夕美滋滋地把线搭了过去。

搞完了这些,她坐上公司派来的保姆车,出发去新一期综艺的拍摄地了。

据综艺导演说,这一期综艺赛制略有改变,比赛环节都在一个打谷场上内进行,不会再去户外,同时评审官不是村民,而是抽签邀请来的观众,观众们会全程围观他们的比赛过程,即时给出反应。

这样的赛制其实也没什么,她之前也参加过类似的,也就是活动的时候会吵一点而已,不影响大局。

到目的地的时候,秋夕一抬眼,看见了林涵真的身影。

秋夕已经想好了,舅舅那边的事情还没有谈好,所以先不说,今天就自然地聊一些朋友间的话题好了。

她很自然地走了过去,拍了他一下。林涵真回头,也很自然地跟她打了一个招呼。

两个人随便说了些话,双倍自然地走进了拍摄场所,一切都很顺利。

刚一进门,秋夕聋了。

不知道什么时候,观众们居然已经就位了,其中有一大群打扮得花枝招展的女孩子,每一双眼睛都盯着他们,每一张嘴都在喊——

"呜呼——"

秋夕心想大意了,想退出去重来。

从这一声"呜呼"开始,秋夕就知道这一期综艺必不能善了。

果然,她一点都没猜错,甚至对观众们的热情度远远没有估计到位。

从露面开始,只要她和林涵真有了一些互动,也别管是干什么,语言交流也好,视线交流也好,反正有交流就会有人尖叫,根据交流程度深浅发出不同频次的叫声。

秋夕其实有点怀疑,观众们所在的位置离他们不算近,她和林涵真之间那些细微的动作,他们真的能看清吗?不会是节目组请来的托儿吧?

为了测试,秋夕甚至还在热场阶段尝试了一下。她站在距离林涵真三十厘米的地方,视线不动,脚步微动,朝他靠近了五厘米。

五厘米。

这么微小的距离,观众们不会发现吧?

没想到,也不过两秒钟而已,两岸猿声啼不住,耳边一片呜呼声。

秋夕默默地站定,平淡的眼神底下潜藏的是她敬畏的灵魂。

都说粉丝是"显微镜女孩",她今天亲身体验过了。

只希望节目组今天安排的比赛不要太过猎奇,过于亲密,不然一

189

天下来她的耳朵可能要坏。

很快,主持人宣布了今天上午的比赛模式。

他们每个人都需要穿上很胖的半身玩偶服,和队友一起走过"大转盘""独木桥""泡泡池"等复杂的地形,跨过重重障碍,最后来到一个高达三米的险坡,险坡会有水流朝下流淌,时快时慢,运气不太好的话,可能刚爬到最上面就被水带走了。

简单来说,就是真人版的糖豆人大冒险。

秋夕可是糖豆人大冒险的一个好手,经常拿到第一名,傲视众多手残党。

手残代表就是林涵真,废物一个,跟他玩过的那几次,他永远都是早早出局,然后双手离开键盘,捧在下巴那里,敬畏地看秋夕冲向终点。

糖豆人大冒险里,林涵真输了也就输了,无所谓,但是今天她不想输。

因为主持人宣布了,今晚的房间完全是由这场比赛的输赢决定的,第一名去这里最好的特色民宿住,最后一名去老乡家。

不是看不起老乡的意思,主要节目组提供的资料显示,老乡家的房间在一楼,窗外绿化不错,夏天这样的地方,昆虫一般比较多,秋夕不希望半夜醒来发现自己已经被蚊子抬走了。

其他队的成员和秋夕有着同样的想法,奥运夫妻已经笑了起来:"我们俩对第一名可是势在必得哦。"

影帝影后夫妻却对视一眼,直接撸起了袖子:"不要高兴得太早,我们可能跑不过你们俩,但也不一定没有别的方法。"

他们两人看着彼此,心怀鬼胎地笑了。

而那对模特和素人,此时也在小声地商量着什么,模特目光审慎地打量着其他人,看起来也是有想法的。

见此境况,秋夕知道,这一次比赛必然不是随随便便就能赢的了。

于是,开始比赛前,秋夕顶着无数声欢呼,毅然决然地靠近了林涵真,认真地小声交代他:"老规矩,你负责当'崽种',我负责冲,如何?"

"崽种",就是指负责把路堵上的那位搅屎棍,一夫当关,万夫莫开,他能不能上去无所谓,秋夕上去就好。

林涵真有些疑惑地看向秋夕。

他从来不知道自己在游戏里过独木桥时 0.25 倍速的操作被多少人骂过,他是无师自通那一派的。

秋夕拍了拍他的肩膀,只说了一句:"我信任你。"

十五分钟后,所有人换好了衣服,变成了八个胖球,各自站在出发点,准备就绪后,主持人一声令下,所有人冲了。

奥运冠军夫妻的实力果然不容小觑,并不需要多少时间,他们俩已经非常灵活地跑到了最前方,进入了大转盘阶段。其他组都望尘莫及,在绝对的实力面前,阴谋诡计一文不值。

但这样的两个人,虽然从外面打来,一时是打不败的,但从内部互相伤害,却是立刻见效。

不知道是不是得意忘形了,走过转圈的两个人想要和对方击掌,他们大概忽略自己身上穿着的玩偶服,非常兴奋地接触彼此。

然后,女子体操冠军被男子举重冠军飞快地撞了下去,虽然靠着出色的平衡能力,她没有摔倒,但游戏也走远了。

女子体操冠军站稳之后,掐着腰怒视她老公,她老公沐浴在这样的眼神下,沉默几秒,而后"扑通"一声跳了下去,陪她重来了。

观众们:"嗬!"

主持人一边也发出了唏嘘的声音,而另外三组则好像找到了弯道超车的机会,发愤图强起来,菜鸡互搏,每一组都在努力地给别组设施障碍,争取有利地形。

这个时候,秋夕玩糖豆人的经验就非常好用了,虽然游戏和现实不是一会事儿,但有些地方还是类似的。

比如说知道有的地方可以快,有的地方必须保持冷静,该冲就冲,冲之前也要先看清道路的方向在哪里,提前调整站位。

而林涵真也凭借自己的一贯的谨慎小心,成功地在独木桥那里堵住了后面的大部队,在许多声催促中,他虽然额角冒汗内心紧张,但脚下的步子没有加快半分,成功地为秋夕拉到了时间差。

她钻进泡泡池的时候,一骑绝尘,谁都追不上她的脚步。

站在险坡前,秋夕回望已经飞速朝她赶来的林涵真。其他人都在他身后追着,虽然竭尽全力地想要干扰他,甚至想撞他下去,但他丝毫不受干扰,像是一只捡到飞盘的巡回犬,目标清晰地朝她跑了过来。

这一次比赛,应该是稳了。秋夕理所当然地这么想着。

她转身,弯着腰飞快地爬上险坡,爬到一米高的时候,林涵真已经到达她身后,他没有立刻开始爬,而是伸出手扶着她的腿,把她朝上面推了推:"秋夕,加油,马上就到了。"

秋夕没有回头,只是用手给他比了一个"OK"。

他们俩的这段小互动又被观众捕捉到了,尖叫声又一次响起。

秋夕这会儿已经被胜利的曙光冲晕了头脑,什么也不管了,继续朝上爬,林涵真也开始攀爬。

他们身上的衣服其实是很影响行动的,太胖了,腰其实不太好弯,脚下还有水，滑滑的，稍不注意就会朝下坠一段距离。

因为秋夕已经占领了优势，她就不太着急了，直接慢慢来就好，只要不往下掉，她和林涵真就能拿到第一名。

但别人和她的想法却不同，她和林涵真只想求稳，但别人想要赢就必须求险。

后面的几组在加速过后也已经到达了这里，开始攀爬起来，而且都比秋夕不要命，爬得飞快，只差一点就赶上她了。

秋夕心里一时间有点着急，但还是坚定地保持自己的步调，还有最后半米的，上去就好了！

然而……

就在她的手指快要摸到险坡的终点时，一股剧烈的水流猛然涌流出来，她没有防备，当时就脚下一滑。

这一滑，她心里立刻蒙了。

她滑了不要紧，问题是，她的正下方是林涵真。她不会直接坐到他脸上吧？

抱着这样的恐惧，秋夕痛苦地闭上了眼睛。

还好，没有出现尴尬的事情，只是林涵真被她撞倒了。

他趴下了，刚好趴在她身上，他伸手试图抓着坡沿以固定两人的身体，但自救失败，但他们俩成功地借着这股力翻了个身，换成秋夕压在他身上。

停在地面的那一刻，秋夕已经不知道应该怎么站起来了。

旁边观众们已经不是观众，变成了漫山遍野的尖叫鸡，惊呼声四面八方如潮水一样朝他们袭来。

秋夕的脸贴着林涵真身上玩偶服的肚子，本来应该松软温暖的东西沾了水，冷得像冰，也像她的心，冰冰凉凉。

在她无声变凉的很短时间里，其他三队都已经超过了他们，没错，是三队，奥运冠军组成功地赶上来了。

凉了半截的她坚强地想要站起来，最后争取一下，但是，玩偶服的肚子沾了水之后无比之重，重心非常难以把持，她站了半截，"啪叽"一声，又栽回去了。

尖叫声从漫山遍野迅速有丝分裂到充斥了整个宇宙，感谢他们今天是露天活动，没有顶，不然顶都要被掀翻。

她彻底凉了。

秋夕绝望地抬头看着林涵真，林涵真也看向她，两个人在这样尴尬的情况下有一个简短的对视。

没过一秒，林涵真就转过头，看向其他方向："要不然我帮你爬起来？"

跟她说话呢，为什么要看其他方向。他是不是觉得尴尬？

这样被她扑倒在身上，如果是其他人就算了，朋友遇险出手相助，怎么都无所谓，偏偏是她，偏偏现在那么多人还在尖叫。

秋夕默默地叹了一口气。

而后，她一使劲儿，自己缓缓地站了起来，站起身之后，林涵真也爬了起来。

她看了林涵真一眼，然后转身朝刚刚滑下来的险坡走去。

虽然已经是最后一名了，他们还是坚持完成了比赛，喜提老乡房一晚。

当晚，节目录制结束后，秋夕给林涵真发了一条消息，叫他到院子里去。

林涵真大概在洗澡，过了一会儿才出来，头发都是湿漉漉的。

他脚步很快地来到秋夕身边，一看见她就问："怎么了？有什么事情要说？"

秋夕找他出来的时候，想好了一肚子的话，但是这会儿那些话已经忘了一半，活生生被蚊子咬成这样的。

见林涵真来了，她没心思再说开场白，直接说："以后咱们慢慢解绑吧，再营业下去，粉丝真的要以为我们在一起了，那对你我都不好，我们各自的粉丝都不少，营业太过会跑男友粉和女友粉。"

林涵真完全没有料到她把他叫来就是要说这个，表情肉眼可见地惊讶："你叫我来，就是要说这个？"

"对。"秋夕说了这个字，然后就狠狠地跺了一下脚。

林涵真本来想说什么，被她这一声打断了，有些小心翼翼地说："你是不是生气了？"

秋夕："……我只是在赶蚊子。"

说完，她又使劲儿地跺了一下。

完了，感觉自己的小腿已经有点痒了。

为了不进一步对蚊子种群的繁殖做贡献，她速战速决地说："你要是觉得没问题，咱们以后保持距离，合理互动。"

林涵真："怎么保持距离合理互动？"

秋夕思索了一下，答道："比如今天这个情况如果下次再发生，你就'噌'地一躲，随便我怎么摔，等我摔完你再过来假哭安慰我，这样的话，那些粉丝自己就能懂得咱们是什么意思了。"

林涵真又一次脑瓜灵光了："那如果他们觉得，毫不遮掩是营业，克制隐忍才是爱，怎么办？"

对哦，那怎么办？

之前没有营业过，自然也没有跟别人解绑过，现在猛地一搞，什么业务都不太熟练。

秋夕正在思索，林涵真又开口了，声音很小："其实——"

他还没说出后面的字，秋夕啪了一声打死一只蚊子，她已经被这些狗东西折腾得不行了，她根本没听见他刚刚说了什么，很焦躁地说："你自己想想吧。我受不了了，要回去了，这个院子里能不能长点除了蚊子之外的东西。"

说完，秋夕就想要离开，林涵真却叫住了她："等一等。"

秋夕疑惑地看过去："怎么了？"

林涵真却一时没说话。

在刚才叫住秋夕的那一瞬间，他是有话想说的。

但是那些话就在嘴边，却又吐不出去，因为缺乏清晰的轮廓，好像他和那一刻自己心里潜在的直觉之间又隔上一层毛玻璃。

冲动、欲望，那些东西是容易产生，容易被察觉的，但它们的深层动机有些时候却异常模糊。而他必须摸清一切，才能继续下一步。

于是，他对她说："我只是想说再见。"

秋夕直接回了他一句"再见"就继续朝着房间走了，关门之前，林涵真莫名其妙地又补充了一句话。

"明天见。"

秋夕停下关门的动作，眼神有些疑惑，但也再次回了他一句"明天见"。

看着那扇关闭的门扇，林涵真站在庭院里，一边走动，一边思索了许久。

答案呼之欲出。

第二天的综艺拍摄过程倒是比较顺利，没有发生一些让人尴尬的事情，到了下午，所有人和上次一样散伙。

和上次结束之后不同，这一次的林涵真拍完了就朝秋夕走了过来，先道了一声再见才离开。

秋夕看着他的背影，觉得更加奇怪了。

她下意识地觉察到，这好像有些不同寻常。

但意识很快又告诉她，放弃幻想，准备战斗，舅舅那边的进度还没有打听，现在综艺拍完了，她应该去问问了。

秋夕问过之后，舅舅告诉她还在研究过程，不要急，并且还问她难道没有自己的工作吗？

她有的，她刚接了一个杂志下个月的封面。

既然事情急不来，秋夕只便耐下性子，认真工作。现在她比以前工作多了，合适的活动就接，只要钱到位，再困难的工作都难不倒她。

只要沉浸在工作里，时间就过得很快了，秋夕接到张导电话的时候，她正在窝瓜杂志的大楼里准备拍杂志封面。

秋夕在化妆间里接到张导的电话，她立刻接通了。

张导欢天喜地的声音立刻从话筒那边传来："多亏了你，不然这部剧就完了，前天那个投资商还在跟我说要塞一个双女主进来，那个双女主要自带编剧，不愿意就不给我投资了。我可去他的。剧本写了多久了，现在加人临时改，这能行吗？现在好了，投资商别想威胁我，老子把他踹了！"

说完这些之后，他立刻道："既然投资到位了，咱们也不拖，今天周五，下周一你们来签合同，这次稳了。"

挂断电话后，秋夕高兴地握了个拳，立刻给林涵真发消息报喜。

林涵真大概这会儿在忙，没有回复她，她也不急，就把手机先放下了，继续工作。

她接的这期杂志是七夕主题，摄像要求她表现出一种少女初恋的甜蜜状态。

开始拍摄后，秋夕调整了许多次表情，但摄像都觉得不到位，缺了一把火候。摄像换着方法地让秋夕寻找感觉，秋夕也努力地寻找了，但还是不对劲。

少女初恋的甜蜜，她哪里尝过，她这里只有成年人的苦恋。秋夕自嘲地想。

她正想着，忽然听到了一声手机提示音，那一声不大，但她听得清清楚楚。

在她没有察觉到的时候，摄像意外地看着她，手指动得飞快，一连拍下了许多照片。

一鼓作气地拍了许多张之后，摄像才停下了，很好奇地问："你是怎么突然找到了状态？"

秋夕有些怀疑自己："我找到状态了？"

摄像直接把照片给她看。

秋夕好像从没见过这样的自己，虽然唇角还是绷着的，但眼睛却弯了起来，眼底一片光亮，带着浓郁的期待和纯粹的快乐。

秋夕看着照片，沉默了。

只是因为那个信息可能是来自那个人的，所以就会变成这样吗？

这张脸，真可爱，也真可怜啊。

她本来想立刻看信息的，但拿起手机的时候，又想起来刚刚那张自己的脸，停下了动作。

何必急不可耐？不一定是他，也不可能是她最想听到的话。

把狗屁一样的手机和狗屎一样的男人放下吧,她要认真地工作!

秋夕把手机一扔,又投入了繁忙的事业中,她这一次要拍不少硬照,刚刚完成的那一小点儿可远远不够。

秋夕专心拍照片的时候,这个城市的另外一边,一个人正对着手机发呆。

正是林涵真。

他正在等秋夕的回信。

收到信息的前不久,他刚和身在家乡的妈妈打了一个电话。

自从合同出问题之后,他就没和家里打过电话了,他在A城奋斗这些年,对得起任何人,只是对不起家里人。

父母从来都没对他的决定说过任何"不"字,永远都无条件支持他,无论在他多么落魄的时候,他们都相信他是杰出的大明星。

偶尔打电话时,他们说自己看了哪个电视剧,被哪个角色感动哭了,都要加一句"都是你们这些演员,太会演了,给我们搞成这样"。

这种情况下,他也只能苦笑。

哪有"你们这些演员",人家成名已久,剧一经播出,他寂寂无名,剧拍完就不知道哪里去了。

这样过了挺多年,《燕归来》终于播出了,他还以为自己的境况要好了,没想到又回到原点。

因此,在妈妈打来电话之后,他虽然接通了,还能若无其事地问怎么了,但终究兴致不太高。

妈妈总是了解自己孩子的,听他这样,已经知道有什么事情发生了,直接问他怎么了。

林涵真不想说自己的那些糟心事,那些事情太复杂,讲起来就要牵扯到前些年的破事去了,连带着当初给她治病的钱怎么来的可能都要说。

于是,他只是简短地说:"这段时间没什么事,比较闲,有点不知道做什么。"

他这话一说,妈妈已经懂得他是什么意思了。

电话那边安静了片刻,一个带着年纪的温柔声音说:"真真,妈过去也没说过什么,但是你要不要考虑一下,以后回家里发展?考一个编制?

"我也不是说你一定要考编制才行,但是你再过两年就三十岁了,妈妈知道你其实压力很大,你要顶着这样的压力过一辈子吗?生活也不是只有等你功成名就了才能享受,有些时候,别太逼自己了。"

林涵真靠在墙上,低下头,道:"我知道,妈妈,我准备过段时间有公务员考试了，我再报名试试。"

电话那边的人立刻关切地问："你要报哪里的？"

有一瞬间，林涵真想要不假思索地回答，当然报家里的，但话说出前的一毫秒，他的脑海中闪电一般劈过一丝抗拒和恐惧。

等反应过来的时候，他已经回答："不知道，看情况吧，到时候哪个岗位合适报哪个。"

电话挂断之后，手机屏幕黑了，他看着屏幕上自己的脸，意外地发现，他的眉毛皱了起来。

他又发觉自己和过去不同的地方了。

在他之前的计划，回家乡并不是什么不能接受的事情，毕竟家里有房有车，生活成本低，他靠着演戏挣到的钱回去，就算考不上公务员，只能做点小生意，这辈子也不愁。

但他忽然发现，自己现在不想回去了，他只想待在这座城市。

即使这座城市从很久之前开始就像一个泥沼，让他平白吃了许多亏，但他不想走了。

他下意识地想要留在这里，就算不为那虚无缥缈的演艺机会，也要留下。

所有的下意识都不是白白产生，一切没有理由都内含更深层的理由，就像他当年想也不想就站出来帮助那个被炸伤的群演，深层理由其实很简单。

他无法忍受别人的恶行，也不能忍受明明看见了恶行却不站出去的自己。

一切的内在逻辑到位之后，不假思索才会产生。

那么，他不想离开这里的深层理由是什么？

他走到厨房，从冰箱里取出一条已经处理干净的黑鱼，一边片鱼片，一边思索他为什么就想赖在这里不走。

其实答案就在脑海里，就像是水池里的鱼，捕捉到气泡和涟漪的时候就能抓到它的痕迹，他只是需要时间耐心地把它捕捉上来。

但老天爷可能见不得他这么慢悠悠的动作，鱼片到一半，他的手机忽然响了，是一声短信提醒，他的手机刚好就摆在面前，提醒声响起的时候，"秋夕"两个字刚好在锁屏界面出现了。

这一刻，他手上的刀突然就失去了力度，朝着指尖切了过去，划出的伤口并不长，但有点深，血珠直接冒了出来。

但他没有立刻处理伤口，反而先看了那条短信。

短信内容很简单，秋夕告诉他，张导的戏谈好了，可以签合同。

看完之后，他才放下手机，处理伤口。在这段时间里，他的脑海里闪过了许多思想。

比如居然能签合同，看来公务员暂时又不用考了；比如哪有好事情能那么轻而易举地降临到他头上，是不是秋夕在他不知道的时候出了力，如果是她的手笔，她有没有吃亏。

还有，不管怎么样，这是一件好事情，应该庆祝一下，要不要请秋夕来家里吃个饭，鱼反正已经片了一半，晚上邀请她来家里吃个酸菜鱼应该不错，现在他的住所还没有暴露，她来的话，应该没事。

最后，他脑海中划过一个想法，还是A城好，想请她一起吃饭就能直接说，很方便，她忙完之后就可以过来了。

林涵真的动作突然停下了，他刚刚在想什么？

他又回忆起那会儿和妈妈的对话，想起他困惑了很久的，为什么他一定要留在这里。

如果你在思考以后的路径时，已经潜意识地把那个人包括在里面，这代表什么，不用细说了。

原来，是这样吗？

他好像失去意识了一样，浑浑噩噩地拿起手机，打开他和秋夕的对话框，对着最后一行字停下视线。

【林涵真，张导刚刚打电话告诉我，他的剧找到了新投资商，你可以继续出演，下周一就可以签合同了。】

他对着这行字想了一下，回复：【那太好了。】

过了一会儿，他又添了一句：【这么好的事情，要不要一起庆祝一下，上次提到的新菜色你还没尝过，要不要下午到我家里来？】

于是，忙完了所有工作的秋夕看到的就是这两条信息。

秋夕：这是干什么？

她才不去，她又不是八百年没吃过饭，就为了林涵真一顿饭自投罗网自送家门，这不是脑壳有问题？

她正准备回复，坚定地拒绝他，手机那边居然又蹦出来一句话。

【工作忙的话，我带食材去你家也可以。】

她觉得林涵真的举止让她有些混乱，已经拒绝你的暗恋对象突然表示要到你家做饭，这……剧情走向太奇怪了吧？

为了搞明白林涵真脑壳里到底装的是什么东西，她同意了，把地址发给了林涵真，还把密码锁的临时密码告诉了他。

于是，等她下班之后，推开门的一瞬间，就看见穿着她八百年没有碰过的粉色围裙的林涵真从厨房里探出半个身子，举着硅胶铲满脸微笑地说：“你回来了，饭快好了，洗洗手去餐桌前等一下就好。"

秋夕无法形容自己的感觉，只有两个字——

魔幻。

## 第十三章
## 恋爱应该怎么谈

秋夕迷乱地放下包，换了拖鞋，洗完手坐到餐桌边，两只手握到一起等饭，坐姿端正得像是在别人家。

隔着墙，厨房里锅碗瓢盆的声音听起来格外地清脆欢快，好像还有油烧热了浇在菜上的声音，"刺啦刺啦"。

一股很多年都没有接触过的生活气息突然就涌了上来，淹没了她。从初中住校之后，她就没怎么听过这样的声音了。

那时，她偶尔回家，即使回去了，也常常待到饭都做好了才下楼，吃完就匆匆离开。

倒不是叶尚军和李婉茹非常明显地薄待了她，让她心怀不忿，只是，有些隐藏的地方，会让她觉得难受。

叶尚军能够发家致富，很重要的一点是，他是一个非常具有投资理财观念的一个人。不管对谁，钱花在哪个方面，他都必须确定这笔钱具有必须花出去的理由，审核过后才会给，就算对她也一样。

但他又秉持着家里的事情都由妻子负责的原则，总是把这项事情交给李婉茹。

李婉茹并非不给她，但无论什么钱都需要和李婉茹申请才能到手的滋味，其实并不太好受。更何况那个时候，李婉茹刚刚嫁进去没多久，为了防止因为审核不慎吃挂落，无论什么钱都问得非常仔细。

这些事情如果让外面人看来，或许没什么问题，但只有身处其中的人才知道，那是一种什么滋味。

她永远记得，那一年，班级需要进行一次秋游，老师要收两百块钱，于是她站在饭桌前，接受李婉茹的询问，叶尚军在一边低头吃饭，但偶尔也会头也不抬地提一个问题，好像要审她是不是撒谎了。

那种感觉啊，太难忘了。

那一刻，她彻底地确认，虽然摆设都没变，但真正意义上属于她的家真的消失了。

家应该是港湾，而不应该像是一个审判所。

上学的那几年就不用说了，寝室和家不同，而工作之后，她买的这个小房子也不太像家，就算锅碗瓢盆都齐全，所有地方都按照她的想法布置了，但仍缺了一些滋味。

不过，这一刻她有了一种虚幻的感觉，她感受到了一丝温暖的气息，就好像风雪夜归来，屋里有一只暖烘烘的小狗在她怀里拱来拱去。

于是，她什么也没做，一动不动地坐在餐桌前，安静地感受着。

她有一种预感，这一刻，她眼中看见的所有光影，耳中听见的所有声音，还有鼻子闻到的烟火味，她这辈子都不会忘记，无论最后她和林涵真是什么结局。

虽然秋夕想了很多，但时间其实没过多久，林涵真就一道菜一道菜地端出来了，她也不好意思就硬坐着等他上菜，也起身去厨房端菜。

进了厨房她才发现，林涵真是真的卫生习惯很好，做完菜就已经把案台清理干净了，甚至锅都已经洗好，放回了原位。

秋夕叹为观止，她做饭的时候，这些东西都是等吃完饭再处理的。

感叹完这件事，看清楚林涵真做了多少菜之后，秋夕又惊了。

他们只有两个人而已，五个菜会不会太多了，况且还有一盆看起来非常扎实的红烧牛肉。

所有菜都端到餐桌上之后，秋夕认真地问了林涵真这个问题。

林涵真倒是回答得很快，他指着那盆红烧牛肉说："这个菜你看看能吃多少，吃不完的部分用保鲜盒装一下，放在冷冻室里，我准备了一份洗好的青菜，在冷藏室里，你明天中午把它拿出来化冻，青菜煮一煮就好了。"

把她明天的伙食都安排得明明白白。

行吧。

菜都上齐了，于是，秋夕和林涵真面对面地坐着开始吃饭，一边吃饭一边断断续续地说着张导那边的事情。

林涵真问了秋夕知不知道张导那边为什么突然谈妥了，秋夕非常认真地装蒜，表示她怎么知道，吃菜吃菜。

林涵真的菜是做得真不错，秋夕本来正在减肥，但还是忍不住地吃了不少，填饱肚子之后还喝了一碗汤收尾。吃完之后，她瘫在了沙发上，开始思索一个问题。

林涵真来这里，就是为了做饭吗？

秋夕思考的时候，林涵真去了厨房，她本来以为林涵真只是想要倒杯水喝，没想到刷碗的声音已经响起来了。

秋夕立刻坐起来，跑到厨房门边："你放下吧，等会儿我来。"

林涵真的手上已经沾满了洗洁精的泡沫，他一边飞快地刷碗，一边语气轻松地说："没关系，东西不多，一会儿就刷完了。"

他说话的时候，一个碗就已经被刷好了，见此，秋夕只能说："那行吧……"

林涵真的动作很快，不过几分钟就结束了，这时，时钟悄悄地指向了七点五十。

收拾完的林涵真也坐到了沙发上休息，两人并排坐着，室内没有了刚才锅碗瓢盆的忙碌声，顿时一片安静。

被秋夕放下一段时间的尴尬和疑惑又冒出来了。

林涵真来这里到底是干什么的？为了庆祝合同就到她家里来做饭，是否有些奇怪？上次他们差点签了合同，他也没这一出啊。

她好奇，但又不敢问，太奇怪了，她怕问出什么自己不敢听的结果，只敢用余光偷偷地瞄他。

但她也不敢直接瞄他的眼睛，只能朝手指的方向看去，很怪，林涵真的两只手握在一起，大拇指搓手背的动作看上去挺用力，这是紧张的表现。

他紧张什么？

产生这个疑问的时候，秋夕的紧张程度也莫名增加了。

她觉得自己需要打破这个尴尬的气氛，但一时间她居然想不好该说什么，偏偏林涵真也死活不开口，正在着急的时候，她突然想到，今天又是综艺播出的日子。

秋夕松了口气，扭头提议道："我们一起看节目吧，上周录的，今天该播了，刚好快八点了。"

林涵真忙不迭地答应了她。

两个人达成一致，秋夕打开了电视，找出综艺。

综艺开始的音乐响起之后，室内的气氛顿时一变，轻松了不少，秋夕长吁一口气，觉得自己想出了一个绝世的好主意。

过了一会儿，她才知道，什么好主意，明明是给自己找了一把自杀的好刀。

节目刚开始还是可以的，问题是，渐渐地，就不那么对劲了。观众的每一声"呜呼"都伴随着她和林涵真的互动响起，甚至在她的记忆中不那么嘈杂的时候，也被节目组加上了声音，端的是用心险恶。

秋夕越看越局促。

当看到第一天上午的比赛进入尾声，她马上就要从上面被冲下来，直接压垮林涵真的时候，秋夕真的很想暂停。

只要她及时暂停，一切就可以当作没有发生。

但，她不行。

如果她的内心足够坦荡，她就应该能随意地面对任何尴尬，只要她够大方，所有的问题都可以被消解。

她在心头默念那句激励了无数人的名言：

我们遇到什么困难，都不要怕，微笑着面对它，消除恐惧的最好办法就是面对恐惧，坚持，才是胜利！加油！

秋夕双目圆睁，撑到了她滑下去之后试图爬起来又摔回林涵真胸膛前的那一刻，她撑不住了。

太恐怖了，她消除不了。

她甚至比事情发生的时候还要尴尬，因为镜头原因，她能够非常明显地看见林涵真脸上露出的那种失神隐忍的表情。

她有罪。

秋夕果断跪了。她扭头，对着林涵真非常正式地道了个歉："对不起，当时我不应该摔下来。你那个时候一定很尴尬不高兴吧，对不起，真的。"

她说着说着差点想要站起来给他鞠躬。

林涵真诧异地看着她，道："我没有，我当时——"

他的话没说完，门外响起了一串敲门声，打断了他们的交流。

秋夕不知道门外的是谁，很少有人知道她住在这里，就那几个人知道的，来之前肯定会跟她打个招呼，但她完全没有收到这方面的任何信息。

她还专门查了一下手机，真的没人。

与此同时，门外的敲门声更快速用力了。

林涵真问她："是谁？"

秋夕摇头："我不知道。"

林涵真想了想："这样吧，我去门边问问，确认一下身份，你不要说话。"

秋夕同意了。

林涵真便走到了门前，隔着门粗着声音问："谁啊？"

门外的声音突然停止了，并且五分钟都没有响起。

秋夕觉得有些恐怖，这种奇怪的敲门声很难不让人产生警觉，她一个人住在这里，万一遇上什么事情，不太好办。

秋夕正在思考是不是需要联系物业查监控，手机响了。

"叶尚军"三个大字格外瞩目。

秋夕奇怪地接通电话，那边的声音立刻传了过来："你是不是搬家了？我到你住的地方，怎么一敲门，门内是个男的声音？"

叶尚军的声音谨慎起来:"到底怎么回事?"

秋夕尬了两秒,才想到了借口:"我出差了,有个东西没拿,我朋友到我家里帮我找一下,寄给我。"

叶尚军半信半疑地问:"是真的?"

秋夕:"是的。"

电话那边的叶尚军很自然地说道:"那你让他把门打开,我把东西放下就走。你奶奶从老家寄过来的酱菜,非让我亲自给你送一趟。真不懂她在想什么,天天山珍海味吃不完,非要抱着她那酱菜缸子不撒手。"

电话那边,叶尚军刚刚说完,秋夕这边就已经听到了拍门的声音。

叶尚军说了一句:"赶紧打电话,我赶时间。"

而后,他就挂断了。

秋夕眼神绝望地看向林涵真。

林涵真大概听到了她和叶尚军对话时的一些字句,看起来有些紧张地握着手。

门外的敲门声逐渐急促,秋夕通过猫眼一看,是叶尚军那张脸。

事已至此,她也没别的办法了。

秋夕对着林涵真语速很快地交代:"我爸来给我送酱菜。现在时间太怪了,被他发现咱们孤男寡女共处一室必不能善了。我跟他说我在外地,你是来给我寄东西的,所以,我先进屋躲一躲,你接完酱菜,把他送走,完事儿。"

林涵真看起来更紧张了,他甚至站直了身体,下意识地顺了顺头发,然后才结结巴巴地说:"那那……那就交给我了。"

秋夕拍了拍他的肩膀:"没关系,毕竟咱们真的只是同事,真金不怕火炼,好了,我进去了。"

说完之后,秋夕飞快地闪进了卧室。

等秋夕"咔哒"一声反锁了门,林涵真面对大门,冷静了两秒。

这是……秋夕的爸爸。

他还从来没有接触过她家里人,也不知道他们都是什么职业,一时间好奇和紧张交织在了一起,难舍难分。

他一边开门,一边想,他得给门外的这位男士留下好的印象,这样不管怎么样,以后都是有好处的。

门开后,一个提着塑料袋的中年男人出现在门外,整体来说,他和秋夕的长相并不太像,但仔细看的话,下巴、嘴唇像是一个模子刻出来的。

秋夕绷着脸的时候,和门外这位先生现在的模样看起来有些相像。

没错，这位先生虽然在门开之后立刻把表情调整得和蔼了起来，但这完全不影响林涵真察觉到，他其实是有点不开心的。

有些不开心可以理解，到女儿家里来，却没见到人，开心就怪了。

林涵真心态很好，语气比心态更好地说："秋先生，不好意思没有及时开门。"

"秋先生"脸上装出来的笑淡了："我不姓秋，我姓叶。"

林涵真僵了一下。

出现了失误，但是问题不大，他果断地改口："那叶先生，请进！"

叶尚军直接走了进去，打开冰箱，把手里的塑料袋放了进去。放完之后，他却没有立刻离开，而是有些关切地问："小夕有什么东西忘了拿？"

林涵真的脑筋这辈子都没转得这么快："她有个合同没有拿。"

叶尚军皱了皱眉："合同没拿？这么重要的东西都能忘记，干什么吃的。"

林涵真不得不虚假地替秋夕解释："她走得急，所以忘了。"

叶尚军神情不怎么松弛地接受了他的借口，又问："那你现在找到了吗？"

林涵真："……还没有。"

他手里一张纸也没有，说找到就显得太假了。

叶尚军立刻说："那我跟你一起找吧，合同不能误。"

说着，他已经把袖子挽起来了，林涵真冷汗都快出来了："叔叔，不用了，现在天都黑了，您先回家吧，我慢慢找就好了。"

叶尚军却没听他的："人多力量大。好了，别废话。"

说完，他就开始翻箱倒柜。

林涵真见此，没办法，只能也装作找文件的样子。还好刚刚他已经把锅碗全都刷干净了，看起来不是刚吃过饭的样子，不然就立刻露馅儿了。

但现在这样也没有好到哪里去。

林涵真预备着找一会儿就说找不到，等回去他给秋夕打个电话再问问，明天再来，免得借口暴露了。

他正在一边思考，一边装作翻餐边柜下的样子，正在扒拉茶几柜的叶尚军头也不抬地问："还没了解过，您贵姓？"

您？

折煞了。

林涵真立刻停手，诚惶诚恐地说："我姓林，名字叫涵真，取自'抱朴含真'，但因为我是木命，缺水，'含有'的'含'就变成的了'内涵'的'涵'。"

他说了一堆，叶尚军简单粗暴地说："我没文化，听不懂。"

林涵真有点想要抹汗："需要我把字写出来给您看看吗？"

叶尚军同意了。

林涵真找了张纸，给他写了名字。

叶尚军看完之后，表情没怎么变："字不错，哪个学校毕业的？"

林涵真对他这个问题措手不及，但也老老实实地回答了："A城戏剧学院，表演本科。"

叶尚军眉头一挑："你家里人做什么的，支持你念这个？"

林涵真莫名有了一种被检阅的感觉："我爸妈都是老师，比较开明，我喜欢的事情就让我做。"

说完之后，他有点心机地添加了一句："还好现在为止，我也没有让他们失望。"

确实没失望，他们对他演戏其实也没太大的期望，这不算他说谎。

叶尚军嘴唇绷了一下，点了个头："我知道了，咱们继续找合同。"

对话猝不及防地开始，也这样突然而然地结束了，林涵真不知道自己的表现如何，只能继续装作找东西的样子。

他心知他们再怎么努力都不可能找到一个莫须有的合同，还是要尽快把叶尚军送走，今天才能安安稳稳地结束。

打定主意之后，林涵真深吸一口气，准备开始表演。

他装作着急又无奈的样子，对叶尚军说："叔叔，要不然今天算了吧，咱们已经找的差不多了，再找下去也没什么希望，我回去之后问问她，也没准她其实带走了，只是一时间没发现。"

叶尚军却说："哪儿找得差不多了，这不有一间没找？"

林涵真眼睁睁地看着，叶尚军一个快步，走到卧室门口，以迅雷不及掩耳之势，扭了一下门锁。

当然没打开，因为反锁了。

等等——

反锁了。

叶尚军的表情顷刻间有了微妙的变化。

林涵真努力地找补："应该是她离开的时候把门锁住了。"

叶尚军好像信了他的话，皱着眉说："那怎么办？你现在给她打个电话，让她把钥匙寄过来？"

林涵真不知如何作答。

这个时候打电话，秋夕接是不接，接的话，隔音怎么办？叶尚军站着的那个位置，岂不是听得清清楚楚？

林涵真还在思考，叶尚军一声冷哼："还装？"

"呵。"叶尚军的声音极尽嘲讽，"以为我是小孩子，信你们的鬼话。

朋友?男女朋友吧。"

林涵真僵住。

叶尚军说完,大力拍卧室的门:"秋夕,开门,我知道你在里面。把男朋友一个人丢在外面,你羞不羞?"

门内的秋夕无法形容自己有多尴尬。

不出去是不可能的,把林涵真一个人扔在外面直面疾风,那也太缺德了。

但想到出去之后父女见面的模样,秋夕止不住地窒息。

开门前,她又默念了一遍奥利给真言,消除恐惧的最好办法就是直面恐惧,开门,奥利给!

秋夕左手开锁右手拉门,门开了之后,她靠在墙边,清了清喉咙,佯装无事地说:"爸。"

叶尚军没有立刻说话。他站在距离她两米的地方,沉默地站着,没有回应她刚刚那一声。

秋夕等了一会儿,叶尚军仍旧没出声,这种沉默带着一股浓郁的山雨欲来之气,她太熟悉了。

但她想,林涵真在这里,叶尚军应该不会发作,至于他会不会在离开之后打电话对她破口大骂,那她不管,反正她可以挂断,只要他不在林涵真面前发疯就行。

于是,她又态度自然地说:"爸,奶奶的酱菜呢?"

叶尚军终于出声了,却不是回答她的问题,他笑着问:"现在几点了?"

他的嘴边带着一股虚假的笑意,和刚刚的冷漠形成反差。如果不了解他的人,或许会以为那是他回归正常。

但只有和他长期相处的人才知道,他不是白笑的。

他的笑,只是为了凸显下一步的骤然发难,他要对方以为这一关过了,但其实没有,一瞬间从天堂到地狱。用这种戏剧化的转折来打击敌人,让对方陷入惶恐的深渊,这是他惯用的把戏。

所以,如果叶尚军只是冷漠地走了,秋夕反而觉得轻松,他这样笑了,她浑身的汗毛都竖起来了。

但她仍有一份期望,毕竟外人在这里,他应该会收敛一点。

于是她谨慎地回答:"八点多。"

还没到九点,说八点多没有任何问题。

听到她的回答,叶尚军笑得更假:"解释一下,这个时间,为什么一个男人在你家里?"

秋夕下意识地说:"我为什么要告诉你,我的私人关系不需要和你——报备吧？"

说完之后，秋夕立刻觉得要遭。

果然，叶尚军的表情瞬间变了，他脸上一丝笑都没有了，眼睛瞪得快要出来，上半身微微前倾，他朝她走了一步："秋夕，你要不要脸，你虽然年纪大了，但毕竟还没结婚，这么晚跟一个男人待在一个屋子里，你想干什么？

"我听人说娱乐圈风气差，我还有一点怀疑，我觉得你应该不会，没想到这种事情你都干得出来。难怪不想相亲，难怪跟我吵架，都是因为他？"

叶尚军狠狠地指向林涵真。

林涵真大概很少被人这么生硬地指着，整个人都愣了，好像一只高高兴兴地出门溜达，突然被人踩了一脚的狗崽。

秋夕见他蒙在原地，肚子里的火想压，没压住。她真的很不想在林涵真的面前和自己父亲发生冲突，但她真的忍不了了。她对着叶尚军毫不留情地说："请你明白一件事，我和你吵架，永远只是因为你这个人有问题，跟别人没关系。"

她非常严肃地说："就算世界上没有其他人，只有我们两个关在一起，我们也不可能父慈女孝，我们还是会一直吵架，一直。"

这是他们之间无法调和的矛盾，和别人有什么关系，只是林涵真倒霉，刚好撞上了。

她说了这几句，不想再说下去了，已经够不好看了，他不要脸，她还要。

秋夕有些乏力地说："爸，你回去吧，很晚了。他也不是我男朋友，只是有事情来这里一趟而已，你要是没来，这会儿他大概已经走了。"

叶尚军却没有见好就收的意思，大概以为秋夕示弱了，他又进一步，生气中带着一丝趾高气扬地说："不是男朋友就行了？有什么事情犯得着大晚上来这里？你不用糊弄我，你糊弄不住，你再这样下去，是不是等到哪天孩子都有了才肯承认？我们家过去可从没出过你这种不知羞耻的人。"

秋夕憋不住了，她想忍，想让，想别那么尖锐，别那么难看。但她心里好像突然长出了一把尖刀，这把刀如果不朝外刺出去，就必然会朝她自己的心窝里狠狠地捅进去。

为什么？为什么要在其他人面前互相伤害？为什么要把家里的所有不堪都暴露出来，活灵活现地在她喜欢的人面前演一遍？

为什么？

互相伤害而已，她被伤害了，为什么不能伤害回去？

她颤抖着手，愤怒得甚至是有些头晕目眩地说："叶尚军，你再说一句话，你会后悔的。你一定会后悔。"

叶尚军被她激怒："怎么，你想让我怎么后悔？"

他又朝她逼近了一步。

小时候就觉得高大的身躯现在仍旧像一座山，空气好像都被隔绝了，她快喘不过气起来。

她想推翻这座山，不靠逃跑，而是真正地推倒它。

就在她的手都因为激动和愤怒微微地抖动起来的时候，一只爪子突然从旁边搭了过来，把她一扯，拉到身后去了。

秋夕在林涵真的背后，好像突然汲取到了不限量的空气，猛然喘息起来。她捂着脸，低着头喘气。

林涵真挡在她身前，稳稳地站着，他的语气不卑不亢地说："叔叔，您不能这么说话。"

叶尚军立刻道："我这么说话怎么了？"

林涵真非常严肃认真地说："您这么说，她会难过的。"

叶尚军突然哑巴了。

秋夕却挤出一声："我不难过。"

她难不屈她难过，因为叶尚军难过，她早就不会了。

林涵真回头看她一眼："好。但就算你不难过，他也不能这样说。"

秋夕直视他澄澈的眼睛，良久，忽然一偏视线，继而又低头，眼眶莫名地酸了起来。

可它就是这样了，怎么办呢？

她从生下来的那一刻起，就和这样的叶尚军再也分不开了，除非有一方突然离开人间，不然就必然是永不停息的纠缠。

叶尚军可能是因为刚刚发泄过了，这会儿情绪冷静了些。他审视着对面的两个人，不自然地冷哼一声："算了，今天就到此为止，下次再说。"

说完，他指着林涵真说："没有结婚，你如果敢欺负她，那就等着吧。"

之后，他扭头就走了。

屋里只剩下秋夕和林涵真两个人。

毕竟工作了整整一个白天，刚才又这么折腾，秋夕这会儿异常疲惫，她坐到沙发上，低下头，两只手撑在额头上，道："抱歉，让你见笑了。我会处理好这边的事情，不会影响到你。现在已经很晚，你再不回去，出租车就涨价了。"

她赶客的意思其实已经很明显，但林涵真却听不懂人话似的，一屁股坐在她身边。

她依旧没抬头,问:"不回去吗?"

林涵真:"先不。"

秋夕不知道说什么,低低地"嗯"了一声。

不走就不走,随便他了。

不知道过了多久,她听见林涵真小心翼翼的声音:"秋夕。"

秋夕抬头看他:"嗯?"

林涵真双眼里都是毫不作伪的担忧:"你没事吧?"

秋夕朝他扯出一个笑:"我没事。"

林涵真:"真的?"

秋夕:"真的,我没事。我——"

她摸了一把自己的眼睛。气死她了,居然有眼泪。

她一边在心里骂自己,一边又控制不住地流眼泪。

好像一瞬间,太难过了,难过到说不出话来。

他是她的爸爸,他怎么能这样,怎么可以?

她在这个泥沼里挣扎了这么久,她已经学会了对他不抱期待,学会了保持距离,怎么还会有这种时刻,被追上来伤害。

还刚好被林涵真看见她和叶尚军吵架的样子。

摔倒的时候,一个人爬起来就可以装作什么也没发生,偏偏被看见了,那就无法掩盖了呀。

她一边忍,一边忍不住地流眼泪,一边骂自己哭个屁,一边觉得哭怎么了,难过了就要哭,反正都这样了。

总之,各种情绪和思想交织在一起,秋夕眼泪流得停不下来,甚至开始发抖。

就在她觉得自己抖得很难看的时候,林涵真突然抱住了她。

被抱住的那一瞬间,秋夕什么都来不及想,她只有一个念头。

鼻涕要流出来了,流在他肩膀上怎么办,那也丢脸丢得过分了吧。

她非常用力地想要推开他:"你干什么?"

林涵真却不撒手,他的腰弯着,头发刚好在她脖子那里,有些痒。

他在她耳边说:"对不起。"

秋夕:"你对不起什么?"

林涵真在她耳后说:"我今天不应该来……也不对,我该来的,不然你今天怎么办。"

秋夕狠狠地吸了一下鼻子,瓮声瓮气地说:"说话就说话,抱什么抱,松手。"

林涵真却没松手:"等一下,我有句话还没说,不能松手,不然你的眼睛看着我,我会非常紧张,说不出来。"

秋夕:抱着不紧张,看着紧张,你有问题?

209

秋夕着急擦鼻涕，急急忙忙地说："那你快说！"

因为贴得很近，她非常明显地感觉到了林涵真气沉丹田的动作。

秋夕一时无语。

而后，林涵真的声音在她耳边响起："我想明白了，我喜欢你，我们在一起吧？"

她没有听错吗？

林涵真说……喜欢她？

就在今天，就在此刻，在一场战争刚刚结束之后，在她这么狼狈，什么都没准备好的时候，她想要的东西闪电一般击中了她，瞬间麻痹了她身上所有的神经。

有那么一小段时间，她全身上下没有任何地方可以动弹，好像世界上所有东西的存在都虚幻了起来，她只能感觉到林涵真在她身边紧张呼吸的声音。

要说什么？

说我也喜欢你，说我们赶紧在一起吧，生命这么短暂，一分一秒都别浪费了。

是该这么说。

可为什么她一句话都说不出来，她的喉咙被更严密地哽住了，她压制出自己爆哭出声的欲望，用尽了全身的力气，使劲推开林涵真，这次，她成功了。

她头也不回地跑进卫生间，关上门，对着镜子流泪，擦鼻涕，擦眼泪，花了很长时间才收拾好自己。

而后，她像是一个战士，打开门，像个战士一样毅然决然地走向林涵真。

他正不安地坐在沙发上。

秋夕走到他面前，朝他伸出一只手。

林涵真傻愣愣地看了她两秒，才领悟到什么似的，眼里的光蓦然亮了起来，他飞快地把手递给她。

两只手就这样握住了。

秋夕的眼睛因为刚才的哭泣还在泛红发肿，但她的表情却已经非常冷静了。

不用犹豫，也无需推延，她在做一件她这辈子必须要做的事情。

她镇静地对林涵真说："那就开始恋爱吧。"

林涵真的另一只手"啪"地也握了过来。

他们像是两个在西伯利亚的荒原上流放了许久的人，突然遇到了同志，双手交握起来。

如果有外人在场，或许会觉得这个样子的他们看起来有些诙谐，但没关系，这一刻，他们是能感受到对方的庄重，一切该表达的意思已经在无声中表达清楚了。

十秒后，他们才分开，面对面地站着。

神圣的氛围褪去，取而代之的是一种茫然。

秋夕思索了片刻，问林涵真："恋爱应该怎么谈？"

林涵真被她问愣了："我不知道，之前没有经验。"

他想了想，试探性地说："之前我演的剧，男朋友给女朋友做爱心早餐……"

他偏头看向厨房，道："现在时间不对，要不然我给你准备一下明天的早饭？我下午看见你家有面粉，要不然我给你擀面条，放冰箱里你早上自己下着吃。"

秋夕：擀面条？

想想那个麻烦劲儿，没有足够的爱心确实支持不下去。

但是感觉哪里还是有点问题。

他们是刚在一起十分钟的情侣，不是谈了五十年的老夫老妻，怎么擀面条这种词汇突然就出现在了语言系统里。

秋夕揉了揉自己的额头，觉得她和林涵真大概需要换个开局。

于是，她果断地说："你回去吧，咱们好好想一想这个恋爱该怎么谈。"

时间确实晚了，林涵真没什么异议地开始收拾东西，准备离开。

秋夕把他送到家门口，林涵真跨了出去，秋夕正准备关门，他突然叫了一声："秋夕。"

秋夕莫名其妙地抬头。

林涵真非常郑重地说："我走了。"

秋夕："……你走啊。"

站门口磨叽什么呢？

林涵真可能没有得到他想要的反馈，吁了一口气，转身离开了。

秋夕对着他的背影摇头失笑。

回到房间，秋夕刚刚坐回沙发，手机就冒出来一条微信消息：【我上电梯了。】

秋夕：【嗯。】

林涵真：【到一楼了，外面好暗。】

秋夕：【确实，你"嘿"一声就好了，声控的。】

过了一会儿，林涵真发来信息：【全亮了！】

看见这条消息，秋夕抑制不住地笑了起来，憨子，灯全都亮了，这得叫得多大声。

她笑得止不住地回复给林涵真三个大拇指。
林涵真回她"哈哈哈哈哈哈哈哈"。
短暂的交流之后，秋夕对着聊天界面，摸了摸下巴，这就是恋爱吗？
好像什么都没说，只是完全没有意义的废话，但……
好快乐啊。
看见对话框就觉得快乐起来了。

感慨之后，秋夕放下手机去找冰块了，明天还有工作，她需要把眼睛的肿尽快消下来。
找冰块也没耗费她多少时间，不过一会儿，她就又回到沙发前，左手拿着装了冰块的杯子，右手飞快地解锁手机。
离开一会儿，林涵真应该又说什么了吧？
对话框里确实有他留下的几句话，看得秋夕皱起了眉。
【我感觉有人在暗地里看我，不会有记者蹲着吧？】
过了一分钟的另一条信息：【不是记者，是伯父。】
秋夕的表情再次严肃起来，叶尚军还没走？就在她楼下蹲着？
蹲一个落单的林涵真，他想干什么？
秋夕立刻跑到窗前，朝下看，但是什么都看不见，楼层太高了，加上小区的绿化实在很好，地面上的东西都被挡得结结实实。
就在秋夕准备换衣服下楼对线的时候，林涵真的消息再次发了过来：【伯父瞪我一眼就走了，我叫他，他没理我。】
秋夕无语。
槽点多得一时间数不完。
还好这件事结束，也就没有别的插曲了，林涵真顺顺利利地回家了。
至于回家之后那些琐事的汇报，一条又一条，看起来零散又麻烦，但恋爱嘛，不就是这样，作为新鲜出炉的情侣，总是要黏糊一点。
不过娱乐圈情侣麻烦的一点在于，两个人在没有合体活动的时候，总是很难见面，虽然恋情暴露并不是绝对不可以的事情，但，最好不要暴露得那么猝不及防。
所以，他们俩硬生生地熬到了周一和张导签合同的时候才见面。
这一次，合同非常顺利地签下了，秋夕先签字，林涵真后签字，签完字的时候，他偏头看她，嘴角咧开一个笑。
这个笑不光秋夕看见了，也被张导看见了。
张导没有直说，只是露出一个意味深长的眼神，让秋夕立刻明白他已经知道了。
秋夕登时就有些想脸红。
走出签合同的办公室，秋夕拉着林涵真，表情严肃地说："林涵真，收敛一点。"

　　林涵真听不懂一样问她:"收敛哪里?"

　　秋夕哽住,这怎么说,收敛一下你眼里的爱意,要溢出来了?

　　这么说也太羞耻了吧。

　　她只能更加严肃地说:"你还记得后天咱们又要去录综艺了吗?你如果还是和现在这样,咱们的恋爱肯定会被发现,现在还没到公布的时候。到时候不能这样了。"

　　林涵真在她面前乐呵呵地说:"好。"

　　看他的神情,秋夕觉得不妙。

## 第十四章
### "珍惜"是真的

赶去综艺录制地的路上,为了防止出现纰漏,秋夕一直和林涵真讨论怎么藏住他们的恋爱,一切细节都要注意到,不要过多接触,不能看着她笑,不能有事没事就凑过来。

讨论完所有细则,对话框里最后的内容只有两个表情。

秋夕:【[ 握手 ]】

林涵真:【[ 握手 ]】

他们达成了一致,恋爱再次得到了升华。

这一次是秋夕先到拍摄地,林涵真后到。

他到了之后,果然按照之前商量的那样,都没有直接看秋夕,而是先面带笑容地握了一圈手,最后才转到秋夕的面前,对她非常矜持地点了一个头,而后两只手交握,放在腹部,保持着一个护卫的姿势定在了她身侧。

两人的肩膀隔了三十三厘米,标准的社交距离。

秋夕心里对林涵真的表现很满意,虽然不能说话,但她可以发微信。

她掏出手机,给身边的林涵真发了一条:【不错,就这样,继续保持。】

按照他们之前商量的那样,林涵真虽然知道她是在给他发消息,但是仍旧沉稳地没有动,防止万能的观众从动作上看出他们正在私下联络。

不过,业务不太熟练,还是有个地方出现了一点小纰漏。

林涵真的手机没有静音,立刻就"叮"了一声。

秋夕的手指僵硬了一秒,而后,她反应很快地开始在聊天框上无效划拉,装作自己是在网上冲浪,刚刚打字不是发信息,只是输入搜索关键字。

她不知道有没有哪台摄像机正暗地里对准了他们,她也不敢抬头看,一个人演了三分钟才放下手机。

放下手机之前,她不忘吸取林涵真的教训,认真地检查了一遍自己的声音是否调好了。

她这边所有工序结束,手机放回口袋,过了一分钟,林涵真拿起手机,和她换班了。

秋夕一边用余光瞄着林涵真的动作,一边暗自感叹,地下党真不是那么好当的,太考验心理素质了。

录制前的准备并没有过太久,对过流程之后,主持人宣布,节目录制正式开始。

今天上午的比赛和之前的比赛模式又有不同,不再是需要耗费体力的对抗性任务,而是两个人合作生产手工艺品,最后放到一起评比,哪一组做得很好。

而这次的手工艺品……

居然是羊毛毡。

没错,羊毛毡,林涵真搞过这玩意儿。

想到这一点,秋夕的信心就来了,他们这里有个"老司机",这不是很妙?

虽然上次林涵真出品的是个顶呱呱的丑东西,但现在已经过去很久了,他的技术在这么长的时间里,难道不会有丝毫的进步?

第二次上路,路况怎么着都要比别人熟悉点。

秋夕忍不住地有点飘,她飘飘然地跟着其他人一起看完了教学视频,领取了图纸,拿到了材料,而后,和林涵真面对面地坐在一张桌子前,对林涵真说:"上吧。"

她一声令下,林涵真拿起泡沫垫和戳针,生产线立刻运作了起来。

秋夕在一边打配合,他要什么颜色的羊毛,她就给他递什么样的,用量精准,是个非常棒的队友。

在两人的配合下,林涵真手里的羊毛渐渐有了雏形。眼看着旁边其他队都还在头秃琢磨,甚至要求回看一边教学视频,秋夕露出了一个微妙的笑容。

但她的笑容并未持续太久,渐渐地,笑容淡去了,眼神凝重了。

因为林涵真手里的羊毛毡,开始从雏形异变成了畸形。

秋夕不得不叫停他:"等一等,我们的图纸上要求做的是一只兔子。为什么你手里这只兔子的耳朵这么……"

她努力找着措辞:"圆润?"

他手里这玩意儿看着像是一个大白熊头上扎了两个丸子,就刚刚那一会儿时间,丸子不断膨胀,如果按照这个速度膨胀下去,等会儿就有脑袋大了。

然而这是不合格的。

秋夕指出了这点。

林涵真听取意见,开始修改,但是越修改越奇怪,他好像对动物形态完全没有把控能力,白熊渐渐地变得像只猪,而且是加了扭曲滤镜的那种。

秋夕总算知道那个丑东西是怎么来的了。

看来人有长处就必然有短处,如果一个人长得好演技好还会做饭刺绣,那他不会戳羊毛毡也是很正常的。

秋夕彻底叫停了林涵真的生产线,把那只猪熊兔拿到手里,道:"我来戳,你来给我递羊毛。"

林涵真从善如流地同意了。

秋夕虽然技术上不如林涵真熟练,速度比他慢很多,但她对于形体的把控是非常严格的,在她的手里,猪熊兔起死回生脱胎换骨,找回了自己。

戳羊毛毡这个事情真的非常费时间,等到快要完工的时候,时间已经过去了三个小时,秋夕感觉自己的脖子已经僵硬了,她转了转脖子,发现其他组什么生态都有。

有夫妻俩不服气,一个人一个,各戳各的;也有人通力协作,在崩塌的道路上越走越远;还有人貌合神离,一个人戳,另一个人挑刺。

秋夕本来觉得戳羊毛毡哪有什么看头,现在才知道,原来这一关考验的是第一是感情,第二才是技术。某种意义上来说,更有看头了。

而感情第一好的那一组,毫无疑问,就是他们这一组了。

秋夕正在想着,手上的针大概用了太久,突然断了,断裂的地方插在羊毛毡上,刚好从她食指第二个指节那里刺了一下,她下意识地"啊"了一声。

她这一"啊"不当紧,对面的林涵真立刻紧张起来,连声问:"怎么了怎么了?"

秋夕看自己的手指:"针扎了一下,血——"

她还没说完,林涵真飞快地起身,弯腰凑了过来,抓住她的手,紧张地检查了起来:"流血了?在哪里!"

这一刻,林涵真紧张的双眼和旁边摄像机黝黑的镜头同时对准了秋夕,她像是一个被激光瞄准器对准的人,瞬间僵硬。

她僵硬又大力地把手抽了回来,说:"我没事。"

林涵真还在问:"不是扎到了吗?怎么说没事?找个医生处理一下吧,万一破伤风了怎么办?"

秋夕沉痛地叹了口气:"不用了,就一个针眼大的小口,等医生来了，早就愈合了。林涵真——"

林涵真："什么？"

秋夕："坐下。"

林涵真突然意识到了周围的摄像头："……哦。"

他坐下了，同时尴尬地朝秋夕笑了。

秋夕差点被他逗乐了。还笑呢，差点露馅儿了都不知道，秋夕无奈地想。

也是很奇怪，明明之前的活动，他们也有这种亲密的接触，但那个时候又羞又恼，心境总是起伏波动。

但现在，却是另一种滋味了，在无语之外，更多的是一种不足为外人道也的快乐。

这就是恋爱的滋味吗？

又学到了。

最后，他们这一组凭借时间的优势和稳定的发挥再次赢得了上午比赛的第一名，得到了下午不需要参与劳动的特权。

节目组安排的晚间活动是篝火晚会，其他嘉宾需要承担搬运柴火食材的任务，而他们俩，只需要坐在院子里就好了，禁止劳动，换句话说，除了聊天，没有任何事情能干。

因为之前已经敲定了伪装策略，秋夕和林涵真都非常熟练地从口袋里掏出手机，开始敲字。

等到六点钟，导演组通知他们可以去参加篝火晚会的时候，秋夕放下手机，完全不记得自己刚刚跟林涵真说了什么，只感觉自己的大拇指隐隐作痛。

篝火晚会中，每一组都被要求表演节目，有的组跳舞有的组唱歌，秋夕和林涵真之前没有商量过，临时决定林涵真吹叶子伴奏，她唱歌，合作了一首《小河淌水》，她以前学过声乐，唱这首歌还是不错的。

结束完表演，其他组都给了他们俩掌声，秋夕带着林涵真礼貌弯腰致礼，而后退下了。

等到篝火晚会结束之后，今天的拍摄就结束了，其他小组下午累得不轻，都赶紧回去休息了，只有她和林涵真两个闲人坐在篝火边。

秋夕其实是一散场就想走的，但林涵真偷偷地拉住了她，示意她留一会儿，于是她就继续坐下了。

等所有人都离开，只要他们两个人的时候，秋夕才偏头问："怎么了？"

林涵真的脸被篝火映照得红红的："你刚刚唱的那首歌，能不能给我再唱一段？"

217

她刚刚唱那支歌，完全是因为它既短又能凸显出她的歌喉，但这会儿，她突然意识到这首歌的歌词是有别的意思的。

有点羞耻，但是，男朋友的愿望当然要满足一下啦。

秋夕在林涵真的目光里，不好意思地唱了起来："月亮出来亮汪汪，想起我的阿哥在深山。"

她一边唱，一边看向林涵真还有他身后那个硕大的满月，嘴角渐渐弯了起来："哥像月亮天上走，山下小河淌水轻悠悠。"

天上一轮满月，地上两轮弯月，是他的眼睛。

一时间，她居然拥有了三个月亮。

天上的月亮可能会被云遮住，但地上的月亮，一直注视着她。

唱完了歌，林涵真抬起手要给她鼓掌。

但是，鼓掌的声音还没有响起，不知何处，出现了一声电子音，像是视频截止拍摄发出的声响。

两个人立刻循声望去，远处，距离他们大概十米远的大树上，一个女孩子趴在树冠里，正尴尬地看着他们。

女孩子："打扰了。"

六目相对，一时无语。

尴尬的对视并未持续太久，在无声的寂静持续五秒钟之后，这位"站姐"身如疾风地飞身跳下树，逃离案发现场。

林涵真和秋夕愣了一秒就追出院墙，然而，那人已消失在茫茫的夜色中，完全无迹可寻。

被拍到了，他们的恋爱要暴露了。

在他们在一起还没有一星期的时候。

秋夕想仰天长啸，这是什么运气，这是什么道理，她暗恋林涵真，藏不住，她跟林涵真在一起，也藏不住，她上辈子可能是漏勺成精，这辈子偿债来了。

秋夕扭头，问林涵真："怎么办？"

虽然那个女孩不一定会把拍到的视频放出去，但她总归觉得不安心，况且现在媒体无处不在，他们的感情随时都可能被媒体曝光出去，没有任何征兆。

秋夕无声叹了口气。她算是明白了，他们只要凑到一起，总会有藏不住的时候。如果想要彻底的藏住，那就必须分开。

但是分开？凭什么啊！

身边的林涵真没有回答她的问题，他站在她的面前，语调沉稳地问了她另外一个问题："如果暴露了，我们会损失什么？"

秋夕想了想，道："我可能还好，男粉不多，本来也不是追剧群体，损失了就损失了。但你的粉丝群体基本都是女孩子，如果暴露了，可能她们很快就离开了。"

林涵真又问："那我们可以得到什么？"

他问得非常认真，眼神澄澈。秋夕看向他的时候，毫不躲避，用一种鼓励的眼神看着她。

秋夕无奈地说："得到的，可能也只是光明正大谈恋爱的机会。"

只是为了在人海里牵手，就要把过去等待了那么多年才收获的一切主动丢弃。

这样交易，如果放在市场上，谁会愿意呢？

秋夕正这么想着，林涵真却在她的面前笑了起来："你看，我们不是还得到了什么。"

秋夕意外地看着他。

他的笑意中莫名地带着一丝坚毅，他问："秋夕，你还记不记得我说过，人生就是有得必有失，有失必有得。"

秋夕："我记得，但你得到的和失去的，它们完全不是一个量级啊。"

"确实。"林涵真笑着道，"幸福和随时可能失去的事业地位相比，不是一个量级。"

夜风中，秋夕忽然发现了她和林涵真的不同之处。

这种不同之处其实在许多年前就已经展露出来了。

在林涵真的眼里，爱是永恒的，而事业金钱则有可能转瞬即逝。

而在她心里，她依旧向往永恒的爱，但深处意识中，她会怀疑，怀疑它是否能永存。

她害怕恋情暴露的核心其实是，她不确定他们能不能一直走下去，即便她相信自己，相信林涵真，但世界上的事情太多了，谁知道哪一天，突然有一片乌云笼罩住了他们。

相爱的恋人依旧分手，这样的故事少见吗？

所以，如果不暴露的话，即便以后分开，即使有伤口，那也只是偷偷的，在别人看不见的地方。而恋爱公布，万一有问题，他们的伤口就要展示给所有人看了。

想到这里，秋夕忽然哆嗦了一下。

不是为她想象中的伤口示众的场景，而是，她忽然意识到，这么想是有问题的。

为什么要这么想？

她固然因为上一代的事情会有许多害怕，但她已经这个年纪了，早就是成熟的大人，不再是当年那个在海滩上躺着流泪的小女孩。

如果有人给了她爱，她也爱那个人，她就应该让爱毫无阻碍地进行下去。最起码，她要努力，她真的长大了。

她握紧了手指，看向林涵真，叫他的名字："林涵真。"

林涵真："啊？"

秋夕问了那个过去她问过的问题，她说："你相信世界上有永恒不变的爱吗？"

林涵真和上次一样，很快就坚定地回答："当然有。"

他像是在教堂宣誓一样庄重。

看了他很久，秋夕蓦然道："好。"

林涵真不明白她的意思："好什么？"

夜色已深，篝火熄了，但灰烬上还有许多明明灭灭的暗红色光点，像是无数摄像机上亮起的红色小灯。

她看着那些光点，道："如果暴露了，那就公开吧。"

如果人生是一场赌博，这一次，她跟了。

从这天开始，秋夕和林涵真都在超话里蹲着，想着如果视频真的被放出来了，第一时间登录大号公布恋情。

网络时代做什么都要讲究效率，抢时间。

现在他们俩还算有名气，如果恋爱被爆，必然是一大波流量，与其让流量被那些营销号掌握，不如直接转化，被他们这个"小破夫妻店"收归己有。

秋夕觉得，她跟林涵真实在很有觉悟。

但没想到，那位妹子的觉悟更高。

拍摄结束有几天了，网上却没有任何关于他们两个人夜间独处的视频流出，大概那个姑娘还是有所考虑，抑制住了自己的欲望。

以至于两个人蹲了个空。

但大糖没有，小糖却是一个个地从各种犄角旮旯里冒出来。

秋夕惊讶地在超话看见了这样的一条微博。

其实这条微博倒是挺言简意赅，一行"看我发现了什么"，下面直接放上去两张图。

一张是从秋夕微博里保存的，另一张来自林涵真的微博，两张图都被画上了红圈，两个红圈里面是一模一样的杯子。

下面的评论果然也简单粗暴地朝着它该有的方向发展了。

第一条评论：【两个选择：1.这是巧合。2."珍惜"是真的。】

点赞五千的楼中楼：【我现在就把2扣烂。】

在这条微博下，同居论格外嚣张，围观的秋夕无言。

"珍惜"是真的不错，但时间有点超前。

第二颗糖是一张照片，当初秋夕和林涵真遇见那对开饭馆的老夫妻，一起合了张影，没想到那张照片被老夫妻的孙女看见了，直接发了上来。

这种私下的行程如果撞在了一起,对双人粉来说简直是天堂,一起看老人,一起聚餐,这是什么样的感情,还用说吗?

可能这个糖对双人粉来说又是一场鼓励,超话里扒糖的更多了,有人根据他们在片场时的照片,判断出秋夕和林涵真闲暇时间里都会一起玩手机游戏。

那么,是哪个游戏呢?

于是,有耐心的粉丝顺着一个配角演员的公开账号开始查,一路真的查出了秋夕和林涵真的游戏账号,于是,新糖再一次出现了!

一个野王一个辅助,野王的名字叫"我来带妹了",这么含义明确的名字,还能有什么意思呢?

看完"我来带妹了"的战绩,广大网友对秋夕异常羡慕,表示自己也想找个野王,她们也想当那个妹。

对此,秋夕差点笑死,林涵真才是那个"妹"。

看到这条微博的时候,秋夕专门截图给了林涵真,她的本意其实是想让他尴尬一下。

但林涵真丝毫不尴尬,他非常热情地吹了秋夕的游戏技术五分钟,吹得秋夕都快以为自己是国服第一打野了。

真是受不了……

她强制切断了和林涵真的对话,继续看超话。

这一看,倒是被她发现了一条刚发没多久的新微博。

马夫左拉卡:【你们这些糖算什么!算什么!老娘手里有绝世大糖,但是出于对珍惜的爱,我不能放,我要憋哭了,呜呜呜呜![大哭][大哭]】

秋夕点进了这个博主的微博,仔细地看了看。

他们拍摄综艺那天,这个博主曾经发了一个带定位的微博,抱怨蚊子太多,微博定位在他们拍摄地,发表时间在晚上八点。

所以,这应该就是那位树上的姑娘。

她想过要不要跟女孩沟通一下,一定不要放出来,但是想了想,既然女孩子发了那样的一条微博,那就不会主动公布,或许她不用打扰女孩。

于是,秋夕就放弃了。她和林涵真说了这件事情,林涵真比她看得还开:"公布就公布,来玩游戏?"

秋夕:"……好。"

刚被他吹了那么久,说实话,有点技痒。

两个人快乐游戏的时候,那位微博名为马夫左拉卡的女孩正在热情满满地刷着微博。

自从那天拍到了那个视频,她就知道,珍惜绝对是真的,不真为什么要单独相处,为什么秋夕要给林涵真单独唱歌?

但是,出于对他们的保护,她不能公布,这是她的秘密宝藏。

不过,只有她一个人知道真的好寂寞啊。

人生寂寞如雪,叹息。

正在她默默感叹的时候,微博突然收到了一条私信。

她点开一看,是这样的。

【姐妹!什么糖,能不能带我看一下,保证不外传!】

她还没回复那个人,下一条私信又发过来了。

【求求你了姐妹,我真的好想看啊!】

在思考的时候,马夫左拉卡没有回复,对面的妹子大概以为她不乐意,于是飞快地又发来一条私信。

【作为交换,我给你发《雨爱》的1080P资源好不好?现在应该很不好找的。】

马夫左拉卡惊讶,这确实是她找了很久都没找到的资源,她一瞬间心动了。

再犹豫都是对这个条件的不尊重。

刚好她的分享欲实在憋不住了,马夫左拉卡沉思了许久,毅然决然地说:【分享给你,但是你要保证绝不外传!】

对面的妹子:【OK,放心!】

于是,这条视频就流传给了另外的一个人。

而有些时候,一个秘密如果被传出去一次,它的扩散就难以控制了,即使并非出于有意,它也可能产生意想不到的效果。

马夫左拉卡怎么也不会想到,这视频在第二天就已经到了董承望的手里。

一间酒店客房内,董承望看着向茹手机上的视频,摸了摸自己的下巴:"这两人,还真在一起了?"

向茹给他看视频可不是为了让他看八卦。

她是一个小明星,跟了董承望一段时间,之前董承望给了她一个资源,让她出演张导手下的剧,而且是双女主的其中之一。

她跟董承望,其实只是为了这个。她在明华那么多年都不温不火,现在年纪大了,再不火就没机会了。

只要能跳出去过去的困境,即使觉得耻辱,她也愿意。

本来一切都进展良好,虽然张导不乐意,但箭在弦上,他不乐意也得乐意。谁知道半路上,别的投资商把董承望这边的人踢出去了,她也跟着与这部剧彻底无缘。

对她来说,不能参演就代表她的牺牲全都白费了。

她把自己的一切都给出去了，只是为了这部剧，现在它把她踢了出去，那它也别想好。

而且，听说张导就是为了秋夕和林涵真才会临时换投资人，她对那两个人讨厌极了。

刚好，昨天回家她发现自己的妹妹正在看这个视频，一脸微笑，她凑过去之后，意外地发现了它。

如果这两个人恋爱的消息放出去，粉应该会飞快地散掉吧。那些伤心的男友粉女友粉反咬一口，够他们喝一壶了。

她把她的想法委婉地说了出去，她其实隐约知道，董承望曾经追求过秋夕，但是被拒绝了。

这个视频应该会刺激到他，借他的力，她的目的很便利地就可以达到了。

和向茹想的一样，看见这个视频，董承望一瞬间火冒三丈。

因为一定要张导换掉林涵真，他反被踢出投资，惹得舅舅大骂他一顿，指责他有钱都不会挣，只会作妖。

舅舅一向疼他，要不是他们俩，他绝不会吃这个亏，他想报复他们许久了。

但他虽然也有强烈的报复欲望，理智还在。董承望冷笑了一声："你想靠这个就让两个靠营业爆火的人倒霉，怎么可能？"

他脸上的笑容忽然变得阴险："不过……也有它的用处。什么东西，看起来越美好，发现它实质上早就腐烂的时候就会越愤怒。"

向茹不明白他在说什么："您的意思是？"

董承望笑了一下："没什么，不过之前拍到了一个更有意思的视频，刚好可以放出来了。"

于是，在新一期综艺播出，双人粉为了新一期的糖尖叫振奋的时候，深夜，一个视频被悄悄放了出来。

星夜下，秋夕和林涵真围在篝火前，靠在一起坐着。火光让两个人的脸上都带着红晕，秋夕唱着《小河淌水》，林涵真嘴角弯着看她，他们眼中的温柔好像一条溪流，涓涓地流向对方。

虽然画面很模糊，但爱是藏不住的，它不光清晰地充斥在视频内的两人之间，还压抑不住地流向了看视频的人。

感情，是有感染力的。

当人看见幸福的人时，那种幸福感也会一瞬间笼罩住观看者，随之而来的期冀和失落则会加深与之的共鸣，激发人的分享欲和倾诉欲。

于是，虽然当时已经接近三点，在很短的时间里，视频观看者超过了十万，并且还在飞快传播。

而这个时候,秋夕和林涵真都在睡着,错失了第一时间公布恋情占据流量的机会。

等第二天早晨起来的时候,互联网上冲浪的所有人好像都看过了这个视频。

甚至,秋夕是被叶尚军的电话叫醒的,大清早的老头声音格外中气十足:"我就说那是你男朋友,你还不承认——"

秋夕把电话摁掉了,她还记仇呢。

这边挂电话,那边又接到了沈姐的电话,沈姐的声音诧异极了:"你……你们,这是怎么回事?"

秋夕干脆利索地说:"沈姐,反正也藏不住了,我想公开和林涵真的恋爱。"

沈姐立刻问了一个问题:"林涵真那边怎么说,他不愿意怎么办?男性事业心都比较重,你想公布,他不一定。"

秋夕笑了:"不,我们早就商量好了,公布。"

沈姐有一会儿没有说话,那种突如其来又长得过分的沉默,是被另一种关于自己的情感袭击了才会出现的。过了一会儿,她才说:"那真好,真好。"

沈姐语速很快地说:"那我现在联系公关部门,不澄清了。"

说完,她逃跑一般地挂断了电话。

联系完了沈姐,秋夕又给林涵真打电话。电话打通之后,林涵真的声音立刻就传过来了:"我刚准备给你打电话呢,咱们什么时候公布啊?"

秋夕看着钟想了想:"十点吧。"

十点的时候,大家都起来了,人多,她的算盘精着呢。

两个人达成了一致,编辑了微博,准备十点准时发出。

然而,就在九点五十分的时候,一条丑闻忽然出现在了所有人的视线里。

【秋夕出轨林涵真被富豪当场捉奸!】

因为这条丑闻,微博足足瘫痪了十分钟。

作为当事人的秋夕不知道自己刷了多少遍,才能看到那个视角一看就是偷拍的视频。

拍视频的人在秋夕的楼下大概蹲了不短的时间,视频时间跨度极长。

视频开始的时候,林涵真提着许多蔬菜缓缓走来,神情看着有些紧张,但脚步却很轻快,身影很快消失在一个单元门内。

过了一段时间,秋夕出现在镜头里,低着头拿着手机快步走进同一个单元门。

画面一切，天黑了，光线弱了起来，镜头有些模糊，一个中年发福的男人出现在视频里，手里提着一个奢侈品袋子，也上楼了。

但是过了大概一段时间，中年男人看起来心情非常不好地下楼了，有些气急败坏又强行压抑的感觉，他气势汹汹地朝前走，看见挡路的石头抑制不住地踢了一脚，踢歪了，反而闪到自己，他气得一只手捂住自己的肚子，另一只手叉腰。

他在原地缓了一会儿，可能没缓过来，渐渐地蹲下了，挤在一棵冬青树下狭小的空间里，像是一块石头，顽固坚硬覆满沙土的石头。

秋夕看到这里，眼神凝重了些。

中年男人一直蹲到了林涵真下楼。

其实他们撞在一起是件偶然事件，只不过是他起身的时候，刚好林涵真出现在了道路上。

林涵真看见他，动作顿时拘谨起来。

中年男人凶狠地看林涵真一眼，林涵真立刻站直不动了，看起来就是一个立正挨打的样子，但中年男人没有下文，飞快地离开了，背影看上去气势非凡。

如果是一无所知的路人，在媒体的引导下，很快就能得出联系处整个故事的发展脉络。

林涵真带着东西来秋夕家秘密约会，因为是偷情，所以会紧张和期待。而秋夕回去的步伐较快，也是因为想要抓紧时间享受刺激。

至于那位中年男人，因为他拎着的奢侈品袋子，不管袋子里装的是包还是咸菜，反正标识在那里，自然就被认为是富豪。

而明星和中年富豪联系在一起，能够演绎出来的故事一般只有一种。

富豪回头看林涵真的那一眼，千言万语，一切尽在不言中了。

虽然没有非常不体面的撕扯，但这也是符合逻辑的，大家都想要体面的社会人，赤膊上阵算什么本事，用金钱用地位压人，那才是最有力的。

一个捉奸故事就这样完整演绎在了所有人的面前，占据了吃瓜网友的视线。

客观来说，秋夕和林涵真虽然刚播了一个热剧，和之前相比粉丝多了不少，但光靠他们的咖位，是做不到这一点的。

能够引起这么广泛的关注，和昨天夜里那个视频分不开干系。

好的东西刚被展示在所有人面前就毁灭了，原来它并非是明珠，而早就是颗腐烂发臭的鱼目。

那种落差感让人遗憾，甚至让人生恨。

于是，等秋夕看完视频，想要返回微博首页的时候，她的手机死死地卡住了，按什么都没有反应，一直等到几分钟之后才恢复正常。

正常反应的那一瞬间，评论、点赞和艾特都是爆了的。

秋夕点进去一看，全都是骂她的。

骂她的人有男有女，有的粉丝还带着她的头像，指责她欺骗了自己的感情，做出这样的丑事应该直接退出演艺圈。这算是情绪比较稳定的。

也有一些根本就没有过关注她的人开始骂污言秽语，垃圾词语一个接一个地袭来，层出不穷，让人怀疑世界上怎么会有这么多人会把精力和创造力花在骂人上。

秋夕看了一个就把手机扔了出去，闭上了眼睛。

她对自己说，没关系。

喜欢她的人只是被误导了，而路人只是朴素的道德观发作，他们确实过于急躁，但有些人就是这样，人类存在这类人就存在。

这些年在娱乐圈打拼，这些她都见过了，这次只是人数相对太多了而已，没什么的。

而第三种人就更不值得生气，他们已经是蛆虫了，为了蛆虫生气，那是对自己的侮辱，她只会觉得恶心。

她觉得生气的地方在于，这样的一个视频，如果只是狗仔拍到的，他们必然会先联系她，以便讹钱。

但这个视频一声不吭地就突然出现在网上，甚至于那么多营销号在最开始就不约而同地转发了，这只能说明，这是有意的。

有人故意要黑她和林涵真。

能联动这么多营销号，能一开始就买到高位热搜，这个人应该不是普通的小明星，更像是手里握着资源的人。

一个名字，立刻就出现在了她的脑海里。

董承望。

是不是他？

不过，这个不是现在最关键的事情。

关键之处在于，她必须赶紧离开这里，那个视频已经把她居住的地方暴露了，再留在这里，她就要直面许多记者。

那么多人蜂拥而上，就算没人有主观的恶意，她也绝对吃不消。

不管等会儿要去哪里，这里是不能待了。

秋夕想到这里，什么都来不及收拾，立刻换衣服下楼，想要离开，但她刚刚走到地下停车场，就已经听见了嘈杂的声音，有不少人正在一边讲解一边朝这里靠近。

秋夕非常诧异，怎么来得这么快，这一看就是早就收到消息的。

她眼神凝重地想，现在出去，有可能被当场抓住，但现在回去，如果被包围起来，她只能被围死，毕竟她的住处没有任何食物了。

她一咬牙，一狠心，开着车直接从停车场大门出去了。

出去之后她才发现，人不算多，而且看样子只是附近的好事者，拿着一个手机就来开直播，并不是专业记者，大概也是因为这样，才来得那么快。

她故作嚣张地对着堵住前路的记者按了喇叭，并主动探出戴了墨镜和口罩的脸，询问这是怎么回事。

大概没有化妆的脸和没有及时洗的头发是最好的防护，那位记者一摆手，都不稀罕理她，直接让了。

于是，秋夕顺利地一路逃窜，来到了车水马龙的大路上。

看着四通八达的道路，她突然有些迷茫。

那么多道路，那么多屋檐，她要去哪里？

秋夕茫然地拿出手机。看见屏幕上的未接来电，她才突然想起来，为了防止接到叶尚军的电话，她把手机静音了。

同时她还发现，现在原来只是十点二十五，离那条丑闻爆了也只过去了二十五分钟。

手机上密密麻麻地躺着一连串来电记录，秋夕没有仔细看，直接先给沈姐打了个电话。

没接通，沈姐那边不知道发生了什么事情，一贯二十四小时不关机的铁娘子居然和她失去了联系。

她本来想着让沈姐帮着订个合适的房间，暂时安身，但联系不上沈姐，这个计划自然落空了。

那么，她要去哪里呢？

去叶尚军那里？她不愿意。

从她手机上那一连串的通话记录可以看出，他这会儿大概是气到极致了，就算他不生气，那个家也不可能是她的避风港湾。回去的话，不管是被骂还是被嘲讽，都绝不好受，她就算住在车里也不会回去。

自己要去找个宾馆吗？

一时间，真不知道应该去哪家，万一掏出身份证验证的时候，又被前台看出来是谁，随后又被人追上了呢？

秋夕思索了很久，没有任何答案。

就在这时，林涵真刚好又打了一个电话过来，秋夕接通了它。

刚刚接通，那边的声音就急切地传了过来："我正在去你家的路上，你别急。而且现在网上那个视频已经全都下架，词条也消失了。"

"下架？"

秋夕有一些诧异，怎么就下架了，明明她都没联系上沈姐。但一转念，她立刻明白了。是叶尚军的功劳，上一次她被传出丑闻，也是这么迅速地全网清空。

秋夕苦笑了一声。

叶尚军这个什么都不管，直接息事宁人的做法，过去或许好使，这次可不行了。

他这无异于扬汤止沸，反而会成为黑她最有力的证据。

直接澄清，很难吗？

她这个女儿，真的让他那么丢脸，丢脸到了甚至到这种时候，都不愿意直接公布关系？

想到这里，秋夕告诉自己，不要再想了，没有意义。

为了以后的职业生涯考虑，她不能背上这个黑锅，必须澄清，还要和叶尚军打电话，撕扯，不体面地争吵。

所以，现在她不能把精力放在思考这种只会打击自己的事情上。

想到这里，秋夕叹了口气，对林涵真说：“你不用着急，我已经出来了，开着自己的车在路边。”

林涵真立刻问：“那你在哪里？”

秋夕看向窗外：“在春源大厦的这个路口。”

回答完之后，她沉默了一秒，忽然说：“我现在要去找个落脚的地方。我不知道要去哪里。”

话说完了，即使每个字都出自于她的口中，她仍旧感到意外。

她好像学会了把自己的弱点在特定的人面前展示出来，这是她此前从不会做的事情。

而他呢，他会说什么？

很快，林涵真给出了自己的回答，他不假思索异常果断地说："你要不要来我这里？"

脱口而出之后，他才补充了一句解释："我没有别的意思，刚好我的二楼空了一间房，你可以住到事情结束。"

说完之后，他又安慰道："我们的问题不难解决，只要跟你爸商量一下，好好解释就行。虽然这段时间可能得不到安宁，但长期来看，不会有问题的。你可以放心。"

"我知道。"秋夕抬头，看向后视镜里的自己。

要去林涵真家吗？

秋夕问："那媒体拍到我们俩见面怎么办？"

林涵真很坦荡地说："拍到见面怎么了，我们是男女朋友，已经公开了的那种，拍到就拍到了。你不会忘了吧，十点的定时微博。虽然微博崩了一段时间，没有及时发出来，但现在已经出来啦！"

对不起，真的忘了。

秋夕头疼得要命，叶尚军全网删视频，扬汤止沸，他们直接公开恋情，火上浇油。

这个组合拳打下来，她还能安全存活吗？

秋夕一边看着后视镜里的自己，一边苦苦思索。这时，电话那头的林涵真又问了一句："你愿不愿意来？"

愿意是愿意的，反正都公布了，反正好不了了。

但不知道是不是脑筋短路了，秋夕刚好看见了自己的头发，脱口而出："可是我的头很油。"

林涵真不假思索地说："我有洗发露，放心。"

秋夕：我是在担心这个吗？

她的沉默被林涵真误解了，他有些苦恼地说："难道你想让我给你洗头？呃，我没干过这个，手艺可能不太好，你不要嫌弃。"

秋夕被他独到的理解逗乐了："你是不是笨蛋？"

林涵真愣了："啊？"

秋夕："你在哪里？"

林涵真："下了地铁，正在骑共享单车，还有最后一公里。马上就到绿源大厦了，现在是在用耳机跟你聊天，非常安全！"

秋夕的眼睛弯了起来，她又笑着骂了一声："大笨蛋。"

"不要骂我呀。"笨蛋小声地说。

林涵真上车的时候，运动过后的热气扑面而来，他把头靠近车内的空调出风口，吹着自己被汗浸湿的额头，两只手还在扇着凉气，像是一只淋了雨回到家之后疯狂甩毛的狗子。

秋夕见此，无奈地发动了汽车，朝着林涵真的家开去。

他这一趟来，除了给城市交通的发展贡献一份力量，别的倒也没做。

到了两层小楼之后，林涵真带着秋夕到二楼，给她指了指空闲的房间，而后就跑走了，忙上忙下地给她找干净的床单被罩毛巾枕头。

他甚至还掂了一盆正在开的茉莉花过来，表示放在屋里闻一闻可以舒缓情绪。

忙完之后，林涵真站在卫生间门前，两只手交握，露出有些尴尬害羞的神情："来吧。"

秋夕正在喝茶，差点一口水喷了出去。

他这个样子，看上去不光是小媳妇极了，还有一种只可意会不可言传的即视感。

真是……

不能再往下思考了，秋夕立刻站了起来，表示："我自己洗头，不用你，你去楼下坐着吧。"

林涵真"哦"了一声："那我去做饭了。"

秋夕："去吧。"

看着林涵真离开的背影，秋夕觉得这种对话真是有种老夫老妻即视感，好像已经能够看到她以后和林涵真生活在一起的样子了。

不过，很不错呢。

林涵真的动作很快，秋夕不过洗完头又吹干头发，他已经把饭菜全都准备好了，都是简单好吃的快手菜。

两个人面对面坐在一起，也不管外面的风风雨雨，坐在一起安安心心地吃了顿饭。

吃饱之后，秋夕正准备主动去刷碗，电话却响了，林涵真示意她打电话，直接把碗筷全都收拾走了。

秋夕拿起手机一看，是沈姐的电话。

她立刻接通了，沈姐的第一句话就是："对不起，我这边有事情，手机被摔坏了，刚刚买到新手机。"

秋夕奇怪地问："沈姐，你没有备用机吗？"

像沈姐这种老牌经纪人，因为一个手机坏了就影响工作，这是很难想象的事情。

她这话其实只是随口一说，但电话那边的沈姐却寂静了一会儿，片刻后，才声音苦涩地说："都被李连君摔毁了。我跟他今天……算了，没什么好说的，我跟他分手了。"

沈姐和李连君谈了这么多年，怎么突然分手了？但秋夕想到沈姐偶尔话中流露出的失落，一切又好像有迹可循。

秋夕不太擅长地劝了一句："别难过，以后会遇见更好的人。"

沈姐笑了一声，声音轻松又落寞："谁知道呢？可能更好的人早就和别人在一起，孩子都生几个了，我啊，和他折腾了十年，错过太多了。"

说到这里，沈姐又道："不提他了，没意思，工作要紧。你那边什么情况，那个中年男人是谁？"

秋夕无奈地说："我爸。"

沈姐的声音提了起来："你爸？"

秋夕："对。他那天是给我送东西的，刚好撞见林涵真，谁知道被拍下来了。"

沈姐惊喜地说："那这很好解释，我直接联系媒体发通稿了。你说那些人是不是有毛病，黑得这么着急，都不调查一下身份吗？"

秋夕又和沈姐说了几句，沈姐就迫不及待挂了电话，联系媒体了。

沈姐的动作很快，也就半个小时左右，秋夕和那位中年男子其实是父女关系的消息就已经从许多渠道散了出去，公司还直接发了律师函，表示要告恶意传播谣言的人。

与此同时，沈姐之前联系了许多营销号，会在秋夕恋情公布之后发许多甜蜜的剪辑，渲染气氛，上午因为突发事件，那些营销号都还没发，这会儿刚好可以开始了。

这几板斧下来，网上的气氛顿时就变了，秋夕的私信终于不再是那个乌烟瘴气的样子，祝福的消息和替她鸣不平的消息一条一条地涌了进来。

虽然是同一天，虽然只过了五个小时，一切好像都不一样了。

网上的舆论被瞬间逆转，许多人嘻嘻哈哈地说，原来是老丈人见女婿，那难怪中年男人气成那个样子，也难怪林涵真那么拘谨。

谁敢骑在老丈人头上嚣张，那不是自寻死路？

在凑热闹沾喜气的吃瓜路人里，最快乐的群体，毫无疑问是双人粉。

这是什么样的好日子！

凌晨三点，恋情暴露了，熬夜吃了一夜糖，天亮才入睡，还想中午补补觉呢。

结果上午十点，人直接官宣了，得了，午觉暂时不用睡了。

下午再一看，哦吼，居然都见过家长！

困意彻底没了。这吃的哪里是糖，吃的是咖啡因吧。

他们在超话里过年一样到处乱窜，激情发言。

【我这辈子没追过这种荧幕情侣，简直是云霄飞车一样的体验，内娱哪一家还有比我更幸福！今天狗男人跟我提分手，滚吧，省得耽误老娘的时间。只要珍惜是真的，我愿意一辈子不结婚！】

粉丝们不光在双人超话里蹦跶，还有几个按捺不住的，跑去了秋夕和林涵真的个人超话晃荡，他们拿出自己博爱的胸怀，安慰今天的心碎粉丝，表示"双人超话"是所有人的快乐老家，随时来玩！

总之，所有人都是活力满满，热情澎湃。

但是，一切的快乐只持续到了晚上九点。

一条微博热搜突然出现：【叶氏集团。】

叶氏集团是国内数一数二的实业公司，产业遍布各个行业，这样的词条出现，一般都会伴随着社会舆论问题，但许多人点进去一看才发现，这仍旧是一条和娱乐圈相关的内容。

有人爆料：

> 视频里的那个中年男子不可能是秋夕的爸爸。那是叶氏集团

的老总，姓叶，秋夕姓秋，这两个怎么可能是一家人。

　　再说了，互联网可是有记忆的，大家也该记得，秋夕刚出道的时候，除了重要场合，其他时候看起来都是个穷酸妹，穿的全是地摊货。怎么可能是个富家千金？

　　这届网友还是太年轻，被骗了。

## 第十五章
## 父女矛盾激化

这个消息一出,微博又炸开了。

今天微博的工作人员大概是倒了大霉,一天之内服务器崩塌几次,眼看着加班也该到点回家了,谁知道,又来活儿了。

然而,抱怨无用,遭天谴的加班狗又回到了工作岗位继续奋斗。

在他们的努力之下,微博格外"丝滑",关于秋夕和叶尚军之间关系的讨论在网上越来越热闹,各种各样的说法都有。

有的人还是相信白天的消息,认为应该就是一家人,虽然姓氏不同,但是随母姓也有可能,至于刚出道的时候太穷,入乡随俗,微服私访,贴近基层,这也能解释得通嘛。

但更多的人,天然地更相信那些相对而言更加劲爆,更加阴谋论的言论。

有人在网上说:【我看不是爸爸,是干爹吧,也说得通哈哈。】

这条评论获得了几万个赞。

还有些人发了一条条这样模糊不清的评论:【这个事情到底怎么回事,我只能说,懂的都懂,不懂的再长几岁就明白了。】

这些东西结合在一起,舆论又一次发生了巨大的变化。

秋夕和林涵真再次成为众矢之的,被各种调侃辱骂,无数人参与了这次狂欢。

唯一的好处大概就是,双方粉丝在这种反复折磨中,终于决定摒弃前嫌,握手站在了一起,全网都是骂声的情况下,多一个战友是一个战友,团结一切能团结的力量。粉丝们在许多地方澄清,呼吁理智看待,耐心等待下一步的反转。

不过,这条引发了无数风波的热搜在半小时后就被突然撤掉。

当时,秋夕正在关注热搜榜,手里沈姐的电话还没挂,突然发现热搜没了。

看见它突然消失的那一瞬间，秋夕的心里并没觉得轻松，反而有个地方更加沉重。

电话那边，沈姐还在说："你爸这个年纪的人，思想观念就是陈旧，总觉得直接把消息压下去就行了，热搜撤了，网友又没失忆。最好的办法还是直接用叶氏集团的账号发公告，宣布你们的父女关系。"

说到这里，沈姐提议说："秋夕，你跟你爸沟通一下，咱们尽快把事情彻底解决。"

秋夕仍旧看着热搜榜，"叶氏集团"那四个字消失得太过突然，猝不及防到她甚至有种错觉，好像眼睛里突然出现一个空洞，一个空白。

她闭了闭眼睛，对沈姐缓慢地说："他或许，只会做到这一步。"

"他？"沈姐疑惑地问。

秋夕："叶尚军。"

沈姐非常不理解："他不是你爸吗？这应该是很简单吧。"

秋夕嘴角露出一个稍纵即逝的自嘲笑容："但在我和他之间，有点难。"

她没办法和沈姐详细解释，只能叹了口气，说："沈姐，今天我们观察一下情况，如果需要什么行动，明天再说，行不行？"

沈姐很犹豫，但还是答应了她。

挂断电话之后，秋夕抬头看向沙发对面的林涵真，他手里端着一杯水果茶，已经端了很久，好像忘了放下。

见秋夕挂断电话，他忙不迭地把水果茶递了过来："加了冰糖，甜的，只有两块，不太甜，你试试。"

秋夕被他这句话逗得嘴角略有松动，她喝了一口，味道不错，清甜冰冷，果香浓郁。

喝完这一口，她捧着杯子问林涵真："你有什么想问我的吗？"

她以为林涵真会问她的身份，毕竟突然知道女朋友的父亲那么特殊，总是有些诧异的。

但林涵真只是非常认真地问："你和你爸为什么到现在都没有联系？其实现在这个情况，他出面是最好的。"

秋夕点头："是的。"

林涵真："你不联系他，他也不联系你吗？但他还在撤热搜，应该是知道的。"

秋夕的喉咙突然有点痒，她低头，嘴唇挨在杯沿上。

但是下唇挨到水的时候，她发现，其实她不想喝水，她只是想找个动作，让自己的表情看起来不是那么空洞。

为什么呢？

她想，她是知道原因的。

秋夕缩在沙发上，抱着水杯，低着头很久，然后，她微微地抬头，说了一句话："你知道吗，有些时候，家人会像敌人一样互相征服，他们很难和谐，直到一个人下跪。"

林涵真不理解地看着她。

秋夕突然笑了，她抬起头，满脸笑意地说："我给你讲一件过去的事情吧。

"我十七岁的时候，想要参加艺考，艺考需要很多钱，但我那个时候没什么钱。于是，我去找了叶尚军，我告诉他，我热爱表演，我要考这个。

"他没说话，他用那种看无可救药的人的表情看我，过了很久。"秋夕笑着说，"他说：'你有病？你是这块材料？'"

林涵真看她的表情突然有些不忍。

秋夕摇了摇头，继续说："他说如果我坚持己见要追梦，那就自己靠自己，他不会给我一毛钱。他做到了，但是我也做到了。我节衣缩食，坐火车住青旅，到处考试。

"当时我想，我已经做好了准备，这辈子不会再和他好好相处。我也不会和他要一分钱，就算最后上不了学，就算我的人生就此毁灭，我也不会按照他安排的路走。

"后来，我考上了。我准备不告诉他，直接去上学，虽然我没有学费，但假期很长，我可以自己挣，还可以贷款。

"但是……拿到录取通知书的那天，我不知道我是怎么想的，我回家了，比他早到，我把录取通知书放在桌子上，然后坐在客厅看电视。"

秋夕一边回忆一边说："过了一会儿，他回来了。

"他明明看见了我的录取通知书，但他当作没看见，他走了。"

秋夕看着林涵真，这一刻，坐在沙发上的她回忆起当年那个沙发上的自己，眼神终于痛苦了起来。

直到现在，她都为当时的动摇感到后悔。每次想起，她都会憎恶自己，为什么要多此一举地想要求得认可，为什么那么软弱。

为什么呢？

明明知道会有什么样的报应，但还是去了。

最后，果然一切应验，难道她还在期待什么惊喜？

她真看不起自己。

所以，即使到现在，她也不想向叶尚军求助，很多时候，就算面临自我毁灭的风险，她也不想找他。

因为他一定会就此威胁她放弃什么东西,事情发展到现在,她放弃什么对他来说已经不重要,他要的只是屈服的态度而已。

但她绝不会屈服。

秋夕继续说:"后来,他给我打了三万。可能是学费,但那个时候,早就过了学校交学费的期限,我早就自己攒到钱了。那笔钱我没动,最后转给他了。"

秋夕放下手里的杯子,仰着头,看着天花板道:"其实到现在,我也不确定那是不是正确的。

"有些时候我也会怀疑,自尊心是不是一种有害的东西,是不是我太固执,或者说,我不够成熟?或许我可以眼睛都不眨地花他的钱,能占住多少是多少。但是……"

秋夕突然说不出话来了,她的喉咙终于完完全全地哽住了。

但是什么呢?

她突然看不清自己。

林涵真起身,紧紧地挨着她坐下,又一次紧紧地抱住了她。

他一只手放在后背,一只手放在她的头顶,把她的脑袋往他的肩膀上轻轻地一带,他说:"都已经过去了,过去了小夕。"

秋夕在他的颈窝里声音模糊地说:"我没想到我记得那么清楚。"

林涵真拍着她的后背,像是拍小孩:"那是过去的事情了,现在你已经很有钱,很厉害了,没事了。"

秋夕没有说话。

他安慰得越温柔,她就越想哭,好像一个闸门突然放开了,她难以自抑。

最后,林涵真把哭累了的她送回房间,用热毛巾给她擦了脸,让她先休息。

关门前,他对秋夕说:"好好睡觉,明天起来,或许会有好的事情发生。"

大概是哭得很畅快的缘故,秋夕虽然觉得累了,头也发昏,但心里却没有那么堵。没过太久,她沉沉地睡着了。

第二天起来的时候,居然已经是九点钟了。

她起来,意外地发现,林涵真给她留了早餐,但人不在这里,他在她的微信里留了一条信息:【我出去办件事情,很快回来。中午吃松鼠桂鱼。[小熊叉腰]】

秋夕用手指点了点屏幕上那只小熊,眼睛微微地弯了,看了好一会儿才放下手机,开始喝粥。

而这个城市的另一边,戴着口罩的林涵真站在一栋大厦前,抬头仰望，庞大的建筑在阳光下反射金属的光泽，显得森冷又无情，这是一个由钢筋混凝土组成的丛林，能爬到顶峰的，哪有一个善茬。

很多时候，我们在网上评论一个人的时候，会觉得那个人没什么了不起的，理论上很牛，但仍旧没什么。但如果自己亲身到达他所统治的地方，那么眼前一切有生命的物体，没有生命的物体，都会突然变成那个人身体的一部分，让他看起来高大得无法企及。这个时候，太多人都会瞬间退却。

但是，林涵真只是叹了口气，而后走了进去。他腰背挺直地走到前台，说："你好。"

前台工作人员礼貌地问："您有什么事情吗？"

林涵真没立刻回答，他摘掉了口罩，毫无遮蔽地露出了自己的脸。

这两天，这张脸在网上的热度太大，就算是不看剧的人都已经认识了。

在前台震惊的视线中，林涵真不卑不亢地说："我想见你们的总裁，叶尚军先生。可以安排一下吗？"

十分钟后，林涵真乘坐电梯到达了总裁办公室前。

总裁办公室的门是一扇几乎顶天的红木门，很高，它伫立在那里时，看起来像是一道不可逾越的铜墙铁壁。

在秘书的指引下，他推开了它，而后走了进去。

距离上次见面，其实并没有过去太久，但办公桌后的那个中年男人看起来却截然不同了。

上一次，这个中年男人看起来还是一个平常的父亲，只是脾气坏了点，但所有的举止里还带着浓郁的活人气息。

而这一次，中年男人坐在办公桌后，抱着手臂，用一种审视的目光注视着林涵真。

远远看去，中年男人和背后的金属背景墙融合在了一起，于是，他的目光就好像金属一般不近人情。

正常情况下，没有一个人愿意和这样的人打交道，甚至就算是亲人，往往都避之不及，这是他们生命中最大的缺失，但他们往往一边觉得寂寞一边又引以为傲。

他一个字都没说，以一种傲慢的姿态等着林涵真先介绍来意。他习惯性地等着对方露出受辱压抑的神情。

但这一次，他彻彻底底地失望了。

林涵真一步步地走到他的桌前，表情中除了礼貌，更浓郁的是一种酝酿过后才有的豁达的无畏。

林涵真对他开门见山坦坦荡荡地说："上午好，叶叔叔，我来找您，是想和您谈一谈秋夕的事情。"

他的这种态度让局势一瞬间就超出了叶尚军的控制，叶尚军的声音立刻变得情绪外露了起来："你叫谁叔叔？我跟你有什么关系？"

林涵真很顺畅地改口："叶总。"

听了林涵真的话，叶尚军并没有分毫的高兴，相反，他更加暴躁了。

当他准备好了开启战斗的时候，对方突如其来地缴械投降，这不代表顺从，反而是一种更加深重的挑衅。

这表示，对方其实本质上并没有害怕他，那只是一个无伤大雅的、为了照顾他的情绪而做出的战略撤退，这是另一种意义上的傲慢。

叶尚军冷笑了出来："你不就是想让我帮着澄清。是秋夕让你来求我的？"

林涵真还没有说话，他就又加了一句："她自己怎么不敢来，怕我骂她？没出息。"

林涵真第一次面对叶尚军皱起了眉毛，他非常认真地说："并不是她让我来的，只是我觉得这件事情需要您的处理。但目前为止，作为当事人，作为秋夕的父亲，您的处理都是不合格的。"

叶尚军被林涵真噎住一瞬间，反应过来的时候，他勃然大怒，甚至站了起来，指着林涵真的鼻子："你敢说我不合格，你算什么东西，敢到我面前卖拽，不就是个演戏的，不过是跟小夕谈了恋爱，怎么，你以为你有资格爬到我头上作威作福了？"

面对他的指责，林涵真没有后退一步，仍旧非常认真地说："我是谁，是什么身份，都不影响我刚刚说的那句话。难道您觉得自己的处理很合适？

"作为当事人，您的出现也是事情发展成现在这样的原因之一，虽然热搜和新闻都撤掉了，但怀疑的声音还在，那些人仍旧在伤害秋夕。从这点来看，您的处理不合适。而从父亲的角度来看，您就更加失职。"

叶尚军面红耳赤地说："你倒是说说，我是怎么失职的！"

林涵真立刻问："您知道秋夕因为您的反应有多难过吗？您明知道她会遇见什么，但放任不管。对她来说，被外面的人伤害或许经历多了就习惯了，但被自己的亲人伤害，她怎么会习惯？怎么能接受？"

叶尚军寂静了片刻，好像被触动了，但并没过多久，他就恼怒地说："她难过？我还难过呢！她需要我的帮助，不会自己打电话？长了嘴却当哑巴，她活该。

"她只要过来求助，我当然就会帮她，她的问题随时随地都可以解决。但她不来。如果你说是我害了她，但归根到底，不是她自己害了自己？"

林涵真突然不知道说什么。

238

不是被说服了，而是他忽然觉得，只是面对了一会儿，他就觉得想要叹息，那么秋夕长久地面对这个人，她会有多么痛苦。

沉默了片刻，林涵真才说："所以，您在等她先低头。如果她不低头，你就会无视她遇到的问题，并且认为那是活该。"

林涵真不过是复述了一遍叶尚军说出的话，叶尚军的脸色就变得更难看，他表情扭曲地说："有问题吗？"

林涵真无奈地摇头："这就是问题。"

叶尚军立刻道："问题在于她那么固执，我只是想让她低个头，服个软而已。"

林涵真摇摇头："不，您要的一定不止这个。我相信你们的关系不是一开始就变成这个样子，我也相信，她肯定尝试过和你沟通，发展到现在这个样子，一定是很多事她即使竭尽全力也没办法接受。"

他知道，有些时候，许多人不低头，不是为了获得什么，只是为了自己不会连仅有的那一点自尊都丧失。

他们已经退无可退了。

还要继续被这样的人逼迫，这是可耻的。

叶尚军还想说什么，但林涵真却没有给他机会，林涵真有些抱歉地抢占了先机，直接道："叶叔叔，我知道，你们之间有太多事情一时间无法解决。但是最起码，能不能把当下的事情解决掉？这几天骂她的人太多了，那些人的话如果给您看，您一定接受不了。她虽然已经很坚强，但坚强都是有底线的，您也不希望她真的崩溃吧？"

林涵真试探性地说："那天，您去她的住处给她送东西，还叮嘱我不要欺负她，我相信您还是爱她的。"

叶尚军听着听着，神情里露出一丝不自然，但很快，他好像在为刚才的不自然感到生气："你以为你给我戴上高帽，我就会听你的了？"

这个时候，林涵真的脸上露出了一个真诚又憨实的笑容："难道我刚刚说得不对吗？"

叶尚军沉默了。

他安静了很久，好像在思考什么，眉头皱得很紧，好像内心有两个队伍在打仗。

片刻后，他好像有了主意，抬起头，打量着林涵真。

林涵真神情自然地让他打量。

叶尚军看着他，忽然开口了："我其实已经查清了事情的经过。我知道，这些消息都是明华影业公司的董承望放出去的，他背后的人是他舅舅，徐俊如。

"我还知道，为什么他要这么做，因为你们之间有过节。为了压制你，他和你很多年前签了一个很不公平的合同，想把你雪藏起来，但不知为什么,没能成功,你又站起来了。这次他大概是想彻底把你拉下水,秋夕只是误伤。"

说完这些,叶尚军问林涵真:"我说的都对吗?"

林涵真点头:"是的。"

林涵真对于叶尚军掌握了这么多消息并不感到意外,叶氏集团毕竟是数一数二的大公司,这种信息别人收集不起来,在叶尚军这里却不一定很难。

林涵真只是很好奇,叶尚军说这些的意图是什么?

难道叶尚军想要表示,他决定帮助秋夕解决这件事情。

林涵真并没有这么乐观。

果然,他的猜测没有错。

叶尚军注视着林涵真,刚刚的愤怒状态又消失了,他重新变得居高临下、不可一世。

他说:"我可以帮你和秋夕解决这件事,也可以帮你直接解除合同,还能让你下半辈子衣食无忧。"

林涵真:"那么,代价呢?"

叶尚军:"你们分手。"

他用一种略带嫌弃的语气说:"我会给她另外找一个男朋友,不是演员,而是做正经工作的那种。"

林涵真缓缓地握紧了手,他的眼睛一眨不眨地盯着叶尚军,眼底带着压抑的愤怒。

叶尚军笑了:"怎么,你觉得被侮辱了?"

林涵真摇头,而后认真又生气地说:"不,您侮辱的不是我。您侮辱的是秋夕。

"您有把她当成一个活人吗?即使现在和她谈恋爱的是我,但我也没有任何权利,一个人放弃和她的恋爱,把她推向别人那里。

"我可以保证,即便我和她分手,即便我从来没有出现过,她也不可能和你心目中满意的那个人在一起。"

叶尚军被林涵真的语气很短地震慑到了,他有些狼狈地说:"你就这么自信?你凭什么?"

"这并不是自信。"林涵真严肃认真地说,"这只是因为我足够了解她,仅此而已。"

叶尚军彻底沉默了。

秋夕刚吃完林涵真留下的早饭,正准备在林涵真的客厅里探索一番,手机屏幕上忽然跳出了"叶媛媛"的名字。

秋夕不知道叶媛媛为什么突然给她打电话,接通了电话。

那边，叶媛媛的声音："姐，你知不知道，姐夫来公司了，他直接去找爸了。"

秋夕缓了缓才确定"姐夫"这两个字指的是林涵真。

怎么听起来这么别扭，别扭之余还有股说不清道不明的羞耻。

这是怎么回事……

短暂的尴尬之后，秋夕才意识到叶媛媛说了什么，她的声音立刻着急起来："林涵真去公司大楼了？"

叶媛媛："我刚刚一来就听见有人说他来楼下，直接就说要找爸。现在他在爸的办公室里，谁都不知道情况怎么样。"

秋夕没有拿手机的那只手瞬间握成了一个拳，林涵真去那里干什么，难道是想替她出头？

秋夕瞬间有些后悔昨天对林涵真说的那些话。

电话那边的叶媛媛还在跟她道歉："对不起，姐，我是想借着公司的账号澄清的，但是他们不让，但我已经托我的朋友在很多地方解释了。"

秋夕："没关系，我知道你没办法，况且这也不是你造成的，不用道歉。"

叶媛媛的声音仍旧很愧疚，秋夕打断了她："林涵真去了多久？"

叶媛媛立刻回答："刚进去没多久。"

秋夕："嗯，我现在过去。"

叶媛媛诧异了："姐，你已经很多年没有来这里了。"

秋夕望着置物架那个丑到扭曲的羊毛毡，叹了口气："是啊。但现在要去一趟了。"

他说今天可能会有好事发生，他说会回来给她做松鼠桂鱼，为了好事情，为了松鼠桂鱼，她不可能让他一个人面对叶尚军。

突然间，秋夕就完成了一个巨大的转变。

和昨天无论如何都不愿意见叶尚军的感觉完全相反，她没有任何犹豫地换衣服去了，好像一瞬间，见叶尚军这件事就比喝水还容易。

那是一种义无反顾。

如果一个人想做一件事，想的程度超越了任何渴望和恐怖，她就会变成这个样子。

她沉稳地关上了两层小楼的大门，就像女巫合上秘密花园的篱笆，她开着车，冷静清醒地朝着目的地疾驰而去。

一路上的车水马龙，还有耳边的风声，在她的身边都是掠过而已，并没过太久，她到达了叶氏集团的楼下。

她拿着已经很久都没用过的电梯卡，直接点亮了总裁办公室那一层的按钮。电梯门合上，楼层数飞快地上升，电梯外的建筑也肉眼可见地变小，许许多多遮蔽视线的大楼此刻已经变得低矮无比，匍匐在大地上。

终于，到达了。

秋夕走出电梯，叶媛媛和总裁办的其他工作人员站在电梯外，神情都有些不安。

秋夕简单地朝他们点了个头，而后就毫不犹豫地推开红木门，走了进去。

她本来以为里面应该吵得稀里哗啦，但没想到，林涵真和叶尚军两个人面对面地站着，居然谁也没说话。

一片沉默。

见秋夕来了，林涵真露出意外的神情："你怎么来了？"

秋夕："你来了，我当然要来。"

秋夕走到林涵真的身边，问："你们刚刚在说什么，为什么现在都不说话？"

林涵真难得地抿住了嘴唇，露出一副不想说的表情。

叶尚军的眼神直接从她身上挪开了，偏头看旁边的墙壁，也是一副不想多说的模样。

见此，秋夕也不准备多问什么。不想说就不说吧，这不重要。

她来这里不是为了围观别人吵架，也不是为了来和叶尚军吵架，这都太耗费精力了，她只是来接林涵真的。

于是，秋夕扭头，对着林涵真道："我们走吧？"

林涵真看着她，安静地点了点头，两个人这就准备离开了。

但他们转身之后，叶尚军却绷不住刚才的冷漠面孔，大声地问："你走到哪里去？"

秋夕停下脚步，但她没回头。

叶尚军好像因为自己被漠视受到了很大的侮辱，他生气又不甘地说："我是你爸，是你的家人，你要跟别人一起走？"

背对着他，秋夕微微闭了一下眼睛。

有些人在侮辱别人的时候，总是那么肆无忌惮，但自己但凡受到一点点伤害就无法忍耐，好像自己多么可怜。

其实，直到这一刻，她仍旧不想回头和他多牵扯，但她觉得，或许有一句话她需要说出口。

秋夕看了林涵真一眼，他也在看她，眼底含着浓郁的担忧。

秋夕对他笑了一下，而后回头，对叶尚军平静地说："他不是别人。我会跟他一起度过以后的人生。"

叶尚军愣了片刻，才重复了一遍她的话："以后的……人生。"

而后，他的表情突然间好像平静了一些："人生，年轻人总觉得人生好像一瞬间就过去了，但你知道一辈子有多长吗？"

他的语速又渐渐地变快了："你觉得你遇见爱情了是吧，但没准他只是在伪装。你们这个圈子，所有人都在钱里打转，但又没么有钱，被吸引又得不到，这样的人最容易心理失衡不择手段。"

叶尚军指着林涵真，对秋夕说："知人知面不知心，你怎么知道他是真心爱你，而不是从哪里打探到了我们的关系，想着走捷径飞黄腾达？"

秋夕仍旧很冷静："首先，他不会。其次，就算是那样，又怎么样？我不否认，世上的事情太多，有一天或许我会跟他走不下去。但那时我和他之间的事情了。"

说完这些，她叹了口气，眼神疲惫地看着叶尚军，她第一次那么坦白那么平静地说着内心深处的话："爸，我想离开了。和你相处，我觉得很累，很难受。"

叶尚军怔怔地看着她。

秋夕缓缓地说："这次的一切事情，如果你还对我有些爱，希望你能帮我。但如果你觉得不需要，不愿意，那也可以。"

她无奈地笑了："就像你不能强迫我做什么一样，我也不能强迫你做什么。我对你没有任何期待，所以……"

说到这里，意兴阑珊。

没有什么所以。

就这样吧。

她以为自己心里冷得像铁，又觉得自己保护了林涵真，所以某种意义上也强大得无与伦比。

但林涵真的手紧紧地握上来的时候，她才发现，哦，她的手指在颤抖，甚至牙齿都在打战。

林涵真把她的手指握在他的掌心，他们的血液隔着皮肉缓慢流动，好像那些悲伤和力量都顺着肌肤贴近的地方传递给彼此了。

他们再次转身，面对着大门，真的准备离开了。

但这个时候，身后又一次传来了叶尚军的声音，那是一种愤怒不解压抑悲伤交织在一起的声音。

过去，叶尚军一直是一个戏剧化的人，他的笑容在外人面前时总是超出常规的热情，好像戴上了面具，而在家人的面前，他的怒容又多变又夸张，也像是演出来的。

但这一刻的声音，却超出寻常地真实，好像一个人在自己世界里活了太多年，终于发现了一个事实，一个他不想承认、觉得荒谬，但又无法否认的事实。

他说："你们都是好人，在你们的世界里，我就是那个坏蛋，是吗？"

秋夕回头，不置可否："你觉得呢？"
叶尚军没说话，他的眼睛死死地盯着她，眼皮眨得很快，快到不正常，他好像正在做梦，也好像刚从梦里醒来。
无声地对视了几秒之后，这个一贯强大无匹的中年人突然软倒下去，像是一具突然被剔除骨头的皮囊。
叶尚军昏迷了。

他倒下的那一瞬间，秋夕甚至没有反应过来。
直到他的身体重重地落在地上，手臂带落一地的纸张，面无血色地闭着眼睛，她才蓦然睁大了眼睛。
怎么会突然就这样。
死亡，这个字眼突然不受控制地出现在她的脑海里，同时，这一瞬间，另一张苍白的、合住双眼的脸也出现在她的眼前。
秋夕僵硬地站在那里的时候，林涵真先是安抚性质地握了一下她的手，然后大跨步地转身，出去叫医生了。
一阵兵荒马乱之后，一辆救护车很快赶到叶氏集团的楼下，带走了叶尚军。
叶氏集团这边的动静这么大，自然引起了不少关注，在网上，又掀起了一场波澜。
林涵真和秋夕到达这栋大楼之后，都在一进门的时候就放弃了伪装，直接以本来面目现身上楼了。
叶氏的公司工作人员太多，再加上业务广泛，许多外部人士也会出现来这里，不知道多少人直接目睹了两人分别上楼的情景。
在网络的匿名论坛上，有人发了一个帖子从一开始就直播这边的情况。
【林涵真来叶氏集团的大楼了！】
【1L：如题，感觉我要见证大事发生了，看来那个男的确实是叶氏集团的老总。问题来了，林涵真来这里是情敌见面分外眼红还是负荆请罪还是女婿见老丈人？[林涵真现身图]】
【2L：那谁知道，不过怎么搞都是修罗场，我太兴奋了，楼主一定要实时更新进度！】
吃瓜群众迅速回帖，没多久帖子就盖到了两百楼，虽然什么新的进展都没有，但大家都热情洋溢地讨论着，当然，中间还混着希望楼主给内推的心急求职狗。
第278楼，楼主再次现身。
【LZ：劲爆消息，秋夕来了！所有当事人欢聚一堂，会上演出什么样紧张刺激的故事呢？让我们拭目以待！[秋夕背影图]】

这张图一贴，楼里的吃瓜气息明显没有刚刚悠闲，进入积极性和好奇心被充分调动后抓耳挠腮的状态。

【283L：这是什么情况，女主角现身了！】

【301L：楼主发图到现在一分钟了，秋夕应该已经进入办公室开始对线。此刻，同样生活在这个地球，有些人的生活那么的精彩刺激，穆勒（慕了）。】

这里为止，虽然讨论数虽然急剧上升，但还在正常范围内，有人催楼主继续上楼更新，有人仍在讨论事情的真相是怎样。同时，这个帖子里发的图片开始被人搬运出论坛，发到微博上，引起了更大范围的讨论。

热搜上出现了林涵真和秋夕的名字。

让这个帖子彻底爆了以及热搜榜排位迅速上升的最后一把柴火是一张很糊的图片。

楼主甚至连解释都没有，急急忙忙地贴上了一张糊图，图片非常模糊，隐约可见一个人躺在担架上的样子。

这张图片一出，楼内炸了。

【678L：担架上的是谁？不会是林涵真吧？】

【689L：都躺到担架上了，这得被打成什么样啊，浑身骨头都断了吧。】

【703L：叶尚军的样子看上去也就是个普通中年男，跑起来就气喘吁吁的那种，怎么可能把人打成这个样子？不会是林涵真一进去，豁，帐下藏了八百刀斧手】

【714L：八百刀斧手，不好意思，太好笑了，屋里藏十个人应该差不多可以。】

帖子越讨论越远，贴图的楼主大概是忙着现场参与，完全没有时间回来解释这件事情的真实情况，以至于把这张图搬运出去之后，网络上的各种说法都出现了。

不过所有说法一致性都在于，每个人都认为担架上的那个是林涵真。甚至出现了"林涵真被众人暴打瘫痪紧急送医"这种耸人听闻的词条。

这样的词条，一般人都很难当回事，但是有的人看在心里却异常高兴。

这个时候，办公室里跷脚坐着的董承望刷着微博看得乐滋滋的。

林涵真倒霉，他就高兴了。

这两个人有今天的下场，真是活该，他看着就想拍手叫好。

董承望正在高兴地刷着，办公室的大门突然被从外面踹开了。

他正准备骂一句"谁不长眼睛，都不知道敲门就直接进来，有病"，但到了嘴边的话没能顺利说出来，因为闯进来的不是别人，是他舅舅徐俊如。

董承望立刻坐正了，谨慎地赔笑："舅舅，怎么了，有事吗？"

徐俊如走到他面前，狠狠一拍桌："你在外面得罪谁了，你给我老实交代！"

董承望察觉到事情不对，立刻问："怎么了舅舅？"

徐俊如恨恨地说："税局的人来了，指名道姓要查三年前八月、九月、十月三个月的账，目标那么明确，一看就是有鬼。当时咱们账做得那么好，连会计师事务所都没发觉出问题，偏偏今天出事了。"

董承望委屈地说："这跟我有什么关系？"

徐俊如又一拍桌："我问人家了，虽然没有明说，但意思就是你得罪人了。成事你不会，败事你有余，正是竞选副董事长的关键时期，你给我拖了好大一条后腿。"

董承望不敢说话。

难道秋夕真的是叶尚军的女儿，怎么可能？哪有富家千金像她这样的？

但如果不是这样，为什么事情会发展成这个样子，没有舆论战，也没有针对他个人的报复，直接对准明华进行制裁，这样的力度，是一般人做得出来的吗？

董承望越想越慌张，徐俊如见他表情便知不对，立刻追问到底得罪了谁、怎么回事，但董承望却死活不认。

在这样的反复拉扯之后，徐俊如表情疲惫起来："你不想说，那就算了。"

董承望刚刚松了一口气，就听见徐俊如道："承望啊承望，明天开始，别来这里，自己养活自己吧。"

董承望立刻傻了："舅舅？"

徐俊如又把刚刚的话重复了一遍。

董承望立刻道："你不能不管我，我爸妈都不在了，要是连您都不管我，我怎么办？"

他卡还没还完呢！

徐俊如沉重又决绝地叹了口气，没听他说完，转身就走了。

董承望在原地呆呆地看着舅舅的身影，渐渐地颤抖起来。

这边的事情，秋夕并不知晓，她已经在叶尚军的病床前坐了半天了。

医生的话还在她耳边回荡着："晕倒只是因为情绪激动，等下就可以自行复苏。但患者前段时间刚刚查出脑癌，已经拖了一段时间了，需要尽快手术，等患者清醒之后家属和他好好沟通一下。"

脑癌。

已经拖了一段时间了。

需要尽快手术。

这些字眼在她的脑海里不停地盘旋，混成了一个模糊的模样。

她、林涵真、叶媛媛和李婉茹，这个家现在的成员和未来的成员都坐在病房里，安静地等着叶尚军的复苏。

没有人在房间内说话，不知道说什么，一片沉寂，只是林涵真的手还在牵着她。

叶尚军被担架拉走之后，她还站在屋里，站在许多人的身后，他伸出手，一把就把她拽了出来。

他在她耳边小声地说："一起去医院吧。这个人再讨厌，但是现在不去的话，以后会遗憾的。"

然后他就牵着她朝前走了，一直到现在没松过。

在沉寂中，叶尚军终于睁开了眼睛。

## 第十六章
## 你是最好的爱人

秋夕是第一个注意到叶尚军苏醒的人，也是叶尚军醒了之后，他看向的第一个人。

他们一个躺着，一个坐着，一个眼睛混浊，一个面无表情，沉默地和对方对视了几秒。

几秒过后，李婉茹发现叶尚军醒来了，立刻扑了上来，一边擦着眼泪一边趴在床边焦急地说："你怎么不告诉我们你的身体？都这样了还不说？"

叶尚军躺在床上，声音微弱又嫌弃地说："跟你们能说什么，说了有什么用。"

李婉茹难过又大声地说："最起码比你自己扛着有用，你自己扛着就把病扛好了？不还是来医院了！"

叶尚军被怼得语塞了。他这会儿没力气放狠话，也没本事和过去一样拂袖而去，只能默默地黑了脸。

李婉茹说完话，叶媛媛也靠了上去，小心谨慎地表示自己的关心："爸，头疼不疼？"

她不问也罢，叶尚军立刻横眉竖眼地问："你说呢？"

叶媛媛被怼了个正着，一句话都不敢说了。

叶尚军仍旧穷追不舍："看见你们三个，不，四个，头不疼都疼了。"

叶尚军说"四个"的时候，秋夕察觉到旁边的林涵真露出了意外的眼神。

没想到自己居然被列进这个行列中，他有些不合时宜地震惊了。

这算是另类的接纳吗？

叶尚军大概是话匣子打开了，虽然人躺在病床上，身上还夹着仪器，但气势渐渐足了起来。他断断续续又气势汹汹地说："为什么不手术，你说我能手术吗？脑子里长了东西要切，医生说了，不知道切

248

完之后哪里会受到损伤，万一我手术完了变成傻子，现在的公司谁来扛？"

他瞪着眼睛看向叶媛媛，说："你，手把手教了一两个月，还是狗屁都不会，我都怀疑你是真蠢还是装出来的了，正常人能笨成你这个样子？"

叶媛媛不敢吭声。

他又看向秋夕："你就更是没法说。"

他直挺挺地躺着，看着天花板说："一门心思往娱乐圈钻，泥鳅一样摸爬滚打，现在也没怎么火。等你年纪大了、老了，你还能跟现在一样乐滋滋地追求什么梦想？"

说到这里，他闭着眼睛生气又绝望地说："你们俩一个比一个不靠谱，我怎么能轻易做这个手术？只怕我前头动了手术，公司后头就倒。公司要是倒了，我看你们俩老了就是喝西北风的命！"

"所以你就不去做手术？"秋夕终于忍不住了。

叶尚军不高兴地说："不然呢？"

秋夕揉了揉额头，陈述道："如果你离开公司几天，它就经营不下去，只能说明公司内控机制有问题，制度不够健全，不整改的话迟早有一天会倒——"

她话还没说完，叶尚军就说："我都这个样子了，你还想气我？"

他脸上的表情看起来好像很伤心，他甚至还竭尽全力地拍了一下床板，而后扭过头，自闭一般地朝向另一边的墙面。

秋夕注视着他的背影，没再说话，只是眼神莫测地看着叶尚军。

叶尚军好像也知道她在看他，他背对着她说："算了，你走吧，我这里不需要你。"

秋夕站在原地许久，一直保持着沉默，既没有再和叶尚军进行任何交锋，也没有直接离开。

叶媛媛和李婉茹不敢吭气，只是站在一边关注事态。

到最后，还是林涵真咳嗽了一声："那我们先回去了，明天再来，叔叔您好好休息。"

说完，他就把秋夕拉了出去。

秋夕的车还停在叶氏集团的大楼附近，之前来的时候跟着救护车就到了，这会儿想开车回去，还需要回那里一趟。

不过，还好路不算远，两个人走路就过去了。

在走路的过程中，秋夕也一直没说话，她并非是刻意地保持沉默，只是脑海里的东西太多，要么一个字不说，要么说出一万个字，不然怎么表达都会出现问题。

只是林涵真看她这个表情，免不了觉得担心。

于是，在走过一架过街天桥的时候，林涵真叫住了秋夕，非常犹豫地问："你还好吧？"

秋夕点头，又摇头："我不知道。"

两个人停下了脚步，在天桥上肩并肩地站着，折腾了这么久，居然已经是傍晚下班时间了，天桥下的车辆川流不息，远处的太阳也带上了一丝橘黄色。

林涵真很小心地说："如果觉得伤心，哭出来也可以。"

秋夕看他一眼，笑着叹了口气，手插在口袋里说："伤心吗？有些吧，尤其是他刚刚倒下去的时候，虽然上一刻还很恨他，但那一刻突然觉得特别难过。我只是想和他老死不相往来，但不是想让他死。"

承认这个事实，让她觉得轻松了一些。但很快，后面要说的话，却让她的表情更加凝重。

她握紧了手指，对林涵真说："但这不是我的全部感觉，我……"她的话截然而止，好像很难吐出口。

林涵真直接道："有什么想说的就说吧，没关系的。"

他摸了摸她的头顶："如果和我也不能说，那不是太孤单了吗？"

她安静了片刻，才继续说："我对他的伤心，持续了一段时间，直到他醒来前十分钟。"

说完之后，她小心地看了林涵真一眼，林涵真没说什么，只是又摸了摸她的头顶。

这个动作好像给了她一些勇气，她继续道："那十分钟之前，我在想，如果他死了怎么办。而在那十分钟里，我在想……如果他没有死，他安安稳稳的，但是又得了病，他变成了可怜的那个人。我必须满足他的愿望，照顾他，顺着他，我该怎么办。"

秋夕苦笑着看向林涵真："我知道这样想很可恶，但是，那一刻我是这么想的。

"你知道，好多电视剧里，一个人得了绝症，因为他即将离开，所以面目就变得可亲了起来，什么都没有生命重要，为了生病的人快乐一点，那么什么牺牲都是可以做的。所以，我可能要放下之前的一切，原谅他……"

秋夕的手指突然颤抖了一下："可是……为什么我要原谅他？

"他既然没有对我说'对不起'，那我又为什么自作多情地说'没关系'？

"我又在想，有些人到了最后的时候，突然就善良起来，给被他伤害过的人道歉，那么，如果他道歉了，说了'对不起'，难道我就真的会原谅他吗？

"如果我轻轻松松地原谅了他，那么，我过去那些年的难过算什么呢？可如果他真的悔过自新，在这个世界上大多数人眼里，我除了原谅他，还会有别的路可以走？甚至于如果我不，我可能都会怀疑自己是否太过冷血，睚眦必报。"

说到这里，秋夕的手指颤得更加厉害了。林涵真想要抓着她的手，想要安慰她一两句，但还不及说话，就被她拒绝了。

秋夕很快速地说：“等一等，现在没关系，刚刚说的那一切，是他醒来之前的事情，那些想法在后来就逐渐消失了。你刚刚问我伤心不伤心，这么说吧，被他赶出去的时候，我不伤心，相反，我突然觉得……轻松。

"他还是那个样子，他仍旧不会对我道歉，所以，我也仍旧不用思考原不原谅他这个问题。我轻松多了。"秋夕看着夕阳说，"对一个人只有爱或者只有恨，都是很容易放下的，最怕既爱又恨，既期待又绝望。"

说到这里，她才终于认真地回头看林涵真，笑着说："听完了这些，你会觉得我是个可怕的人吗？"

居然期望别人不要对她好，世界上还有像她这样怪异的人吗？

林涵真叹了口气，对她说："别笑了。"

秋夕眨眨眼："为什么？"

林涵真没有回答她，只是伸出手，抱住了她："因为你很难过，因为他又一次让你失望了。"

秋夕被他抱着，过了一会儿才突然觉得，他说的是对的。

如果根本不指望叶尚军道歉，她又怎么会那么认真地思考他道歉了，她该怎么办的问题。

可是，仍旧没有，并且确定了这辈子肯定都不会有了，如果连生死都不够让一个人改变，那就不可能改变。

所以……

她要怎么办？

直接放弃叶尚军，看都不去看他？

不，那样她以后会后悔，但牺牲自己圆满他也绝不可能。

秋夕闭着眼睛，想了许久，终于，下定了决心。

她稍稍推开林涵真，对着他语气认真地说："我想好了。"

"在叶尚军出院前的这段日子，我会担负起应该担负的责任。不是为了他，而是为了我自己，我不想变成一个和他一样自私的人。我会在媛媛身边，和她一起处理公司的事情，把股价稳住。我会暂时让自己在别人的轨道里航行。"

秋夕的声音提了起来："但是，等他出院，我就会放手，媛媛她靠自己的能力有多大碗吃多少饭,反正有我在,她这辈子不会饿死。

"之后我要回到我自己的生活里,回到……我和你的生活里。"

说到"我和你"的时候,她的表情带着一丝害羞,但眼神却并未躲闪。

没什么好躲的,对爱的人表达亲近,这是天底下第一等大事。

说完这一切之后,秋夕问林涵真:"你有什么看法?"

林涵真思忖了片刻,郑重地说:"我认为,现在应该尽快去超市一趟。"

秋夕懵了:"啊?"

怎么就突然扯到超市上来了,是不是跳跃得太快了?

林涵真弯着眼睛说:"再不去,就买不到合适的鳜鱼了。为了庆祝秋总上任,不吃点好的说不过去呀。"

秋夕摇摇头,也笑了。

忙忙碌碌一天,喜怒哀乐都体验了,最后还能回到属于他们的角落里,听锅碗瓢盆的声音,尝油盐酱醋的味道,最后一起坐在沙发上,胳膊挨着胳膊,什么也不想,好像什么都没发生过。

这样的滋味,品尝过一次,这辈子就戒不掉了。

休憩了一夜,所有的精力都恢复,他们又踏上了新的征程。

因为叶尚军的病情确实不容再拖延,昨天入院已经就已经把所有的检查做完了,结果出来,所有指标都表示,他不需要调养,可以立刻手术。

于是,手术直接定在了上午十点。

可能手术就在眼前,叶尚军终于被恐惧支配了,他躺在床上,一动不动,眼睛看着天花板,好像一直在想些什么。

秋夕和林涵真到的时候,叶尚军也没有说什么,沉默地接受了,秋夕把她的决定说出来的时候,叶尚军也表现得很安静,只是说"你看着办"。

九点半,一个护士拿着几张纸走进病房,道:"可以去手术室准备了,病人跟我走吧,手环戴好了吗?"

叶尚军终于发出了一声沙哑的声音:"戴好了。"

他缓缓地坐起身,但没有站起来,他在床边坐着,像是突然眩晕了起来。

护士奇怪地问:"不走吗?"

叶尚军抬头,忽然问了一句:"没有病床来推吗?"

问完了,他好像自言自语地说:"当初小莹就是被推走了,后来……没回来。"

他的声音很小,除了他,大概就只有刚好站在旁边的秋夕听见了。

听见他的话,秋夕也怔松了一下。

当年,秋莹没从手术台上下来,丧事办完之后,秋夕就没从叶尚军嘴里听过她的名字,好像什么都被他忘记了。

但他终于还是提起一次。

只是,他到底是一直都在记着,只是从不提起,还是早就忘记,但因为突然有了相同的遭遇而突然唤醒了内心的情感,不得而知,也不必知。

因为秋莹早就走了。

人死这么多年之后才生出来的怜悯和悲伤,垃圾罢了。

这一句话之后,叶尚军就站了起来,跟着护工离开病房,家属都在后面跟着。

在手术室前,护士道:"好了,家属就在这里等着,手术结束会叫人的。"

而后,叶尚军就跟着护士走进手术室,在大门关闭前,叶尚军站在手术室内的走廊里,忽然回头看了他们所有人一眼。

这一眼,恐惧和遗憾,还有不舍和怀疑,统统交织在一起,前所未有地真实。

再往后,大门关闭,视线隔绝,家属能做的一切到此为止,除了等待。

秋夕没有在手术室门口等着,因为还有其他重要的事情要做。她既然说了要承担这段时间公司的事情,当然不能食言。

昨天有人被担架抬走的消息传出去之后,许多人猜是林涵真,并且调侃了一番,但后来就有了更确切的消息出现,告诉大众去医院的其实是叶尚军。

但目前为止,公众对于叶尚军的病情还不了解,许多人还抱着观望的态度,股价并没有下跌。但如果叶尚军脑癌的消息传出去,股价就很难控制住了。

因此,必须两手准备,一方面澄清谣言,一方面,秋夕要公布她和叶氏集团的关系,宣布自己暂时搁置演艺事业,管理一段时间公司,直到叶尚军出院。

虽然业内对她不一定多么看好,但毕竟群龙有首,公司能稳住,可以把负面影响降低到最小。

刚好今天是叶氏旗下一款新产品早就定下来的发布日期,她可以借着这个机会直接公布所有信息。

离开之前,秋夕和林涵真认认真真地做了一个交接,她离开,林涵真在这里替她守着,有消息随时告诉他。

说完一切，秋夕转身离开的时候，隐约有种自己去上阵杀敌了，媳妇在家照顾一家老小的感觉。

嗯，这么形容有点怪，但确实这样的。

下午两点，发布会顺利地开始了。

其实许多媒体来这次发布会，也带着搞清楚之前都是怎么回事的目的，但他们最多也就是期待一下从各种细节里猜出真相，没想到，作为风暴之中的当事人秋夕直接上场了。

秋夕上台的时候，全场都安静了。

她表情沉静地站在灯光下，对着在场的所有人说："大家好，这段时间因为我网上出现了许多波澜，占据了一些公共资源。在这里先向所有人道歉。"

她鞠了一躬，再起身的时候，道："道完歉，我想介绍一下我自己。过去大家认识演员秋夕，但同时，我也是叶尚军的女儿秋夕。在他生病入院的时间，我会暂时管理集团，请大家一如既往地支持叶氏……"

开完了会，秋夕又忙着跟董事会的人进行沟通，叶尚军往日的雷霆手段还有震慑力，因此暂时还没有乱来的，虽然忙碌，但事情都在她的能力范围之内，一切还算稳当。

在她处理事情的时候，林涵真发来了消息。

他告诉秋夕，手术非常成功，医生说叶尚军需要在 ICU 观察两天，如果没有问题就可以转入普通病房。

得到这个消息，秋夕坐在叶尚军的办公室里，抬头看了天花板一会儿，然后低头给林涵真发了一个抱抱的表情包。

林涵真飞快地回了她：【晚上吃水煮牛肉？】

秋夕：【……好。】

劳累了一天，这一晚的水煮牛肉格外地香。

吃过饭，秋夕和林涵真两个人又在一起刷微博，今天的微博同样格外热闹，在各式各样的热搜里，"三年已到龙女归位""叶家赘婿林涵真"这两条格外瞩目。

刚看见，秋夕就笑出来了，这都什么鬼东西？

她点进去一看，她那条热搜里面的内容基本都是这样的：【富婆，饿饿，饭饭！】

而赘婿林涵真那一条里面是这样的。

【好耶！灰小伙的故事也很好，我已经产出一篇同人了，大家看完记得点红心！】

【这……突然害怕秋夕不要我们崽了……】

对此，秋夕无语。

人间真实，大抵如此。

秋夕本来做好了在集团里干最起码半年的准备，但叶尚军的恢复速度比她想象的快多了。

叶尚军的生命力强得像是野草，手术完夜里就已经可以清晰地说话，语言逻辑正常。

第二天他就已经开始急着出 ICU，被医生劝回去了。

第三天，他憋不住，据说叨叨了一天，还差点跟护士吵起架，医生看他生命体征平稳，没办法只能同意了。

叶尚军好像得胜的将军一样回到了普通病房，其他人也终于见到了术后的他。

现在的他看上去就是一个虚弱的中年男人，说话虽然清晰，但一股有气无力的味道，不知道怎么跟人护士吵起来的。

看见秋夕的第一眼，他躺在床上虚弱地说："公司……怎么样了？"

秋夕想了想："还行，没倒闭。"

叶尚军可能对她这个回答并不满意，一副血压上升的模样。

但这并不是他血压最高的时候，秋夕刚说完话，李婉茹就激动地凑了过来，满脸欣慰庆幸地看着他："太好了，没死！"

叶尚军虚弱地翻了一个白眼："能不能……说点……吉利的？"

叶媛媛满足了他的心愿，送上了祝福："爸，我感觉你还能工作五十年！"

叶尚军痛苦地闭上了眼睛。

他被一整个屋子的人气了个彻底，差点当场拔管子离开这个伤心地，但被护士压制住了。

叶尚军只能无力地表示自己想再回 ICU，哪怕跟护士对线，也比跟这屋子人待一起强，态度恳切到让人怀疑 ICU 是不是他的快乐老家。

被医生拒绝了。

就看这神态架势，哪里像是需要住 ICU 的病人，不要浪费医疗资源了。

于是，叶尚军只能老老实实地躺平，放弃挣扎，关闭了和世界接触的窗口。

在叶尚军放弃沟通的时候，其他人倒是沟通了一番，定下了看护计划，虽然有护工的存在，但家里人也不能彻底不出现，每天都要有人来照看他一下。

本来秋夕因为需要管公司那边的事情，只是李婉茹和叶媛媛两个人分担了这边的事情，但林涵真也主动表示，他可以参与排班，毕竟以后就是一家人了。

他说这话的时候,脸上笑得真诚憨厚。

她偏过头看林涵真,林涵真对她眨了一下眼睛,她的眼睛弯了弯,两个人之间气氛非常好。

但病床上的叶尚军却不乐意:"我不要你!"

林涵真一回头,露出八颗牙齿:"叔叔不要不好意思,明天我一定早点来。"

事情就这么定下来了。

秋夕每天都在公司里披荆斩棘,虽然她确实有些天分,上大学之前还学过一段时间这方面的事务,前不久还能从明华的账里看出问题。

但毕竟离她接触公司内部业务的时候已经过去很久了,市场变动,人心复杂,她不可能靠着自己那点天分就自大起来,自认为自己什么都能握在手里了。

幸好有林涵真每天帮她看着叶尚军那边,让她基本不用思考他的事情,也不用常常直面他,让她保持了非常稳健的心理,偶尔去医院看望叶尚军的时候,她也非常气定神闲,百分之百地格挡了叶尚军的攻击。

这一天,秋夕忙完了一天的工作去医院,她一来是探望叶尚军,二来是送林涵真回去。

刚一走进病房,叶尚军躺在床上扫了她一眼,就板上了脸,那副表情好像瞬间就把整个房间变成了灵堂,他不高兴地说:"怎么样,公司倒闭了没?"

秋夕稳健地走到他身边,语气轻松地说:"别急,快了。"

叶尚军瞬间气得像是河豚,对着秋夕无力又凶恶地说:"你们两个人,合起伙来,变着花样气我!"

秋夕表情带了一丝好奇,她看向林涵真,林涵真一脸无辜地看着她,手里还在削苹果。

秋夕问:"他怎么气你的?"

叶尚军怒气冲冲地回答:"他中午在我这儿吃毛血旺。"

秋夕歪头:"毛血旺怎么了?你歧视毛血旺?"

叶尚军血压上升的模样:"你知道这里是什么地方吗?"

秋夕:"佛门圣地?"

叶尚军:"……这里是病房!这里有一个什么都吃不了的人,他在这吃得热火朝天,还拿手朝我这边扇风,他是不是有毛病?"

叶尚军说得很惨,但秋夕瞬间笑了。

她笑着看向林涵真,林涵真仍旧是刚刚那副无辜的模样,只是抬手,把手里削好皮的苹果递给了她。

秋夕摆摆手表示不吃,他就干脆利落地把苹果朝自己嘴边一送,"嘎嘣"一口。

这一声好像咬在了叶尚军的心里,他沉默了。

过了一会儿,他压抑地用一根手指指向门边:"赶紧走!"

秋夕:"哦。"

刚好时间也差不多了,她带着啃苹果的林涵真走了出去。

走到医院大门,秋夕很容易就注意到,有人在拍他们。

其实这也不是第一天了,秋夕都已经习惯了。

这段时间社会吃瓜群众对他们特别关注,过去的偷拍群体基本都是他们两个人的粉丝,但现在许多媒体都会跟着拍,不光有八卦记者,甚至连过去只报道金融新闻的记者都来了。

不同的人都能从他们的身上获取自己感兴趣的热点,不得不说,她和林涵真这段时间真是养活了不少媒体人。

两个人见怪不怪地并肩朝前走,还没走几步路,突然"咣当"一声,一本书被远远地扔了过来,砸在了他们两人面前的空地上。

秋夕低头一看——

《如何做好家常菜》。

旁边有个女孩子大声喊:"真真,多学着点!不要让秋夕跑了!"

说完之后,女孩子捏紧了口罩,带着嘻嘻嘻的笑声转身仓皇逃窜。

秋夕看着她的背影一时无语,但林涵真倒是非常镇定地弯腰把菜谱捡了起来,菜谱的塑封已经被拆掉了,他直接翻开看起了目录。

看了两眼,他发出了有点感兴趣的声音:"还有烘焙部分啊,刚好想学着烤蛋糕。"

他遥遥对着那个女孩子喊了一声:"谢谢!"

女孩子头都没回,摆摆手,而后弯腰消失在了人群后。

对此,秋夕摇头,笑了起来:"你还记得你曾经的人设吗?"

林涵真偏头看她:"什么人设?"

秋夕:"在很久很久之前,你还是一个高冷男神,看谁都不带眨眼,现在越来越接地气了。"

林涵真的表情有些意外:"以前我的人设是这个,我还以为是大哥呢?"

他露出了回忆的神情:"说起来,我还记当时我接第一个卖鱼大哥的时候,有个粉丝发私信劝我,接第二个煎饼大哥的时候,她骂了我一顿,说我没有进取心。"

秋夕:"你还有这过去?然后呢,你回复那个人了吗?"

林涵真："我跟她道歉，我说没办法，谢谢她的关注。"
　　秋夕又想笑："后来呢？"
　　他们两个人一边走，林涵真一边语气轻松地说："后来她没回复我，可能取关了吧，我不知道。不过前段时间那个人又给我发了一个私信。
　　"她说那是第一次追星，当时对我的发展很失望就取关了，后来再也没有追过星。但现在看见我过得不错，她想起了过去的事情，替我觉得高兴。她还说她现在婚姻很幸福，祝福我和你也一样幸福。"
　　幸福。
　　秋夕把这两个字放在嘴里咀嚼，她已经很久都没有接触到这个词语了。
　　从过去的负面状况中逃离，放开自己，逐渐享有了一个正常人会有的正常的对生活的感知，情绪也渐渐地变得平和起来，如果说之前心底的快乐指数是负一百的话，不知不觉间，指数已经变成正数了。
　　如果一个人看见辽阔的大路、嫩绿的树叶，还有身边那个人的时候，能够感觉心中有种说不清道不明的愉悦，想放松脸上的表情，想弯起嘴角，甚至想唱歌。
　　这样的感觉，是不是等于幸福？
　　这么想着，秋夕偏头看向林涵真，他正在一边带路一边瞄着手里菜谱的目录，但余光还是捕捉到了她的眼神。他问："怎么了？"
　　秋夕说："没什么。"
　　说完，她把手伸了过去，挽住了林涵真的胳膊。
　　他很自然地接受了她，没有什么特别的反应，好像这件事就该是这么做，他们就该贴在一起，他继续做自己的事情。
　　秋夕却微微地低下头，唇部抿着弯起，眼睛也弯了。
　　这是她第一次在那么多人面前主动地和他贴贴。
　　滋味不错，下次继续。

　　鉴于秋夕已经参与了公司里的管理工作，虽然在她自己眼里任职时间并不会太久，但有些事情办起来就简单许多了，甚至于她都没有开口，就有人主动地送上门来。
　　林涵真的合同在她管理叶氏之后的第二天就解除了，明华影业那边的人坐火箭一般飞速地亡羊补牢，连夜起草了一份待遇非常好的合同送过来。
　　被林涵真拒绝了。
　　短时间内，他不想跟任何一家公司签合同。
　　单打独斗的日子过惯了，没公司也没什么，大不了以后跟秋夕签到同一家，先自由一段时间再说。

但这段时间他也不是什么都没干，集团里面的人或许出于拍马屁的目的，直接跟秋夕提议，新产品的代言人就让林涵真当。

秋夕没怎么犹豫地同意了，反正也要找代言人，肥水不流外人田，况且林涵真现在的名气也完全够了。

林涵真倒是有些顾虑，担心被叶尚军知道了又生气，引起他们父女俩之间的矛盾。

秋夕无所谓地摆手。

既然没有把公司折腾破产，这种小事情有什么值得吵的，如果叶尚军觉得有问题，没关系，他也可以爬起来到公司宣布合作取消。

她又不是什么魔鬼，不会拦着叶尚军的。

对于秋夕的态度，林涵真无奈地摇头，接受了这个工作。

这个代言消息一出，许多人表示，果然背靠大树好乘凉，背靠富婆挣钱爽，秋夕和林涵真之间的感情状态看来确实不错。

双人粉这段时间不知道吃到了多少现实甜糖，像是活在黏糊糊的糖浆里，两只脚根本拔不出来，越吃越带劲。

这个时候，也有一些奇行种仍旧对两个人之间的感情产生怀疑，直接跑到超话叽叽歪歪，表示林涵真一个大男人靠着女人过日子挣钱有没有意思，真是让人不齿。

对于这样的，粉丝的回复一般有两种。

第一种是脾气比较火暴的，直接回复这样的一句话：【帅哥美女甜甜蜜蜜，龙女赘婿恩恩爱爱，酸鸡滚啊！】

而第二种回复方法倒是不忙不乱、游刃有余，甚至带着一丝宽容体谅的气息：【做人永远不要钓鱼，钓鱼业障重，拿别人的痛苦满足自己，晚年会现世报。】

随着秋夕和林涵真两个人之间的糖越来越多，粉丝的底气也越来越足，也越来越不屑于情绪激烈的反驳，第二种回复的人与日俱增。整个超话看起来都佛光普照了起来。

以至于有那些刚刚加入这个群体的人，还有一些中间离开过几天的人，再回到超话，整个人感觉就迷乱了起来。

虽然老夫老妻的超话就是应该岁月静好点，但是，就是这么个静好法？是不是哪里出了什么问题？

超话变成这个样子，秋夕和林涵真因为忙于自己的事情，很少去看，偶尔看一眼，越看越离谱，怎么都搞不懂这是怎么回事，研究一会儿搞不明白就算了。

就算是自己生的小孩都可能发生异变，超话……随它去吧。

作为明星，离粉丝的生活远一点，肯定是没错的。

在一天天的忙碌中，叶尚军的身体也在稳步康复，医生说他的病情在脑癌里算是最轻微的，肿瘤位置很好，在不影响其他部位的情况下彻底切除了，只要他能坚持后续的治疗，撑过五年，以后就不用担心这个病。

在医院躺了一个月，叶尚军出院了。

出院的时候，叶尚军非常高兴，久违地对所有人都态度很好，甚至在医生过来给他签字确认出院的时候，还大手一挥，想要散红包，被非常具有职业操守的医生逃掉了。

医生逃跑之前，坚持着说："刚刚该交代的我都交代了，还有什么想要了解的吗？"

叶尚军喜滋滋地表示："没有。"

但秋夕有。

秋夕非常认真地问医生："他大概多久可以上班？"

喜气洋洋的叶尚军瞬间垮了脸。

医生："……两个月。"

秋夕："谢谢医生，没有别的问题了。"

谢完医生，秋夕偏头，对着怒视她的叶尚军道："别气了，影响恢复速度。两个月结束我就跑了，到时候如果你身体还是不行，公司倒闭了怎么办？"

叶尚军就在这种气鼓鼓的状态中开启了自己下阶段的恢复生活。

他确实身体素质很好，虽然每天都需要待在家里面对一屋子人，心情大概很少有愉悦的时候，但即便如此，他仍旧一天天地生龙活虎起来。

而且因为休养得很好的缘故，脸色日渐红润，秋夕综合判断，觉得自己解脱的日子马上就要到了，叶尚军应该可以回去上班了。

媒体也捕捉到了这个信号，甚至有的媒体为了博人眼球，还能想出这样的新闻题目：新王旧王，谁是最终王中王！

对此，秋夕只有一串感叹号。

槽点太多，不知道从哪里吐起。

有一天，秋夕刚好需要到叶尚军那里拿一个过去的资料复印件，一进门，看见叶尚军正在沙发上看视频。

视频声音又大又聒噪，还带着奇奇怪怪伤耳朵的BGM，里面的人以一种兴奋的声音剖析叶氏集团的未来。

"大家都知道，当演员总会有许多身不由己，需要吃的苦受的委屈就太多了，但当叶氏的掌门人，一切就不一样了，手握权柄的感觉只要体会过了，还能回到过去的状态吗？

"但是，叶尚军也只是五十出头，只要病好了，也是精力充沛的年纪,他会那么轻易地把手里的权力彻底交出去?

"两代人之间的斗争我看是免不了了,只是希望他们打起来的时候不要波及其他人,毕竟这么大的集团,涉及那么多产业,如果发生动乱很难说对我们这些普通人会造成什么样的影响……"

秋夕听到这里,无语。

叶尚军明明知道她进来了,还是装作没看见,继续放视频,放到尽头才装成忽然发现的样子,扭头很虚伪地说:"啊,刚刚没注意,被你听见这个视频了。"

秋夕:我需要配合叶尚军的表演吗?

不太乐意呢。

秋夕直截了当地说:"这种视频你少看,也不要旁敲侧击地暗示我,免得被它影响,出现一些不切实际的想法。"

叶尚军立刻道:"我当然不会被影响,你是我女儿,你要是想管公司,我肯定交给你,绝对不会搞那些一家人抢来抢去的把戏。"

秋夕叹了口气:"你已经被影响了。"

叶尚军没说话。

秋夕:"你为什么会觉得,我想管这个公司?你还有半个月的恢复期,加油。"

叶尚军张着嘴,看着她一会儿才突然问:"你都干了这么长时间,难道就不觉得手里握着这么大的集团,谁都听你的话,当个人上人,很有意义吗?"

秋夕沉默了片刻,低头思考这个问题,再抬头的时候,她嘴角出现了一个笑。

她神情轻松又坚决地说:"我不想当人上人,我只想当人。"

她想要的,仅此而已。

叶尚军彻底不说话了。

他在想什么,秋夕不知道,也懒得探究,猜别人的心是永远猜不透的,也创造不了任何的价值。

她只要知道自己最想要的是什么就好了。

她拿上文件就离开了,离开的时候,叶尚军仍旧坐在沙发上,一个人默默的,就像曾经的她那样。

半个月时间其实也过得很快。

最后那天早晨,林涵真陪着秋夕,很早就来到了公司,他安静地看着张导新戏的剧本,静静地陪着她。

中午,他们在微波炉里热了热昨天就准备好的午饭,在总裁办公室里面对面吃了,边吃边聊,聊完又继续做自己的事情。

这一次，秋夕干了很久，等她处理完所有的事情时，夕阳已经出现了。
她看着窗边的夕阳。
金黄灿烂，像是无数花朵堆叠在云层上，也像是日光下的河流。
这样毫无遮拦的夕阳，在城市里很少能看见，它总是被各种高楼大厦遮挡住，有些时候，就算是纯天然的美景，想要痛痛快快地欣赏它也需要付出一些代价。
但她宁愿不要这样的夕阳，她宁愿永远只能走在大地上，看她那总是缺了这点缺了那点的晚霞，她知道，所有她缺少的东西，都会由另一个人补上。
她站起身来，对着林涵真说："走吧。"
林涵真点点头，收起剧本，两个人一起走出了总裁办公室。
门口的秘书仍旧兢兢业业地守着，见他们两人走出来了，立刻道："明天见。"
秋夕笑着摆摆手："明天不见了，这份工作，辞喽。"
说完，她就拉着林涵真离开了。
他们从四十楼的电梯一步步下降，能看见的范围越来越小，地面上的蚂蚁却越来越大，一步步变成了人。
最后，她回归了地面，也回到了自己的生活里。

恢复演艺事业之后，秋夕和林涵真做的第一件事情就是把之前欠的那一期综艺给录完。
叶尚军刚生病的时候，他们跟节目组沟通了，说这几个月有事情没办法录，节目组很识趣，大方地同意了，现在事情解决了，总不能继续拖着。
于是，两个人再次前往综艺的录制现场。
上一次录综艺的时候，两个人还在偷偷谈恋爱，但现在已经昭告天下，在媒体的报道里公开谈了许久。
这样的变化，招来其他组嘉宾好一阵揶揄。面对那些善意的玩笑话，秋夕脸红地表示那个时候时机还没到所以没说，而林涵真则是大大方方地感谢他们的祝福，他和秋夕会长长久久的。
他表现得太大方了，所以其他人反而不好意思再调笑，只能也送上祝福，而后就按部就班地开启今天的拍摄。
他们俩今天并不打算大张旗鼓地秀恩爱。
虽然在一起了，但恋爱是自己谈的，没必要表演给别人看。
而且不知道是不是因为在一起已经几个月了，和前三期节目拍摄时的动静失宜相比，秋夕感觉自己和林涵真这一次沉稳多了，干脆利落地完成任务结束比赛，一点意外都没有。

但节目播出之后，她对着已经很久没看的"双人超话"再次陷入了沉默。

今天的热门里面，第一条微博是这样的。

【纯路人，这对夫妻是不是在庆祝五十年金婚？】

秋夕"问号脸"：对不起，还没结婚呢，连七年之痒都还没有经历，哪里来的金婚？

她满脸疑惑地看了超话里的其他微博，越看越无语凝噎。

她终于知道为什么这个粉丝发出了这样的疑问。她和林涵真……真就那么没有自觉……

拍节目呢，所有人都站得比标枪还直，就他们俩好像得了奇怪的软骨病，或者变成了《人类一败涂地》里面那种没骨头的软面人，稍不注意就弯弯曲曲地扭向对方，贴在了一起。

虽然贴贴的程度没有很厉害，但抵不住次数太多，看得秋夕本人对自己尴尬到生气。

为什么当时一点感觉都没有呢？

秋夕正在思索，耳后莫名其妙地传来了一个声音："咦，你是不是在看超话？"

林涵真不知什么时候已经靠了过来，手臂挨着她的肩膀。

她什么都没有感觉到，太恐怖了。

秋夕深吸了一口气，放下手机，决定去洗个头，冷静一下。

洗完出来，林涵真坐在沙发上，正在低头看着什么。

秋夕一边拧头发一边走过去看，是下部戏的剧本。

剧本，没什么大不了的。

她刚准备挪开视线，忽然笑了出来。

林涵真哪里是在看剧本，根本就是在涂鸦，封面上一只小熊在憨态可掬地撒花，林涵真正在用铅笔画花朵。

秋夕摇头："你怎么哪里都要画这个熊？《燕归来》的剧本也是，好大一只熊。"

林涵真意外地看她："你怎么知道那个剧本上我也画了？"

秋夕：糟糕。

她不得不尴尬地说："你杀青之后可能走得匆忙，那个剧本落下，被我捡到，现在在我家里放着。这件事忘了跟你说了。"

林涵真疑惑地看着她："忘了？"

怎么就抓到了这种令人尴尬的重点。

秋夕让自己的语气努力地平和："忘了。怎么了，难道你以为我那个时候就暗恋你，所以私藏你的剧本？"

林涵真:"我可没说。"
秋夕哽住。
林涵真:"嘿嘿嘿!"
眼看着秋夕就要炸毛了,林涵真敏锐地开始自救,赶紧主动地转移了话题,让一场恋爱风波消失在萌芽阶段。
他看着秋夕,忽然说:"你还记不记得我们第一次见面的时候?"
秋夕:"哪一次?"
林涵真无奈地说:"很小的时候那次。"
秋夕眨眨眼:"怎么了?"
林涵真看着她,视线好像凝望着现实和虚幻之间的交汇处:"其实我一直记得那个时候你的样子,还有你朝我挥手离开时的神情。只是那个时候的你看起来和现在区别太大了,很难认出来。"
秋夕:"怎么突然说起这个?"
林涵真笑了起来:"我猛地想起来当时你问我的问题了。那个时候我觉得有些奇怪,这么小的女孩子怎么会有这种苦恼。不过,等你走的时候,我在心里想,希望在这个小女孩以后可以碰见很好很好的爱人。"
林涵真抬着眼睛看她,期待地笑着说:"过了这么多年,她遇到了吗,你说呢?"
秋夕本来不明白林涵真是什么意思,但是看着他的眼神,秋夕明白了。
这是……求表扬是吧?
秋夕觉得有点好笑,但同时,她的脑海里又冒出来一些奇怪的感触。
并不是所有人都会在希望得到夸奖的时候直接问,也不是所有人在想要夸奖对方的时候就能够敞开心胸表达内心的想法。
在许多人的眼里,或者说在之前的她心中,想要得到夸奖的欲望是可耻的,因为它会暴露内心的需求感,而想要夸奖对方的欲望同样可耻,因为它好像是最低级的投诚。
不管怎么样,总是要拧拧巴巴地和自己反复过不去。
但这一刻,看见他那么期待那么真诚地看她的眼神,那些拧巴突然间就消失了。
她尝试性地说:"你——"
说出"你"的时候,心里好像有把锁突然开启了,下面的话就像是河水一样轻而易举地流淌出来。
她语气轻快地说:"你是世界上最好的爱人。"
林涵真眼睛弯弯地看着她,一把将她抱住了:"你也是。"
她也是?

秋夕愣住了。

她虽然一直觉得自己还不错，但被人这么直接地说"好"，实在很少有。

她不算聪明，不会的东西总归比会的东西多，也不算特别美丽，就算是在娱乐圈混出一席之地，离绝世神颜还是差了一些。

金钱方面，前段时间的可支配资金量可能到达了一种一般人无法企及的程度，但现在也就是圈内普通人的水平。

至于那些奇奇怪怪的家庭隐秘，莫名其妙的性格弊病，那就更是没法一一细说了。

她犹犹豫豫地问："我哪里好？"

林涵真的声音从她的耳边传来："你是想让我夸你吗？"

秋夕一愣。

好像……是有点？

在一个人面前不确定地自我否定，心里所想的，其实多半是对方的反驳吧。

她有些羞耻又有点期待地看他。

林涵真却站起身来："别急，你坐着，我去拿吹风机。可能要夸很久，所以，头发不能一直湿着。"

说完，他已经跑走了。

他回来之后，就坐在她的身后，吹风机响起了，他的声音也出现在她的耳边。

"那我们的夸夸环节现在开始，我要从五个方面分析秋夕女士，请秋夕女士认真听。这五方面分别是温柔、善良、勇敢、坚强、可爱。"

林涵真确实给她有模有样地分析了好久，听得秋夕非常不好意思。但是，不好意思她也要坚持着认真听，因为被夸真是太快乐了！

林涵真分析了前四个方面，该说第五个方面的时候，却停了下来，用手指给她分头发。

秋夕头发在他手里，不方便回头问，同时也有些不好意思的因素，她只能梗着脖子说："可爱怎么不说了？"

林涵真："可爱还用分析吗？可爱就是可爱。"

整得秋夕脸红了。

她背对着林涵真认认真真地脸红了挺久，直到头发彻底吹干才恢复正常。

头发吹干之后，两个人又并肩坐在沙发上，各自拿着自己的剧本，开始琢磨台词，偶尔探讨几句。

研究了一段时间，两个人拿着手机开始放松，秋夕放松了一会儿就觉得困了,准备回她的房间睡觉。

说起来真是奇怪,明明林涵真这里只是普通的城中村小楼,但她住着舒服极了,到点就困,每天睡觉都一觉到天亮,连梦都不怎么做。

以至于都这么久了,她居然还没有搬回去,甚至还拿了不少衣服过来。

秋夕准备上楼睡觉之前,随口催了还在看手机的林涵真一句:"你也早点睡吧,熬夜要有黑眼圈的。"

林涵真很畅快地说:"好的,我把手上的东西看完就去睡。"

秋夕突然有些好奇:"你在看什么?"

林涵真抬起头,很平常地说:"看看这边刚开的楼盘。"

秋夕纳闷了:"楼盘?突然看这个干什么?"

林涵真比她还纳闷:"咱们总不能在这里结婚吧,现在房价还算稳定,我准备下个月就把房子买了,首付先交清,以后慢慢还房贷,还好之前明华给我交了不少住房公积金,可以拿出来用。"

林涵真突然表情很认真地问:"以后咱们买多大的房子?小的肯定不行,太大又空得慌,你觉得几间卧室合适一点?要活动房和游戏房吗?花园你觉得需要吗?"

秋夕忍不住打断了他:"你为什么计划到这么远以后了?如果我没有失忆的话,你还没有求婚吧。"

林涵真的声音突然停住,愣愣地看着她。

秋夕抱着手臂,站在他面前,没说话,但也没走。

屋内一片沉默。

这可能是林涵真这辈子最头脑灵活的时刻,他突然露出了悟的神情,"咣咣当当"地飞身跑走,不知道从哪里"哗啦啦"地扒拉了好久,又"噔噔噔"地下楼,手里拿着一个盒子。

他气喘吁吁地停在秋夕面前,弯着腰,捧着盒子,拿出里面的戒指。

秋夕不知道他什么时候去买了戒指,这个事儿他一点都没跟她透露,瞒得够严实。

林涵真捏着戒指,深呼吸片刻,一张嘴,准备说什么,但由于太过紧张,居然没有说出口。在他过往的经历中,大概很少有这种局促时刻。

毫无疑问,这不是一个适合求婚的时候,什么浪漫的气氛都没有,发生得极其意外。

但是,世界上的好东西往往都来得这么意外,比如爱情。

林涵真又酝酿了一会儿,终于,他再一次开口了,但,在他还没有说话的时候,秋夕忽然笑了。

林涵真诧异地看着她。

她笑着一把将戒指拿了过来,戴着手上,她用戴着戒指的那只手按在他的肩膀上,像是给骑士授勋的女王。

她微笑着郑重地说:"我愿意。"

她愿意相信世界上还有永恒不变的爱情,愿意拿出自己全部的爱和勇气进行一场豪赌,愿意陪着这只"傻狗"度过漫长的一生。

她也愿意相信,这一切只是开始,更好的东西在后面等着她呢。

灯光下,林涵真举起手,按在她的那只手上面,他看着她,眼神灿烂又坚定。

誓言就这样在无声中结成,他们看着彼此,笑了起来。

## 番外一
## 不期而至

《燕归来》剧组第一次正式见面那天,秋夕起得很早。

她昨天很晚才到影视基地,等正式入住,已经是零点之后,按照她往日的作息,第二天最起码要休息到八九点。

但她六点就睡不着了,坐在窗边的椅子上眺望外面的一切。

看见了什么,她其实不太清楚,她的脑海里只有一个想法,今天所有剧组成员会坐在一起围读剧本,这个所有,当然包括林涵真。

虽然他们的合作关系前两个月就确定了,但微信一直没有加上,到现在为止,彼此还是陌生人一般的存在。

其实,和自己马上要合作的演员见面这件事情,她已经经历许多次了,没有什么了不起的,但不知道为什么,这会儿坐在窗前,莫名地觉得心里有种说不清的热度。

好像夏天快下雨的时候,心头焦躁。

她正坐着,忽然听见楼下有人走动的声音。

她从房间的窗户朝下看,看见了一张熟悉的脸。

她已经在网络上搜索了林涵真的许多信息,把他的每条微博都看了一遍,连同自拍都已经刻进了脑海深处。

此刻的林涵真正站在酒店后的小花园里,对着太阳伸展着身体,像一棵沐浴阳光的树木,看起来朝气蓬勃,嘴里还在很小声地给自己"一二三四、二二三四"地记着数。

如果不是秋夕已经醒了,并且住在二楼,根本什么都听不见。

她站在阳台上,安静地看着他,她想观察一会儿这个人。

一个人的模样其实是很多变的,小的时候是那个样子,但长大之后不一定,他在微博上是一个模样,但和本人又不一定相等。对于真正的林涵真,她其实抱着极大的好奇。

不过,观察着观察着,她的心头忽然出现一种此前没有的感觉。

如果仔细分析的话,那是一种……想要笑的冲动。

她很自然地笑了出来。

直到林涵真舒展完筋骨离开,她也想不明白自己为什么会想笑。

但后来就明白了,其实原因很简单,看见可爱的东西人当然会情不自禁地露出笑容,这是本能反应,刻在基因里的。

大概是早晨的那次单方面遇见,秋夕对林涵真的陌生感再次降低不少。

所以,导演介绍他们互相认识的时候,秋夕很顺畅地伸出了手,对他说:"你好,我是秋夕。"

林涵真立刻站起身,弯着腰,也握住了她的手:"你好你好,我叫林涵真。"

这就是一切的开端了。

正式拍戏之后,两个人的相处时间就越来越长了,就算不需要拍戏的时间,他们俩基本也不怎么离开现场,要不然看其他人的表演,要不然两个人一起走戏,讨论下一幕该怎么演。

每天长时间地待在一起,他们之间的熟悉度迅速地上升了,没过几天,秋夕就震惊地发现,现在林涵真给她的感觉,就像是已经认识十年的老朋友。

他好像天生就有说话讨喜的能力,那种讨喜并不是油嘴滑舌,不是故作友好,而是从内心深处渗透出来的友好和温柔,他好像从来不怎么掩饰自己的想法,说到开心的时候就咧着大白牙笑。

他们俩聊着聊着时间就过去了,一点都没有感觉到不自在。

至于后来一起玩游戏,那就更是快乐了,毕竟能够拥有一个赢了吹你、输了安慰你的队友,游戏体验实在不错。

虽然她为了埋汰林涵真专门买了一个改名卡,把自己的名字改成"我来带妹了",但这绝对不是抱怨,如果一定要仔细分析,或许……

更像是她在委婉地表达一种说不出口的亲密。

亲密?

第一次察觉到她好像对林涵真不太一样的时候,是那场雨戏拍完。

为了达到最好的效果,他们两个抱在一起,在瓢泼的大雨里整整待了一个下午,戏拍到最后,虽然她还能一切如常地表演,但她自己知道,她已经开始发抖了。

她的抖动别人没有注意到,但林涵真察觉到了。

最后一次,他的情绪格外到位,让她也沉浸其中,他们非常完美地完成了这一幕,可以回去休息了。

虽然秋夕已经尽了最大的努力,飞快地跑回住的地方,洗热水澡,但没多久，还是觉得头昏脑涨了起来。

她正在床上迷迷糊糊地准备联系剧组的人，问问有没有感冒药，门就被从外面敲响了。

她晕晕乎乎地打开了门。

林涵真就站在她的门外，穿着纯白的T恤和膝盖以上的工装裤，手里拎着一个塑料盒。

他笑着，把塑料盒递给了她："我自己煮的姜汤，喝完了大概会舒服一点。"

秋夕接过了它，他又递过来一板感冒药。

然后，他就对她摆摆手，干脆利落地离开了，好像自己什么都没做，也并不准备接受她的感谢，那副潇洒的模样，让人看见一次就忘不了。

秋夕站在门边一直看到他的身影消失，而后才回到屋里，开始喝姜汤。

这是她第一次尝到林涵真的手艺，她本来对姜汤很抗拒，但喝到嘴里却倍感意外。

鲜桂圆炖煮的时机刚刚好，并没有过分软烂，仍是汁水清润的状态，姜片薄得像纸，辛辣仍在，却并不让人觉得难受，反而刺激了味蕾。

她一口一口地喝完了姜汤，吃了药，躺回床上的时候，一种说出来就会觉得尴尬的想法袭击了她。

她想，他为什么要熬这份姜汤？

只是友谊吗？

会不会，有些别的东西？

睡着之前，躺在床上，她都被一种昏沉又隐秘的期待包围了，她想，明天去了片场，她要问一问，林涵真为什么要给她熬这份姜汤。那一夜，她做了梦，梦见什么其实很模糊的，但很快乐。

第二天早上，她的身体已经完全恢复健康，她到片场的时候的比林涵真早，正在思考这个问题应该怎么问出来，她就听见了片场有人在说，昨天林涵真从哪里弄的姜汤，味道不错，真是有心了。

那一刻的感觉，秋夕记得很清楚。

好像可乐的气儿突然散光了，那些"咕噜咕噜"翻腾的细小冲动瞬间湮灭。

她很清晰地知道，自己在失落。

那么，人为什么要失落呢？是抱着什么样的期待，然后才会觉得失落？

那天之后，秋夕就情不自禁地比之前更加关注林涵真。

这种情不自禁一方面来自于他对她的吸引力，一方面则来自于好奇,她已经开始不自觉地对比他对待她和其他人的方式有什么不同。

对比了一段时间,她发现其实没什么不同。

就算有那么一点不一样,更加亲近,但那也只是因为他们现在的合作关系。朝夕相处的两个人,和对方关系好一点,这算什么呢?等合作结束,这样的关系很容易就冷掉了。

这一点,秋夕很清楚。

想明白这点的时候,她是有点焦躁的,但这股焦躁并没有来得及充斥她的内心,就有另一件糟心事情朝她扑过来了。

她拍戏的时候,明华影业公司的董承望去隔壁剧组探班,头一偏,看到了她,他的眼睛立刻直了,开始对她展开追求。

这场追求最开始还不算难以应付,董承望表现得比较含蓄,秋夕在不伤及体面的情况下委婉地表示了拒绝,但董承望就好像完全听不懂人话,接收不到她发射的拒绝信号。

她本来怀疑自己是不是拒绝得太过委婉,但调查了一番董承望过去的事迹,她明白了,哪有什么听不懂,不过是装不懂而已。

看明白这一点之后,她立刻就对这个人产生了极大的厌恶,她最讨厌油滑又自私的人。

她不得不找了个机会,非常正式地对董承望表示,请停下他的追求,这对她来说是一种困扰。

而这个时候,董承望才暴露出了自己的真实面孔,他先是表示自己并没有故作不懂,是秋夕想多了,又提出他并没有强迫秋夕和他在一起,那么他的追求就是他自己的事情,跟她有什么关系,她可以不接受,但他也可以继续。

于是,噩梦就开始了。

他开始使用各种让人觉得尴尬又不舒服的方式追求她,随着时间的推进,姿态越来越逼迫,甚至开始围追堵截。

随着他的声势逐渐浩大,这件事情不再只关系到她一个人的感情生活,甚至对整个剧组正常的拍戏流程都造成了一些干扰。

秋夕想要彻底摆脱他。

但是怎么摆脱,也是一个问题,因为她现在的身份只不过是个普通演员,面对他这种人,其实是处于弱势地位的,如果处理不当,对她的事业伤害很大。

于是她困扰地思考了一段时间。

但有一天,拍完戏,她走在回去的路上,董承望突然冒了出来,同时身后还跟着五个人。他表示,追了秋夕这么长时间都没追成功,他准备放弃了,但毕竟他付出了那么多时间和精力,秋夕今天晚上必须和他一起吃顿饭。

他说得轻巧，一顿饭，但一顿饭之后的事情，那就不好说了。

他不怀好意的架势太明显，秋夕立刻就准备逃跑，但她的意图很容易就被发现了，那五个人围了过来。

就在她不知所措的时候，一声巨大的"你要干什么"从她身侧响起。

她偏头，就看见一个人突然从草地里蹿了出来，像是一只金毛，直直地朝她这边狂奔，一边跑，一边露出了凶狠又勇敢的眼神。

他出现得太过莫名，甚至其他人都没有反应过来，就被他打倒了。

在这一天之前，秋夕从来不知道，林涵真的战斗力居然这么强，他挥舞拳头的时候，看起来都不像是他自己了。

很快，站着的就只有他们俩和躲在后面的董承望了。

董承望本来只是被打扰了好事的生气和怕被打的害怕，但没多久，他一愣，眼里露出了些熟悉的神色。

这只"金毛"的脸，他见过，不止见过，还结过仇。

当时就是这个叫林涵真的人，在剧组当着所有人的面跟他吵架，搞得他面子很不好过，剧播之后人气还压过了他，不知道多少人都一边骂他一边夸林涵真，于是他就使用了一些手段，把林涵真雪藏了。

这么多年没有听见这个人的消息，他以为林涵真已经转行了，没想到，居然又冒了出来。

新仇旧恨搅和在一起，董承望立刻放下了秋夕这边的事情，他现在只想教训林涵真一下。

但教训林涵真之前，他想要戏耍这个人一下。

于是，他摆出一副宽容的样子，装模作样地说："你现在跟我道歉，我就什么都不计较，不然的话，后果你也是知道的——"

他想要看看，这么多年过去了，林涵真是不是还和过去一样拥有着那么坚定不移的幼稚善良，他知道很多人做好事其实是出于一种冲动，如果告诉那个人自己会面临怎样的损失，并且让那个人重新选择一次的话，很多人都会做出完全不同的抉择。

他喜欢这样的人性游戏，想想就觉得兴奋。

但他还没有说完，一声"滚"就传到了他的耳朵里。

林涵真站在他的面前，眼里满是怒火，还非常严肃地又说一句："滚啊！"

董承望奇怪地发现，林涵真的神情里有一种超乎寻常的紧张，像是领地受到威胁的狼狗，还带着一股护食的味道。

他奇怪地观察起来对面的两个人。

他并没有时间进一步观察，因为林涵真发觉他的视线之后，居然立刻就朝他走了过来，刚刚打倒五个人的拳头眼看着就要接近他的脑袋瓜子了。

识时务者为俊杰，他跑了。

其实很久之后，董承望再次回忆起刚刚的一切时，总会忍不住地骂一句，狗情侣，那个时候是不是就勾搭上了。

但这个时候，秋夕和林涵真没有一个人察觉出来那些奇怪的转瞬即逝的情感。

董承望带着人离开之后，他们不约而同地对着另一个人说："你没事吧？"

声音重叠的那一刹那，他们陷入很短暂的沉默，而后，秋夕才率先回答："我没事。"

林涵真也笑了，他憨憨傻傻地摸了一下后脑勺："五个人而已，没关系，他们其实也不是练过的。以后遇到这样的问题一定记得叫我。"

互相表示了许久关心之后，他们肩并肩地回去了。

这一天的天气挺好的。这是回去的路上，秋夕突然发现的事情。

从这一天开始，秋夕对林涵真的感情好像就越来越明显了。

拍戏的时候，很容易就可以入戏，无论哭和笑，都可以演绎得感情浓郁，效果极好。

而在戏外，她也会比之前更加频繁地关注林涵真的一切动态，她能够在林涵真演独角戏的时候坐在监视器旁边眼睛一眨不眨地看，并且无论林涵真演了什么，她都会抑制不住地想要笑出来。

她这样的变化好像被马哥注意到了，她发现有些时候，他会有些担忧，一副欲言又止的样子。

对此，秋夕只能装作没看见。

无论如何，在这部剧的拍摄期，她绝对不会做出什么冲动的事情，她会好好地拍完戏，把那些属于她个人的心思好好地收拾起来。

况且，她其实也知道，很多人拍戏的时候都会和剧里的伴侣产生感情，大家都知道，这就是入戏了而已，当不得真。

她对林涵真的感情也并不一定就是真的。

虽然有些时候在戏里抱在一起的时候，心跳会很快，手指的末端也在发麻，但，她并不能确定自己的内心。

在这种怀疑中挣扎了很久，终于，《燕归来》的拍摄到了最后一天，燕珏和乔青云两个人站在一起，相视而笑，说着永远不分离的话。

但她知道，那都是假的，事实上，今天过后，她和林涵真的见面遥遥无期了。

她什么都没有表露出来，只是对他笑着说下次见。

林涵真大概有别的事情，并没有在剧组拖延太长时间就立刻走了，走之前，他交代了一句"如果有问题找我"，然后就离开了。

273

走出她的视线前，他一直没有回头。

他走之后，她路过他的房间。

大概是退房了但工作人员还没有来得及打扫的缘故，房门开着，她走了进去。

房间很干净，他走之前还整理了一下，空气里没有什么奇怪的味道，如果一定要说，那就是一股他的洗衣液香气，仍旧残余着。

她坐在床边，发了一会儿呆，想要离开的时候，她才感觉自己好像坐在了什么东西上面，她掀开被子，看见了一个剧本。

翻开第一页，一只小熊出现在纸张上。

她看着那只小熊很久，把它带回了家。

其实杀青之后，他们的联系还是挺密切的，林涵真这个人好像能够无视时间和空间的距离，如果你跟他聊得很火热，他就会随时随地跟你分享生活里的各种鸡毛蒜皮。

这样的行为在朋友那里，或者在情侣之间，都是很可爱的行为，但在他们两个的关系里，就显得怪异了起来。

她差点就要怀疑林涵真是喜欢她了，但有一天，他们一起玩游戏的时候，林涵真又和之前一样，拉了几个人过来，大家热热闹闹地在公屏里聊天。

有个人非常开心大大咧咧地说：【林涵真，你今天发给我的那个是什么图，把我看乐了。】

林涵真也乐呵呵地说：【好笑吧，我看完就发给你们了。】

秋夕听得一愣：【什么图？】

林涵真：【就是那个"外面的植物：'混凝土有点挤，不过还可以。'家里的植物：'自来水吗？我不喜欢自来水。'"。】

说完之后，林涵真又"哈哈哈"地笑了起来：【我昨天刚死了一盆月季，看到这个图真是笑死了。】

秋夕无语。

这图啊，今天林涵真给她发过，她非常捧场地给他发了很多个"哈哈哈"，对话框里含哈量非常高，尽力地让他收获分享的快乐。

但那个时候林涵真的回复倒是不怎么快，现在想来，原来是也在和其他人一起分享？

其实对于林涵真这种人来说，这些都是正常的，他们就是朋友，朋友又没有什么独占性，所以有什么好不高兴的呢？

但她还是会觉得有些低落，好像又一次认清了自己已经认清的位置，她又为这种低落而觉得羞耻。

她想，这样的情况不能持续下去了。

她不能就这样天天地和他聊来聊去，但他们又什么都不算。

这样是一种折磨。

如果不能升级，那她暂时离开也可以。

于是，她开始缓慢地跟林涵真拉开距离。

本来他们几乎每天都在聚在一起玩游戏，一天两三局总是有的，一边玩游戏，一边聊天。

但下了决心之后，她就不再那样跟他玩游戏了，最起码双人开黑是绝对不会的。

但一堆人玩游戏，尤其是除了她，其他全都是林涵真的朋友，其实也挺难受的。

林涵真还常常叽里呱啦地跟别人说好长一串之后，突然一提声音："秋夕？秋夕怎么不说话，卡了？"

秋夕不得不吭一声，表示自己还是个能喘气的活人。

林涵真听见她的声音之后"嗯嗯"两声，然后又开始和别人聊天，菜鸡们因为你也死了我也死了快乐地欢笑出来，像她这样的高手就只能孤独 carry。

这样的憋屈加上有意识地疏远，大概过了半个月，游戏就断了。

但他们俩还是常常聊天，林涵真永远都有很多稀奇古怪的东西等着跟她分享，就算是她每次看见林涵真那边的对话弹出来，都会默默在心里发誓，不能多说，绝对不能。一开始聊天，她就什么都忘了。

不知不觉，一个小时就过去了，其实聊了什么，她也不知道，就是完全不停地打字，聊得热火朝天。

这样不行，哪有拉开距离的样子。

如果突然冷落他，让他直接地察觉到她远离的意图，也不太合适，再怎么说都是合作过一部剧的伙伴，以后还要再见面的。

那么，最起码别那么热络了，这是可以做到的。

于是，她开始降低她和林涵真聊天的频率。

原本一天可以聊三四次，变成只聊一次，再过一段时间，两三天才有一次了，同时，她开始使用敷衍大全来回复他，满篇"嗯嗯啊啊"，基本不说人话。

这样的聊天当然不会让人获得快乐，于是，突然某一天开始，一切就好像从来没有发生过，聊天框安静了。

她成功了。

但她并不觉得开心，她觉得失落，心里空了一块。

曾经的她其实并不爱和别人聊天，她自己跟自己玩，一直都玩得很好，但是她体会到了和那个人说废话的快乐，现在猛地回到过去，她居然觉得受不了。

她只能告诉自己。

等吧,等一年过去,等她彻底地冷静下来,看明白自己的内心,看她的那些患得患失到底是出自于真实的喜欢,还是仅仅因为入戏了。

反正剧还没有播,反正等剧播出之后,他们之间必然还会再联系上,所以,一切都还有机会,现在她要做的就是整理自己的内心,耐心地等待。

这就够了。

后面的事情,所有人都知道了,她什么都没有想通,他对她来说仍旧是未知的存在,他们开始营业,她发现她是真的喜欢他,再后来,他喜欢上她,他们在一起了。

后来有一天,是个婚后无聊的晚上,她和林涵真坐在一起看一个无聊的爱情片,他们像是世界上所有无聊又幸福的恋人一样,莫名其妙地聊起过去的那些事情。

秋夕把这些很久很久之前发生在她的世界里的小事情都告诉了林涵真,有一搭没一搭,断断续续地说了挺久,想起来的都说了。

如果是过去,在她还没能对林涵真彻底敞开心扉的时候,说这些难免会觉得尴尬。

但现在,她已经不会了,她一边说,一边还会因为自己的那些现在看来其实很细小的心理波动而觉得好笑。

当然了,除了好笑,还会觉得有一点可爱。

为了喜欢的人一惊一乍情绪翻涌的样子,难道不可爱吗?

她说话的时候,林涵真听着,手里还在给她编辫子,等所有头发都编完了之后,他才笑着说:"那我也给你讲一讲过去的事情吧。"

"啊?"

秋夕的声音顿了一下,抬起眼,心里突然有些期待:"什么?"

"其实杀青之后,你想跟我拉开关系的那段时间,我有感觉到。"

秋夕不信道:"你感觉到了?我给你发那些敷衍的话,你完全没看出来啊,你还给我找了一个升级加量版的敷衍大全,给我搞得又气又笑。"

林涵真无奈地看着她:"我真的看出来了。当然了,给你发那个图片的时候,我还不知道你是想要跟我断开联系,只是觉得你那段时间好像很忙,我没有事情做,天天找你聊天的话有点打扰。"

"但是发完那个图,我自己回头一看,那还能不明白吗?突然间什么都懂了。"林涵真一摊手,"再不知道你是什么意思,我的脑子大概进水了吧。"

秋夕想到林涵真本来高高兴兴地分享,突然一个回旋镖扎到身上,小丑竟是他自己的样子，虽然觉得有些抱歉，但莫名地笑得止不住。

林涵真看她笑的样子，本来还在无奈，后来他自己也笑了。

秋夕笑了一会儿才问："你当时怎么想的？"

林涵真露出回忆的表情："就是，很不明白。我当时想了很多原因，或许你太忙了，或许我说了什么让你不高兴了，或许什么原因都没有，友情这个东西淡了就是淡了，大家都有自己的世界。"

林涵真说着说着，脸上也露出了一个狡黠的笑意："不过我也在想，短时间不联系就不联系吧，但是，等到《燕归来》播出的时候，咱们就会再次见面，没准那个时候你还会告诉我这段时间发生了什么。"

秋夕看着他："你不觉得生气吗？"

林涵真笑着说："那个时候有什么好生气的，但是——"

他的脸色忽然板了起来，装得有点凶："如果以后你有什么想法，记得一定告诉我，不可以再那样自己一个人跑掉，咱们和过去不一样，是夫妻了，你懂吗？"

秋夕打量他很久都没说话。

林涵真被她的沉默搞得凶不起来了，看起来甚至还有点忐忑："怎么了？有问题你说，不要这样，怪可怕的。"

秋夕突然笑了，伸出手指，按了按他脸颊上那颗非常细小的痣，道："放心吧，不会了。"

说到这里，这个话题就该结束了，无聊的爱情片快要演到尾声，他们两个人安静地看了一会儿，林涵真的声音又响起来了："去试镜《燕归来》的时候，我完全不知道自己会遇见什么。"

秋夕想了想："我也不知道。"

在两个人都不曾预料的时候，命运安排的爱情就这样不期而至了。

### 番外二
### 妹妹和妹夫

"马上我们就要进行这次的ERP模拟比赛,请各位同学在比赛开始前把自己所在队伍的信息都提交过来,确定自己的队友到底是谁。"

叶媛媛坐在桌边,小心地对着身边的男生说:"大佬,那我去交资料了?"

孔江在她身边古井无波地点头,手上还在摸索沙盘上的筹码,眼神若有所思。

叶媛媛看他这副虚怀若谷爱理不理的神情,没有觉得半分被冒犯,相反,她立刻觉得信心百倍,支棱起来了。

她为了学习商业技巧,自己报名了ERP模拟经商的选修课,在她看来,这门课有两个杰出优势,一是能学到东西,二是学分高,实在不错。

因此,就算这门课的老师一向严格,只要在后期的模拟比赛中破产两次,就会挂科,她也义无反顾地冲了。

但莽着冲的后果就是,全寝室没人跟着她冲,她一个人上课一个人下课,到了最后比赛的时候,老师让自行组队,别人早就组好队伍了,她一个人找不到组织,伶仃孤苦、形影相吊。

就在着急组队的时候,她发现了孔江,一位总是坐在教室第一排角落的低调学霸,据说当年入学成绩是全院第一。

这样的大佬本来应该是比赛时的香饽饽,谁都抢着跟他组队的那种,但实情却完全相反。

可能因为人太高冷了,眼神沉闷,看谁都好像在扔冰箭,长得也就端正秀气,颜值不足以弥补恶劣的表情管理,现在和她一样坐在角落,无人问津。

这不是天赐的机会?

别人不愿意找大佬当队友,她愿意。

被拒绝也没关系，她脸皮厚！

于是，叶媛媛在课后勇敢地要到了他的微信，加上好友，表达了自己的意图。她本来以为会经历一些波折，没想到，大佬出于意料地好相处，没说几句就同意了。

准确来说，没说几句就是两句。

【大佬大佬，您队里还缺人吗？您觉得我怎么样？我能和你一个队吗？】

【缺，不知道，能。】

就这样，问题搞定了。

风一般的速度，高出天际的效率。

于是，此刻他们已经坐在一起准备开始比赛了。

老师简短地又复述了一遍整个比赛的流程，怎么选项目怎么投资怎么借贷抵押，而后，比赛就开始了。

孔江果然和叶媛媛预料之中的那样，非常稳，刚刚投资了两笔都挣了，现在他们的筹码已经增加了二十万，叶媛媛在运作全程都没说话，所有精力都用在领会大佬每一个操作背后蕴含的深意上面。

可能她太沉默了，大佬的内核还有些正常人所具有的人文关怀精神，在中场休息的时候，他偏过头，对她很认真地说："如果你有什么建议，可以直接说，我会考虑的，不用害怕我骂你。"

不，她不怕他骂人，她只害怕他不带她玩了。

骂人算什么，比赛结束了她可以骂回去，但比赛中断她就什么都学不到了。

叶媛媛迟疑："不太合适吧。"

孔江说："没关系。"

既然孔江都这么说了，她再保持那种安静的模样就不太合适。

叶媛媛："好。"

于是，中场休息结束，叶媛媛的参与度突然就上去了。

在大佬提出可以选择 A 公司之后，她勇敢地提出自己的见解："我觉得咱们应该抢 B 公司的合同，虽然现在资金不够，项目周转时间比较长，但是……"

说着说着，孔江皱着眉道："但是这样风险较大，周转时间太长影响现金流，在后期可能产生连锁反应。"

叶媛媛："你的话有道理，但是我认为……"

听她叙述了两分钟之后，孔江的眼神更加迷惑，好像本来清晰的思路被搅得有些乱。他思索了片刻，负隅顽抗："我还是觉得 A 合适。"

叶媛媛："不，大佬你再听我说……"

片刻后，孔江道："……听你的。"

于是，叶媛媛快快乐乐地冲去讲台上抢项目了。

下一轮，大佬表示应该维持原本产业线，但叶媛媛表示她有其他看法。

大佬顿了一下才说："请讲。"

叶媛媛："升级产业线！升级了就能接更大的项目，挣更多的钱，而且……"

她陈述了五分钟自己的看法。

大佬本来不太赞同，但是听着听着，眼神迷茫了起来，最后，他同意了。

到了第三轮，叶媛媛在前两轮的被认可中找到了充分的自信，还没等孔江发表自己的看法，已经开始劝说他了："咱们要不然先贴现吧，现在缺钱，虽然会损失一点儿，但是……"

孔江听了三分钟，叶媛媛还没说完，他就说："不用继续了，听你的。"

叶媛媛心里美滋滋，她从来不知道自己是这种商业奇才，孔江既然支持她的决策，只能说明她说的是正确的，没准他们俩的小破公司可以一路高歌猛进，飞黄腾达。

又是三轮过去之后——

公司破产了。

这个学期一共会进行两次比赛，都破产了的话，课就挂了，现在，两人挂科进度百分之五十，四舍五入一下的话，他们俩已经没了。

叶媛媛和孔江相顾无言。

他们成了整个比赛里最快破产的那个小组，快到连老师都觉得很怪异，老师甚至还帮他们复盘了一下，分析他们的经营过程哪里出现了失误。

等老师复盘完，叶媛媛才知道，她这个人可能确实有点天赋在身上，不是商业直觉，而是忽悠人和忽悠自己的能力。

她刚刚说的那些分析，其实全都有问题，按理说，一个商业逻辑正常的人大概都不会听她的，但她说服成功了。

最可怕的是，老师复盘的时候，一开始还能清晰地讲出她错在哪里，但老师一问"你为什么会这么选"，她再一解释，老师沉默了，锁眉思索许久，老师道："也有道理。"

叶媛媛沉默。

您也……

孔江陈述道："老师，我们破产了。"

走出教室后,叶媛媛在一边看着孔江的表情,有点尿。

这个兄弟看起来表情倒是没什么变化,但感觉像是结了一层厚厚的冰,有种自闭的感觉。

这次搞成这样,她有不可推卸的责任,把人带进沟里这种事,说起来怪尴尬的。

于情于理,她需要恳切地对他表达一番自己的歉意,大佬好心带她,她让他沦落在挂科的边缘,这不太好意思。

叶媛媛觍着脸道:"我请你吃饭吧,今天比赛辛苦了。我刚好有两张希尔顿的券,快过期了,咱们一起去?我自己去没意思,券也不能浪费,而且咱们一个小组也是缘分,组员聚餐不是很正常的吗……"

孔江本来想要拒绝她,他想去图书馆自习,但她盛情邀请,劝说了他三分钟,最后他答应了。

坐在自助餐厅里,孔江的脸上还带着一股空洞,虽然是半个小时前发生的事情,但他已经完全想不起来自己怎么答应叶媛媛的,记忆消失了。

他正在思索的时候,叶媛媛已经在非常开心地选食物了。他看着叶媛媛眉飞色舞的样子,很纳闷,便直接问出来了:"你为什么这么开心?"

叶媛媛被他问得愣住了:"为什么不开心?"

孔江:"你破产了,可能要挂科。"

叶媛媛终于露出了疑惑的表情,好像他问的问题非常奇怪,她自然而然毫不做作地问:"那跟开不开心有什么关系?"

很好,一个让他的逻辑瞬间死亡的回答。

他突然间也不明白,挂科跟开心直接能有什么关系。

挂科怎么了,地球又没有爆炸。

在过去的生命里,他一直被认为是个怪人,因为太过板正较真,但现在,他觉得自己遇到了一个比他还怪的人。

正咬着蛋挞,叶媛媛的视线顿住了。

在她左前方三米远的位置,一位男子正坐在卡座中央,故作矜贵地摇晃着红酒杯,对着身边的三位妹子高谈阔论,眉飞色舞。

叶媛媛的眉毛渐渐皱了起来。

这个人……好像是姐姐的相亲对象,方家那个谁谁,具体叫什么名字记不住了,当初一起吃过饭。

听说这个人老实憨厚聪明睿智,现在看来……

老实憨厚?

一派胡言。

聪明睿智?

在自助餐厅摇晃红酒杯确实挺睿智，不知道在装什么，他不会以为自己在喝拉菲吧。

她绝对不允许这样的人继续浪费姐姐的时间。她立刻打了电话，告诉姐姐这件事情，同时还传达了自己破产的好消息，完成了秋夕送酒的任务。

忙活了一圈儿之后，叶媛媛深藏功与名，缩起脑袋，开始吃吃喝喝。她从小就非常能吃，从来不顾忌饭量，就算对面坐的是一个同龄异性，这也不影响她的进食。

吃完了自己拿的食物，她又跑出去选了一些，可能有些多，放到桌上的时候，孔江迟疑地看了她一眼："我吃饱了。"

他的意思其实是盘子里的食物他没办法分担，但叶媛媛没明白他在说什么，她很畅快地说："那你等我一会儿，我会快点吃的。"

孔江：我不是这个意思。

他眼睁睁地看着叶媛媛暴风吸入，沉默了。

现在的女孩子都是这样的吗？

十分钟后，他们迅速地结束了午餐，坐上了回学校的地铁。

大概是吃饱了饭，汲取了能量，头脑里一些平时关闭的神经现在重新投入使用了，叶媛媛终于开始发愁。

她两只手各自拉着一个吊环，看着站在她对面的孔江，愁眉苦脸地说："怎么办，咱们破产了，亏了足足两百万。"

这会儿地铁上人正多，旁听的人不小心听到了"破产"这个字眼，诧异地投来视线，悄悄打量这位地铁上的百万"负翁"。

叶媛媛一无所觉，仍在苦恼："总不能下次还破产吧，那还怎么办。"

说到这里，她小心谨慎地说："孔哥，您下次不会抛弃我一个人吧？不会吧江哥？"

孔江现在有点迷乱，不知道自己是"孔哥"还是"江哥"。

他的沉默再次被误会了。

叶媛媛立刻紧张地说："你行行好，下次我一定把自己的嘴封住，你说什么就是什么，指哪儿打哪儿。当然我也不是彻底的咸鱼混子，我也会努力地提高自己的水平，争取配得上当你的队友。你回校之后要去哪里，自习吗？我跟你一起？"

"求求了！"

说出这三个字的时候，刚好地铁加速，她人跟着地铁猛地一歪，两只手被吊住一般俯冲向孔江。

虽然在安全的距离停下了，但是有点尴尬，刚刚自己那个样子看起来好像丧尸。

果然，孔江人僵住了。

282

叶媛媛尬笑，朝后退一步："你不说话，那我就当你答应了。"

孔江再次无言。

总之，虽然他一个字都没说，叶媛媛一个人完成了所有的沟通，回到学校，两个人就开始了结伴自习的道路。

可能是叶媛媛单方面的结伴，孔江只是没有拒绝，队伍到底是这么组起来了。

但是叶媛媛其实不爱学习，她能考进现在的大学，纯粹靠着小聪明和运气，让她老老实实地坐在桌前看书，真是太难受了。

她学着学着就想摸鱼，本来只是想查一个知识点，但是只要打开手机她就完蛋了，手机上面什么都那么有意思。

浪费了许多时间之后，她看着对面沉稳学习的孔江，自我厌弃感爆棚，她非常快速地下载了一个番茄钟软件，把刚刚那些软件全都限制住了，只留下手机百度，用以查询她不懂的概念。

但是……有毒，为什么手机百度的首页还会自动推送新闻和视频，那些东西那么无聊，但又那么吸引人。

她像个弱智一样看着一个外国男子粘火柴棍儿，粘了一万根，然后一把火点了，五分钟烧完。烧完之后，屏幕内的外国男子露出空虚的表情，屏幕外的叶媛媛也露出了空虚的表情。

就这？她浪费了宝贵的学习时间，就看到了这点东西？

太亏了吧。

而且，就算不考虑ERP，她下个月就要考六级了，再这样不合适。

叶媛媛思索了许久，觉得手机这个东西她应该彻底抛弃，但是她有需要一个可以查询资料的东西。

怎么办呢？

思索许久，叶媛媛瞄准了对面的孔江。

酝酿了两天之后，叶媛媛挑了一个孔江看起来比较放松的时间，小心谨慎地伸出黑手，拍了他一下。

孔江的视线缓缓离开书本，疑惑地问："有事？"

叶媛媛深吸一口气："是的，我想请您当我的真人番茄钟，监督我学习，我有如下几个理由，请您听我言……"

于是，孔江有幸听到了一场出类拔萃的演讲。

叶媛媛陈述了她薄弱的自控力和庞大的学习需求之间的矛盾，陈述了帮助她学习这件事对他的好处，陈述了如果他能够帮她，她愿意付出怎样的代价。

整体陈述长达十分钟，最后一句话，叶媛媛道："如果你愿意帮我，补习费一天五十。"

说到这里,叶媛媛偷偷地打量了四周,没人注意这边,她才伸出手,两手合十,伸过头,贴在桌子弯着腰说:"拜托了!"

孔江却抓住了一个重点:"一天五十?"

"对!"

"成交。"他刚好想买个软件。

他很快就进入了角色,一句话没说,把叶媛媛的手机拿了过来,冷酷无情地说:"交易从今天开始,不过我们可以换个规则。

"从进图书馆开始,手机全程由我管理,用一次手机给我十块。"

叶媛媛眨眨眼:"这样我岂不是挣了,还能玩五次手机,玩得少不就可以少给钱了?"

孔江第一次露出了魔鬼般的笑容:"不一定。"

叶媛媛疑惑。

当然,她的疑惑当天就打消了。

这一天,她为了玩自己的手机,在孔江这里消费了一百块。

没救了。

试行真人番茄钟的第一周,叶媛媛的颜面逐渐破碎了,她越来越明白孔江说的那句不一定是什么意思。

这么说吧,这一周她每天都要在他那儿消费一百块钱,真是闻者伤心,见者流泪。

虽然孔江对她的消费行为并没有给出任何的负面评价,但每次她伸手朝他要手机时,他那古井无波的眼神都让她觉得:哇,她可真是个 24K 纯种垃圾。

于是从第二个星期开始,她进行自救了。她竭尽力地遏制自己玩手机的欲望,努力看专业书籍,这时,她对孔江的大佬程度有了新的认识。

简而言之,任何她不懂的知识点他都会,不管是本专业的还是专业外的,他都能给出一个清晰全面的解答。

最让人佩服的是他的耐心好像超出寻常,不管她的问题听起来多弱智,他不会表露出丝毫的不屑,有条不紊地回答,这对她的自信心来说是一个极大的加持。

逐渐地,叶媛媛习惯了专心学习的感觉,摸鱼的次数越来越少,有一天,她居然只在孔江这里消费了三十块钱,这在过去简直是不敢想象的。

这个时候她有一种新的感觉,之前学不会那些东西,其实只是因为她一直沉不下心去学,真学进去的话还是挺容易的。

一起自习的第二周,距离期末考试还有三个星期,她就已经把这学期的课本从头到尾看完了,简直不可思议。

刚好快要六级考试了,她直接把手机放在孔江这里,跑去楼道背作文模板。

这一天,她刚背完单词回到书桌前,就听见孔江非常平静地对她说:"刚刚你姐给你打电话,我帮你接了,告诉她你在做什么。你现在要给她打回去吗?"

叶媛媛疑惑地想,秋夕怎么突然给她打电话,一时间没有接过孔江递过来的手机。

她动作上的迟缓,被孔江误解了,他脸上露出了思索的表情,然后道:"这次不收钱。"

叶媛媛:"不,我……呃,不收钱,太好了。"

她放弃了解释的念头,不收钱耶!

这么想着,给秋夕打电话的叶媛媛就格外快乐,以至于听见秋夕第一句话的时候,她的频道还没有转过来。

"刚刚那个男孩是谁?"秋夕问。

叶媛媛理直气壮地解释了一番,在电话里把孔江的真人番茄钟身份定位得死死的。

但经过秋夕提醒,她才突然发现,是不是她直接说要给孔江钱这样的行为不太合适?

于是,她直截了当地问了他这个问题。

孔江的回答比她还要直接:"你不给钱,才叫侮辱。"

叶媛媛:说得有道理。

世界上的事情就是这样,有买方有卖方,互利共赢,和谐相处,大家都不吃亏,才能促使关系继续向前发展。

她放宽了心,甚至还拍了拍孔江的肩膀,给出了自己的承诺:"放心吧,我绝对不会不给钱给你的。"

孔江的表情依旧没什么起伏。

但旁边路过的一位同学却诧异了起来,看他俩的神情意味深长,眼神里的疑惑很容易就读懂了。

当代男大学生为何这样?是道德的沦丧,还是法治的缺失?

而这个时候,两个人已经走远了,谁也不觉得谁说的话有问题。

叶媛媛本来想着再接再厉加紧学习,争取这一次六级高分通过,但她没想到的是,好像突然之间,她爸叶尚军对她的要求提高了不少,几次三番打电话过来让她到公司那边,跟他学习管理方面的事情。

叶尚军叫她去,她很难拒绝,但这样确实会打乱她的学习计划,让她有些茫然。

并且,她很奇怪的是,为什么叶尚军突然之间对她又产生了这种期待？

明明在过去的这些年里，她已经通过足够多的事例向他证明，她确实没有管理公司的能力。

没办法，不知道他到底怎么想的，叶媛媛胳膊拧不过大腿，只能每天艰难地去公司，艰难地学习，艰难地挨骂。

叶尚军可能对她具有强烈的望女成凤之心，无法容忍她的任何弱智行为——知识点不会，骂；知识点会了，决策错误，骂；做的 Excel 表格不够漂亮，骂；虽然表格做得够漂亮，但是速度慢了，也骂。

搞得她头都大了。

这个时候她就不由自主地对比起孔江和叶尚军，并且发自内心地感叹，孔江的性格真是太好了，她到底是上辈子烧了什么香才能碰见一个这么好的伙伴？

她宁愿跟孔江上一辈子的自习！

在公司里忙了五天之后，叶尚军终于表示明天不用来公司了，她立马给孔江发信息约明天的自习。

孔江那边的消息还没回过来，叶尚军又说："明天中午打扮一下，我们有一个聚会，你姐到时候也回来。"

叶媛媛："……哦，我知道了。"

很久没有和秋夕见面了，她是很想秋夕的，要是在过去，这会儿她肯定高兴极了，但想到又要放孔江的鸽子，她又难免叹了口气。

刚高高兴兴地约自习，下一秒又自己撤回申请，这尴尬劲儿。

但她没想到的是，她还没有发信息告诉孔江自己的情况变动了，他那边倒是先给她回复了一条。

【明天我有事，不能去自习室。】

叶媛媛感觉很好奇，孔江这个人好像有强迫症，计划指定了就一定要实施，她基本没见过他因为什么事情停下去图书馆的步伐，除了那次她请吃饭。

她好奇地顺嘴问了一句：【明天你有什么事情？】

【相亲。】

这两个字平静地出现在了对话框里，那么大大咧咧，那么自然而然，但叶媛媛眼珠子都快瞪出来了。

这个生活气息如此浓郁的词汇怎么会出现在她和孔江的聊天对话框里？

而且，他还只是大二啊！

叶媛媛震惊地回复他：【能告诉我，为什么你愿意去相亲吗？】

孔江的回复倒是也快：【家里人说我应该多和人接触，通过恋爱锻炼和正常人沟通的能力。】

叶媛媛纳闷：【我觉得你的沟通能力还可以吧？咱们聊天不是挺顺畅的吗？】

孔江回了她一个句号"。"。

孔江要去相亲这件事，深刻地震撼了叶媛媛的内心，以至于第二天来到家庭聚会的包间，她还觉得有点缓不过来。

怎么会这个样子呢？

这种感觉就类似于天一直是蓝色的，突然间，它变绿了！海一直是蓝的，突然间它也绿了，她的头发本来是黑色的，一觉醒来，它也绿了。

这种滋味太难以琢磨了，不过，等到秋夕来的时候，家人相见的快乐暂时把它冲淡了。

毕竟这段时间姐姐的工作比前几年都要忙，她已经好久没见到秋夕了，秋夕刚一进门她就兴奋地想和姐姐打招呼。

但是，这一声招呼还没出口，她敏锐地发现，秋夕本来轻松的脸色变了，严肃地看向叶尚军。

在她猝不及防的时候，一场大战开始了。

"我人已经来了，你想干什么，可以直说了吧？"秋夕问。

叶尚军回答了她一串话。

秋夕语气不好地说："所以你是叫我来相亲的？"

从这里开始，两个人战况逐渐升级，打得不可开交，叶媛媛傻愣愣地在一旁听着，脑海里一边着急一边不合时宜地想：怎么全世界人都在相亲？

太巧了吧。

难道在她不知道的时候，时尚的潮流已经发生了惊天动地的变化，"单身狗"不复过去的贵族身份，积极脱单已经成为了时代的主流？

叶媛媛思想如跑马的时候，秋夕和叶尚军之间的斗争白热化，在各自放狠话的环节结束后，秋夕转身离开。

叶媛媛正准备站起来送一下她，借机再聊两句，但秋夕一开门，门外三张脸露了出来，其中一张脸，瞬间让叶媛媛定在原地。

怎么回事？

这个世界可能出现两个人长得一模一样这种情况吗？

她为什么会看见孔江的脸！

叶媛媛不由自主地喊了一声："孔江？"

男生的视线很快地挪了过来，看向她，眼底也出现一丝诧异。

他父母本来正奇怪地回头看离开的秋夕，被她这一声吸引，也朝她投来了视线："姑娘，你们之前认识？"

叶媛媛摸了一下后脑勺:"认识。"

EPR队友,自习小伙伴,真人番茄钟,这可太认识了。

孔江点了点头,表示她说得没错。

简短地交流之后,叶尚军恢复了表情管理,开始招呼刚到的一家人,示意他们入座。

虽然相亲的主角走了一个,但这场聚会整体还不错,叶尚军和孔家夫妻的关系好像不错,能痛痛快快地聊天,觥筹交错间,气氛被维持得比较热烈。

这段饭一直吃了两个小时才结束,在吃饭的全程,虽然孔江就坐在叶媛媛的旁边,叶媛媛也没跟他多说什么。

毕竟家长都在,她脑袋里那根名为尴尬的弦偶尔还是会绷紧下的。

而且,不知道是不是错觉,她隐约记得孔家夫妻看她的眼神,有一股说不清道不明的慈爱。这是怎么回事?

饭后,叶媛媛才给孔江发信息:【怎么今天是你啊。】

孔江很快地回复她:【我也没想到。】

叶媛媛准备和他感慨一下命运的神奇,她还需要跟他道歉,毕竟叶尚军都没沟通好就叫秋夕来,以至于相亲失败,浪费了对方的时间,怎么说都是有点不合适了。

她感慨和道歉的话加在一起写了一个挺长的内容,正准备打最后一行字呢,孔江那边的信息过来了。

【我觉得,有几个问题我们需要沟通一下。】

叶媛媛问号脸。

他想要兴师问罪吗?

她把自己刚刚打了那些字剪切掉,回复他:【您说。】

她已经做好了道歉的准备,毕竟自己人干出来的尴尬事儿,她当个道歉代表也是理所当然的。

然而,孔江扔过来的第一个问题却是:【如果你结婚之后,家里所有资金都由你管理,你会怎么进行理财?】

叶媛媛被一道大题猝不及防了脸,幸好前段时间跟他一起自习还学到一点东西,不然这会儿都不知道怎么说。

叶媛媛抱着一种被老师检验成绩的虔诚态度,认真地回答了这个问题,还假设市场情况,分析不同情况下应该怎么办。

回答完之后,她小心地说:【我的答案怎么样?】

孔江:【可以,那开始下一个问题。】

叶媛媛本来以为他要问什么高难度的经济学内容,没想到,他问的是:【在家庭分工上,你更倾向于从事什么类型的劳务?是创造型还是机械劳动型。】

叶媛媛被他问蒙了：【创造性是什么，机械劳动型又是什么？】
孔江：【创造型，做饭；机械劳动型，洗碗。】
叶媛媛：【洗碗。】
她对吃的东西一贯要求不高，懒得动脑子折腾它。
得到她的回答之后，孔江的回复是一个字"嗯"。
叶媛媛纳闷。
他在"嗯"个什么鬼？这有什么好"嗯"的，这问题好怪啊。
孔江的下一个问题更怪：【你的作息时间是什么？十一点之后会进行高分贝的娱乐活动吗？】
叶媛媛忍不了了：【我不会，但是你这些问题也太怪了吧，为什么无缘无故要了解这个，我想不明白。】
孔江的回复停了一会儿才发过来，看起来很疑惑：【这些东西难道不是必须提前了解好的吗？】
叶媛媛更疑惑：【为什么要了解啊？】
这年头大家对自习伙伴的要求都这么高？连这种细节问题都要注意到？
叶媛媛的疑惑很快就得到了解决。
因为孔江打了挺长一段话过来，详细清晰地陈述了一下他的看法。
他认为，如果两个人可能进入一段稳定关系时，这些事情就需要提前了解一下，能调和的矛盾可以及时沟通，调和不了也可以及时避险，免得到最后搞得一地鸡毛，买卖不成，仁义不在。
总之，是有好处的。
叶媛媛把他发来的那一串从上看到下，仍旧看不太明白。
稳定的自习伙伴需要了解这么多？说不通啊。
但是问题出在哪里，她一时间想不明白。

叶媛媛带着这个疑惑度过了很长一段时间，她想着，可能这就是偶然出现的异状，过段时间就好了。
然而，等她六级都顺利考完了，孔江越来越奇怪。
举个例子，如果叶媛媛看见了网上的景区安利，兴致勃勃地和她的其他朋友讨论，她们的聊天内容大概是"我也想去""一定很好玩""有时间约一下吧"。
但是，如果跟孔江进行沟通，他的重点却放在了一些非常具体的地方。
比如早上几点出门，出门后怎么选择交通工具，谁做攻略，如果攻略中出现问题，问题应该怎么处理，是积极调整还是来都来了。
这种问题一问出来，叶媛媛就有一种感觉，好像他们两个真的要一起出门旅游,行程马上就要确定,车票都快买好了。

但是,她只是随便一说而已。

如果这还不算什么,最恐怖的是,她偶尔上网看见那种很弱智的接男宝帖子,忍不住爆裂吐槽时,孔江听见了,非常正经地扭头看她,说:"我对小孩没有任何要求。"

叶媛媛问号脸。

所以呢?

她思前想后,觉得孔江大概是在跟她讨论社会现象问题,于是她略微迟疑地说:"那我们俩看法差不多。"

孔江点头,缓缓地说:"可以。"

叶媛媛的神情缓缓凝固。

他又在可以什么啊!

这个人是不是真的有问题!

他们就这么奇怪地沟通了挺久,在叶媛媛的眼里,孔江的病症越来越严重,日益诡异。

又一起自习半个月后,她回顾这段时间,惊讶地发现,他们这段时间居然进行了许多次非常深度的交流,什么鸡毛蒜皮的事情都正儿八经地讨论过了一遍。

不一定所有事情他们的看法都是一致的,偶尔也有争论起来的时候,但孔江并没有因此放弃交流,甚至涉及的范围越来越广。

可以说,这个世界上除了她妈,最了解她的人,大概要数孔江了。

恐怖如斯。

叶媛媛忍不住地有点怀疑,他是不是在冷漠的外表下潜藏着一颗街头大妈的灵魂,对世界上的任何事物都有深入讨论的念头,只是,这些年从来没有人拆穿他的假面,所以他才能伪装成功。

这么想的话,逻辑好像圆上了。

不过,事情绝不会停留在这一步,随着时间的发展,孔江再次进阶。

有一天,他们一起离开图书馆,走在回寝室的路上,到了分岔路口时,叶媛媛本来准备和过去一样简单告别而后离开,但是孔江叫住了她。

夜晚的路灯下,他的表情看起来非常慎重,这样严肃的模样让叶媛媛也忍不住地挺直了腰板。

她疑惑地说:"你有话要说?"

孔江点头。

叶媛媛对他比了一个手势:"放。"

孔江沉寂了一会儿,而后语气审慎地说:"重要问题我觉得已经交流够了,所以,开始下阶段吧。"

叶媛媛问号脸。

什么下阶段？

她茫然地"啊"了一声，但这一声不知道给了孔江什么样的错觉，他居然说："你没有意见就好。"

面对这种双频道全障碍沟通，叶媛媛跪了。她歪着头，瞪着一双迷茫的眼睛，看向孔江："你到底在说什么——"

话没说完，他握了一下她的手。

虽然收得很快，但确实是握住了。

这一刻，叶媛媛沉默了，但她的内心深处非常不解。

这是怎么回事，这代表什么意思，这些诡异的情况凑在一起，揭示了怎样的真相。

她的大脑可能转到了这辈子最快的时候，她猛然间悟到一件事。

一个略微离奇的可能出现在她的脑海里。

她犹犹豫豫地、吞吞吐吐地问："那天的相亲，你知道你的相亲对象是谁吗？"

孔江疑惑地说："为什么问这个问题？"

叶媛媛："你先回答我。"

孔江："不是你吗？"

叶媛媛的脑海里打出一个感叹号！

破案了。

她回想起那天的情景，确实看起来是有点引人误会，秋夕直接离场，爸妈为了不让场面显得那么尴尬，所以没有说这件事情，以至于，不知不觉间，在孔家的人眼里，来那里相亲的人就只能是叶媛媛本人了。

但是，这不是真的啊！

真是实打实的乌龙。

虽然解释起来会有些尴尬，但不解释的话，隐患会更大。

孔江毕竟不是蠢货，他从叶媛媛的话里隐约察觉了什么，本来看起来情绪还算外露的表情逐渐僵硬，直直地看着她。

顶着这样的眼神，叶媛媛头皮发麻地说："有件事情，我不得不澄清一下。"

"什么？"

"其实那天你的相亲对象是我姐，我在那里，只是一个陪客。"

孔江的眼神死了。

叶媛媛尴尬又坚持地说："对不起，我应该早点看出来你误会了，我实在没想到，如果对你造成了什么损害，非常抱歉，你看我做什么能弥补一下？尽管说，我什么都可以的！"

她的语气已经竭尽所能地诚恳，但是，孔江却没有说什么。

他只是缓缓地摇了摇头，而后低下头，转身走了，扔下一句："没事，抱歉。"

叶媛媛看着他的背影也不知道说什么，她只能期待，大佬毕竟是不食人间烟火的，这件事虽然尴尬，但应该不会对他造成怎样的伤害吧？

但，她失算了。

第二天，孔江罕见地缺席了自习室。

叶媛媛按照过去的时间到达他们一直待着的位置后，惊讶地发现，孔江的人影儿都没有。

这在过去是不可能的，孔江这种人，天上下刀子都不影响他学习，今天缺席自习室，十有八九是遭遇了什么事情。

还能遭遇什么事呢？

叶媛媛都不用思考，老老实实地把"锅"背好了。

她坐在自习室的座位上思索了十分钟，毅然决然地收拾了书包，直奔着孔江的寝室楼去了。

如果大佬的心灵因为她受到伤害，她就必须要承担起责任，弥补他！

自闭不可怕，尴尬不可怕，只要她足够积极地贴贴，什么问题解决不了呢？

叶媛媛来到孔江寝室楼下的时候，刚好遇见了他的室友从里面走出来。

毕竟叶媛媛和孔江一起上过这么长时间的自习，他的室友已经认识叶媛媛了，一见到她就凑过来问："媛姐怎么来了？"

媛姐这个称呼并不意味着她比面前这个人年纪大，只是一个戏称。

因为他们都一致认为，能够和孔江长期相处下去，就算是自习，那也代表叶媛媛这个人并不是一般人，叫一声姐那是实至名归。

而叶媛媛对他们的这个称呼也没有什么别的感觉，毕竟她也会称呼这个人赵哥，反正就是个乐子，无所谓啦。

叶媛媛和赵哥说的第一句话不是回答她为什么来这里，而是直接问道："孔江在寝室吗？"

赵哥："在啊。"

说完之后，赵哥就露出了八卦的神情："你们俩是不是出现什么新情况了，这都几点了我看看。天啊，都已经是早晨八点二十分了，孔江居然还躺在床上，没有出门上自习。"

他用略带夸张的语气说："告诉我，昨天晚上他回来的路上是不是突然遭遇了恐怖袭击？"

叶媛媛：恐怖袭击倒是不可能，但是打击估计不轻。

她想了想，对着赵哥说："你等等，我给他打个电话问问。"

面对八卦，人类的耐心是永远都不会被耗尽的，赵哥非常爽快地说："好！"

于是，叶媛媛走到了男生寝室楼下略微僻静点的小角落，拿出手机，给孔江打电话。

她已经做好准备了，无论如何，她都要保持稳定的情绪，稳一点，更稳一点。

叶媛媛本来以为孔江不会那么容易接通她的电话，但她没有想到，电话没有拨多久，那边就被接了。

一个熟悉中带着沙哑的男声出现："怎么了？"

叶媛媛突然语塞。

孔江又低低地问了一句："有什么事情？"

不知道是不是他躺在床上的原因，声音听起来和过去不是那么一样，说不出来是什么感觉，就是听起来很有质感，耳朵里面有点麻。

真是的，说话就说话，装什么低音炮，平时怎么没看出来他还有这个癖好，听起来怪怪的，叶媛媛有点尴尬地想。

短暂的尴尬之后，她问道："你怎么没来上自习，我今天比你早到哦。"

孔江沉默了一下才沙哑低沉地回答："我感冒了，没听出来吗？"

叶媛媛：抱，抱歉。

她为她刚刚错误的吐槽感到愧疚。

叶媛媛立刻关心地问："吃药了吗？头晕不晕？用不用我帮你买点药，让赵哥带回去？"

孔江很礼貌地拒绝了她："不用。"

叶媛媛却坚持道："我还是帮你跑一趟吧，你在寝室应该没什么药，不要一个人死扛。"

孔江仍旧拒绝了她："我睡一觉就好了。"

反复推拉两次，叶媛媛默了一秒，哪壶不开提哪壶地说："不会是昨天的事情让你尴尬了，所以你想跟我断绝关系吧？"

孔江卡顿了一下才说："那不至于。"

叶媛媛太了解他了，这种语气，才不是不至于，他肯定有想法了。

其实叶媛媛并不确定她想要做什么，但是，有一个非常单纯朴素的念头魔咒一般萦绕在脑海深处。

她觉得她跟孔江的缘分必然不会断在这里，这才哪儿到哪儿。

他就是昨天受到的冲击有点大，这会儿缓不过来罢了。

想到这里，叶媛媛非常机智地没有继续和他讨论这些话题，以退为进，随口聊了两句不疼不痒的话，让电话圆满地挂掉了，给孔江一个清净的休息时间。

但她其实没有闲着，转头就跑去买了药，托赵哥带了上去。

并且她以两张欢乐谷的门票作为报酬，请赵哥帮她关注孔江那边的动态。不管孔江有什么需要，立刻告诉她，只要能让他高兴，她指哪儿打哪儿，使命必达。

就这样，在后面的一星期里，虽然叶媛媛并没直接出现在孔江的面前，但她的存在感却极强，把弥补这件事情做到了极致。

过了十天，叶媛媛觉得一切都差不多了，她才发了一条短信给孔江：【这周末就要进行第二次ERP比赛了，我还有好多问题没有弄懂呢，明天一起自习吗？】

于是，第二天清晨，叶媛媛成功地在图书馆的门口和孔江会师了。

虽然孔江看起来还是兴致不太高的模样，耷拉着眼皮，但好歹，他来了！

从叶媛媛的角度来看，只要他来了就代表一切都恢复正常，他们可以回到过去的状态，她继续拥有真人番茄钟。

这一天的自习其实体验感不错，孔江和之前一样，很有耐心地回答她的问题，虽然兴致不高，但他这个人一般也没有兴致高的时候，这都是小问题啦。

叶媛媛觉得问题大概是解决了。

她其实并不觉得孔江前几天的异状是因为喜欢她。

在她的理解中，他十有八九是认真地相了一段时间的亲却发现自己搞了一个大乌龙，心里过不去，面子上可能也有点挂不住，仅此而已，只要给他平稳过渡一下，一切就可以顺顺利利地解决了。

今天的一切都证实了，她的想法是正确的。

想到这里，结束了一天自习的叶媛媛美滋滋地走出了自习室，准备和孔江一起去食堂祭五脏庙。

走到路口的时候，孔江的脚步却停下了，他回头对她说："你自己去吃吧，我不饿，先回寝室了。"

叶媛媛没有预料到他是现在这个反应，她有点傻愣愣地说："你要回去？"

孔江点头。

之后，他就离开了。

叶媛媛站在路灯下，茫然了很久。

她心里感到不妙，孔江这个样子，算是好了还是没好呢？

她猜不透，也不太会应对这样的情况，只能加倍热情地对待他。

如果两个人接触起来很尴尬，那就比之前多接触，使劲接触，之后就能脱敏了吧。

她其实一贯比较擅长和其他人沟通，这么笨拙地埋头努力的情况，这些年还是头一次。

她就好像看不到他的自闭信号，不断地靠近他。

但叶媛媛还是失算了，孔江虽然仍旧每天都陪着她自习，解答问题，但人和人之间的距离是在逐渐拉近还是渐渐变远，当事人心里其实有预感的。

这样反复的折腾之后，ERP模拟比赛开始了。

和上次第一个破产的经历不同，他们两个居然拿到了第一名。而且，在操作过程中，叶媛媛独立作出的决定，不再和上次一样和她想要的结果南辕北辙，反而都取得了不错的效果。

结束比赛的时候，她和孔江得到了老师的大力表扬，着实出了一次风头。

走出教室，他们两个人并肩走了大概一百米之后，孔江停下了脚步。

叶媛媛心里隐约有预感，但她没说，而是问："怎么了？"

孔江看着她，冷静认真地说："我们不能这样下去了，不合适。"

叶媛媛傻了："为什么？"她甚至说话结结巴巴起来，"我们两个不是相处得挺好吗？"

孔江罕见地叹了口气："但是，那只是表象。"

叶媛媛傻愣愣地看着他。

孔江仍旧很耐心平静地解释："最开始，我确实只是和你一起自习，顺便挣点钱，我们互利共赢，所以相处得不错。

"但是，现在不一样了。相亲那次见面之后，我是抱着或许会跟你结婚的念头相处的，在了解的过程中，我这边有了一点想法。虽然后来发现出现了错误，但已经不好回头了。既然ERP小组比赛已经彻底结束，你的六级也考完了，我可以离开了。"

叶媛媛抓到了一个重点："你这边有了一点想法？什么想法？"

孔江神情淡漠地说着让她惊愕的话："我觉得，跟你结婚也不错，这个想法。"

叶媛媛一瞬间不知道说什么。

对于他这种人，这句话的意思是不是，他喜欢她了？

叶媛媛思考的时候，孔江对她摆了摆手，转身，又一次离开了。

叶媛媛是想追他的，但是，她的脚却黏在了地面上，动弹不得。

她太茫然，不知道自己应不应该追上去。

如果她的靠近在这个阶段对他来说是个负担，那她怎么能枉顾他的意愿，那么自私地冲上去呢？

她需要冷静思考一段时间,叶媛媛对自己说。

但,思考是思考了,冷静却冷静不下来,她仍旧不确定自己的想法,但有件事情她却是非常肯定的。

在她心里,孔江已经占据了一定的地位,她不能接受他们互相成为陌生人这样的结局。

思考着,思考着,她甚至有点委屈起来了。

就不能多给她一点时间看清自己的内心,一定要这样直接离开?

垃圾孔江!

这种迫不及待逃跑的样子,活该找不到女朋友!

在这种情况的加持下,叶媛媛觉得,她必须要跟他恢复接触。

他们可能会成为男女朋友欸,在这种感情的冲刺阶段,居然互相隔开,断绝联系,这样还怎么产生感情,万一本来有什么的,被他这么一冷,好感的火苗灭了怎么办?

于是,叶媛媛想要约他出来聊一聊。

然而,她给孔江发信息,他不回复。

她给他打电话,他不接。

她托人带东西给他,他原价转给她了。

更绝的是,她表示自己还有东西没有学会,但是马上要期末考试了,她不能就这样狗屁不会地去考试吧?

没多久,一条短信发过来:【你好,我叫XXX,刚刚您的家长联系我说你需要西方经济学的家教,你看什么时候授课合适?】

叶媛媛震惊脸。

谁是她的家长,孔江吗?

她看着短信,脑门凉了又热,热了又凉,恨不得一跃而起冲去孔江楼下。

太离谱了,她回去就要把孔江从他的洞穴里抓出来,当面问一问他是什么意思。

但这个时候,一件事情猝不及防地发生了。

叶尚军晕倒了,医生说他是脑癌。

以叶氏集团现在的地位,叶尚军得病的消息传出去之后,引发了很大的舆论风波,虽然被家里人的努力下影响被降到了最小,但要说完全和过去一样,那是不可能的。

这个时候,叶尚军过去的合作伙伴和他的关系到底怎么样,很容易就能判断出来。

叶尚军手术完的第一天,孔江和他爸妈来到了医院。

虽然看不到正在ICU里的叶尚军本人,但他们夫妻俩还是比较认真地表示了自己的关心，还给出几个可以稳定股价的建议。

在他们交流的时候，叶媛媛一边努力听，一边回避着孔江的视线。

这么久不见，突然就是这个情况下相遇，怎么都怪怪的。

而且，好像这个时候再去纠结那些感情的事情，对不起正在努力维持公司的姐姐。

唉。

孔家夫妻在这里并没有待太久，临走的时候，叶媛媛把他们送去了医院大门那里。

看着他们离开，她的视线停留在孔江的背影上一会儿，而后才转身。

但她没想到，第二天，孔江又来了。

午饭时间，她接到了孔江的电话，他告诉她，他正在医院的后花园那里，他们可以见一面。

叶媛媛没有拒绝，也没有矫情，直接过去了，她想知道他来这里是想做什么。

一见面，两个人都沉默了一会儿，而后，孔江才弯下腰，从放在脚边的书包里拿出来一个本子，递给她。

叶媛媛接过来一看，是西方经济学的笔记。

她奇怪地问："什么意思？"

孔江面不改色地给她解释："还有半个月就期末考试了，这个你还不会，直接看书可能没有那么多时间，我把知识点给你整理了一遍，你对照着看，有不会的可以问我。

"我看了你们专业的期末考试科目，四门闭卷，剩下三门的笔记我会陆续整理出来给你，不用担心期末挂科。"

叶媛媛不知道说什么，又尴尬又不好意思又感动。

她和孔江虽然是一个学院的，具体专业并不一样，也就是说，他们两个人的期末考试科目并不完全相同，还有两门完全不牵扯的。

他说帮她整理笔记，也就是说，他在复习本专业考试的情况下还要多学两门，在期末的关键复习期，这样会给他造成多大的负担，不用说就能明白。

叶媛媛感动之余又觉得很不好意思："这不好吧？"

孔江摇摇头："没事。如果你觉得这样不合适，可以付钱。"

倒不是她不想付钱，但是，他这么说，贼奇怪。

看着她的眼睛，孔江突然笑了："开玩笑。"

他把笔记递给她，简短地说："特殊时期，压力会很大，坚持住，度过这段时间一切都会没事的。"

最后，他说："加油。"

很神奇，这么简短的两个字，却好像一瞬间给她灌输了无尽的能量。

对，加油，奥利给！

从这天开始，他们又恢复了之前的联系。

在这段学业和家庭都让人焦头烂额的时候，孔江给了叶媛媛很大的支撑。

其实有些时候，他只是说那些很简单的话，比如"会没事的""会过去的""过两个月一切都会变好"，要是别人说，她可能只会礼貌道谢，但这样的话从他嘴里出来，她的心情瞬间就稳了。

稳到什么程度呢，连叶尚军在病床上吹胡子瞪眼睛的时候，她都不觉得生气，反而觉得挺好笑的，反正都会过去的。

最后一场期末考试结束的那天，她走出考场，发现那里站了一个人。

孔江站在走廊的玻璃窗前，窗外的竹叶被风吹拂，在他身后交映成趣，他的衣角被风微微地吹起，正眼睛垂着研究身边的自动售卖机。

她走到他身边的时候，刚好"咣当"一声，一瓶橙汁掉了出来，他弯腰，把它拿了出来，好像身后长了眼睛一样，直接转身递给她。

她接了过来，想要拧开，但是刚刚手指写了太多字，这会儿有点发麻，瓶盖没动。

他很自然地又把橙汁拿走了，一言不发地扭开它，又递给她。

叶媛媛没有立刻接，她眨了眨眼睛，看向他。

她的动作让他觉得奇怪："怎么了？"

怎么了？

其实，也不怎么了，只是她突然觉得这个人帅得突破天际，看见他的时候，她就会觉得开心又安心。

她想，这应该就是喜欢吧。

居然确定了自己的感情，接下来要做什么，其实就很清晰了。

要表白！在一起！

不过，要怎么说呢？

叶媛媛开始斟酌语言。

跟孔江一起去食堂的路上，办法她想了不少，但是办法越多人越烦，没多久，叶媛媛体内的莽夫精神开始起作用。

有什么好思考的，下定决心就可以直接开干。

甚至连时机都没必要找，情感浓烈，感觉到位，这不就够了，给自己提那么多要求干什么。

于是，在孔江走上食堂的台阶前，她咳嗽了一声。

孔江回头看她。

叶媛媛酝酿了一下说："咱们要不然在一起吧？"

孔江的表情顿住了。

他们俩沉默地大眼瞪小眼地对视了许久。

孔江说:"行。"

说这句话,他看起来很沉稳地说:"饿了,吃饭吧。"

他带头上楼,把叶媛媛留在原地。

叶媛媛本来觉得他这个态度不太让人满意,怎么就这么平静呢,但是没两秒,她的视线停在他的身上。

这个人……同手同脚了。

叶媛媛:笑死。

叶媛媛笑嘻嘻地直接戳破:"你别同手同脚啊。"

孔江没有回头看她,只是脖子红了。

### 番外三
### 带宝贝回家

秋夕和林涵真的恋爱节奏好像一直都比娱乐圈其他人快上不少，恋爱没多久就公布了恋情，公布恋情的几个月后，林涵真就和秋夕求婚了。

虽然求婚过程简陋无比，发生得极为突然，只不过是他献上戒指，她接了过来，但对于他们而言，这已经够了。

求婚环节结束之后没过多久，《山水情》开拍，已经拖了张导很长时间，不能再耽搁下去了。

《山水情》的拍摄过程其实并没有什么值得叙说的波澜，张导拍戏严格，总是一帧一帧地抠，有不合适的地方就会果断重拍。这可能会给刚入行的小演员带来很大的心理压力，但是对于秋夕和林涵真这样已经拍过许多年戏的人来说，这倒是好事情。

要求严格就能出精品，他们现在的年龄已经到了转型期，缺的是能拿奖的作品。

等《山海情》拍完，他们回到 A 城。冬天已经到来，两场纷纷扬扬的冬雪把城市紧密地封锁起来，交通较前些日子略有不便，但年的气氛也被烘托了起来，原来已经是腊月了。

这天，林涵真接到了来自家人的电话，他们问他过年是否回去。

林涵真的回答让家人失望中带着欣慰。

"过年回不去。"

和几年前的状态不同，今年他和秋夕受邀参加一个电视台的春晚，没办法和家人一起守岁，但是……

不能一起吃年夜饭，不代表不能提前回去一次。

故土一年未见，说不思念是不可能的。而且，他突然很想让秋夕跟他一起，看看他长大的地方。这种展示的欲望没有涌起来就算了，一旦翻涌，无法抑制。

可能那些街道已经破旧不堪，过去的记忆也七零八碎，但他想带她去看。

于是，挂了电话的林涵真立刻打电话给秋夕："要去我的家乡看看吗？"

"什么时候？"

"明天？"

电话那边，秋夕想了想，并没有过多犹豫："好。"

她也想去看看他的家乡。

于是，他们在腊月初七这天，坐上了去林涵真老家的火车，高铁下来转城际大巴，大巴坐完了还有慢悠悠的公交车，折腾了一整个白天，终于在天黑之前到达了县城。

林涵真并没有告诉家人他们回来的事情，他准备明天来一个突然袭击。

他们先去酒店安顿了下来，住进酒店的时候，前台小妹通过身份证认出了他们俩，满眼不敢置信，秋夕朝她笑了笑。

小妹强忍激动认真地给他们办了手续，在最后时刻小声又谨慎地问："你们快结婚了吗？"

秋夕本来可以装作没听见，但她觉得没必要，她笑着说："计划中了。"

他们离开之后，小妹隔空握了个拳。

这一天毕竟劳累，他们草草吃过饭就休息了。

第二天腊八，林涵真带着秋夕走上了回家的路。

林涵真一边走，一边给她介绍路过的街景。秋夕听着听着，忽然发现这个县城里所有东西都好像和他有着某种联结，是他成长过程中浓墨重彩的一笔。他在这里买过球鞋，在那里吃过烧烤，放学的时候在哪条街上和小伙伴追逐打闹。

路过十字路口时，林涵真笑眯眯地抬着头，看着对面的大型超市说："这家超市二楼的炸鸡腿味道特别好，我小时候超级喜欢吃，可惜现在要控制体重，不然一定要去买一个。"

说完，他背着手，面向秋夕，一边倒着朝前走，一边问她："你想吃鸡腿吗？你如果也想吃，我可以陪你一起破戒。"

秋夕看着他，没忍住笑了。

林涵真诧异地问："你笑什么？"

秋夕："笑你可爱。"

"可爱？"林涵真被她夸得尴尬，有点脸红地转过身，也不提鸡腿的事情了。

秋夕在他身后笑起来。

半个小时后，两个人来到了一栋居民楼下，林涵真对秋夕说："你猜哪层楼是我家？"

这个问题其实挺无聊的，但既然他这么问了，秋夕就仰着头打量了一下，片刻后："三楼？"

林涵真意外地说："你怎么看出来的？"

秋夕含蓄地说："窗花挺有气氛。"

何止是有气氛，几乎贴满所有窗户的红窗花简直把年的气氛烘托得热火朝天，一看就和别人家不一样，对生活和节日的热情可以说是扑面而来。

走进楼道，林涵真一边上楼一边说："我没告诉爸妈我带你回来了，给他们一个惊喜。你说，要不要拍一个回家Vlog？感觉挺有意思的。"

秋夕："想拍就拍。"

林涵真还真就拿出手机，对着屏幕说道："今天我要给爸妈一个惊喜！"

说完，他走到了家门前，伸出手，准备敲门——

门自己开了。

一个男孩子拎着垃圾袋目瞪口呆地看着林涵真："表哥？"

入户门刚好对着餐厅，一堆人应声回头，齐刷刷地看向林涵真和秋夕。

所有人都沉寂了几秒。

林涵真人都傻了："怎么，全都在这儿？"

他话刚一摆地，一个长得和善身材略胖的妇女从厨房蹿了出来："蛋蛋，怎么突然回来了？不提前打个电话？"

嗯？

秋夕耳朵一竖，瞟向林涵真，无声胜有声地对他做了一个口型：

蛋蛋。

林涵真僵硬片刻，把Vlog停了，小声说："忘了吧。"

忘是不可能忘的，发现林涵真新秘密（看林涵真窘迫模样）的乐趣已经淹没了秋夕。

对着秋夕亮闪闪的眼睛，林涵真叹了口气，毅然决然地伸出手拉住了秋夕的胳膊，把本来被门框遮挡住的秋夕拽到了自己身前，提起声音，朗声对着屋里的男女老少道："你们看我把谁带回来了。"

好了，现在"世界上最尴尬的人"这个头衔转移到了秋夕的脑袋上。

她迎接着许多道好奇的视线，石化了。

但她的嘴没有石化，她用破碎而细小的声音对着身边的某人道：

"蛋蛋，好样的。"

林涵真笑而不语。

打破僵局的是一道喊声。

"臭小子，把秋夕带回来了怎么不提前说一声，家里什么都没准备，快，毛毛，跟你哥一块到楼下的酒店端几盆回来。"林妈妈焦急地说。

什么都没准备？

秋夕看向餐桌上那一道道大菜，第一次对自己的理解能力产生了怀疑。

她脱口而出："阿姨，这都够多了。"

林妈妈摆手："差远了。第一次上门怎么能光给你吃这个，这都是搪塞他们的。"

听到这里，秋夕瞟了其他人一眼，听到自己被搪塞了，所有人的表情居然都挺无所谓，一副什么都没听到的模样。

林妈妈继续说："中午将就一下，晚上阿姨给你露一手！咱吃好东西！"

这……

也不是没吃过好东西，毕竟她不穷，但在家庭领域里，这样一桌鸡鸭鱼肉齐全的饭菜应该算是不错的了，她真的不知道这个"好东西"能好成什么样，龙肝凤胆不成？

这个疑惑在晚饭时被解决了。

看着一桌精致美观堪比五星级酒店的菜肴，秋夕震惊了。

好家伙，海陆空齐全，色香味兼具，居然还被精心地摆了盘，配上了精雕细琢的红萝卜花，绝了。

她偷偷地捣了捣林涵真的胳膊："你的厨艺是不是跟你妈学的？"

林涵真唏嘘地说："不能算是学，和我妈比，我差了十万八千里。"

秋夕："看出来了。"

她几乎是怀着敬畏的心来吃这顿饭，每道菜都要仔细地感受。

吃着吃着，餐桌上的林妈妈突然笑了："我本来以为女明星都节食，还以为秋夕吃不了多少，没想到这闺女真憨实，看着真喜人。我就喜欢吃饭利索的小孩。"

秋夕夹着一块龙虾肉，呆滞了片刻。

吃饭利索。

她真是从小到大都没得到过这样的称赞。

不知道该高兴还是难过。

心情复杂了片刻，秋夕一口吞了龙虾肉。

唉，真好吃。

他们俩在林涵真家里度过了非常罪恶的两天，每顿饭都吃得极其饱，以至于离开这里去往另一个城市的时候，两个人都觉得自己的脸大了一圈。

"这可不行。"秋夕在路边对着大海表情无限惆怅。

林涵真却觉得还可以："这样去见妈妈，她会觉得高兴的。"

"是吗？"秋夕回身，看向对面的陵园大门。

她已经两三年没有回这里来了，每年都因为档期的原因，只能对着妈妈的牌位献上几炷香。

这一次，她终于回来了，还带了一个人来。

她带着林涵真一步步地走进了陵园，找到了那块熟悉的墓碑。

风吹日晒之下，墓碑上的照片已经昏黄，只是那一抹笑容隐约可见。

这时候，有些回忆突然就浮现了出来。幼年时期和妈妈待在一起时的快乐和悲伤，以及妈妈离开之后，她一年又一年，一个人来这里祭拜的寂寥和无助，所有的情感，所有的自己，好像她都能看见。

她看着墓碑沉默，可能过了很久，也可能只是几秒而已，她笑着叹了口气。

"妈妈，我带了一个人来看你。

"他叫林涵真，是个很好的人，性格很好，厨艺也很好，还会缝衣服。跟他在一起……我很开心。

"妈妈，我不知道你在哪里，还在下面，或者已经变成别的人了，不管怎么样，希望你能开心。我……"

话已至此，她突然不知道要说什么了。

想说的太多了，又好像一句话都不用说。

这时，她身边的林涵真向前走了一步，对着墓碑认真地说："阿姨，请您放心，我会和秋夕一直好好地过下去，我会对她好的，如果不好，您托梦骂我，一直骂我都行。"

秋夕被他逗笑了："我妈性格特别好，不会骂人。"

林涵真看她："那可不一定，真欺负你了，她再好的性格也会变成老虎的。"

秋夕笑容一顿，僵了两秒，飞快地眨了眨眼睛，而后才笑着说："知道了。"

她深吸了几口气，对着墓碑郑重地说："妈，我走了，下次再回来看你。"

离开墓园之后，两个人一时间都不知道该去哪里，按照安排，明天他们才会离开这个城市，现在还有一个下午的时间需要打发。

看亲戚是不可能的，这里虽然是秋夕的老家，但留下的亲戚大多都是关系非常一般的，没有拜访的必要。

秋夕站在路边仰着头思考要去哪里，视线便在整个城市的上空盘旋，不经意间，她的视线停了下来，落在了一点上。

那是一个摩天轮。

其实比它高大的摩天轮这些年里她见过不少，这个又老又破的看起来格外没意思。

只是她忽然想起了小时候，每次放学她都路过那家公园，想要进去看一看，但每次都没能成功。

她想了想，扭头对林涵真说："走，去坐摩天轮。"

林涵真："啊？"

"啊什么，来。"

两个人转了两趟公交车来到了那个公园。和秋夕预估的一样，公园看起来格外破旧，幸好娱乐设备还能正常运转，他们俩一共花了二十块钱体验了一把复古摩天轮。

摩天轮升到最高空的时候，风比在地面上大了许多，像是小刀，吹得脸都僵了。

下了摩天轮后，秋夕失望地说："原来是这个滋味，以后再也不想了。"

林涵真却心态很好："体验一下总不吃亏，一人才十块钱嘛。"

说到这里，林涵真忽然"欸"了一声："你看那里。"

秋夕顺着他指的方向看去："动物园？这里还有动物园？"

林涵真："去看看。"

秋夕："看看。"

他们俩还真挺好奇这种小公园里的动物园到底有什么东西，看起来就一间屋子，这也能"园"起来？

交钱，买票，两个人并肩走进了这个破旧至极的所谓动物园。

一进去，他们俩就笑了。

"你看见了什么？"

"乌龟。"

"我也是。"

两个人站在"动物园"小屋的两角，一起笑了一声。

这哪里是动物园，明明是乌龟养殖基地。

大概看出了两个人脸上的无奈，兼职售票员的饲养员大叔乐呵呵地说："这儿平时没人来，也卖不出票，很久没有买新动物了，之前的兔子山鸡都老死了，就这些鳖，耐活得很，还一只只地生。"

好像有道理，又好像哪里不对。

秋夕正在思索，忽然听见林涵真的声音："老板，你这乌龟后背真菌感染了,得治,虽然现在只是一个白点,不明显,但也不能不管。"

老板放下手里的扫帚,走了过去,看了一眼:"你不说我还没注意到。"

林涵真捧着那只还没巴掌大的小乌龟,一边跟它大眼瞪小眼,一边说:"它需要隔离起来,不然会传染给别的龟,还需要晒太阳,对了,每天都要给它涂金霉素软膏,这样过一段时间就能好了。"

听见这番话,秋夕很惊讶,林涵真连怎么治乌龟都知道?

有点神奇。

不过,听林涵真说得复杂,老板眉头立刻皱起来了:"怎么这么麻烦呢。我这么多龟要喂,天天就看着它怎么行,这玩意儿抵抗力很强,没准过几天自己就好了。"

说着,老板直接伸手,想要拿过林涵真手里的龟,把它扔回池子里。

林涵真连忙紧紧地攥住了它。

老板动作一顿,眉毛竖了起来:"你想干什么?抢劫?"

这时,秋夕走到了两人的身边,无奈地说:"他只是想治好它,要不然这样吧。"

老板和林涵真一起偏头看她。

秋夕:"你这只龟送我们吧。"

老板:"你这小姑娘怎么这样?说送就送?"

秋夕笑着说:"我们俩掏了二十块钱门票进来,除了乌龟什么也没看到,不合适吧。这二十块钱,就当是我们买你这只龟。"

老板被她这么一引导,好像觉得也没什么问题,犹豫了一会儿之后,把这只小乌龟送给了林涵真。

走出"动物园"之后,林涵真捧着它,对着阳光仔细地看,过了一会儿,偏过头对秋夕说:"你看,它的背上有颗星星。"

他的声音好像发现了天大的宝贝。

秋夕探头过去看,果然是。

秋夕看了眼一眼就收回了视线,倒是林涵真一直在看,好像很稀罕,越看越觉得乌龟可爱的样子。

秋夕觉得他很好笑:"搞到宝贝了吗?"

"是啊。"

秋夕:"明天我们做什么?"

林涵真:"明天啊,明天要带着宝贝回家。"

他说话的时候,笑着看向她。

### 番外四
### 林家小狗

秋夕把包挂在玄关的挂钩上,下意识就喊了一声:"我回来了。"

屋里没有人回应她,秋夕突然想起来,林涵真昨天晚上跟她说今天的工作任务时间不定,可能会回来得比较晚,没办法做饭了,让她自己先吃点。

但是她拍完广告回来的路上完全忘了这件事,只顾着快乐把家还,现在肚子空空如也,什么东西也没吃。

她一时间也不饿,只是比较累,换了衣服就瘫到沙发上,打开了林涵真的微信问他什么时候回来。

林涵真可能还在忙,过了好一会儿都没回复她。秋夕看了看对话框,然后把手放在脑袋下面压着,对着天花板发呆。

似乎很久都没有这样一个人在家里的情况了,从她和林涵真结婚,几乎每一次回家的时候,林涵真都在厨房待着,忙忙碌碌地做饭,这个时候秋夕总是会放下手里的东西凑到他身边,跟他絮絮叨叨地说着今天发生的那些乱七八糟的破事情,像个什么都没见过的小学生。

养成了这样的习惯,突然家里没人,她也莫名地感觉心里空落落的。明明很久之前她还不是这样的,以前的她对抗孤独的能力可是一流的,一星期不和人类说一句话也没什么,现在……唉,不说了。

都是林涵真的错。

都怪他。

秋夕不爽地拿起手机,"嗒嗒嗒"地打字,在对话框里发了一连串的消息。

【什么时候回来?】

【还回不回来了?】

【我好饿啊!】

【[小熊打滚哭]】

发完之后，秋夕的理智突然恢复了，她看了一眼对话框，突然感觉有点尴尬，光看这对话，她是弱智吧，完全没有成熟明艳一线女明星的气势嘛。

正想着，她忽然听见了一个不同寻常的声音。

"呜嗷嗷……"

什么东西？

秋夕不自觉地坐直了身体，侧耳倾听。

"呜呜呜嗷嗷……"

秋夕听着，眉毛皱了起来。

这个声音听起来像是小狗在哼唧，不是什么特别怪异的声音，问题在于，声音似乎是从她和林涵真的卧室传来的。

她听错了吧？

秋夕起身，走到卧室门前，推开门，而后，她就和一只全身金黄的小狗崽对视了。

这，什么东西啊！

为什么卧室里面有只狗？林涵真又在搞什么鬼？

秋夕无语静止的时刻，金毛幼崽却行动力很强，它非常急切非常热情地跑到了秋夕的脚边，蹲在她脚边，用湿漉漉的黑眼睛看她，着急地对她"呜呜"叫，尾巴转得像风扇。

面对这样的小动物，是个人都会心软，秋夕也顾不上在心里辱骂林涵真了，她蹲了下去，试探性地问狗崽："饿了？"

狗崽立刻直立起来，用前爪扒拉着秋夕的膝盖，眼看着就要朝她的脸颊舔上来了，秋夕眼疾手快地按住了它的狗脑袋，推开二十厘米："有点狗德吧，怎么见人就舔啊。"

狗崽听见自己被质疑了，眼神好像变得更加委屈了，它在秋夕的手里小幅度地挣扎，还发出了"呜呜"的叫声，看着特别可怜。

秋夕看它这个样子，立刻就心软了，声音温柔地哄着说："乖乖，你先待着，我叫人给你买吃的回来。"

说着，秋夕就拿起手机，火速拨通了林涵真的电话，按下通话的那一秒，她还跟小金毛交代了一声"别急啊"，然后，她就听见了一串熟悉的手机铃声。

秋夕的视线顺着声音望去，看见了林涵真的手机，还有他掉落一地的衣服。

对不起，她可能智商不太够，看不懂这是什么情况——林涵真的手机在这里，衣服也在这里，那林涵真人呢？

秋夕自言自语出声："林涵真在哪里啊？"

小金毛看着她，急急忙忙地回应："呜呜啊。"

秋夕摸摸它的脑袋，真可爱，什么都听不懂还会给回应的狗真不错。
她一拍金毛的后背："是只好狗。"

秋夕猜测，大概是林涵真回来之后临时想买什么，又出门了，走得着急没带手机，至于衣服，大概是被小金毛弄乱了，毕竟只是一只小狗，调皮地搞了点破坏，可以理解的。

他没带手机，她也不好出去找，应该等一会儿他就回来了，临时出门能跑多远呢？

秋夕于是把狗搂在了怀里，走到客厅，又回到沙发上坐着等。

但她没想到，这一等，天都黑了，她都不知不觉睡了一觉起来，林涵真还没回来。

这就有点过了，他以前可从来没有过这样的情况。秋夕就算一向对他放心，现在也免不了有点担忧，不会是在外面出什么事了吧？

她甚至还走到窗边，探出头向外看，确定是否有哪个地方出现不同寻常的人员聚集，如果有意外事故，应该会有很多人围观的。

一切都很正常，那林涵真去哪里了？

秋夕真的开始着急了，她在屋里转了两圈，转身对狗崽说："我出去找你爹了，你在家等我。"

说着，她去换衣服了，但她还没走出两步，狗崽就把她的路堵了。

秋夕忍着焦急好声好气地安抚它："我出去找人，很快就回来了。"

但狗崽完全不让路，牢牢地站在她的正前方，眼神看上去居然还有点着急。

秋夕往旁边走了一步，狗崽甚至咬住了她裙子的一角，扯着她不让走。这一幕看着有点滑稽，小小狗崽几颗小牙试图把一个人类拽回来，实在是不自量力了。

秋夕被它逗笑了："好了，乖一点。"

她的态度已经很温柔了，但狗崽看起来却好像更着急了，它急得团团转，嘴里"嗷呜嗷呜"地叫个不停，好像在跟秋夕长篇大论地说话，然而狗嘴里吐不出人话，秋夕一个字都听不懂。

秋夕没精力跟它耽误时间，也有点不耐烦了。她琢磨一下，干脆利落地拎起小狗后颈，把它提了起来。狗崽像是一个破布娃娃，在她手上摇晃。这一刻的狗崽虽然仍旧无法跟秋夕进行语言沟通，但它的表情意外地好懂，它看起来有点绝望。

秋夕把它放地上瞅它："你一只狗崽，绝望什么？"

绝望狗崽没理她，四处看了看，而后，目光盯住了鱼缸。两秒后，在秋夕来不及反应过来的时间里，它助跑起跳，决绝地把前爪塞进了鱼缸里，因为动作太过激烈，脑袋也无可避免地栽了进去。但这在狗

崽心里不算什么大事,它狠狠地把脑袋拔出来,顶着湿漉漉地脑袋看向秋夕,而后,用前爪在木地板上飞速地写了一个大字:【林。】

本来准备制裁狗崽的秋夕傻了。

这种离奇场景,搁谁谁不傻。

狗崽朝她大声叫了两声,然后爪子蘸水继续用力地写:【我变成狗了。】

秋夕手里的手机"啪"的一声掉在地上。

一人一狗开始艰难地沟通起来,秋夕只需要说话就好了,但是林小狗这边就很麻烦,一开始只能用爪子写,但不仅是速度太慢了,爪子在地上摩擦久了还有点疼。过了一会儿,"林小狗"尝试用手机打字,但狗爪子的灵活度非常受限,比在地上写字还慢。于是到最后,金毛幼崽坐到了电脑前面,开始认认真真地敲键盘。

这个场景可爱又魔幻,饶是在这种严肃时刻,秋夕都没忍住偷偷拍了一张照片。

沟通了一会儿之后,秋夕明白了现在是个什么情形。

林涵真也不知道自己为什么突然变成狗了,他今天回家之后莫名地困了,睡了一觉,醒来就变成这个样子,完全不知道应该怎么变回来。

交代完情况,"林小狗"用毛爪子打字:【怎么办啊?】

秋夕看着狗崽两颗黑黝黝的眼睛,茫然地摇头:"我也不知道啊。"

在科学世界里活了二十多年,突然一天下班回到家,老公活人变狗,这事发生在谁身上都不知道该怎么办。

秋夕很苦恼地坐在沙发上,思考了很久,然后她对林小狗说:"这种事情感觉还是应该咨询专业人士。要不我们去找个大师看看?我有个朋友说她认识个大师,据说挺良心的。试试?"

林小狗耳朵一抖,噼里啪啦地打字:【好。】

秋夕的动作很快,立刻就跟朋友要到了大师的微信,加上好友又友好地相互打招呼之后,秋夕琢磨了一下措辞,委婉地陈述了情况。

秋夕:【我有一个朋友说自己老公突然变成狗了,请问她应该怎么办?】

刚才还热情地跟她打招呼的大师突然死一样沉默,好像不知道该说什么。

秋夕等了一会儿,发消息:【大师,您还在吗?】

大师:【在。】

秋夕:【她应该怎么办?】

大师发了个地址过来,然后说:【先去这里看一看。】

秋夕复制了地址,去网上一查——哦,是家脑科医院。

秋夕默了。

她不得不跟大师强调了一下：【她脑袋没问题，她老公真的变成狗了，还是一只金毛。】

大师又是沉默，过了五分钟才终于回复：【建议您和朋友一起去看一看，解决不了再来找我。】

秋夕无语凝噎。

人家的玄学起点是狐鬼花妖聊斋志异，为什么她的玄学起点是脑科医院，是不是哪里出了问题啊？大师为什么连骗她一下都不乐意，有钱不挣的吗？可真良心。

失去一条路子的秋夕感到非常颓废，她瘫着，一时间不知道应该怎么办，"林小狗"本来在她旁边蹲着，可能为了安慰她吧，慢慢地就滑到了她怀里。

秋夕搂着狗崽，一边烦恼一边撸狗毛，撸了一会儿，她眨了一下眼睛，还真挺好撸的，毛又软又顺滑，林涵真当狗也是只好狗。

呃……不能这么说，不合适。

秋夕尴尬地摸了摸林涵真的狗头，算作赔礼。

可能摸得"林小狗"还挺舒服，秋夕很快就感觉自己的手被什么湿润的东西舔了一下，秋夕惊愕地低头，刚好对上了"林小狗"的视线，它看起来也对自己刚才的举动挺惊讶的，伸着舌头眼神震惊地看着她。

秋夕被它逗笑了。

她坐起身，把林小狗放在腿上，直视着它的眼睛说："如果你以后一直只是小狗的话，我们怎么办啊？"

林小狗飞快地摇头，金色的大耳朵甩了起来，表示他也不知道。

秋夕看着他，觉得这个动作也很可爱。

以前她无数次地觉得林涵真就是一只小狗，可可爱爱，喜欢谁就会开朗大方地会凑到谁身边，亲热地呼吸说话。虽然这么说很尴尬，但她确实幻想过他如果变成一只小狗会怎么样。没想到，居然变成真的了，而且"林小狗"比她之前的幻想更可爱。

如果"林小狗"一直是小狗会是什么样呢？

他会很可爱，还是会亲亲热热地在她身边，甚至可能这辈子都只能在她身边了，她再也不用担心他离开。

但这样真的好吗？他不只是"林小狗"，还是热爱演戏的林涵真，他有家人，喜欢下厨，喜欢戳丑陋的羊毛毡，还喜欢尝试乱七八糟的东西，喜欢到许多地方凑热闹。只做"林小狗"的话，林涵真就会渐渐消失了。

这可不行啊。

秋夕把"林小狗"捧了起来，亲了一下狗脑袋，说："我们再想想办法吧,想想怎么把你变成人。"

"林小狗"点头。

正在这时候,秋夕的肚子突然叫了,她才意识到,都快晚上十点了,她还没有吃晚饭,连带着林涵真也没吃。

秋夕:"我们搞点东西吃吧。"

应该早就饿了的"林小狗"忙不迭地点头,双眼隐约发亮,尾巴也摇了起来,当狗就是这点不好,一点喜怒哀乐都掩盖不了,尾巴一下子就给暴露干净了。

秋夕笑着想,她的晚饭倒是好解决,林涵真吃什么啊?吃饭菜还是狗粮?

秋夕纠结地看着"林小狗",问:"我现在叫个狗粮外送过来给你吃?"

"林小狗"的眼神肉眼可见地暗淡了,尾巴也不摇了。虽然是只狗,一脸都是毛,但秋夕还是很神奇地立刻理解了"林小狗"不乐意的想法。

"那怎么办呢?"

"林小狗"朝厨房看了两眼,然后挣扎着跳到了地面,跑到电脑上又是一通噼里啪啦地打字,打完了,他朝着秋夕叫两声,示意她过来。

秋夕凑过去一看。

【我不想吃狗粮。你外卖叫菜,我给你做个四菜一汤。】

秋夕看着还没她膝盖高的狗崽,陷入迷惑,"林小狗"这样要怎么做四菜一汤啊。

秋夕:"你知道你现在是只狗吗?"

"林小狗"不开心地叫了一声,回头用爪子敲字:【那不影响。】

秋夕:"但我不想吃进去狗毛。"

"林小狗"生气了。

生气的"林小狗"跑到沙发上坐着,背对着秋夕。

秋夕笑着走到了"林小狗"身边,挤着坐下了,还拍了一下"林小狗":"挪一下位置。"

"林小狗"哼了一声,挪了。

秋夕又一把搂住"林小狗",说:"这么晚了,我们直接叫外卖吧,吃完了睡觉,明天再去一些寺庙道观看看,没准有办法。"

"林小狗"存不住气,被搂住就不记仇了,好声好气地"嗷"了一声。

秋夕很快地点好了外卖,下完单,她就搂着"林小狗"靠在沙发背上,随便划拉着手机。

不知道过了多久,困意浮上眉间,她不知不觉地睡了。

苏醒的时候,厨房里传来油烟机的声音,秋夕惊讶地睁开眼睛,看向关闭的厨房门。

怎么回事?"林小狗"去做饭了?

她有点蒙地跑到厨房,而后就看见了身上穿着围裙的林涵真正在炒菜,人模人样,见她过来了,还笑着说:"不睡了?我还想着做好了再叫你呢。"

秋夕惊讶地说:"你,你怎么变成人了?"

林涵真没听明白,眨眨眼睛:"我一直都是人啊。"

秋夕看了一眼时间,才七点十分,她扶着脑袋缓了一会儿,人才清醒过来。什么林涵真变狗啊,这都是她做的梦,怎么会做这么离奇的梦呢?

秋夕靠在厨房门边,皱着脸跟林涵真讲她的梦,林涵真一边炒菜,一边听得津津有味。

"你说我变成狗了还要给你做四菜一汤?"

秋夕说到这里才觉得好像不太合适:"梦而已啦。"

林涵真却好像发现了什么有意思的东西般,眼睛亮晶晶地说:"你怎么知道我们今天晚上是四菜一汤?我上部剧的尾款终于打给我了,我还买了酒咱们可以庆祝一下哈哈。"

秋夕看他这个样子,失笑了。

笑完了,她问林涵真:"哎,如果你真的变成了小狗该怎么办啊?"

林涵真笑嘻嘻地说:"那我就一直跟着你,缠着你,绊你的脚,咬你的鞋带。"

"会摇尾巴吗?"

"会。"

全文完